I0575183

Dreams in Ribbon Ridge

Ribbon Ridge, Oregon
Buch 2

Darcy Burke

Übersetzt von
Petra Gorschboth

Zealous Quill Press

Christmas in Ribbon Ridge
Copyright © 2015 Darcy Burke
All rights reserved.
Paperback ISBN: 9781637261927

Das ist ein fiktives Werk. Namen, Charaktere, Orte und Vorfälle sind das Ergebnis der Fantasie der Autorin oder werden fiktiv verwendet. Jede Ähnlichkeit mit tatsächlichen Ereignissen, Orten oder Personen, lebendig oder tot, ist rein zufällig.

Buchgestaltung: © Darcy Burke.
Buchumschlag: © Dar Albert, Wicked Smart Designs.
Deutsche Übersetzung: Petra Gorschboth.

Alle Rechte vorbehalten. Vorbehaltlich der Bestimmungen des U.S. Copyright Act von 1976 darf kein Teil dieser Publikation ohne vorherige schriftliche Genehmigung des Urhebers in irgendeiner Form oder mit irgendwelchen Mitteln reproduziert, verteilt oder übertragen oder in einer Datenbank oder einem Abrufsystem gespeichert werden.

 Erstellt mit Vellum

Dreams in Ribbon Ridge

Willkommen in Ribbon Ridge, einer beschaulichen Klein-
stadt im Herzen von Oregons Weinanbaugebiet mit weit-
schweifenden Aussichten auf Weinberge und sanfte Hügel.
Hier liegt der Duft von Tannen und Lavendel in der Luft.
Ribbon Ridge ist Heimat der reichen und mächtigen
Archer Familie, die eine Kette von Brauereigaststätten,
Luxusunterkünften und Veranstaltungsorten. Die
Einwohner sind stolz auf ihre herzliche, eng verbundene
Gemeinschaft. Doch warum sind die meisten der sieben
Archer-Kinder aus der Stadt fortgezogen?

Begleite die Archers und die Westcotts auf ihrer emotionalen Reise, ihrer Rückkehr nach Hause, ihrer Wiederverei-
nigung und beim Entdecken der Liebe, wenn sie es am
wenigsten erwarten.

Der Hochzeitsplanerin Sara Archer steht der Sinn nach
einem kleinen Abenteuer und sie besucht eine Bar, um den
Abend durchzutanzen. Als sie dort jedoch ihrem High-
school-Schwarm Dylan Westcott in die Arme läuft, den sie

seit Jahren nicht mehr gesehen hat, wird aus ihrem Flirt ein überraschender – und heißer – One-Night-Stand. Sara weiß, dass er sich nicht wiederholen wird, als sie am Morgen allein aufwacht.

Der Handwerker und ehemalige Soldat Dylan lässt sich seit seiner Scheidung nur noch auf zwanglose Affären ein. Doch dann hört er nicht auf, von Sara zu träumen. Als er das Angebot erhält, die Aufsicht über ihr Renovierungsprojekt zu führen, das sie zusammen mit ihren Geschwistern realisieren will, kann er diese fantastische geschäftliche Gelegenheit einfach nicht ausschlagen.

Sara und Dylan arbeiten zusammen und können der Anziehungskraft nicht widerstehen, die weiterhin zwischen ihnen besteht. Ihr Versuch, »Freunde mit gewissen Vorzügen« zu sein, entwickelt sich zu einer geheimen Affäre, in der sie beide nicht zugeben wollen, dass sie sich nach mehr sehnen. Mitten in einem Familiendrama und emotionalen Trauma müssen sie entscheiden, ob sie ihre Herzen riskieren wollen, um eine Liebe wahr werden zu lassen, von der sie geträumt haben.

*Für meine Tochter, Quinn.
Du lehrst mich jeden Tag, dass die unerwarteten Dinge im
Leben die besten sind. Ich liebe dich!*

Kapitel Eins

Januar

SARA ARCHER holte tief Luft und wählte die Nummer ihres Assistenten und engen Freunds Craig Walker. Er würde sich ins Fäustchen lachen, wenn sie ihm den Grund ihres Anrufs eröffnete, weshalb sie kurz mit dem Gedanken spielte, aufzulegen, doch dann zwang sie sich, die Sache durchzuziehen.

»Sara! Dein Anruf kann nur eines bedeuten: Du machst es wirklich.«

Sie stellte sich seine vor Lachen blitzenden blauen Augen vor und seine Grübchen, ehe sie dann die Augen verdrehte. »Ich denke schon.«

Als er daraufhin in den Hörer kreischte, zog Sara diesen ein Stück vom Ohr weg. »Fantastisch! Das wirst du nicht bereuen. Es ist schon soooo lange her, dass du ... Wie lange eigentlich, vier Jahre?«

»Du übertreibst.« Es waren wohl eher drei Jahre. Nach

Jude war sie mit keinem Mann mehr ausgegangen. Der lockere, leichtlebige Barista Jude. Er war eine willkommene Abwechslung nach ihrem fremdgehenden College-Freund gewesen. Sie hatte damals auch drei Jahre gebraucht, um wieder ins Liebeskarussell einzusteigen.

»Tue ich das? Ich kenne dich seit fast drei Jahren und du hattest in dieser Zeit noch nicht einmal eine lockere Freundschaft mit irgendwem.«

Das lag an ihrem Entschluss, sich nach der Beendigung ihrer Affäre mit Jude auf ihr Geschäft zu konzentrieren, und sie hatte Craig dann ein paar Monate später eingestellt. »Genug jetzt von der Geschichtsstunde. Lass uns lieber über heute Abend sprechen, ehe ich die Nerven verliere.«

»Verstanden. Ich bin wirklich stolz auf dich, weil du es endlich machst. Einmal abgesehen von unseren Rom-Com-Filmabenden brauchst du ein bisschen mehr Sozialleben.«

Sara hatte den Verdacht, dass er sie dazu drängte, sich zu verabreden, weil er selbst seit kurzem mit jemandem ausging. Die beiden schienen es ernst zu meinen, wenn die Sache auch erst ein paar Wochen lief, aber wenn man verliebt war, wollte man, dass sich auch die ganze restliche Welt verliebte. Nicht, dass Sara überhaupt daran dachte, dieses Wagnis noch einmal einzugehen. Wenn sie ihre Zuneigung zu ihrem College-Freund überhaupt als Verliebtheit bezeichnen konnte. Sie wusste es wirklich nicht mehr.

»Ich dachte, ich probier's mal mit Line Dance.« Sie sah ihre Garderobe durch und überlegte, was sie tragen sollte.

»Line Dance?« Craigs Tonfall klang, als fragte er, ob sie einen Besuch auf der Müllhalde erwog. Nie würde er sich in einer Country-Bar blicken lassen. »Wenn du dich ein bisschen austoben willst, holen Taylor und ich dich ab und bringen dich in die Stadt. Viel bessere Szene.«

Nein, die nahe gelegene Country-Bar in der Vorstadt war genau das Richtige für sie. In einem schicken Club in Portland würde sie sich nicht wohlfühlen – das wäre eine Nummer zu groß für sie. »Ich bleibe beim Sidewinders, danke.«

»Wir würden dich schon nicht in eine Schwulenbar mitnehmen«, bemerkte Craig mit einer Spur von Verdruss, was ihr ein Lächeln entlockte.

»Ich weiß. Mir ist nur nicht nach Gesellschaft. Du würdest versuchen, mich mit jedem Kerl da zu verkuppeln.«

»So schlimm bin ich nun auch wieder nicht! Taylor hält mich in Schach.«

Ja, das war ihr auch aufgefallen. Sie war einmal mit den beiden ausgegangen und von dem Unterschied in Craigs Wesen überrascht. Er war immer noch der energiegeladene Typ, der er immer war, aber es fühlte sich an, als wäre all sein Sein auf seinen neuen Freund ausgerichtet. Das hielt sie für ganz normal, wenn eine Beziehung noch so jung und frisch war. »Nun, ich komme sehr gut allein klar. Ich werde nur ein bisschen tanzen, vielleicht an einem Lemon-Drop-Cocktail nippen und einfach sehen, was passiert.«

Craig gab ein unwilliges Geräusch von sich. »Sei nicht albern, Sara. Du brauchst anständigen Sex.«

Saras Finger erstarrten am Saum einer langärmeligen Seidenbluse. Sie hatte bisher genau zwei Sexualpartner gehabt – ihren College-Freund, diesen Deppen, und Jude, ihren rebellischen Freund, nachdem sie aus ihrer kleinen Heimatstadt, Ribbon Ridge, und von ihrer großen, überfürsorglichen Familie weggezogen war. Einige ihrer Familienmitglieder sahen in ihr immer noch das kleine Mädchen mit der sensorischen Verarbeitungsstörung, das in der Öffentlichkeit Wutanfälle bekam und in bestimmten Situationen überreizt war.

Sie wandte sich wieder dem Telefongespräch zu. »Sehr lustig, Craig.«

»Das ist mein voller Ernst.« Er atmete geräuschvoll aus. »Obwohl ich bei dem Gedanken, einen Fuß in das Sidewinders zu setzen, einen Ausschlag bekomme, werden Taylor und ich mitkommen und deine Wingmen sein.«

Ihre Finger landeten auf einem Oberteil, das sie noch nie getragen hatte, einem sexy, ärmellosen, aquamarinfarbenen Top, das ein wenig Dekolleté zeigen würde. Es war eines dieser Kleidungsstücke, die sie aus einer Laune heraus gekauft hatte, auf Craigs Drängen hin, um genau zu sein. »Du musst dich nicht für mich opfern«, sagte sie. »Ich werde wahrscheinlich nur ein bisschen tanzen gehen und dann nach Hause kommen. Total langweilig.«

Bei dem Gedanken juckte ihr die Haut. Sie wollte nicht langweilig sein oder so gesehen werden. Nicht heute Abend.

»Mit dieser Haltung wirst du ganz sicher einen Höllenspaß haben.« Sein Sarkasmus troff durch das Telefon. »Hör zu. Wo ist das schimmernde aquamarinfarbene Top, das wir letzten Herbst gekauft haben?«

Sie lächelte, als sie es von der Stange nahm und es so aufhängte, dass sie die Vorderseite sehen konnte. »Ich schaue es mir gerade an.«

»Großartig. Und jetzt hol deine Seven for All Mankind Jeans. Darin siehst du heiß aus, und du trägst sie fast nie.«

Sie ging auf die gegenüberliegende Seite ihres begehbaren Kleiderschranks und suchte die Jeans heraus, von der er gesprochen hatte. Sie hängte sie neben das Oberteil. »Bitte verlange nicht auch noch, dass ich mir ein Paar hochhackige Schuhe anziehe. Darin kann ich nicht tanzen.«

Er seufzte. »Ein Jammer. Du hast allerdings fantastische Ballerinas. Zieh die silbernen an.«

Gute Entscheidung. Sie nahm das Paar aus ihrem Schuhregal und ließ es unterhalb der Jeans auf den Boden fallen. »Was noch?«

»Schmuck, natürlich. Ich bin mir nicht ganz sicher, was du dahast, aber ein paar große Silberreifen wären gut. Und eine lange Halskette. Hast du etwas Ausgefallenes da? Du bist doch so eine Schmucksammlerin.«

Das traf sicherlich zu, und sie hatte in der Tat die perfekte Halskette. Sie war silberfarben mit Perlen und aquamarinfarbenen Kristallen. Sie hatte sich zum Kauf dieses Oberteils breitschlagen lassen, weil es zur Halskette passen würde.

Sie richtete sich auf. »Okay, du hast mir mein Outfit zusammengestellt, was jetzt? Ich habe keinen Kerl mehr abgeschleppt seit ... ach, vergiss es. Das ist eine grauenhafte Idee. Du übst wirklich einen schlechten Einfluss auf mich aus.«

»Ganz sicher nicht. Wir sind schon so lange befreundet. Habe ich dich jemals in die Irre geführt?«

»Nein.« Stets war er hilfsbereit und aufrichtig.

»Mach dich schick und geh tanzen. Die Kerle werden auf dich fliegen wie die Kolibris auf Geißblatt. Taylor und ich werden dich begleiten, wenn du möchtest.«

»Das ist nett von euch, aber unnötig.« Es war eine Sache, darüber zu reden, einen Kerl abzuschleppen, und eine andere, sich tatsächlich dazu zu verpflichten, dieses Vorhaben in die Tat umzusetzen. Außerdem schenkten Männer ihr in der Regel keine Aufmerksamkeit. Sie hatte allerdings auch noch nie aktiv versucht, ihre Aufmerksamkeit zu erlangen. »Das wird nicht funktionieren.«

»Es *wird* funktionieren. Du bist wunderschön, und

wenn du trägst, was ich dir gesagt habe, wirst du heiß aussehen. Die Frage ist nur, ob du dich genug entspannen kannst, um einen Mann einzuladen, mit dir anzubandeln.«

Sie wechselte den Hörer zu ihrem anderen Ohr. »Ich weiß es nicht. Craig, ich will eigentlich gar keine Beziehung.« Sie war immer noch zu sehr auf ihr Geschäft konzentriert, darauf, Sara Archer Celebrations zum *führenden* Veranstaltungsplanungsunternehmen der Stadt zu machen.

»Ich weiß, deshalb wird es auch nur ein One-Night-Stand.«

»Sowas *mache* ich nicht!«

»Nur ein einziges Mal, und es wird dir guttun. Nein, es wird *großartig* werden. Ich werde mitkommen und dafür Sorge tragen, dass du Sex hast.«

»Ich brauche keinen Zuhälter.«

»Autsch. Einverstanden, ich werde nicht mitkommen, aber ich meine das ernst. Warum machst du dich nicht einfach mal locker? Warte einfach mal ab, wie sich die Nacht entwickelt. Vergiss nur nicht, zu verhüten. Ich will damit nur sagen, dass du die Gelegenheit ergreifen solltest, wenn sie sich bietet.«

Sein Glaube in sie und die Tatsache, dass er ihre Fähigkeiten nicht herabsetzte, machten ihr Mut. Sie warf einen Blick in den Ganzkörperspiegel, der in ihrem begehbaren Kleiderschrank hing. Sie *war* klug, und hatte wirklich verdient, ein bisschen Spaß zu haben. »Ich werde es versuchen.«

»Nicht nur versuchen, Sara. Du kannst es schaffen. Du hast dir eine tolle Nacht verdient.«

»Das stimmt. Danke, Craig.«

»Schicke mir eine SMS, wenn du Hilfe brauchst. Ich

bleibe in Bereitschaft. Ich kann auch dein Wingman aus der Ferne sein.«

Sie schmunzelte. »Tschüss, Craig.«

»Ruf mich morgen an – ich will Einzelheiten!«

Kopfschüttelnd legte sie auf.

Nachdem sie ihr Telefon auf ein Regal mit ihren Pullovern gelegt hatte, atmete sie tief durch und machte sich daran, sich in eine andere Person zu verwandeln. Jemand, der selbstbewusst war, der wusste, was er wollte, und sich nicht scheute, das auch durchzusetzen. Moment, war das wirklich eine Verwandlung? War das nicht die Person, zu der sie geworden war, nachdem sie von zu Hause fortgezogen war?

Nachdem sie sich umgezogen und ihr Make-up aufgefrischt hatte, betrachtete sie sich im Spiegel. Ihre Unterhaltung mit Craig und die Ausarbeitung eines Plans – wenn auch etwas skizzenhaft – erfüllten sie mit ängstlicher Vorfreude. Instinktiv griff sie nach dem Saum ihres Ärmels, ehe ihr bewusst wurde, das sie keine langen Ärmel trug. Sie kehrte zu der Schmuckschatulle auf ihrem Badezimmertisch zurück und streifte sich ein halbes Dutzend Armreifen über. Das Klimpern des Metalls auf ihrer Haut würde sich beim Tanzen gut anfühlen, und es gab ihren Fingern etwas zu tun, wenn sie mit etwas herumspielen musste.

Da sie Sinneseindrücke nicht wie die meisten Menschen verarbeitete, hatte sie Gewohnheiten angenommen, die anderen seltsam anmuten mochten: Sie fummelte am Saum ihrer Ärmel oder an ihren Armbändern herum, oder sie verschränkte die Arme – was sie manchmal so lange tat, bis ihr Gesicht ein wenig errötete –, aber sie hatte schon vor langer Zeit gelernt, dies nur zu tun, wenn sie allein war, oder einfach bestimmte Orte zu meiden, wie etwa überfüllte Country-Bars.

Vielleicht war es keine so gute Idee, heute Abend auszugehen.

Nein, es war Donnerstag. Es würde ihr nicht übermäßig schwerfallen, sich zurechtzufinden, und sie war sehr geübt darin, sich zurückzuziehen, wenn eine Situation sie zu überfordern begann. Das musste sie auch lernen. Zu lernen, all dies ganz allein zu bewältigen, war einer der Gründe, warum sie von ihrer großen Familie weggezogen war, die sich immer einmischte.

Sie verdrängte diese Gedanken, strich sich einen blassrosa, glitzernden Gloss auf die Lippen, warf einen letzten Blick in den Spiegel und machte sich auf den Weg, bevor sie ihre Meinung noch einmal ändern konnte.

Sidewinders war nicht weit entfernt – etwa zehn Minuten. Sie war seit der Zeit vor Thanksgiving nicht mehr dort gewesen, aber es veränderte sich nie. Der Boden der Bar war noch immer mit Erdnussschalen übersät, und das Klacken der Billardkugeln ertönte vom Geschoss über ihr. Als sie sich weiter nach drinnen begab, wurden beinahe alle anderen Geräusche von der Musik verdrängt. Die Stimme von Blake Shelton hüllte sie ein, und sie lächelte, als ihr Körper im Rhythmus zu pulsieren begann.

Sie trug nur das Nötigste in ihren Taschen – Führerschein, Debitkarte, Telefon, Autoschlüssel und Lipgloss –, und sie hatte die Hände frei. Sie hatte sogar ihre Jacke im Auto gelassen, da sie sich dachte, ihr würde ohnehin zu warm werden, um sie zu tragen.

Normalerweise hätte sie sich direkt auf die Tanzfläche begeben, aber heute Abend hatte sie ein anderes Ziel. Vielleicht. Wie auch immer, sie wollte ihr Outfit auf die Probe stellen. Mit einem Selbstbewusstsein, das wirklich zu besitzen sie keineswegs sicher war, versuchte sie einen aufreizenden Gang zur Theke, wo sie sich auf einem Barhocker niederließ. Eine dunkelhaarige Barkeeperin, die etwa zwei oder drei Jahre jünger als Sara war, kam mit einem Lächeln auf sie zu. »Was kann ich Ihnen bringen?«, fragte sie.

»Einen Lemon Drop, bitte.«

»Hübsches Oberteil – die Kette passt gut dazu«, meinte sie, ehe sie sich aufmachte, um Saras Drink zu mixen.

Sara sah an sich herab und lächelte. So weit, so gut. Wenn ihr jetzt nur ein Mann die gleiche Aufmerksamkeit entgegenbringen würde.

»Hier, bitte.« Die Barkeeperin brachte ihr einen Lemon Drop. »Wollen Sie die Rechnung offenlassen?«

»Sicher.« Sara schob ihre Debitkarte über die Theke. Nachdem sie an ihrem Drink genippt und am gezuckerten Rand geknabbert hatte, der häufig der beste Teil des Ganzen war, drehte Sara ihren Barhocker in Richtung Tanzfläche. Sie bezweifelte, dass sie irgendjemanden kennen würde, aber es konnten die merkwürdigsten Dinge passieren.

Von der Musik wippte sie mit dem Fuß auf dem Hocker, während sie den Blick von der Tanzfläche zu den Tischen schweifen ließ, die in ihrem Blickfeld lagen. Ein Trio attraktiver Männer, die sich einen Pitcher Bier teilten, erregte ihre Aufmerksamkeit. Unter keinen Umständen konnte sie in diesen Haufen Testosteron eindringen. Gerade wollte sie schon ihre Suche fortsetzen, als ihr jemand bekannt vorkam. Obwohl sie den Betreffenden seit Jahren nicht mehr gesehen hatte, kannte sie einen dieser Männer. Und heiliger Strohsack, Dylan Westcott war viel heißer, als sie ihn aus der Highschool in Erinnerung hatte. Und das bedeutete eine ganze Menge, denn damals hatte er ungemein gut ausgesehen.

Dylan lachte über einige Worte des Kerls, der neben

ihm stand. Grübchen betonten seine ausgeprägten Wangenknochen, als sich sein Gesicht zu einem schwachen, aufreizenden Grinsen verzog. Sein dunkelbraunes Haar war dicht, und an den Seiten war es kurz geschnitten.

Ihre Blicke trafen sich und Sara hätte beinahe ihr Getränk verschüttet. Sie war beim Starren ertappt worden und drehte sich abrupt zur Bar zurück. Vielleicht war das eine schlechte Idee gewesen. Sie hatte nicht die geringste Ahnung, wie man sich verführerisch gab oder wie man einen umwerfenden Kerl wie Dylan Westcott verführen konnte.

Trink aus und geh nach Hause, sagte sie sich.

»Hallo.«

Der Gruß kam von hinten und von links. Aus Befürchtung zu wissen, wer es war, wandte sie langsam den Kopf. Ja, genau. Eine Katastrophe. Er war zu ihr rüber gekommen, um mit ihr zu sprechen.

Seine Brauen zogen sich tief über seine erstaunlichen graugrünen Augen, als er sie musterte. »Sara Archer?«

Schmetterlinge kribbelten in ihrem Bauch und eine leichte Euphorie durchdrang ihr Gehirn. »Ja. Hi, Dylan.«

»Du erinnerst dich an mich.« Er klang überrascht.

Sara lächelte. »Na, du hast dich auch an mich erinnert.«

Er erwiderte ein Lächeln. *Und sie hatte sich Sorgen gemacht, dass ein Club in der Innenstadt eine Nummer zu groß für sie wäre?* »Es ist schwer, einen Fernsehstar zu vergessen.«

»Ha. Richtig.« Ihre Geschwister und sie – die »berühmten« Archer Sechslinge plus ein Geschwister – hatten in ihrer eigenen Reality-Serie gespielt, als sie noch klein waren. Das war lange bevor Derek zu ihnen gezogen war. »Das ist schon lange her. Ich kann nicht glauben, dass du mich daraus erkennst.«

»Wir sind auch zusammen zur Highschool gegangen.«

»Du warst mir drei Jahre voraus. Du wusstest nicht einmal, dass ich existiere.«

Im Gegensatz zu Sara, die ihn sehr wohl wahrgenommen hatte. Er war Quarterback und Kapitän der Football-Mannschaft und Präsident der Abschlussklasse gewesen. Er hatte auch später seine Highschool-Freundin geheiratet, obwohl Sara gehört hatte, dass sie inzwischen geschieden waren.

»Wie verletzend. Du lässt mich wie einen selbstverliebten Idioten klingen.« Er lächelte selbstironisch und senkte seine Stimme. »Das war ich bestimmt auch.« Er deutete auf den Barkeeper und zeigte auf sein fast leeres Bierglas. »Ein Nachteil vom Sidewinder – es gibt kein Archer-Bier.«

»Das stimmt.« Ihre Familie besaß neun Braugaststätten, in denen ausschließlich hauseigene Biere ausgeschenkt wurden. »So locken wir Kundschaft an.«

Er blickte sie kurz an, doch sein Blick verweilte gerade lang genug, dass Sara sich fragte, ob er interessiert war. Ein Schauer überlief ihren Rücken. »Wie lange ist es her? Du siehst übrigens fantastisch aus.«

Mission erledigt. Sie drängte das schwindelmachende Gefühl zurück, von dem sie Gefahr lief, wie ein College-Mädchen zu kichern. »Danke.«

Sie trank einen anständigen Schluck ihres Lemon Drops und warf einen heimlichen Blick auf sein kantiges Kinn und seine Lippen, die sich zu diesem Eintausend-Watt-Lächeln formen konnten, bei dem man nur noch dahinschmelzen konnte. Wenn sie mit Dylan Westcott flirten wollte, würde sie jede Unterstützung brauchen, derer sie habhaft werden konnte. »Das ist jetzt ein ungeheuerliches Klischee, aber kommst du öfter hierher? Ich dachte, du wohnst in Ribbon Ridge.« Was gut fünfundvierzig Minuten entfernt lag.

»Ich wohne zwar dort, aber Freunde von mir haben mich heute Abend zu einem Treffen hierher eingeladen. Was ist mit dir? Lebst du noch in Ribbon Ridge?« Wieder formte er den Mund zu diesem selbstironischen Lächeln. »Verzeihung, es ist keine große Stadt. Also sollte ich das wohl wissen.«

»Ribbon Ridge ist groß genug, um solche Kleinigkeiten zu übersehen. Doch die Antwort lautet nein. Ich bin schon vor einigen Jahren von dort weggezogen. Ich wohne hier in der Nähe.«

Er blickte sich um. »Bist du allein hier?«

Es war ihr unangenehm, dass sie sich verlegen fühlte. »Ja. Ich musste mal ein bisschen raus.«

Mit einem raschen Senken des Blicks schien er zu registrieren, dass ihre Aufmachung nicht gerade für einen schnellen Abstecher in eine örtliche Bar vorgesehen war.

»Ich bin gekommen, um zu tanzen«, fügte sie eilig hinzu.

»Super, dann legen wir mal los.« Er rutschte von seinem Hocker und hielt ihr die Hand hin.

Ihr pochte das Herz in der Brust. Wenn sie ausging – was nur selten der Fall war –, wurde sie nie von jemandem zum Tanzen aufgefordert. Deshalb gab sie dem Line Dance den Vorzug, denn dafür brauchte sie keinen Partner.

Craigs Stimme ertönte in ihrem Kopf. *Wenn sich eine Gelegenheit bietet, solltest du sie ergreifen.*

In diesem Moment wechselte die Musik zu einem langsameren Stück. Pärchen fanden sich auf der Tanzfläche zusammen. Es war genau die Art von Lied, die sie normalerweise zur Bar zurück oder noch wahrscheinlicher, nach Hause trieb. Doch hier war ein Mann – ein sexy, *interessierter* Mann –, der sie zum Tanzen aufforderte.

Sara legte ihre Hand in seine und als sie ihre Finger miteinander verflochten, verspürte Sara ein Aufwallen von Hitze, das sich ihren Arm hinaufschlängelte und dann in ihrer Brust festsetzte. Sein Blick, den er ihr beim Gehen zuwarf, verstärkte dieses Gefühl noch.

Als sie die Tanzfläche erreichten, zog er sie in seine Arme. Er war mehr als einen Kopf größer als sie und etwa einen Meter neunzig groß, mit breiten, muskulösen Schultern, die von einem feschen schwarzen Hemd umhüllt waren. Auf seinen schlanken Hüften saß eine abgetragene Jeans, die ihm wie auf den Leib geschneidert war.

Sie liebte den Druck seiner Hand um ihre Taille und die Berührung ihrer beider Handflächen. Für einen kurzen Moment schloss sie die Augen und ließ sich hinreißen. Er roch frisch und männlich – nicht nach einem Parfüm, sondern nach der von ihm benutzten Seife. Es war Rosmarin und Kiefer. Maskulin und köstlich.

Viel zu bald wurde die Musik wieder temperamentvoller, und sie musste sich zwingen, sich von ihm zu lösen. Sie formten Reihen für den Line Dance, und es wurde deutlich, dass er zwar ein guter Tänzer war, ohne allerdings die richtigen Schritte zu kennen. Er bemühte sich sehr, mit ihr mitzuhalten, doch gegen Ende des Liedes hatte Sara ein Einsehen mit ihm. »Sollen wir zu unseren Getränken zurückkehren?«

Er grinste sie an, und Erleichterung trat in seinen Blick. »Ja bitte, rette mich.«

Sie würde ihm ganz bestimmt nicht verraten, dass ihr Vorschlag auch egoistisch motiviert war. Wenn sie zu lange tanzte, würde ihr klarer Verstand in Mitleidenschaft gezogen und heute Abend wollte sie die Kontrolle behalten.

Sie wollte nicht fluchtartig aufbrechen müssen, um sich zusammenzureißen. Und das schon gar nicht, wenn dieser Abend so gut lief.

Ein warmes Glühen strahlte von seinem Arm aus, den er um ihren Rücken gelegt hatte, während er sie zur Bar führte. »Was hältst du davon, wenn wir uns an einen Tisch setzen?«, fragte er.

Das Flattern in Saras Bauch legte an Tempo zu. »Einverstanden. Dort drüben?« Sie deutete auf einen Ecktisch. Dort war es gemütlich. Schummerig.

»Perfekt.« Die Art und Weise, wie er dieses einzelne Wort hervorbrachte, und die Art und Weise, wie er sie mit seinem Blick streichelte, ließen Sara sich fragen, ob er damit tatsächlich den Tisch meinte. Doch nein, Männer blickten sie nicht so an oder flirteten auf solch unverhohlene Art mit ihr.

Sie schritt auf den Tisch zu und ließ sich auf der Bank nieder, die an der Wand stand. Ein paar Augenblicke später kam er mit ihrem nicht ausgetrunkenen Lemon Drop und seinem Bier zu ihr. Er reichte ihr das Getränk und sie stießen mit ihren Gläsern an, während er sich neben sie auf die Bank setzte. »Auf alte Freundschaften.«

Während sie trank, blickte sie ihn über den Rand ihres Glases hinweg an. Sie hatte Schmetterlinge im Bauch, als sie ihn betrachtete. So nah war sie einem Mann schon lange nicht mehr gewesen.

Er stellte sein beinahe geleertes Bierglas auf den Tisch und drehte den Kopf zu ihr hin »Also schön, Vegas-Regeln.«

Sie blinzelte ihn an. »Was?«

»Du weißt schon: Was in Vegas passiert, bleibt in Vegas. Du darfst niemandem erzählen, wie miserabel ich beim Line Dance bin.«

»Abgemacht«, entgegnete sie lachend. Er wirkte erleichtert, was allerdings nur von kurzer Dauer war. Dann runzelte er die Stirn. »Oh. Jetzt hast du ein Geheimnis, das du gegen mich verwenden kannst. Es ist nur gerecht, wenn du mir auch ein Geheimnis von dir verrätst.«

»Ein Geheimnis?« Sofort musste sie an die Hitze denken, die sich durch seine Nähe in ihrer Magengrube staute, und sie entschied, dass es einfach *zu* aufschlussreich wäre, wenn sie ihm dies verriet.

»Verrate mir etwas Gutes.«

Sie sah ihn mit hochgezogener Augenbraue an. »Im Ernst? Kein guter Line-Dancer zu sein, ist wohl kaum ein ›gutes‹ Geheimnis. Meines Erachtens ist das nur die Veröffentlichung wert, dass ich ein bisschen ungeschickt bin. Hätten wir weitergetanzt, hättest du das bemerkt.«

Er schüttelte den Kopf. »Das glaube ich nicht. Du bist eine großartige Tänzerin. Das denkst du dir doch nur aus.«

»Ich *bin* eine großartige Tänzerin.« Sie warf ihm einen *das stimmt* Blick zu. »Aber ich bin dennoch ungeschickt. Das liegt an meiner … Ach, unwichtig.« Sie wollte gerade sagen, es läge an ihrer Verarbeitungssensitivität, doch warum sollte sie das zur Sprache bringen? Sich von ihrer Familie gelöst zu haben, bedeutete, dass sie nicht mehr das Mädchen mit der Sensorischen Störung sein musste. Es war ihr nicht peinlich und sie schämte sich auch nicht, aber sie wollte den heutigen Abend einfach unbeschwert halten.

»Hmmm, Sie sind überaus faszinierend, Miss Archer.«

Als sie den Kopf drehte, konnte sie ein unterschwelliges Glitzern in seinem Blick wahrnehmen. Neugierde. Interesse. Dieser Ausdruck in seinen Augen gab ihr Selbstvertrauen. Sie wollte das jetzt durchziehen – Flirten, Anlocken, *Verführen*. »Bis jetzt sind diese Geheimnisse langweilig. Du schuldest mir noch eins. Und mach ein gutes daraus.« Sie machte auf eine, wie sie hoffte, kokette Weise, schmale Augen.

Er schmunzelte. »Tatsächlich? Mal sehen.« Nachdenklich tippte er sich mit dem Finger an seine Unterlippe und lenkte ihre Aufmerksamkeit auf seinen Mund. Was sie wiederum zu dem Gedanken zwang, sich vorzustellen, wie es wohl wäre, ihn zu küssen. »Du solltest schreiend in die andere Richtung rennen. Ich bin ein Hallodri.«

Die Art, wie er seine Stimme senkte, um seine Warnung auszusprechen, ließ ihre Zehen kribbeln. »Warum? Du kannst doch nicht so eine Bombe fallen lassen und dich dann nicht erklären.« Sie trank ihren Lemon Drop aus.

Er betrachtete ihr leeres Glas. »Noch eine Runde?«

Sie hatte nicht geplant, heute Abend mehr als ein alkoholisches Getränk zu genießen, doch sie würde noch ein weiteres vertragen können. Darüber hinaus entwickelte sich dieser Abend zu etwas viel zu Aufregendem, um jetzt Schluss zu machen. »Sicher. Aber sprich.«

Er gab der Bedienung ein Zeichen, die zu ihrem Tisch kam und ihre Bestellung aufnahm. Dann ließ er sich mit einem Aufseufzen an die Wand zurücksinken. »Du scheinst ein netter Mensch zu sein. Ich bin ... bloß eine Art von Lebemann, dem ab und zu der Sinn nach einer guten Zeit steht.« Obwohl sein Blick zurückhaltend war, schien er trotzdem irgendwie zu lodern.

»Du reißt also häufiger Mädchen in Bars auf?«

Sein Lächeln blieb rätselhaft, wobei er die Augen nicht von den ihren abwandte, während er sein Glas anhob. »Gelegentlich.«

Mit den Fingerspitzen fuhr sie am glatten Stiel ihres Glases entlang. »Das ist es also, was du heute Abend hier machst?«

»Bislang habe ich mich noch nicht entschieden. Aber am Ende liegt die Entscheidung höchstwahrscheinlich bei dir.« Von dem Blick, den er ihr zuwarf, als er das geleerte Glas auf den Tisch stellte, wäre sie um ein Haar in Flammen aufgegangen. Noch *nie* hatte ein Mann sie auf diese Weise angeschaut. Als wäre sie etwas ganz besonders Leckeres. Sie rutschte auf ihrem Platz hin und her und wünschte sich, den Mut zu haben, genau das zu tun, was Craig ihr empfohlen hatte – Dylan machte ihr geradezu ein Angebot. Warum also nicht? Warum konnte sie mit Dylan Westcott nicht einfach einen heißen One-Night-Stand haben? Sie kannte ihn – jedenfalls gut genug, als dass er für sie nicht irgendein Fremder war. Um ehrlich zu sein, war dies der bestmögliche Fall. Und er schien unmissverständlich interessiert zu sein ...

Der Kellner brachte ihnen die Getränke. Sara trank einen großen Schluck, um Mut zu fassen. Mit schiefgelegtem Kopf warf sie ihm einen fragenden Blick zu. »Vegas-Regeln?«

»Selbstverständlich.« Er trank einen Schluck von seinem frischen Bier und stellte das Glas dann wieder ab.

»In der Highschool war ich total in dich verknallt.« Sie schauderte und wartete darauf, ob sie die gegenseitige Anziehungskraft, die sie zu haben schienen, völlig vermasselt hatte.

Er formte die Lippen sich zu einem bezaubernden Grinsen. »Wirklich? Ich hatte ja keine Ahnung.«

Die in ihr ruhende Sechzehnjährige quiekte lautlos auf. »Du hattest eine Freundin. Eine ziemlich ernste Sache war das sogar – später habt ihr doch auch geheiratet, nicht wahr?«

Er brachte ein kurzes, dunkles Lachen hervor. »Ja, und du siehst ja, wie wunderbar das ausgegangen ist.«

Sara tat es leid, das Thema angesprochen zu haben, und nun wollte sie versuchen, die Stimmung wieder aufzulockern. »Bestimmt war alles ihre Schuld.«

»Ganz und gar.« Kopfschüttelnd lehnte er sich näher zu ihr und beugte sich dicht an ihr Ohr, sodass sein Atem ihre Haut kitzelte. »Das stimmt allerdings nicht. Ich habe dir ja gesagt, dass ich ein Hallodri bin.«

Ein Schauder durchfuhr sie, der sowohl von seinen Worten als auch von seiner Nähe herrührte. Hatte er seine Exfrau etwa betrogen? Er hatte angedeutet, ein Aufreißer zu sein. Dieses Zaudern wirkte sich dämpfend auf ihre Erregung aus, und das machte sie sauer. Sie war verdammt noch mal hier, um sich zu amüsieren. Also schlüpfte sie hinter dem Tisch hervor. »Danke für die Warnung. Komm schon, du Hallodri. Es ist Zeit, ein bisschen Line Dance zu lernen.«

Er stand auf. »Geh sanft mit mir um.«

Sie warf ihm einen Blick zu, den sie noch nie gewagt hatte – hoffentlich war er verführerisch und frech zugleich. »Das willst du nicht wirklich. Das glaube ich nicht.«

Er zog die Augen zusammen, und es schienen Funken zwischen ihnen zu sprühen. »Du *bist* gefährlich. Möglicherweise bist du diejenige, die eine Risikowarnung benötigt.«

Zum Teil wusste sie natürlich, dass es sich um ein spielerisches Geplänkel handelte, welches möglicherweise zu nichts führen würde, doch den Nervenkitzel seiner Aufmerksamkeit würde sie fraglos auskosten, solange sie in diesen Genuss kam.

Kapitel Zwei

NACHDEM er sich eine gute halbe Stunde lang auf der Tanzfläche zum Narren gemacht hatte, führte Dylan die zierliche und hübsche Sara Archer zu ihrem Tisch zurück. Was um alles in der Welt *tat* er da? Sara war ein nettes Mädchen mit mehreren Brüdern. Es waren große Brüder, die ihn bestimmt in die Mangel nehmen würden, wenn er sie in einer Bar aufriss. Es gab einen Grund, warum er seine Liebschaften fern von Ribbon Ridge abwickelte – denn er bevorzugte unverbindliche Bekanntschaften. Sara Archer war so weit davon entfernt, wie es nur ging. Und doch flirtete er hier mit ihr. Flirten richtete ja keinen Schaden an, nicht wahr?

Als er auf sie zugegangen war, war er sich nicht im Klaren darüber gewesen, wer sie war. Er hatte eine hübsche Blondine vor Augen gehabt, die ohne Begleitung hier war, und er war auf sie zugesteuert. Als er sich ihr näherte, traf ihn die Erkenntnis wie ein Schlag in die Magengrube. Trotzdem er sich schnell genug von seinem Schreck erholt hatte, war er zu gebannt gewesen, um sich rasch eine Ausrede einfallen zu lassen und einen Rückzieher zu machen. Das hatte ihn in sein derzeitiges Dilemma getrieben: Er flirtete mit einer Bekannten anstatt mit einer Fremden, was ihm weitaus lieber gewesen wäre.

Dann ließ er sich auf die Sitzbank neben Sara gleiten und trank einen großen Schluck von seinem Bier, da er nach den Strapazen auf der Tanzfläche durstig war. Sie betrachtete ihn über ihr Glas mit dem Lemon Drop hinweg, während sie daran nippte. Ihre Augen waren blau mit einer Spur von Grau, und wenn sie sie ein wenig zusammenzog, bekamen sie eine freche, sexy Ausstrahlung, die ihn wie elektrisiert durchrüttelte. So wie in diesem Moment.

»Das war doch gar nicht so schlecht«, meinte sie.

»Du sprichst von dem langsamen Lied. Ich denke, Umarmen und langsames hin und her Wiegen kriegt jeder hin.«

Sie lachte. »Ja, das mag sein. Aber ich meinte das im Ganzen. Du hast dich gut geschlagen.«

»Du bist auch eine tolle Lehrerin.« Das hätte ein kitschiger Anmachspruch sein können, doch er meinte seine Worte ernst. Es hatte ihm Spaß gemacht, mit ihr auf der Tanzfläche zu sein. Wenn Sara Archer zwar eindeutig sexy war, so war sie doch auch die Art von Frau, mit der er befreundet sein konnte. Was sie zu der Sorte Frau machte, die er *nicht* abschleppen würde. Es war höchste Zeit, diesem Abend ein Ende zu machen.

»Danke.« Sie trank ihren Lemon Drop aus.

»Willst du noch einen?« So viel zum Thema »dem Ganzen ein Ende zu machen«. Er musste sich dringend wieder in die Gewalt bekommen.

Einen Moment lang war sie still. »Zwei sind meine Obergrenze. Wenn ich bei klarem Verstand bleiben will. Und da du ein Hallodri bist, ist das wohl das Beste.« Sie holte ihr Handy aus der Tasche und schaute auf das

Display. »Es ist schon spät. Ich sollte mich auf den Heimweg machen.«

Vor lauter Erleichterung hätte er fast laut ausgeatmet. »Kann ich dich zu deinem Auto begleiten?« Das konnte nicht schaden, schließlich war er doch ein Gentleman.

Ihr Blick flackerte vor Überraschung. »Sicher, das wäre prima.« Sie schenkte ihm ein Lächeln, das sein Blut vor Vorfreude in Wallung brachte. Auf was? Er begleitete sie zu ihrem Fahrzeug und würde dann wieder hereinkommen, um seinen Abend so richtig zu beginnen.

Er stand auf und streckte seine Hand aus, um ihr aufzuhelfen. Sie ließ ihre Finger in seine gleiten, und die Verbindung strahlte direkt bis in seine Magengrube. Er ließ einen Zwanziger auf den Tisch fallen, um das Bier und den Lemon Drop zu bezahlen, und legte eine Hand auf ihren Rücken, um sie hinauszuführen.

Sie ging ein paar Schritte und blieb dann stehen. »Ich muss an der Bar anhalten, um meine Rechnung zu begleichen.«

»Lass nur. Das geht auf mich.«

»Du hast mir schon einen Drink spendiert. Das reicht völlig.« Sie schenkte ihm ein weiteres Lächeln, das eine körperliche Reaktion auslöste, der er besser keine Beachtung schenken sollte.

Er sah ihr nach, wie sie zur Bar schritt, und bewunderte die Rundung ihrer Hüfte, die in einer Jeans steckte, die ihr wie auf den Leib geschneidert schien. Ihm war aufgefallen, dass sie keine lächerlich hohen Absatzschuhe trug. Sie war gekommen, um zu tanzen, und hatte dementsprechendes Schuhwerk angezogen. Praktisch *und* sexy. Sie war in der Tat gefährlich.

Er ging zum Tisch seiner Freunde, um seine Jacke zu holen.

»Dylan«, rief Josh.

Dylan nickte Josh und Noah und den beiden Frauen zu, die sich zu ihnen gesellt hatten.

Josh stand auf, um zu Dylan zu kommen und lenkte ihn vom Tisch weg und in Richtung der Bar, wo Sara mit dem Barkeeper sprach. »Gehst du?«, fragte Josh. »Sie ist heiß.«

»Ich bringe sie nur raus. Ich bin gleich wieder da.« Ein Gefühl der Enttäuschung machte sich in ihm bemerkbar. Er ahnte, dass seine Chance auf einen tollen Abend schwinden würde, sobald sie gegangen wäre.

Josh deutete in Saras Richtung. »Kumpel. Die ist echt heiß. Und sie scheint auf dich zu stehen. Wo ist das Problem?«

»Ich kenne gewissermaßen ihre Familie.« Oder zumindest kannte sein Bruder ihre Familie. »Cameron ist gut mit ihrem Bruder befreundet, Hayden Archer.«

Josh riss kurz die Augen auf. »Wie die Archer Brauerei mit den vielen Kindern? Tolles Bier. Und Alter, die Familie ist stinkreich.«

Dylan war sich des Reichtums und des Ruhmes der Archers durchaus bewusst. Sie lebten schon in Ribbon Ridge, als der Ort noch eine winzige Präriestadt gewesen war. Und durch Immobilienprojekte und kluge Investitionen waren sie zu einer der wohlhabendsten Familien des Staates geworden. »Und warum ist das wichtig?«

Josh schüttelte den Kopf. »Das ist es nicht. Aber ich verstehe, dass sie dir ein bisschen zu nahe ist. Schade.«

Ja, schade.

»Hier ist ein radikaler Vorschlag«, meinte Josh und strich sich mit der Hand über seinen kurzgeschorenen Kopf. »Warum besorgst du dir nicht ihre Nummer und führst sie zu einem richtigen Date aus?«

Dylan schielte zu seinem Freund hinüber. »Sehr witzig.«

»Ich meine das schon irgendwie ernst. Seit deiner Scheidung sind drei Jahre vergangen. Willst du den Rest deines Lebens damit verbringen, einen One-Night-Stand nach dem anderen aufzureißen?«

Eventuell nicht den ganzen Rest seines Lebens, doch das war eine lange Zeit, die er da zu planen hatte. Im Augenblick war er mit dieser Lösung ganz zufrieden. Nein, mehr verkraftete er im Augenblick nicht. Es war nicht so, als würde er den Frauen etwas vormachen. Er sprach immer ganz offen über das, was er sich wünschte.

Sara wandte sich von der Theke ab und sah sich suchend um, bis sie ihn entdeckte. Sie lächelte ihn an und ging in seine Richtung.

Dylan stieß Josh mit dem Ellbogen von sich weg. »Behalte deine Ratschläge für dich. Du bist nicht gerade ein leuchtendes Vorbild.«

Josh lachte. »Stimmt.«

Sara kam bei den beiden Freunden an und Dylan stellte sie vor. Nachdem sie sich noch einen guten Abend gewünscht hatten, begleitete Dylan sie vor die Tür.

Sobald sie in die Nachtluft hinaustraten, fröstelte sie. »Hast du keine Jacke dabei?«, fragte er und machte bereits Anstalten, seine eigene abzustreifen.

»Ich habe sie in meinem Auto gelassen.«

»Hier.« Er nahm seine Jacke und legte sie ihr um die Schultern.

Sie lächelte zu ihm auf. »Danke. Mein Auto steht dort drüben, der blaue Audi.«

Während sie zu ihrem Wagen gingen, zog sie ihren Schlüssel aus der Tasche und drückte die Entriegelungstaste. Er machte ihr die Tür auf. »Danke für den wunderbaren Abend.«

Sie drehte sich zu ihm um und stand in der offenen Tür. »Schade, dass er zu Ende ist.« Für einen kurzen Moment wurde ihre Miene verschlossen, als ob sie es bereute, das gesagt zu haben. Dann reckte sie das Kinn und schaute ihn direkt an. »Das muss es eigentlich nicht sein. Vegas-Regeln, hab ich recht?«

Heiliger Himmel, sie wollte ihn verführen. Und warum auch nicht? Den ganzen Abend lang hatten sie geflirtet. Aber er musste ein Mistkerl sein. Er konnte nicht mit ihr nach Hause gehen. Nicht mit Sara Archer. »Ich bin mir nicht sicher, ob das eine gute Idee ist.«

»Das ist eine großartige Idee. Lass uns Vegas in meine Wohnung bringen.« Ihre Augen verengten sich wieder auf diese sexy, provokante Art. »Aber die Sache ist die: Ich bin nur an heute Abend interessiert.«

War der Parkplatz etwa gerade unter seinen Füßen verschwunden? Das war doch sein Satz. Der Playboy in ihm war eindeutig überrascht.

Sie hob ihre Hand zum Mund. »O nein, ich wollte dir nicht zu nahetreten. Ich bin echt *miserabel* in solchen Dingen.«

Nein, sie war sogar ziemlich gut. Sein Verstand schrie ihm zu, wieder hineinzugehen, doch sein Körper war heiß und bereit. Begierig.

»Du musst zugeben, dass dies für eine Frau seltsam ist«, meinte er, immer noch bemüht, sich einen Reim auf ihre Forderung zu machen. Vielleicht würde es ihr sogar einen Ausweg bieten, falls sie übereilt losgeplappert hatte.

Mit der Hand fuhr sie sich über die Wange. »Ja oder? Ich habe kein Problem damit. Ich war schon immer ein bisschen seltsam.« Sie zwinkerte ihm zu, ihre Augen verdunkelten sich zu einem regelrechten Wintersturm, und er war vollkommen hingerissen.

Er nahm ihre Hand von ihrem Mund fort und drückte ihr einen langsamen, bedächtigen Kuss auf die Handfläche. Damit wollte er erreichen, dass sie genau wusste, worauf sie sich einließ. »Du bist weder seltsam, noch bist du schlecht darin. Du weißt doch, ich *bin* hier der Hallodri. Hauptsache, du vergisst das nicht.« Er warf ihr einen eindringlichen Blick zu, der ihr erneut die Möglichkeit gab, davonzulaufen, wenn sie es wollte.

Wie gebannt antwortete sie mit einem Nicken.

Er schob eine Hand um ihre Taille, um sie zu umfassen. Ohne den Blickkontakt zu unterbrechen, zog er sie an sich. Sein Vorgehen war von Langsamkeit geprägt, denn er wollte kein Bedauern am nächsten Tag. Sie legte eine Hand auf seine Schulter, die sie dann in seinen Nacken schob und seinen Kopf nach unten zog. Mehr brauchte er nicht zur Ermutigung, um dann mit seinem Mund über den ihren zu gleiten.

Heißes Verlangen durchströmte ihn, als ihre Lippen sich trafen. Sie krallte die Finger in sein Hemd und zog ihn näher zu sich. Er packte sie fester und öffnete seinen Mund. Sie traf seine Zunge mit der ihren, und dann explodierte alles. Empfindungen – hell und dunkel und absolut schwindelerregend – brandeten über ihn hinweg. Sie schmeckte wie der Himmel und fühlte sich auch so an.

Gerade als es so weit war, dass er sich in sie hineindrängen wollte, zog sie sich zurück. Sie drückte ihm den Schlüssel in die Hand. »Du fährst.«

Verdammt, sie war wirklich neu auf diesem Gebiet. Er schüttelte den Anflug eines Zögerns ab. Er legte den Schlüssel in ihre Handfläche zurück und schüttelte den Kopf. »So funktioniert das nicht. Ich werde dir folgen.«

Ihre Augen wurden ein wenig größer. »Oh, Verzeihung.«

Verflixt, was *tat* er da?

Er schloss die Finger um ihr Handgelenk. »Hör zu, Sara, vielleicht sollten wir die Sache einfach für heute beenden. Ich will nicht, dass du es dir noch einmal überlegst.«

»Das mach ich nicht. Ich weiß, dass ich auf diesem Gebiet noch ein Neuling bin, und wenn dich das abschreckt, ist das in Ordnung.« Sie sprach ganz ausdruckslos und klang dabei wie ein völlig anderer Mensch.

Er drehte sie um und drückte sie mit dem Rücken gegen ihr Auto, presste seinen Unterkörper an ihren und ließ seine Hand an ihrem Hals entlang unter ihr weich fallendes Haar gleiten. »Lass mich eines klarstellen: Ich bin mir ziemlich sicher, dass du mich nicht abschrecken könntest, selbst wenn du einen Versuch unternehmen würdest. Wenn du dich mit offenen Augen darauf einlassen kannst, dann gehen wir. Du musst nur verstehen, dass es keine weiteren Anrufe, keine Verabredungen und keine Wiederholung geben wird. Wenn du damit einverstanden bist, fahre ich den dunkelgrauen Pick-up dort drüben und werde dir folgen. Was sagst du dazu?«

Eine volle Minute blickte sie ihn mit ihren atemberaubenden Augen an. Sein Schaft war hart geworden, und er betete im Stillen, dass sie ihre Meinung nicht geändert hatte. Ihre Augenlider sanken herab und sie leckte sich über die Unterlippe. »Gehen wir.«

Sie drückte sich an ihm vorbei und stieg in ihr Auto. Er musste sich erst schütteln, um in Bewegung zu kommen. Schon lange war er nicht mehr so erregt gewesen. Er hoffte, dass sie nicht zu weit weg wohnte.

»Ich wohne in der Nähe – es sind etwa zehn Minuten von hier«, meinte sie. »Es gibt ein Sicherheitstor, aber wenn du direkt hinter mir reinfährst, ist alles in Ordnung.«

Er nickte, ehe er sich zu seinem Wagen drehte. Als er sich in der Fahrerkabine niedergelassen hatte, schrieb er Josh schnell eine SMS, um ihn zu informieren, dass er nicht wiederkommen würde.

Josh antwortete mit einem prahlerischen »*Ich wusste es. Noah muss zahlen.*«

Dylan schüttelte den Kopf, als er den Motor anließ und hinter Saras Audi vom Parkplatz fuhr. Er war davon ausgegangen, dass er sich auf der Fahrt abkühlen würde, aber sein Gehirn war mit dem sanften Gleiten ihrer Zunge, dem Gefühl ihrer schlanken Taille und dem berauschenden Duft ihres Parfums und den Pflegeprodukten, die sie für ihr Haar benutzte, das nach Zitrusfrüchten und Gewürzen roch, angefüllt.

Sie lenkte ihren Audi in ihre Siedlung und hielt vor dem Sicherheitstor an. Er beobachtete, wie sie einen Code eingab und das Tor sich öffnete. Wie angewiesen, folgte er ihr dicht auf den Fersen.

Die letzte Garage auf der rechten Seite schob sich auf und sie fuhr hinein. Dylan parkte seinen Truck in ihrer Einfahrt. Er sprang hinaus und betrat die Garage. Sie stieg gerade aus ihrem Auto aus, was seine Aufmerksamkeit auf ihre fabelhaften Beine lenkte. Sie waren für eine Frau, die nicht größer als einen Meter siebenundsechzig sein konnte, fabelhaft lang.

Nachdem sie ihm einen kurzen Blick zugeworfen hatte, sagte sie nichts, bevor sie um das Auto herumgegangen war und ihn eine kurze Treppe zur Tür hinaufführte.

Er folgte ihr in einen Korridor, der in den Haupteingang mündete. Sie drehte sich zu ihm um, zog den Mantel aus und hängte ihn an eine Hakenleiste unter einem Spiegel. »Ich bin clean und lasse mir regelmäßig ein Verhütungsmittel spritzen.«

Er streckte die Hand aus und schlang seinen Arm um ihre Taille. Dann zog er sie zu sich heran, bis sie an seine Brust stieß. »Ich bin auch clean, und ich habe Kondome dabei.«

Sie ließ ihre Arme über seinen Oberkörper gleiten. »Gott sei Dank, ich habe mich schon gefragt, ob du die Straße runter zum Supermarkt laufen musst.«

Er schmunzelte, denn zu wissen, dass sie lieber abgewartet hätte, als die Nacht abzubrechen, stimmte ihn froh. »Ich hätte unterwegs angehalten.«

»Gut zu wissen.« Sie zog seinen Mund zu sich herunter, bis er auf ihrem lag, und die auf dem Parkplatz entbrannte Leidenschaft flammte erneut auf.

Dieser Kuss war inniger und erheblich erotischer als der erste. Dylan machte sich nicht die Mühe, sich zurückzuhalten – jetzt nicht. Als sie ihren Körper an seinen schmiegte, waren mit einem Mal ihre Brüste, ihre Schenkel, all die besten Teile von ihr direkt an ihm zu spüren. Sie schmeckte wie Zitronen und Zucker, köstlich süß. Er konnte einfach nicht genug bekommen.

Und ihr Duft nach Zitrusgewürzen machte ihn noch wahnsinnig. Er dirigierte seinen Mund zu ihrem Kiefer und leckte eine Spur bis zu ihrem Ohr, wo er dann mit seinen Zähnen an ihrem Ohrläppchen zupfte. Darauf reckte sie sich, und er griff das Stichwort auf und verteilte Küsse auf ihrem schlanken, gestreckten Hals.

»Würdest du bitte deine Schuhe ausziehen?«, bat sie.

Es machte ihm nichts aus. Es waren Stiefel, also zog er die Füße einfach heraus, während er sie weiterhin festhielt.

»Kann ich sonst noch etwas ausziehen, wenn ich schon dabei bin?«

Sie zog ihren Oberkörper von seinem zurück und fuhr mit ihren Händen über seine Schultern. »Warum nicht? Dein Hemd scheint wirklich überflüssig zu sein.«

»Einverstanden.« Er hob die Hand an den obersten Knopf, doch ihre Finger waren bereits dort. Darauf ließ er seine Hände zum untersten Knopf sinken und grinste sie an. »Wir treffen uns in der Mitte.«

Sie antwortete ihm mit einem Lächeln, das zurückhaltend und verführerisch zugleich war, was er noch nie erlebt hatte. Verdammt, diese Frau könnte ihm *sehr* gefährlich werden.

Doch nun gab es kein Zurück mehr, nicht als ihre Finger sich trafen und ihre Hände bereits die Vorderseite seines Hemdes auseinandergeschoben hatten. Er schüttelte das Kleidungsstück ab, und sie warf es hinter sich.

Ihre Augenbrauen zogen sich auf eine hinreißende Weise zusammen, als sie ihr Augenmerk auf seine Brust lenkte. »Dieses T-Shirt ist auch ein Hindernis.« Sie schob den Saum hoch, und er half ihr, es über seinen Kopf zu ziehen. Das T-Shirt gesellte sich zu seinem Hemd und seinen Stiefeln auf dem Boden des Eingangsbereichs.

Dann streichelte sie mit den Händen über seine Haut und ihre Finger gruben sich dabei leicht in sein Fleisch. »Du musst einen guten Trainer haben.«

Er gluckste, tief und rau. »Nein. Ich arbeite mit den Händen.«

Sie warf ihm einen Blick zu, der pure Verführung bedeutete. »Wirklich? Zeig es mir.«

Sein Blut geriet schlagartig in Wallung. »Das Schlafzimmer?«

»Oben.«

»Noch einen Kuss.« Er hob sie hoch, drehte sie um und drückte sie gegen die Wand, die neben der Treppe verlief. Ihre Münder trafen sich in einem Durcheinander aus Lippen und Zungen, Hitze und Verlangen.

Als sie ihre Beine um seine Taille schlang, schmiegte sich seine Erektion perfekt zwischen ihre Beine. Verflixt, aber sogar mit ihrer Jeans zwischen ihnen fühlte sie sich gut an. Sie wühlte mit ihren Fingern in seinem Haar, während ihre Zunge verrückte Dinge mit seinem Mund anstellte. Dann waren ihre Lippen auf seinem Kiefer und seinem Hals, was ihn vollkommen um den Verstand brachte.

Mit ihr zusammen drehte er sich um. »Halt dich fest.« Vorsichtig, aber mit grimmiger Entschlossenheit, trug er sie die Treppe hinauf. Auf halbem Wege befand sich ein Treppenabsatz. Er konnte der Stellung nicht widerstehen, die sich durch die Wand anbot und küsste sie erneut. Während des Kusses umklammerte sie ihn noch fester mit den Beinen, und er überlegte, ob sie es nicht gleich hier tun sollten. Gut, dass sie sich unten nicht komplett ausgezogen hatten. Tatsächlich ...

Bei diesem Gedanken löste Dylan den Mund von ihrem und sah auf ihre geröteten Lippen und ihre lüsternen Augen herab. »Du hast mehr Kleidungsstücke an als ich. Das ist nicht fair.«

»Stimmt.« Sie schleuderte ihre Schuhe von sich, und er hörte, wie sie auf den Teppich fielen. »Besser?«

»Ganz und gar nicht.«

Sie strich mit dem Finger über seine Wange und seine Lippen. »Was willst du dann?«

»Die Bluse. Und den BH.«

Sie ließ die Beine sinken und hielt den Blick fest auf seinen gerichtet. Dann hob sie die Halskette hoch, die an der Vorderseite ihres aufreizenden Oberteils baumelte.

»Nein, das bleibt.« Er hatte eine verruchte Vision von ihr, wie sie dieses glitzernde Ding trug und sonst nichts. »Es passt zu deinen Augen.«

Sie blinzelte, und einen Moment lang befürchtete er schon, er hätte die Magie zwischen ihnen gebrochen. Aber dann schob sie die Kette unter ihr Oberteil, das sie vorsichtig über ihren Kopf streifte.

Er fuhr mit seinen Händen an ihren Armen hinauf und half ihr - ach, wem wollte er da etwas vormachen? Er half ihr nicht, sondern er huldigte ihr. Sie war durchtrainiert und schön, und er konnte nicht anders als sie zu berühren. Er behielt seine Hände an ihren Handgelenken über ihrem Kopf und warf ihr einen fragenden Blick zu. Sie antwortete, indem sie ihn erneut küsste. Ihre nahezu nackte Haut an der seinen war eine echte Qual. Das wäre es jedenfalls gewesen, wenn er nicht genau gewusst hätte, wohin das führen würde.

Ihre Armbänder klirrten, als sie gegen seine Hände stießen, während sie ihren Körper an seinen presste. Sie legte ihren Kopf schräg und intensivierte den Kuss auf diese Weise. Er nahm ihr die Bluse ab und warf sie irgendwohin. Dann verschränkte er seine Finger mit ihren und lenkte ihre Arme an ihre Seiten. Nachdem er sie von der Wand weggezogen hatte, tastete er nach dem Verschluss ihres BHs. Mit einer kleinen Bewegung seiner Finger löste sich der Verschluss zwischen ihnen. Sie griff danach, und er hatte keine Ahnung, was als Nächstes geschah, denn das Gefühl ihrer Brüste an seinem Oberkörper ließ ihn überschnappen.

Er küsste sich an ihrem Hals hinunter. »So weich«, murmelte er. »Gott, bist du schön.«

Er sog den Anblick ihrer blassen Perfektion in sich auf, ehe er ihre Brüste dann umfasste. Sie passten in seine

Hände, als wären sie für ihn gemacht, was das absolut Lächerlichste war, was er je gedacht hatte. Es gab kein Schicksal oder Dinge, die sich einfach so fügten. Es gab nur den Moment, das Gefühl, das *Hier*.

Er schnippte ihre Brustwarze, spürte, wie sie zitterte, und grinste. Oh, das würde eine denkwürdige Nacht werden.

* * *

Sara nahm wahr, wie sich sein Mund ihrer Brust näherte und wie seine Zunge dann über ihre Brustwarze leckte, wie seine Hände sie liebkosten, doch sie war sich keineswegs sicher, ob sie all diese Sinneseindrücke verarbeiten konnte. Sie mochte vermuten, dass ihre Sinne überstimuliert waren – und sie nahm an, dass sie dies tatsächlich waren –, aber sie fühlte sich in keiner Weise überwältigt oder im Panikmodus. Sie fühlte sich ... spektakulär.

Ja, es war sehr lange her, dass sie so etwas getan hatte, doch noch *nie* hatte sie sich so unglaublich gefühlt. Jede Berührung, jeder Kuss, jedes Wort war besser, erotischer und heißer als alles, was sie je zuvor erlebt hatte.

Dylan vermittelte ihr das Gefühl, wundervoll zu sein, und er ließ sie auch glauben, dass sie die Kontrolle hatte.

»Schaffen wir es bis zum Bett?«, fragte sie.

Er hielt – ganz kurz – mit dem Saugen an ihrer Brustwarze inne. »Nicht, wenn du nicht willst.«

Ja, er gab ihr das Gefühl, die absolute Kontrolle über alles zu haben, und genau das würde diese Nacht perfekt machen.

»Vielleicht ist es da ganz schön.« Noch nie hatte sie irgendwo anders als im Bett Sex gehabt. Vielleicht sollte sie etwas Neues ausprobieren? Nein, der One-Night-Stand war schon außergewöhnlich genug, entschied sie.

Er hob den Kopf, und die kühle Luft ließ ihre Brustwarzen gleich noch fester werden. »Und los geht es.« Er schob ihr die Hände unter das Hinterteil und hob sie hoch.

Sie schlang ihre Beine um seine Taille und hielt sich an seinem Hals fest. Und weil sein Mund so nah war, küsste sie ihn gleich noch einmal. Die Intensität des Kusses raubte ihr den Atem, als hätten sie sich nicht schon ein Dutzend Mal geküsst.

Er drehte sich mit ihr um und ging die restlichen Treppenstufen hinauf.

»Wende dich nach rechts«, raunte sie an seinem Mund, ehe sie über seine Unterlippe leckte.

Ein leises Stöhnen entfuhr ihm. »Du bringst mich noch um.«

»Oh, sag so etwas nicht. Ich bin noch nicht fertig mit dir.«

Ein leises Lachen löste sich in seiner Brust. »Gott sei Dank.«

»Die Tür ist geradeaus.«

Er trug sie über die Schwelle und blieb abrupt stehen, während sein Mund auf ihrem erstarrte. »Wow, das ist rosa. Wirklich richtig rosa.«

Sie spürte, wie ihr die Röte den Nacken hinaufstieg. Ja, es war wirklich rosa, nicht wie das Zimmer eines kleinen Mädchens oder so, aber sie mochte die Farbe. Und zwar sehr. »Es gibt auch etwas Braunes.« In ein paar Dekorkissen zum Akzentuieren und in den Vorhängen.

»So ist es.« Er lächelte sie an, und Lachfältchen bildeten sich an seinen Augenwinkeln. »Es ist bezaubernd.«

Ein Gefühl der Unsicherheit durchdrang ihren sexuellen Nebel. Bezaubernd war nicht sexy. Sie wollte nicht bezaubernd sein. Sie war es leid, die süße jüngere Schwester zu sein. Vorhin war sie sich auf dem Parkplatz so sicher gewesen, dass er die Sache abblasen würde. Er dachte wahrscheinlich, dass sie der Situation nicht gewachsen sei und wahrscheinlich war sie das auch nicht, doch dies war verdammt noch mal, ihre Entscheidung. Und sie hatte es so satt, dass alle sie zu beschützen versuchten, oder zu wissen glaubten, was das Beste für sie war. *Das wussten sie nicht.*

Sie löste die Beine von seiner Taille und stand auf. »Du findest mich bezaubernd?«

Er drückte sie fester an sich. »Hey, ich habe es nicht böse gemeint. Bezaubernd ist was Gutes.« Er runzelte die Stirn. »Oder nicht?«

Sie drehte ihn um und ging vorwärts, was ihn dazu zwang, rückwärts ins Zimmer zurückzugehen. Als sie nahe genug am Bett waren, trat sie etwas zurück und drückte ihn auf die Matratze. Das versuchte sie zumindest, doch das Bett war durch die mit Kopfkissen bestückte Matratze sehr hoch.

Stattdessen wippte er gegen die Kante, fiel aber nicht ganz zurück.

Sie schürzte ihre Lippen. »Du hättest auf das Bett fallen sollen.«

»Oh, ich bitte um Verzeihung.« Er veranstalte ein kleines Spektakel, indem er sich nach hinten ausbreitete.

Fast hätte sie gelacht, doch sie wollte etwas klarstellen. Eine sexy, nicht bezaubernde Aussage. »Bezaubernd ist gut für kleine Mädchen mit Zöpfen oder Welpen. Macht bezaubernd so etwas hier?« Sie griff nach seinem Hosenbund und knöpfte ihn auf. »Oder das?« Sie zog seinen Reißverschluss herunter und ließ ihre Hand in seine Jeans gleiten.

Sein Schaft war prall und bereit. Sie ließ ihre Hand über ihn gleiten und schockierte sich selbst mit ihrer Aktion.

»Wahrscheinlich nicht«, krächzte er.

Sie nahm ihre Hand fort, um ihm die Hose über die Hüften zu ziehen. Sie zog ihm die Hose ganz aus und warf sie an die Wand. Seine Socken folgten.

Alles, was übrig blieb, waren seine Boxershorts. Sollte sie sie jetzt ausziehen? Konnte sie das? Ihre Finger fanden ihre Armbänder und strichen über das glatte Silber. Es beruhigte sie, erinnerte sie daran, dass sie eine erwachsene Frau war und dass sie eine unvergessliche Nacht vor sich hatte.

Entschlossen schüttelte sie ihr Zögern ab und beugte sich vor, um ihre Fingerspitzen in den oberen Teil seiner Boxershorts gleiten zu lassen. »Und macht bezaubernd *das* auch?«

Langsam zog sie ihm die Unterwäsche über die Hüften hinunter. Er war absolut umwerfend, seine Hüften schlank und schmal zulaufend. Dann kam sein Schwanz frei und sie wurde von ihrem inneren erotischen Selbst ergriffen, von deren Existenz sie bis heute keine Ahnung gehabt hatte. Ohne sich die Mühe zu machen, ihm die Unterwäsche ganz auszuziehen, leckte sie über die Spitze seiner Erektion. Salz und Hitze ergossen sich über ihre Zunge.

Sein lautes Einatmen erfüllte den Raum. Sie machte den Mund auf und saugte ihn in sich hinein. Er verflocht seine Finger in ihrem Haar. Ihre Halskette baumelte über ihm. Er hatte recht, das hatte etwas ungemein Sexuelles an sich.

Sie nahm ihn so tief in sich auf, wie sie sich traute, und fuhr mit ihrer Zunge an der Unterseite seines Schaftes entlang. Seine Atemzüge wurden kürzer, und er grub die

Finger in ihre Kopfhaut. Sie zog sich zurück und stieß dann auf ein Neues mit kontrollierten Bewegungen zu, jawohl, Kontrolle. In dieser Situation war sie absolut Herr der Lage, und das fühlte sich *göttlich* an.

»Sara.« Sein verzweifeltes Flehen verlieh ihr nur noch mehr Kraft.

Sie schlang die Finger um den Ansatz seines Schafts und ließ ihre Hand dann zu ihrem Mund hinauf wandern. Dann wieder hinunter. Und wieder hoch. Seine Hüften hoben sich ihr wie von selbst entgegen, während er ihr den Kopf streichelte.

»Sara, wenn ich dir verspreche, dich nie wieder bezaubernd zu nennen, hörst du dann auf?« Er klang angespannt, ja sogar gequält.

»Was ist los?« Sie ließ ihre Zunge um seine Spitze kreisen, während sie mit ihrer Hand an seinem Schaft entlangfuhr. »Bin ich dir zu viel?« Sie lächelte, ehe sie ihn wieder in ihren Mund saugte.

Sein sinnliches Stöhnen erfüllte sie mit Verlangen. »Wenn du nicht aufhörst, wird das ein weitaus schnelleres Intermezzo werden, als ich mir vorgestellt hatte.«

Nun hatte sie ihn verstanden. Und sie hatte ihren Standpunkt deutlich gemacht – ihr selbst gegenüber, was das Allerwichtigste war. Nach einem letzten Lecken lehnte sie sich zurück und schaute auf ihn hinab. Seine Augen waren zu Schlitzen verengt, und er hielt die Bettdecke mit seinen Händen umklammert. Als er sich dann aufsetzte, spannten sich seine Bauchmuskeln bei der Bewegung an. Angesichts seiner Pracht war Sara war schlichtweg sprachlos.

Dann streckte er die Hand aus und zog sie zu sich heran. Er spreizte die Beine und setzte sie zwischen sich. »Du bist eine unbarmherzige Lehrmeisterin. Aber Rosa ist jetzt glaube ich meine Lieblingsfarbe. Insbesondere weil ich dabei an deine Lippen denken muss.« Er küsste sie, und erforschte ihren Mund mit seiner Zunge in einem kurzen wilden Ausbruch, ehe er sich weiter nach unten bewegte. »Und deine Brustwarzen. Mmmm.« Mit langsamen, verführerischen Zungenschlägen und saugenden Lippen machte er sich erst über die eine und dann die andere Brustwarze her.

Er öffnete ihre Jeans und schob sie gleichzeitig mit ihrer Unterwäsche an ihren Beinen hinunter. »Soll ich nachsehen, was noch rosa sein könnte?«

Er schob ihr die Hose bis zu den Waden hinunter. Sie trat auf das eine Hosenbein, um sie auszuziehen, und schob die Kleidungsstücke dann beiseite. In der Zwischenzeit machte er allerdings schon weiter. Mit seinen Fingern hatte er ihre Mitte ertastet und führte sodann einen Finger geschickt in sie ein. Er legte den Kopf schief. »Rosa. Und wunderschön.« Grinsend schaute er zu ihr auf. »Und sehr, sehr feucht.«

Sara schloss die Augen, während er sie mit seinen Fingern abwechselnd streichelte, drückte und stieß. Er nahm sie in einer raschen Bewegung hoch und legte sie auf das Bett.

»So ist es besser.« Er spreizte ihr die Beine und vergrub seinen Mund in ihrem Geschlecht. Seine Zunge stieß dabei auf ihre Knospe, und sie keuchte. Die Empfindungen überfluteten sie. Ihre Armbänder fielen ihr über die Hand, und sie schob sie um ihren Daumen, um sie in der Handfläche festzuhalten, als würde sie sich an ein Seil klammern. Und vielleicht tat sie das auch. Sie war vollkommen sicher, dass sie jeden Augenblick davonschweben würde.

Das tat sie jedoch nicht. Sein Mund und seine Finger sorgten dafür, dass sie auf der Erde blieb, und sie hielten sie gefangen, bis sie die Kontrolle aufgeben musste, die sie sich so hart erkämpft hatte. Doch das war ihr einerlei. Eine blendende Ekstase spülte über sie hinweg und drohte, sie an einen Ort zu schwemmen, den sie noch nie zuvor besucht hatte. Dann saugte er heftig an ihrer Knospe und stieß seinen Finger tief in sie hinein. Als sie sich darauf aufbäumte, brach ein wilder Schrei aus ihrem Mund hervor, denn ihr Orgasmus katapultierte sie über den Höhepunkt, dessen Gipfel sie bislang nur flüchtig erahnt hatte, und ließ sie in einen dunklen, warmen Abgrund stürzen.

Nachdem ihr Zittern allmählich nachgelassen hatte, zog er sich aus ihr zurück. Einen Moment später berührte er ihre Hand. »Hier, überlass sie mir.« Er meinte ihre Armbänder. Noch immer hielt sie sie mit einem Todesgriff umklammert. Einen Moment lang verspürte sie Panik. Konnte sie sie loslassen?

Sie schlug die Augen auf und blickte ihn an, wie er sich über sie beugte. Heiliger Strohsack, wie gut er aussah. Seine Brust war herrlich bemuskelt, und zwischen seinen Brustmuskeln befand sich nur ein leichter Flaum von dunkelbraunem Haar. Er hatte gesagt, er würde mit seinen Händen arbeiten ... und ihrer Meinung nach war er sicherlich ein Experte. Bislang hatte er sich ganz ausgezeichnet um sie gekümmert.

Sie streifte die Armreifen ab und übergab sie ihm. »Danke.« Er legte den Schmuck auf ihrem Nachttisch ab. Als er sich wieder umdrehte, blickte sie ihn mit einem sinnlichen Lächeln an. »Ich trage noch immer die Halskette.« Das war halb Frage, halb provokante Aussage. Es hatte etwas köstlich Unanständiges, sie zu tragen – und sonst nichts.

»Und sie steht dir großartig.« Er legte sich neben sie aufs Bett und stützte seinen Kopf auf seine Hand. Mit der

Fingerspitze hob er die Kette von ihrer Haut. Dann ließ er sie über ihre Brustwarze gleiten und schickte Schockwellen durch sie hindurch. Ihr Verlangen wurde wieder stärker, obwohl sie erst vor wenigen Minuten einen Orgasmus gehabt hatte. Er beugte sich vor und nahm ihre Brust in den Mund, während er die Kette über ihrer anderen Brustwarze hin und her schob. Sara warf den Kopf auf die Matratze zurück und gab sich den Empfindungen hin. Bei ihrem Orgasmus hatte sie eine tiefe Befriedigung verspürt. Es war ein Gefühl, bei dem sie nicht sicher war, ob es sich mit etwas anderem vergleichen ließ und im Laufe ihres Lebens hatte sie schon viel Zeit damit verbracht, über die Verarbeitung von Sinneseindrücken nachzudenken.

Noch immer ließ sie sich von der berauschenden Welle der Befriedigung tragen, und so rollte sie sich auf die Hüfte und entzog ihm auf diese Weise ihre Brust. Sie schob ihn aufs Bett und bedeutete ihm, sich zu drehen, damit sein Kopf auf den Kissen lag.

Sein Blick war sinnlich verklärt, doch er legte sich so hin, wie sie es sich wünschte. »Bin ich da, wo du mich haben willst?«

Lust durchströmte sie bei dieser Andeutung in seinem Tonfall. »Ja.« Sie setzte sich im Reitersitz auf ihn, zog die Halskette zwischen ihre Brüste und beugte sich vor, sodass sie seine Brust kitzelte. »Bin ich das?«

»Verdammt ja.« er massierte ihre Knospe mit seinem Daumen, und streichelte mit einer Hand an der Unterseite ihrer Brust entlang. Dann fuhr er mit dem Finger um die Brustwarze herum und zupfte schließlich sanft an der Spitze.

Sie holte tief Luft und ließ ihr Becken gegen seine Hüften kreisen. Sie beugte sich vor, sodass sein Schaft ihr Geschlecht berührte.

»Kondom«, brachte er hervor. »In meiner Brieftasche in der Gesäßtasche meiner Jeans.«

Richtig, das Kondom. Verdammt, das hatte sie fast vergessen. *Blöd, Sara.* »Bin gleich wieder da.«

Sie stieg aus dem Bett und fand seine Jeans auf dem Fußboden. Normalerweise würde sie der chaotische Haufen ihrer Kleidung verrückt machen, doch das war ihr im Augenblick gleich. Sie zog sein Portemonnaie aus der Hosentasche und fischte ein Kondom heraus – er hatte mehr als eines dabei. Das passte zu seiner Aussage in der Bar – ein One-Night-Stand war nicht untypisch für ihn. Beim Gedanken, dass sie nur eine Frau unter vielen war, musste sie für einen Augenblick innehalten.

Als sie einen Blick in Richtung Bett warf, erkannte sie, dass er auf der Seite lag und sie beobachtete.

»Es ist immer gut, Ersatz zu haben, falls das erste kaputtgeht«, bemerkte er und beantwortete damit ihre unausgesprochene Frage.

Er war ein umsichtiger Planer. Was ihr gefiel. Und zwar sehr. Es war ein Jammer, dass sie den Entschluss gefasst hatte, nur einen One-Night-Stand aus ihrem Treffen zu machen. Ja, *sie* war felsenfest entschlossen. Seine Vergangenheit – und seine Zukunft – gingen sie nichts an.

Nachdem sie zum Bett zurückgekehrt war, riss sie das Kondom auf. »So etwas habe ich noch nie übergezogen.« Ihre anderen Partner – die zwei, die es nur gab, hatten es immer übernommen.

»Wirklich? Ich werde dir helfen. Es kann Freude bereiten, wenn es richtig gemacht wird.«

»Das kann ich mir vorstellen.« Sie zog das Kondom aus der Verpackung und legte die Hülle auf den Nachttisch. »Rollt man es runter?«

»Jap.« Er dirigierte ihre Hand bis zur Spitze seines

Schafts. »Fang hier an – logischerweise.« Er grinste
verrucht. »Dann zieh das Kondom einfach nach unten. Je
langsamer, umso besser.«

Sie ließ die Latexhülle über seinen Schaft gleiten. Er
ließ seine Hand bei ihrer, was diesen ohnehin schon erotischen Akt noch erotischer werden ließ.

Als sie fertig waren, schloss er kurz die Augen. »Wenn
du ein Kondom benutzen musst, ist das die richtige Vorge-
hensweise.« Er sah sie aus seinen graugrünen Augen mit
einem eindringlichen Blick an. »Willst du immer noch oben
sein?«

Sie wiederholte seine Antwort. »Klar. Los geht's.«
Noch einmal ließ sie sich im Spreizsitz auf ihn nieder.

»Du bist fantastisch«, stellte er schmunzelnd fest. Er
liebkoste ihre Schamlippen mit den Fingern. Dann hob er
den Arm und legte seine Hand um ihren Nacken. »Komm
her.« Er zog ihren Kopf zu sich herunter und küsste sie mit
offenem Mund. Seine Zunge prallte auf ihre und erforschte
ihren Mund, während er ihren Kopf mit einer Hand festhielt. Dies war der erotischste Kuss, den sie je mit
jemandem ausgetauscht hatte.

Er hatte seine andere Hand zwischen ihren Beinen
ruhen lassen und nun spielte diese Hand mit ihrer Knospe
und glitt über ihre empfindliche Haut. Auf der Suche nach
mehr drückte sie sich gegen seine Hand. Mit einem Mal
stieß die Spitze seines Schafts an ihre Öffnung, und er glitt
in sie hinein.

Oh. Mein. Gott.

Sie war nicht imstande, mit Sicherheit zu sagen, ob sie
die Worte nur dachte oder laut äußerte. Sie wusste nur, dass
bereits kleine Lichtblitze hinter ihren Augen aufflammten.
Es war kein richtiger Orgasmus wie zuvor, doch ihre
Empfindungen und ihre Wonnen waren unbeschreiblich.

Er legte die Hände auf ihre Hüften, um sie zu sich hinunterzuziehen und wieder hochzuheben.

Oh. Mein. Gott.

Sie war nicht mehr in der Lage, zu denken oder das Erlebnis zu verarbeiten und sie konnte nichts anderes tun, als zu spüren, wie er wieder und wieder in sie eindrang. Mit seinem Mund saugte er an ihrer Brustwarze, und das verstärkte ihre Empfindungen überall, wo sie sich berührten.

Sie war nach vorne gebeugt, sodass sein Schaft in ihr gegen ihre Knospe stieß. Auf der Suche nach dem Höhepunkt, den sie direkt vor sich wähnte, bewegte sie sich schneller. So oft hatte sie das nun schon versucht, doch immer wieder war sie gescheitert. Diesmal wusste sie allerdings – sie *wusste* es einfach – dass sie es schaffen würde.

Als hätte er ihre Begierde gespürt, legte er seinen Daumen auf ihre Knospe, und sie explodierte. Sie nahm wahr, dass er weiter in sie stieß und sie registrierte die extreme Lust, die von ihrem Inneren ausging.

Er drehte sie um, sodass er auf ihr lag und sein Schaft in sie eindrang. »Tut mir leid«, murmelte er mit rauer Stimme, »ich musste einfach…«

Sie zog seinen Kopf zu sich herab und küsste ihn, wie er sie geküsst hatte. Er stöhnte in ihren Mund. Sie spreizte ihre Beine noch weiter und schlang sie um seinen Leib, womit sie ihn noch tiefer in sich hineinzog. Dann klammerte sie sich an seinen Rücken und wanderte mit einer Hand zu seinem Hinterteil. So muskulös, so fest.

Er stieß noch einige weitere Male in sie, ehe er dann aufschrie. Sie hob die Hüften, um sich ihm entgegen zu recken und bescherte ihm, wie sie hoffte, die Ekstase, die er ihr bereitet hatte. Endlich verlangsamten sie ihr Tempo.

Dylan strich ihr das Haar aus dem Gesicht und lächelte zärtlich. »Verdammt, Sara.«

Das war das Beste, was er hervorbringen konnte. Sie formte die Lippen zu einem breiten Lächeln, als die Erschöpfung sie übermannte.

Er zog sich aus ihr zurück und stieg aus dem Bett. Sie hörte, wie die Badezimmertür sich schloss.

Sara warf einige der Kissen beiseite und zog die Decke zurück. Als sie unter die Decke schlüpfte, war sie sich nicht sicher, ob sich ihr Bett jemals so himmlisch angefühlt hatte. Nein, *sie selbst* hatte sich noch nie so gut gefühlt. Normalerweise war der Schlaf ein schwer fassbares Phantom, doch diese Nacht war dem bestimmt nicht so.

Sie nahm die Halskette – nie wieder würde sie das Schmuckstück auf dieselbe Weise betrachten wie zuvor – und legte sie auf den Nachttisch. Sie rollte sich auf die Seite, schloss die Augen und war auf der Stelle eingeschlafen.

Kapitel Drei

Drei Wochen später

SARA STARRTE AUF die Tischplatte im Versammlungsraum ihres Elternhauses. Zum ersten Mal, seit Alex vor zweieinhalb Wochen gestorben war, saßen sie alle hier zusammen. Wie gewöhnlich war die Anzahl der Stühle an den Seiten ungleich – es waren vier Stühle auf der einen, drei auf der anderen Seite. In Zukunft würde das allerdings nicht mehr so sein. Jetzt waren sie nur noch zu sechst, und auf den beiden Seiten würden gleich viele Stühle stehen. Dieses Gleichgewicht würde Evan gefallen, doch wenn sie ihren Bruder so betrachtete, wusste sie, dass er sie unverzüglich eintauschen würde, um Alex wieder bei ihnen zu haben.

»Danke, dass Sie alle gekommen sind, wie Alex es sich gewünscht hat.« Der knappe, geschäftsmäßige Ton von Alex' Anwältin Aubrey Tallinger, füllte den Raum und riss

Sara in die Gegenwart zurück. In diese kalte, deprimierende Gegenwart.

Mom, die neben Sara saß, putzte sich die Nase und ließ
das Taschentuch dann in ihren Schoß sinken. Ihre Augen
waren rot, und ihr blondes Haar wirkte glanzlos, denn sie
hatte für dessen Pflege nicht viel Zeit aufgewendet.
Instinktiv streckte Sara die Hand aus und berührte sie an
der Schulter. Mom drehte sich um und nickte ihr dankbar
zu, während sich ihre Finger um Saras schlossen und sie
kurz drückten. Obwohl Mom die Hand in ihren Schoß
legte, hielt Sara den Kontakt zu ihrer Schulter. Diesen
Anker brauchte Sara gerade jetzt, um ihre überreizten
Sinne zu besänftigen.

»Sprechen Sie weiter«, forderte Dad die Anwältin auf.
Seine Stimme klang von den immer noch ungeweinten
Tränen dunkel. Während Moms Gesicht ein wenig fleckig
war, so wirkte Dads Gesicht ein wenig grau. Das passte zu
den grauen Haarsträhnen auf seinem Haupt, die in den
letzten beiden Wochen das dunkle Braun offenbar immer
mehr überwogen.

Aubrey, die am Ende des Tisches stand, wo Mom
normalerweise gegenüber von Dad saß, strich ihr schulter-
langes, gewelltes rotes Haar hinter ihr Ohr und nickte
leicht. Sara beneidete sie nicht. Im Mittelpunkt der
Aufmerksamkeit zu stehen, reichte schon aus, um Sara in
ein Nervenbündel zu verwandeln, aber an einem Tag wie
heute, an dem sie innerlich einer Art von Zusammenbruch
anheim zu fallen drohte, war es schon schwierig genug für
sie still zu sitzen.

*Bewahre die Ruhe, Sara. Konzentriere dich auf das aktu-
elle Geschehen. Du schaffst das hier.* Sie drückte ihrer
Mutter die Schulter, um sich zu erden. Immer war Mom die
Kraft im Herzen ihrer Familie gewesen. Aber wie sollte sie

das, wenn ein Teil ihres Herzens nicht mehr vorhanden war? Sara stellte sich zumindest vor, dass es sich so anfühlen musste, ein Kind zu verlieren, selbst ein siebenundzwanzigjähriges.

Aubrey räusperte sich vorsichtig. »Alex hat letztes Jahr eine Stiftung gegründet.« *Augenblick, wie lange hatte er schon geplant, sich das Leben zu nehmen?* Saras Inneres kribbelte. »Die Begünstigten sind seine Geschwister: Liam, Kyle, Tori, Evan, Sara, Hayden und Derek.«

Während sie jeden einzelnen Namen aufsagte, schaute sich Sara am Tisch um. Ihre Brüder und Schwestern erfüllten sie mit Freude und Furcht – sie waren ein Segen und Fluch in einem. Sie wünschte sich nur, sie wäre imstande, die Freude und den Segen wiederzufinden. In letzter Zeit verhielt es sich damit wie mit Träumen, sie waren ungreifbar und flüchtig.

»Was haben wir davon?« Hayden, der Jüngste, der etwas mehr als ein Jahr nach seinen Geschwistern zur Welt gekommen war, saß Sara direkt gegenüber. Sein hellbraunes Haar war zerzaust, als hätte er sich die ganze Nacht herumgewälzt und sich nicht die Mühe gemacht, den wirren Schopf zu bändigen. Sein Mund war zu einem grimmigen Strich zusammengepresst, was ihn Welten von dem unbeschwerten, liebenswürdigen Bruder entfernte, der sie alle zum Lachen brachte und der sich selbst über so ziemlich jeden anderen stellte.

»Eine Immobilie.« Aubrey schlug die Hände vor sich zusammen. »Alex hat sein Erbe von Ihrem Großvater genutzt, um das alte Kloster Ridgeview zu erwerben. Er möchte, dass Sie alle nach Ribbon Ridge zurückkehren – oder dort wohnen bleiben – und das Kloster in ein erstklassiges Hotel als Bestandteil von Archers Unterhaltungskonzern umwandeln.«

Liam hielt eine Hand hoch. »Moment mal. Was soll das heißen?« Er blickte sich am Tisch um, ehe er Aubrey mit einem finsteren Blick ins Visier nahm. Soweit Sara das hatte beobachten können, hatte er nicht ein einziges Mal geweint, doch er war auch schon immer der Stärkste unter ihnen gewesen … der Anführer. Alex und er sollten eigentlich identisch aussehen, aber Sara hatte nie den Eindruck, dass dem so war. Liam war gesünder, vitaler, selbstbewusster. Sie hatte damit gerechnet, dass er ein bisschen von seiner Überheblichkeit einbüßen würde, und vermutlich hatte er das wohl auch. Aber schwach sah er immer noch nicht aus. Sie war sich keineswegs sicher, ob er das überhaupt konnte.

Aubrey neigte den Kopf zur Seite. »Sein Wunsch war, dass Sie alle in Ribbon Ridge zusammenkommen, um die Umwandlung des Klosters in ein Hotel und Restaurant zu beaufsichtigen.«

»Wir sollen unser Leben aufgeben und hierher zurück-kehren? Das hat er einfach so erwartet?«, brachte Liam knurrend hervor und seine blaugrauen Augen waren dabei dunkel vor Schmerz und Wut. Er hatte bereits gemurrt, weil er in den letzten Wochen so viel Zeit außerhalb von Denver hatte verbringen müssen, obwohl er seit Alex´ Tod nur zweimal hin- und hergeflogen war.

Dad warf Liam einen irritierten Blick zu. »Was ist verkehrt daran?«

»Für manche Leute wohl nichts.« Liams Blick wanderte von Kyle, der ihm direkt gegenübersaß, zu Sara am anderen Ende des Tisches. Sie verstand, warum Liams Blick zu Kyle gewandert war, aber warum zu ihr? Lag es daran, dass sie nur vierzig Minuten entfernt wohnte?

Saras Widerstand trat in Aktion. Sie ließ von ihrer Mutter ab und legte die Hand in ihren Schoß. »Warum schaust du mich an?« Aufgeregt befingerte sie die Ränder

ihrer Ärmel. Sie rieb über die winzigen Rillen vom Bündchen ihres Sweatshirts mit den Ballen ihrer Daumen und
Finger. Sie konzentrierte sich auf dieses winzige Detail und
nutzte es, um ihren inneren Aufruhr zu beschwichtigen,
ehe sie einen ihrer seltenen sensorischen Zusammenbrüche
erlitt.

Liam zuckte mit den Schultern, doch es geschah auf
eine Art, die einen frösteln machte, als würde es ihm kaum
etwas ausmachen, hier zu sein. »Es ist leicht für dich, nach
Hause zu kommen. Du *bist* praktisch zu Hause.«

Sie schaute ihn scharf an. »Das bin ich nicht. Genau
wie du habe ich ein erfolgreiches Unternehmen.« Es war
vielleicht nicht so groß wie sein Immobilienimperium, aber
Sara Archer Celebrations war nicht zu verachten. »Ich
kann nicht einfach aufhören und nach Hause ziehen.«

Liams Augen wurden schmal, doch er wandte rasch
den Blick ab. Sara biss sich auf die Zunge. Sie wollte ihn
anbrüllen – sie alle. In ihr stiegen Gefühle auf, die sie so
lange verdrängt hatte, die sie allerdings hinunterschluckte.
Keiner der Anwesenden ahnte, wie schwer es ihr gefallen
war, auch nur vierzig Minuten von hier fortzuziehen, und
welches Gefühl dieser Sieg ihr verschaffte.

Eine Rückkehr nach Ribbon Ridge würde das Leben,
das sie sich aufgebaut hatte, beenden und sie in eine Situation zurückversetzen, in der sie sich abgestempelt gefühlt
hatte und verhätschelt worden war, und ... *vergiss es besser.*
Ohne ihr Zutun spannten sich ihr Muskeln an.

»Soll ich weitersprechen?«, fragte Aubrey leise.

»Bitte«, forderte Mom sie mit einem Hauch von Frustration auf.

Aubrey nickte dezent. »Wie die Gaststätten, die der
Firma Ihres Vaters gehören, wird auch das Hotel Biere der
Archer Marke ausschenken, und das Restaurant wird eben-

falls eine Fünf-Sterne-Küche unter der Leitung von Kyle offerieren.«

Alle Blicke richteten sich auf Kyle, der an Saras Tischseite ganz am Ende saß. Trotz seiner Bräune wirkte er ausgezehrt, als trüge er die Last der Welt auf seinen Schultern, und er wirkte ganz und gar nicht wie der Strandstreicher, der vor fast vier Jahren nach Südflorida geflohen war. Seine blaugrünen Augen fanden die ihren, und er schüttelte den Kopf, wobei er seinen Kiefer zusammenpresste.

Am liebsten hätte Sara ihm einen Tritt versetzt. Ihm fiel eine perfekte Gelegenheit in den Schoß, und er reagierte, als ob er sie nicht wollte? Das hätte sie eigentlich nicht überraschen sollen, bedachte man, wie er der Heimat den Rücken gekehrt hatte, aber es tat trotzdem weh. Sie blickte an Mom und Tori vorbei, die zwischen ihnen saßen, um ihn anzusehen. »Das solltest du dir überlegen.«

Nicht das geringste Anzeichen deutete darauf hin, dass er sie gehört hatte.

Mom drückte Sara die Hand. »Deine Schwester hat recht. Ich hoffe, du denkst wenigstens darüber nach.«

Als Kyle immer noch nicht reagierte, hustete Aubrey leise. »Jedem von Ihnen wird ein Siebtel des Grundstücks und der Geschäfte auf dem Grundstück gehören, das Alex sich mindestens als Hotel und Restaurant vorgestellt hat. Dabei hat er für jeden von Ihnen eine bestimmte Rolle vorgesehen.«

Liam schüttelte den Kopf. »Ich habe bereits einen Job.«

Kyle verschränkte die Arme und blickte Liam über den Tisch hinweg an. »Weil dein Leben so viel wichtiger ist als das von allen anderen. Für Sara und mich, und wahrscheinlich auch für alle anderen, ist es in Ordnung, wieder nach Hause zu kommen, aber nicht für dich?«

»Das habe ich zwar nicht gesagt, aber wenn du es schon

zur Sprache bringst ...« Liam lehnte ein wenig nach vorn und stützte sich mit den Ellbogen auf den Tisch, wobei er Kyle mit einem prüfenden Blick ansah. »Was genau hält *dich* davon ab, hierher zurückzukommen und Alex' letzten Wunsch zu erfüllen? Dein superwichtiger Barkeeper-Job? Die Wurzeln, die du in Florida nicht geschlagen hast?«

Kyles Augen blitzten auf. »Stelle keine Vermutungen über mich an.«

»Irre ich mich denn?«

»Du bist ein arrogantes Arschloch.«

Liam zuckte mit den Schultern, wobei die angespannte Haltung seines Oberkörpers allerdings verriet, dass er alles andere als locker war. »Ein arrogantes Arschloch, das offensichtlich recht hat.«

»Jungs.« Moms Stimme zitterte, doch sie gewann die Aufmerksamkeit aller. »Wir alle sind verletzt, das weiß ich ja. Aber lasst das bitte nicht aneinander aus.«

Tori schnäuzte sich die Nase, die rot vom Weinen war. Ohne Make-up und mit ihrem langen, glatten, kastanienbraunen Haar, das sie zu einem Pferdeschwanz zurückgebunden hatte, wirkte sie sehr jung und verletzlich – ein Wort, das sie sicher nur ungern zu ihrer Beschreibung benutzt hätte. Tori war ein Alphatyp, wie er im Buche stand. Sie drehte ihren Kopf zu Aubrey. »Kyle soll das Restaurant leiten, haben Sie gesagt. Vermutlich möchte Alex, dass ich das Hotel entwerfe?« Das war eine logische Schlussfolgerung, denn sie war Architektin einer Firma mit Sitz in San Francisco, die sich dem Entwerfen hochwertiger Hotels und Restaurants auf der ganzen Welt widmete.

Aubrey nickte. »Ja. Liam würde das gesamte Projekt beaufsichtigen, Evan die technischen Aspekte des Geschäftlichen. Sara würde das Anwesen als erstklassigen

Unterhaltungsort etablieren, Hayden würde das Hotel leiten und Derek würde sich um die Finanzen kümmern.«

Hayden verschränkte die Hände auf der Tischplatte. Verärgert presste er die Lippen aufeinander und warf Liam einen flüchtigen Blick zu. »Wir *alle* haben einen Job. Ich kann nicht einfach aufhören, für Archer Enterprises zu arbeiten, um dieses Hotel zu leiten.«

Liam nickte zustimmend. »Ganz genau. Ich kann mein Unternehmen in Denver ganz sicher nicht aufgeben.«

»Das hast du reichlich deutlich gemacht.« Evans tiefe Stimme zog die Aufmerksamkeit aller auf sich. Er drehte den Kopf wieder zum Tisch zurück, wo er zwischen seinen Fingern systematisch einen Stift auseinandernahm und wieder zusammensetzte. Auch er hatte keine Träne vergossen, doch er behielt ohnehin die meiste Zeit alles für sich, womit es schwierig war, festzustellen, was – wenn überhaupt – er empfand. Sara bedrängte ihn nie – allein sie wusste, wie es war, wenn man sich von seiner Umgebung so übermannt fühlte, dass man einfach nichts verarbeiten konnte.

Aubrey blickte in die Runde am Tisch. »Alex wusste, dass Sie Einwände erheben würden. Er hat sich von mir gewünscht, dass ich Sie daran erinnere, dass er noch nie etwas von einem von Ihnen verlangt hat, und während Sie Ihre Träume verfolgt haben, saß er hier fest, angeschlossen an eine Sauerstoffflasche und mit wöchentlichen Arztbesuchen. Er hat gehofft, dass Sie alle an einem Strang ziehen und versuchen würden, die Familie, die Sie einst hatten, wieder aufzubauen.«

Hatte Alex das so gesehen? Sara warf einen Blick auf Derek, dessen Miene zwar stoisch wirkte, aber der bei Aubreys Worten genickt hatte. Seine dunkelblauen Augen waren leicht blutunterlaufen, was wahrscheinlich auf die vielen Stunden zurückzuführen war, die er bei Archer Enterprises verbrachte. Die Arbeit beruhigte ihn, das behauptete er zumindest.

Derek machte kein Geheimnis aus seinem Unverständnis, warum alle von zuhause fortgegangen waren. Er war in die Familie gekommen, nachdem er mit siebzehn Jahren Vollwaise geworden war. Wenn er auch nie offiziell adoptiert worden war, gehörte er ebenso zu ihrer Familie wie jeder von ihnen. »Ihr solltet alle herkommen, wenn es auch nur sporadisch ist, sobald euer Zeitplan das erlaubt. Jeder Einzelne von euch kann das schaffen«, meinte er leise. »Ihr seid eine Familie, und ihr solltet euch verdammt glücklich schätzen, dass ihr einander habt.«

»Allerdings können wir diese Familie nie wieder sein«, meinte Tori leise. »Nicht ohne ihn.«

Dereks Augen leuchteten auf, als wäre ein Feuer darin geschürt worden. »Noch ein Grund mehr, dies zu tun. Was braucht es noch, damit ihr zu schätzen wisst, was ihr habt?« Er ließ den Blick auf Kyle verweilen – sie waren einst beste Freunde gewesen, bevor Derek zu ihrer Familie gestoßen war und Kyle sie verlassen hatte. Niemand außer ihnen beiden kannte den genauen Grund für die Kluft, die offenkundig noch genauso tief wie immer war.

Sara wollte aus ihrer Haut kriechen. Die sich in ihr anstauende Beklemmung und Spannung erreichten einen Fieberpegel. Wenn sie sich nicht bewegte, würde sie aus der Haut fahren. Sie sprang von ihrem Stuhl auf und umrundete den Tisch in Richtung der Fenster.

Ohne sich zum Tisch umzuwenden, wusste Sara, dass jeder einzelne der Anwesenden sie beim Aufstehen beobachtet hatte. Ein paar darunter könnten sogar versucht sein, ihr zu folgen, um ihr Hilfe anzubieten. Hoffentlich würden sie dies unterlassen.

»Sara?« Die Frage kam von Aubrey, und Saras Schultern sackten vor Erleichterung zusammen. Sie wollte nicht verhätschelt werden, doch ihr war bewusst, dass sie einem Zusammenbruch nahe war. Verflixt, und sie hatte gedacht, sie hätte das alles hinter sich gelassen.

»Es geht ihr gut«, meinte Mom. »Sie musste nur aufstehen und sich bewegen.«

Sara wandte sich wieder dem Tisch zu. Kyle war der Einzige, der sie noch immer beobachtete. Unfähig, Augenkontakt herzustellen, verschränkte Sara die Arme und versuchte, die Anspannung ihrer Muskeln zu vertuschen. Hoffentlich würde dieses höllische Treffen bald zu Ende sein. Sie war nicht sicher, wie viel sie noch verkraften konnte.

Aubrey räusperte sich. »Ich weiß, dass dies eine emotionale Zeit ist, und Sie können natürlich darüber nachdenken ...«

»Das werde ich.« Tori setzte sich aufrecht auf ihren Stuhl und drückte Mom einen Kuss auf den Handrücken. »Ich lasse mich von der Arbeit freistellen und komme nach Hause.«

Mom lächelte Tori an, obwohl ihr dabei eine Träne aus dem Augenwinkel rann.

Aubrey entspannte sich, und ein kleines, erleichtertes Lächeln breitete sich auf ihrem Gesicht aus. »Das würden Sie wirklich tun?«

Tori blickte in die Runde um den Tisch um. »Ja, und ich erwarte, dass der Rest von euch mit mir gleichzieht. Liam, du kannst auch Urlaub nehmen – du hast fähige Leute, die für dich arbeiten, und du kannst bestimmt an beiden Orten eine Hand im Spiel haben. Flieg einfach hin und her, Herrgott noch mal.« Tori wandte sich an Kyle, der zu ihrer Rechten saß. »Und es gibt absolut keinen Grund, warum du nicht nach Hause kommen kannst. Betrachte es als deine Chance, deinen plötzlichen und unerklärten Weggang vor vier Jahren wiedergutzumachen.« Dann blickte sie über den Tisch zu Hayden und Derek. »Ihr seid beide schon hier. Ihr helft doch, oder?« Sie sah zu Sara auf. »Und du bist ja auch schon da.«

Bei Sara gab es keine Ungewissheit und nur die gleiche Annahme, die Liam gemacht hatte – dass sie nie wirklich »fortgegangen« war. Was nicht der Wirklichkeit entsprach. Sara *war* gegangen, und nach Hause zu kommen würde sich wie ein gewaltiger Rückschritt anfühlen – was wahrscheinlich daran lag, dass sie tief in ihrem Inneren das Gefühl hatte, dass sie es brauchte. *Nein, das habe ich wirklich überwunden. Ich bin nicht mehr dasselbe Mädchen, mit dem meine Geschwister aufgewachsen sind. Ich bin erfolgreich und fähig, und ich brauche sie nicht.*

Derek drehte sich zu Evan, der zu seiner Rechten saß, sodass beide Sara den Rücken zuwandten. »Was ist mit dir, Evan?«

Evan blickte nicht auf. Sara wusste, dass er zuhörte, aber vielleicht ein oder zwei Takte hinterherhinkte – und sie wusste auch, dass er sich wahrscheinlich keine Mühe gab, mitzuhalten. Unter seinen geschickten Fingern fiel der Stift wieder auseinander.

Tori sah Derek stirnrunzelnd an. »Evan kann sein technisches Zeug von zu Hause aus erledigen.«

Evan lebte in Washington, das etwa zwei Stunden von Ribbon Ridge entfernt lag, aber er verließ seine Wohnung nur selten. Ein paar Mal im Jahr hierherzukommen war alles, was er verkraften konnte. Er arbeitete von zu Hause aus und war die meiste Zeit allein. Typisch Tori, dass sie ihm einen Freifahrtschein ausstellte und sonst niemandem.

Nach einem langen, angespannten Moment faltete

Aubrey ihre Hände und blickte erwartungsvoll um den Tisch. »Wer ist noch dabei?«

»Ich nicht.« Liams Antwort kam schnell und unmissverständlich.

»Ich auch nicht«, war Kyles Stimme gleich im Anschluss an Liams Antwort zu hören.

Moms Schultern sanken herab. »Ich bin von euch beiden wirklich enttäuscht.«

Hayden hielt den Blick auf den Tisch gerichtet und schüttelte den Kopf über Liam und Kyle. »Ihr seid mir vielleicht ein Paar Heinis. Die letzten fünf Jahre habt ihr damit verbracht, zu tun, was euch verdammt noch mal gefällt, während ich hier war, um Dad mit dem Geschäft und Mom mit Alex zu helfen. Bringt ihr es nicht einmal fertig, euren Arsch auch nur für sechs Monate hierher zu bewegen, um dieses Projekt auf die Beine zu stellen?«

»Du weißt, dass es keine sechs Monate sein werden«, konterte Liam.

»Es könnte jedoch reichen, um die Sache in Gang zu bringen. Ich will damit sagen, dass ihr nicht bereit seid, auch nur *irgendetwas* anzubieten.«

Liam drehte sich auf seinem Stuhl und lehnte sich um Evan herum, um Hayden anzusehen. »Hör zu, ich werde von Denver aus tun, was mir möglich ist. Vielleicht kann ich ab und zu herkommen, wenn ihr Anleitung braucht.«

»Ich denke, wir werden schon zurechtkommen.« Dereks Tonfall war eisig, und obwohl Sara sein Gesicht nicht sehen konnte, stellte sie sich vor, dass er genauso kalt aussehen musste, wie er klang. »Wirklich. Mach dir keine Mühe.«

»Bis jetzt sind Tori und Sara, plus Derek und Hayden dabei, die schon hier sind?«, fasste Aubrey zusammen.

»Das hat Sara eigentlich nicht gesagt«, warf Kyle ein.

Sein Blick war unterstützend und erinnerte sie an vergangene Jahre, als er ihr wichtigster Fürsprecher gewesen war. Sie wollte sich über seinen Einsatz für sie freuen, aber sie war einfach zu aufgewühlt.

Sie vermied es, einen von ihnen direkt anzuschauen, und starrte stattdessen auf den Kühlschrank. »Ich bin dabei.«

Bis die Worte über ihre Lippen waren, war sie sich über ihre Entscheidung nicht ganz im Klaren gewesen. Und als sie in ihrem Kopf widerhallten, verspürte sie einen Anflug von Panik. Sie hatte ein erfolgreiches Eventplanungsunternehmen aufgebaut, und der Schwung, den es verlieren könnte, wenn sie sich zurückzog ... Die Vernunft kämpfte in ihrem Verstand um die Oberhand – sie hatte einen großartigen Assistenten, der sich um alles kümmern würde, während sie hier mit anpackte. Allerhöchstens sechs Monate. Es war eine vorübergehende Angelegenheit. Zumindest das konnte sie für Alex und für Mom tun.

Mom hob den Kopf, um Saras Blick in der Nähe der Fenster einzufangen. Sie murmelte ein leises »Danke«. Ihre Anerkennung und Erleichterung beschwichtigte Saras Aufruhr. Ihre Mutter war ein solch ein wichtiger Teil ihres Lebens gewesen – und das war sie weiterhin –, dass Sara den Drang in sich verspürte, für sie da sein zu wollen.

Liam erhob sich vom Tisch. »Ich muss nach Denver zurück. Kann ich meinen Anteil an der Stiftung ablehnen?«

»Das können Sie nicht.« Aubrey verengte die Augen ein wenig. »Die Stiftung ist so angelegt, dass jeder von Ihnen jederzeit zurückkommen und seinen Anteil einfordern kann. Alex hatte damit gerechnet, dass einige von Ihnen nicht sofort mitmachen würden.«

Voller Entschlossenheit verschränkte Liam die Arme. »Ich werde meine Meinung nicht ändern. Kann ich irgendetwas unterschreiben, um meinen Anteil auf die anderen zu übertragen?«

»Nein. Alex hat sein Testament sehr genau formuliert. Ihr Anteil gehört Ihnen, ob Sie das nun wollen oder nicht.«

Hayden winkte mit einer Hand zum anderen Endes des Tisches, wo Evan zusammen mit Kyle saß »Die drei können sich also einfach zurücklehnen und die Gewinne genießen, für die wir vier arbeiten? Das ist doch beschissen.«

Liam sah Hayden finster an. »Ich will sie nicht.« Dann lenkte er seinen finsteren Blick zu Aubrey. »Finden Sie eine Möglichkeit, wie ich den anderen meinen Teil geben kann.«

Sie schürzte ihre Lippen. »Das wird nicht möglich sein. Alex´ Wunsch war es, dass Sie alle Ihren Beitrag leisten. Ich glaube nicht, dass er es Ihnen leichtmachen wollte, sich zu drücken.«

Derek schüttelte den Kopf. »Könnt ihr nicht begreifen, dass Alex erreichten wollte, dass ihr euren Familiensinn wiederfindet?«

»Ich bin enttäuscht, dass ihr nicht heimkommt.« Dads autoritäre Stimme erfüllte den Raum. »Evan, es gibt keinen Grund, warum du nicht hierher umziehen kannst. Du musst nicht in diesem Haus wohnen – ich werde eine Wohnung für dich finden. Liam, du könntest dir sehr leicht Zeit nehmen, um an dem Projekt teilzunehmen. Du bist dein eigener Boss, um Himmels willen. Und Kyle.« Sein Ton wurde noch düsterer. Sara konnte nicht anders als zusammenzufahren, wenn sie auch selbst von Kyle enttäuscht war. »Du hast ganz und gar keine Entschuldigung. Du glaubst vielleicht, eine zu haben, aber du hast keine. Ich weiß es. Und du weißt es auch.«

Kyle sah ihn nicht an.

Endlich blickte Evan von seinem Stift auf, ohne jedoch mit irgendjemandem Blickkontakt aufzunehmen, was keine

Überraschung war. »Ich werde darüber nachdenken.« Das würde er nicht.

Aubrey drehte sich zum Stuhl hinter ihr um und zog zwei Umschläge aus ihrer Tasche. »Da ist noch eine letzte Sache. Alex hat jedem von Ihnen einen Brief geschrieben.« Sie ging hinter Kyle und Tori vorbei und reichte Mom einen Briefumschlag, dann ging sie an Saras Stuhl vorbei und gab Dad einen weiteren. »Mr. und Mrs. Archer und Derek. Er wollte, dass Sie Ihre Briefe sofort erhalten. Die anderen werden die ihren zu gegebener Zeit bekommen. Sie übergab einen dritten Umschlag an Derek, der ihn in seinen Schoß legte und auf irgendeinen fernen Punkt hinter Toris Kopf starrte.

Die Tränen flossen Mom aus den Augen und ihre Hände zitterten, als sie auf den Umschlag hinunterblickte. Dad blieb wie erstarrt und seine Handfläche lag flach auf dem Umschlag, der vor ihm auf dem Tisch lag.

Ein ängstliches Zittern durchlief Sara. Was würde in ihrem Brief stehen? Im Moment war sie so verunsichert, dass sie nicht sicher war, ob sie ihn überhaupt je lesen wollte, und sie war erleichtert, im Augenblick davon verschont zu sein.

»Ich will meinen Brief jetzt«, beharrte Tori, und ihre Stimme klang aufgewühlt.

Bedauern zeigte sich in Aubrys Augen. »Ich bedauere, aber so funktioniert das nicht. Alex hat sehr genau festgelegt, wann jeder von Ihnen seinen Brief erhalten soll.«

»Wann?« Liams Muskeln waren verkrampft. Sein Blick drückte Zorn aus.

Aubrey, die neben Dad stand, rührte sich nicht von der Stelle. »Ich darf diese Information nicht preisgeben.« Nach einem angespannten Moment wandte sie den Blick von Liam ab. »Tori wird sich also um die gestalterischen

Aspekte kümmern, Sara ist für die Veranstaltungsplanung zuständig, und Hayden und Derek werden das Projekt beaufsichtigen?«

»Sara wird nicht...«, fing Tori abrupt an und schloss dann aber wieder den Mund. »Wir werden das schon hinkriegen.«

Die von Sara während des gesamten Treffens unterdrückte Frustration schwoll über die Grenzen ihrer Kontrolle hinaus an. Sie stürmte nach vorne und blieb etwa einen Meter hinter und zwischen Evan und Derek stehen, sodass sie Tori auf der anderen Seite des Tisches sehen konnte. »Ich werde was nicht? Wolltest du sagen, dass ich nicht für die Veranstaltungsorganisation zuständig sein kann?«

Tori strich sich mit dem Taschentuch über die Nase und lenkte den Blick von ihr weg. »Wollte ich nicht.«

»Blödsinn«, entgegnete Kyle. »Genau das hast du sagen wollen. Sara führt ihr eigenes Unternehmen, oder hast du das nicht gehört? Sogar ich weiß das, und ich befinde mich am anderen Ende des verdammten Kontinents.«

Sara wollte ihm Dankbarkeit dafür entgegenbringen, dass er sich für sie einsetzte, was sie allerdings nur daran erinnerte, dass er sie im Stich gelassen hatte, um sich selbst zur Wehr zu setzen. Und das hatte sie sehr gut gelernt. »Ich brauche dich nicht, um meine Kämpfe auszufechten, Kyle. Tori, du hast keine Ahnung, wozu ich fähig bin. Aber vielleicht ist es dir auch egal. Es geht dir mehr darum, mich zu kontrollieren und dich im Rampenlicht zu sonnen, richtig?«

Für Sara wäre es ein Leichtes, die Flucht zu ergreifen. Das wollte sie – jeder Teil von ihr schrie nach der Flucht aus dieser bedrückenden Umgebung –, was die anderen allerdings nur in dem Glauben bestärken würde, sie sei irgendwie weniger befähigt. Stattdessen wandte sie sich an

Aubrey und reckte ihr Kinn. »Sagen Sie uns, was wir unternehmen müssen.«

Aubreys Blick drückte Wärme aus und er war ermutigend. Er brachte Sara die dringend benötigte Unterstützung und trug dazu bei, ihre aufgewühlten Sinne zu besänftigen. »Ich werde Anfang nächster Woche ein Treffen für alle Beteiligten einberufen. Wir werden über die Pläne des großen Vorhabens sprechen.«

Liam verlagerte sein Gewicht und verschränkte die Arme vor der Brust. Er warf einen Blick auf seine Geschwister, doch es war Aubrey, die er mit dem größten Teil seines gereizten Blicks bedachte. »Sie müssen sich über Zeitpläne und Genehmigungen Gedanken machen und Bauunternehmer unter Vertrag nehmen.«

»Ja, das schaffen wir schon, danke«, meinte Derek mit einem Anflug von Sarkasmus in der Stimme.

Liam warf ihm einen scharfen Blick zu, den Derek nur mit einem kleinen Schulterzucken erwiderte.

Aubrey rückte ihre Jacke zurecht. »Ich bin zuversichtlich, dass die Dinge gut geregelt sein werden.«

Tori strich sich das Haar hinters Ohr. »Einverstanden. Es wird einige Wochen dauern, bis ich einige Dinge bezüglich meiner Arbeit erledigt habe, aber ich kann Mitte bis Ende März hier sein und an den Plänen mitwirken.«

»Das klingt gut«, meinte Hayden. »Liam, Kyle, Evan, ich bin mir sicher, dass wir schon gut vorangekommen sein werden, bis ihr euch die Mühe macht, wieder nach Hause zu kommen.«

Liam biss die Zähne zusammen, ging zu Mom und drückte ihr einen Kuss auf die Wange. »Ich haue jetzt ab. Tschüss, Mom.«

Moms Körperhaltung sank zusammen. Sara legte Mom die Handflächen auf die Schultern und übte denselben beruhigenden Druck aus, der Sara schon so oft in ihrem Leben Halt gegeben hatte. Es war ein ganz anderes Gefühl, diejenige zu sein, die Mom stützte, aber sie war froh, es zu tun – und über ihre Zustimmung, nach Hause zu kommen.

Die Gedanken schwirrten ihr im Kopf. Sie musste Craig anrufen und mit ihm über das Geschäftliche sprechen. Sie wäre auf seine Hilfe angewiesen, um das Ganze zum Laufen zu bringen. Ein Anflug von Panik breitete sich in ihrer Magengrube aus. Nein, sie *konnte* es schaffen. Wegen der Zweifel ihrer Geschwister, der Stunde der Not ihrer Mutter und nach dem Selbstmord ihres Bruders. Sie hatte keine andere Wahl.

Kapitel Vier

April

DYLAN BLICKTE durch die Windschutzscheibe zu dem blaugrauen Himmel auf. Als er vor zehn Minuten sein Haus verlassen hatte, war er noch blau gewesen, und nur vereinzelte Wolken hatten ihn geziert. Und jetzt sah es ganz danach aus, als könnte es bald in Strömen regnen. Willkommen im Frühling Oregons.

Nach einem kurzen Blick auf die Uhr am Armaturenbrett trat er das Gaspedal durch und beschleunigte auf der Schotterstraße, soweit er es wagte. Er war kurz davor, es nicht zu schaffen. Was ihn nicht überraschen sollte, da er etwas getrödelt hatte. Das hatte etwas damit zu tun, dass sein Lebensunterhalt von einem Auftrag der Familie seines letzten One-Night-Stands abhing.

Urplötzlich ging ihm auf, dass Sara sein letzter One-Night-Stand *gewesen war*, und verflixt, das lag nun über zwei Monate zurück. Im Februar *oder* März hatte sich überhaupt nichts ereignet und erst jetzt fiel ihm dies auf. Dann wischte er den Gedanken beiseite.

Sich vor ein paar Wochen für das Renovierungsprojekt des Klosters zu bewerben, das im Besitz der Archers war, hatte ihn einen Moment innehalten lassen – aber nur für einen Moment. Er brauchte diesen Auftrag und als Hayden Archer Cameron ausgerichtet hatte, dass Dylan mitbieten sollte, war er verdammt froh gewesen. Dylan strebte an, ein erfolgreiches Bauunternehmen zu leiten, doch als er vor sechs Jahren aus der Armee entlassen worden war, hatte die Baubranche unter einem Einsturz gelitten. Davon unbeeindruckt, hatte er mit Gelegenheitsarbeiten angefangen und nach und nach Westcott Construction aufgebaut, wobei er Eigenheime umgestaltete und Häuser baute. In den letzten Jahren hatte er dann auch eine Handvoll gewerblicher Aufträge übernehmen können, die sich allerdings nicht in dieser Größenordnung bewegt hatten. Würde er dieses hochkarätige Projekt in seinen Referenzen aufführen können, wäre er im gewerblichen Baugeschäft endlich wettbewerbsfähig.

Das Wichtigste von allem waren aber seine Leute, die diesen Job brauchten. Wenn er mit der Familie seines One-Night-Stands arbeiten musste, an den er noch immer hin und wieder dachte, aber der Ansicht war, dass er sie nie wiedersehen würde, dann war das eben so.

Anzunehmen, dass er sie nie wiedersehen würde, war natürlich albern. Irgendwann würde er ihr über den Weg laufen, und dabei war es einerlei, ob dieser Auftrag zustande gekommen war oder nicht. Es stellte sich nur die Frage, wie es laufen würde. Mit offenen Augen hatte sie sich auf ihren One-Night-Stand eingelassen und ihn sogar angestiftet. Er musste davon ausgehen, dass sie sich professionell verhalten würde, und das war auch sein Bestreben.

Wie er sich erinnerte, hatte sich seitdem einiges verändert. Nicht einmal eine Woche nach ihrer wilden Nacht war ihr Leben auf den Kopf gestellt worden, als ihr Bruder sich das Leben genommen hatte. Selbst wenn dies kein One-Night-Stand gewesen wäre, stellte Dylan sich vor, dass jede in dieser Nacht geborene Beziehung unter der Last der Trauer erstickt worden wäre.

Er schlug sich Sara aus dem Kopf und spannte seinen Griff entschlossen um das Lenkrad, als das alte Kloster in Sicht kam. Das heutige Eröffnungsgespräch betraf nur die erste Phase, bei der es sich um ein kleines Gebäude handelte, das die Familie zu einem Veranstaltungsort für Hochzeitsfeierlichkeiten umzubauen gedachte. Es war ein zweistöckiges Landhaus im Craftsman Stil aus der Mitte des zwanzigsten Jahrhunderts, das für Veranstaltungen mit dreihundert Personen im Außenbereich und fünfundsiebzig Personen im Innenbereich geeignet sein sollte. Für Dylan und seine Mannschaft war dieser Auftrag durchaus durchführbar, doch Dylan wollte sich den größeren Fisch an Land ziehen: die Phasen zwei und drei, welche das Restaurant und das Hotel betrafen.

Die Bewerbungsgespräche hierfür würden erst im nächsten Monat stattfinden, doch Dylan gedachte, der Familie die Sache schon heute schmackhaft zu machen. Möglicherweise würde man ihm nicht glauben, dass er für einen so großen kommerziellen Auftrag ausgerichtet war, doch das war er ganz bestimmt, und das würde er auch belegen.

Er hatte eine großartige Präsentation vorbereitet und plante, seine potenziellen Kunden mit der Tatsache überzeugen, dass seine Mannschaft und er Ribbon Ridgers waren. Ihn interessierten die größeren Firmen nicht, die bei der Familie im nächsten Monat vorsprechen würden. Im

Hinblick auf die Kosten, Verantwortlichkeit und Umsetzung des Auftrags konnten sie es nicht besser machen als Dylan und seine Männer.

Mit seinem Arbeitslaster fuhr er auf den Parkplatz, der kaum mehr als eine große verstaubte Fläche war. Sein Laptop und seine Arbeitsmaterialien unter dem Arm stieg er aus, als der erste dicke Regentropfen auf seinen Wagen platschte. Der zweite landete direkt auf seiner Stirn.

Zwei weitere Autos waren hier geparkt. Hayden und wer noch? Verflixt, er hoffte wirklich, dass es nicht Sara war. Es war schon in Ordnung, sie wiederzusehen, doch es wäre nicht ganz so in Ordnung, wenn ihr erstes Treffen bei einer wichtigen Geschäftspräsentation mit ihrem Bruder im selben Raum stattfinden würde.

Dylan eilte im Laufschritt zu den breiten Eichentüren des Hauptgebäudes, das ein wenig an eine aus Stein errichtete Kirche erinnerte. Als er eine der Türen aufzog und ins Haus trat, fing es ernsthaft an zu regnen. Allem Anschein nach hatte er es in mehr als einer Hinsicht gerade noch so geschafft. Ein Blick auf seine Uhr verriet ihm allerdings, dass er noch vier Minuten Zeit hatte.

Mit einem Lächeln, das sich mit einem Mal wie getrockneter Schlamm auf seinem Gesicht anfühlte, erstarrte Dylan in seiner Bewegung. Bis auf einen langen Klapptisch mit einer Handvoll Stühlen, die am Rand verstreut standen, war der riesige Raum leer. Dahinter saßen drei Personen: Hayden Archer, eine Frau, von der er ziemlich sicher war, dass es sich um Haydens Schwester Tori handeln musste, und Sara.

Was für ein Schlamassel.

Sie sah großartig aus. Ihr blondes Haar fiel ihr über die Schultern und umrahmte ihr Gesicht – das sie zum Tisch hinuntergebeugt hielt. Sie schien einige Dokumente zu studieren. Oder vielleicht wich sie auch nur seinem Blick aus.

Doppelter Schlamassel.

Er schluckte bedrückt, als er einen Schritt vortrat. »Guten Morgen.«

Hayden stand auf, kam um den Tisch herum auf ihn zu, um ihm die Hand zu schütteln. »Hi, Dylan. Erinnerst du dich an meine Schwestern, Tori und Sara?«

An eine der beiden besser, als Hayden wahrscheinlich lieb wäre. »Ja.« Dylan ging zu Tori und schüttelte ihr die Hand. »Schön, dich zu sehen.« Dann wandte er sich Sara zu, die ihn mit unergründlichen Augen ansah.

Sie reichte ihm die Hand. »Guten Morgen.« Sehr formell. Ganz anders als bei ihrer letzten Begegnung.

Er war geliefert.

Vielleicht aber auch nicht. Sie versuchte doch, sich geschäftsmäßig zu geben, nicht wahr? Er war durchaus imstande, das Gleiche zu tun. Er schüttelte ihr die Hand und unterdrückte den Schock, den das Verlangen verursachte, das ihn durchfuhr. Vielleicht sollten sie sich besser nicht berühren.

Sie zog ihre Hand zurück und legte sie in ihren Schoß, wo er sie nicht sehen konnte. Ja, Anfassen war definitiv nicht angesagt.

»Danke, dass du heute hergekommen bist«, meinte Tori. Sie strich ihr glattes kastanienbraunes Haar hinters Ohr. »Setz dich doch.« Sie wies auf den Stuhl auf der gegenüberliegenden Seite des Tisches.

»Ist mir ein Vergnügen.« Dylan nahm den Platz ein, während Hayden wieder auf die andere Tischseite wechselte. »Ich freue mich, dass ich für dieses Projekt in Frage komme. Dieses alte Kloster bildet einen wichtigen Teil des örtlichen Landschaftsbildes.« Sorgfältig darauf bedacht,

Sara nicht anzusehen, lenkte er seine Augen zu der Balkendecke mit den matten, runden Pendelleuchten hinauf und ließ den Blick zu den hohen, gewölbten Fenstern wandern, an denen dicke Rinnsale von Regen herunterliefen. Die Fenster und die Balken würden hervorragende Gestaltungselemente abgeben, um die herumgearbeitet werden musste. Er stellte sich einen eleganten Raum mit Kronleuchtern und glänzenden Harthölzern vor. »Ich bin so froh, dass die Anlage endlich wieder genutzt werden soll.« Die Mönche, die das Gebäude bewohnt hatten, waren vor fast einem Jahrzehnt weggezogen.

Hayden lächelte. »Alex hatte eine herrliche Vision für diesen Ort.«

Dylan wurde klar, dass er schon halb den Atem angehalten hatte, um zu sehen, ob die Geschwister ihren Bruder erwähnen würden. Er war froh über Haydens Bemerkung, denn das ermöglichte ihm, etwas zu sagen, ohne unbeholfen herumdrucksen zu müssen. »Das wird eine prächtige Hinterlassenschaft in seinem Namen. Es tut mir nur leid, dass es so gekommen ist.« Er kam nicht umhin, Sara anzuschauen, die allerdings den Kopf gesenkt hielt.

»Danke«, entgegnete Hayden. »An manchen Tagen ist es schwer, ohne ihn daran zu arbeiten, aber wir wissen, dass sich die Sache lohnen wird.«

Tori berührte ihren Bruder am Arm und sah ihn mit einem aufmunternden Lächeln an, ehe sie dann zu Dylan blickte. »Sieht aus, als hättest du heute einen Haufen Unterlagen mitgebracht.«

»So ist es.« Dylan klappte seine Tasche auf und holte seinen Laptop sowie die von ihm vorbereitete Präsentation hervor. Sie enthielt einen Vorschlag für den Zeitplan der ersten Bauphase, Empfehlungsschreiben und Vorher-Nachher-Fotos von einer Handvoll seiner Projekte, die zum Teil gewerblich und andere privat waren.

Er fuhr seinen Laptop hoch und übergab die Schriftstücke an Tori, da sie in der Mitte saß. Nachdem Tori sie kurz überflogen hatte, reichte sie die Unterlagen an Hayden weiter. »Nach deinem Studium an der University of Washington warst du Ingenieur beim Militär, richtig?«

»Ja, ich war beim ROTC an der U-Dub. Dann habe ich vier Jahre lang Bauingenieurwesen studiert.«

Tori verzog das Gesicht. »Einen Punkt Abzug dafür, dass du ein Husky bist.«

Hayden schenkte Tori ein flüchtiges Lächeln und sah zu Dylan. »Ich gebe dir Bonuspunkte dafür, dass du *nicht* zu den Ducks gehörst.« Er war ein Beaver von Oregon State, dem Hauptrivalen der Ducks von Toris Alma Mater, der University of Oregon. Offenbar war er bereit, Dylan zu verzeihen, dass er ein Husky war, denn das bedeutete, dass er nicht zu den verhassten Ducks gehörte. Hayden fuhr fort: »Kein Kampfeinsatz?«

Dylan schüttelte den Kopf. »Nein, total unsexy.« Schlechte Wortwahl. Sein Blut geriet in Wallung, und er hatte mit sich zu kämpfen, damit er Sara nicht anschaute. »Nur langweiliges Zeug - Kasernen bauen, Dinge reparieren -, insgesamt also eine echte Schlafnummer. Das war mir allerdings lieber, als im Kampf zu dienen. Ich meine, das hätte ich getan, wenn es dazu gekommen wäre, und das wäre es um ein Haar, wenn man den Zeitpunkt bedenkt. Es war eine großartige Gelegenheit, meinem Land in einer notwendigen Mission in meinem gewählten Bereich zu dienen.« Die meiste Zeit hatte er auf irgendwelchen verfluchten Stützpunkten in den USA verbracht, und das hatte seine Ex-Frau zutiefst gehasst.

Dylan rief seine Präsentation auf seinem Laptop auf.

»Seid ihr bereit?« Er blickte jeden einzelnen von ihnen abwechselnd an, doch Sara vermied weiterhin jeden Augenkontakt. Das war nur gut, sagte er sich. Nun ja, vielleicht war es ein bisschen peinlich, aber wenigstens starrte sie ihn nicht an.

Er drehte den Computer herum, damit er seinen Zuhörern die Folien mit seinem Vorschlag zeigen konnte. »Ich habe mir eure Pläne für das Landhaus angesehen, und wir werden keine Probleme haben, den Termin im August für die Hochzeit einzuhalten.« Er war vorab informiert worden, dass ihr Adoptivbruder, Derek Sumner, dort heiraten würde. »Mein Zeitplan sieht sogar vor, dass wir den Termin um den ersten August herum einhalten können.«

Hayden befasste sich gerade eingehend mit dem Ausdruck von Dylans Zeitplan. »Sieht großartig aus.«

»Ich habe auch ein Modell eines Zeitplans für die Phasen zwei und drei beigefügt.« Alle drei Augenpaare sahen ihn erstaunt an. »Ich weiß, dass ihr dafür noch keinen Auftrag vergebt, aber es kann ja nicht schaden, der Konkurrenz einen Schritt voraus zu sein, nicht wahr?« Er lächelte und sein Blick verweilte auf Sara, die ihm schnell auswich und auf seinen Laptop sah.

»Sehr geschäftstüchtig von dir«, meinte Hayden mit einem Nicken. »Wir werden einen Blick darauf werfen, danke.«

»Im Moment nehmen wir allerdings nur Unternehmer für Phase eins unter Vertrag«, meldete sich Sara zu Wort, und der vertraute Tonfall ihrer Stimme schwebte über ihn hinweg.

»Das verstehe ich, aber stellt euch vor, wie reibungslos all die Arbeiten ablaufen könnten, wenn ihr uns mit dem Gesamtprojekt beauftragen würdet. Wir wären von Anfang an dabei und wüssten über alles Bescheid.«

Tori nahm die Präsentation von Hayden zurück und blätterte zu der Seite, auf der er Hypothesen für die Phasen zwei und drei aufstellte.

»Da ich nicht genau weiß, was ihr geplant habt, habe ich nur ein paar Annahmen gemacht«, erklärte er.

Tori blickte zu ihm auf. »Wir wissen auch noch nicht, was wir geplant haben. Bislang habe ich mich auf Phase eins konzentriert. Mit den Plänen für Phase zwei, dem Restaurant und dem Brauereikomplex werde ich beginnen, sobald wir die Abrissarbeiten am Haus angefangen haben.«

Die Familie wollte den kirchlichen Bereich des Anwesens in ein Restaurant umbauen. Dylans Zeitplan richtete sich nach dieser Renovierung und dem Anbau der Brauerei an die kleine Kapelle, die seiner Meinung nach eine großartige erweiterte Bar für das Restaurant ergeben könnte – wie eine Art Hybrid-Brauerei. »Nun, mein Zeitplan ist flexibel. Ich wollte nur demonstrieren, dass wir auch in größerem, kommerziellem Maßstab arbeiten können.«

Hayden lächelte ihn an und wirkte beeindruckt. »Gut zu wissen.«

Tori nickte zustimmend. Sie blätterte zur Vorderseite der Mappe zurück. »Dieser Vorschlag für die erste Phase sieht großartig aus. Ich denke, du hast ein hervorragendes Gespür für das, was wir uns vorstellen, und es sieht ganz so aus, als hättest du die richtige Mannschaft, um das Projekt durchzuführen. Außerdem liegst du unter dem Budget, und das ist das Attraktivste von allem.«

»Wenn du den Zuschlag für die Phasen zwei und drei erhältst, wäre dies dann dein erstes kommerzielles Großprojekt?«, fragte Sara. Sie warf ihm einen raschen Blick zu, doch ihre Augen blieben dabei größtenteils auf seinen Laptop gerichtet.

»Ja, dem wäre so«, gab Dylan zur Antwort. »Wie du

siehst, haben wir schon mehrere kleinere Projekte durchgeführt, aber dies ist mein erster Auftrag als Generalunter-
nehmer für ein großes Projekt.«

»Ich verstehe.« Zweifel klang in Saras Stimme mit.

Dylan fragte sich, ob ihre Skepsis auf seine mangelnden
Erfahrungen oder ihrem One-Night-Stand beruhte. Nein,
das war nicht gerecht. Deswegen würde sie den Stab nicht
über ihm brechen. Ihr Intermezzo hatte auf Gegenseitigkeit
beruht *und* es war ihre Idee gewesen.

»Ich verstehe dein Zögern«, sagte er langsam, während
er die richtigen Worte zu finden versuchte, um sie zu überzeugen. »Ihr werdet vielleicht ein qualifizierteres und
professionelleres Angebot erhalten, aber ihr werdet keine
Mannschaft finden, die härter arbeitet, oder Leute, denen
dieses Projekt genauso am Herzen liegt wie euch. Dies ist
unsere Stadt, und diese Immobilie wird ein Markenzeichen
sein. Wir werden alles tun, um hervorragende Arbeit zu
leisten.«

»Das ist ein sehr überzeugendes Argument«, sagte Tori.
»Ich finde es toll, dass ihr alle von hier seid. Du kennst
Ribbon Ridge und weißt, wie man dieses Projekt zum
Bestandteil der Gemeinde macht.«

Sara nickte verhalten, aber eine andere Reaktion war
nicht zu erkennen.

Hayden sah sie einen Moment lang an und wandte sich
dann an Dylan. »Du hast uns eine Menge Stoff zum Nachdenken gegeben. Danke für dein Kommen. Wir werden
sehr bald eine Entscheidung treffen – für Phase eins.«

Dylan klappte seinen Laptop zu und schob ihn in seine
Tasche zurück. »Großartig. Ich bedanke mich noch mal für
die Gelegenheit. Bis bald.«

Er hätte ihnen die Hand geschüttelt, doch er wollte
Sara nicht berühren. Das stimmte nicht ganz. Natürlich

wollte er sie berühren. Aber er wusste, dass es keine gute Idee war, wenn sie zusammenarbeiten würden.

Mit einem letzten Blick auf Sara schritt er ins Freie. Inzwischen hatte der Regen wieder aufgehört und die Sonne brach erneut durch die Wolken. Er stieg in sein Fahrzeug und legte den Laptop auf den Beifahrersitz.

Anstatt den Motor zu starten, ließ er den Blick auf dem Kloster verweilen oder zumindest auf dem Abschnitt der Kirche, in dem die Sitzung stattgefunden hatte. Saras Anwesenheit zum Trotz war die Präsentation ebenso gut verlaufen, wie er es sich erhofft hatte. Aber warum war ihre Anwesenheit eigentlich so bedeutsam? Sie beide hatten einen einvernehmlichen One-Night-Stand gehabt. Wären sie nicht imstande, nun auch Geschäftspartner zu sein?

Nur dass sie keine Partner sein würden. Sie wäre sein Boss.

Heiliger Strohsack.

Entnervt fuhr er sich mit der Hand durchs Haar. Er machte sich einfach zu viele Gedanken. Den One-Night-Stand würde sie ihm gewiss nicht übelnehmen. Sie könnte ihn jedoch für unqualifiziert erachten. Sie hatte von den dreien am skeptischsten gewirkt und schien am meisten über seine mangelhafte Erfahrung besorgt. Das galt zumindest für die größeren Phasen zwei und drei. Er hätte sich vielleicht mehr ins Zeug legen sollen, um sie zu überzeugen.

Ja, genau das sollte er tun. Er stieg wieder aus seinem Fahrzeug und machte sich auf den Weg zum Kloster, wobei seine Schuhe im weichen Schlamm saugende Geräusche verursachten, und er wünschte sich, seine Arbeitsstiefel anzuhaben. Die Tür ging auf und Sara kam auf ihn zu. Sie beide bewegten sich langsamer und blinzelten sich an.

Im Gegensatz zu ihm war sie den Gegebenheiten entsprechend gekleidet: Sie trug kniehohe schwarz-rosafarbene Regenstiefel, dunkelblaue Röhrenjeans und einen langen khakifarbenen Pullover mit Gürtel in der Taille. Sie kam auf ihn zu. »Hey.«

»Hey.« Er drehte sich um und ging ein paar Schritte, bis sie einige Meter voneinander entfernt stehen blieben. »Ich wünschte, ich hätte gewusst, dass du heute hier sein würdest.«

Sie legte den Kopf schief. »Hätte sich das auf deine Präsentation ausgewirkt?«

»Nein. Es war nur eine Überraschung, dich hier zu sehen.«

»Verzeihung. Ich hatte dich nicht überfallen wollen. Ich dachte, du hättest Bescheid gewusst. Hayden kümmert sich um die Kommunikation mit den in Frage kommenden Bauunternehmern.« Sie fingerte an einem Paar Armbänder herum, die ihr über die Hand fielen und ihn an die Armreifen erinnerten, die sie in jener Nacht im Sidewinders getragen hatte. Worauf ihm natürlich prompt die Halskette einfiel ... Verdammt, er musste diese Gedanken sofort aus seinem Gehirn verbannen.

»Schon gut«, meinte er und fragte sich nun, warum er überhaupt aus seinem Wagen gestiegen war. Um sie zu überzeugen, ihm den Auftrag zu erteilen. Genau. »Hör zu, ich wollte dir noch einmal sagen, dass ich der beste Mann für diesen Auftrag bin.«

Sie nickte langsam. »Wir haben morgen noch eine weitere Präsentation, aber du bist ein ernstzunehmender Kandidat. Für Phase eins.«

Frustriert knirschte er mit den Zähnen. »Werde ich denn überhaupt für die anderen Phasen in Betracht gezogen?«

»Das weiß ich nicht. Wir sind noch nicht ganz so weit.«

»Hör zu, ich will nicht, dass das, was passiert ist...«

»Das wird es nicht«, unterbrach sie ihn und ihre Wangen färbten sich rosa. »Jede meiner getroffenen Entscheidungen wird unter keinen Umständen auf Persönlichem beruhen.«

Er war erleichtert, dass ihre ... Indiskretion keine Beeinträchtigung ihres Urteilsvermögens nach sich zog. Das änderte allerdings nichts an seiner Entschlossenheit, sie für sich zu gewinnen. »Du wirst unsere ungeteilte Aufmerksamkeit erhalten. Ich kann mir denken, wer sonst noch mitbieten wird, und obwohl die anderen eine gute Erfolgsbilanz haben, werden sie aufgrund ihrer Infrastruktur langsamer sein. Sie werden euch achtzehn Monate versprechen und sich auf zwei Jahre strecken. Ich verspreche fünfzehn Monate – je nach eurem Zeitplan – und die werde ich einhalten. Meine Leute und ich werden zusätzliche Stunden arbeiten, und extra Aufwand betreiben, wir werden ein ganzes Maß an Aufmerksamkeit und Engagement aufbringen, das diese Firmen nicht investieren können – oder wollen. Außerdem sind wir hier am Ort. Wenn es ein Problem gibt, wohne ich nur fünf Autominuten von hier entfernt.«

Sie krauste die Nase und es bildete sich eine kleine Falte auf dem Nasenrücken. »Du wohnst so nah?«

»Von der Sebastian Hill Road abzweigend.«

»Das war mir nicht bewusst. Du bist *wirklich* nah dran.«

»Ich könnte sogar zu Fuß gehen.« Er blickte in den Himmel. »Doch dabei würde ich wahrscheinlich nass werden. Es fängt schon wieder zu regnen an.«

Sie sah auf. »Ich gehe besser wieder rein.«

Er versuchte, ihre Miene zu interpretieren, doch sie verriet nichts. »Habe ich dich überhaupt beeindruckt?«

Sie drehte eines der Armbänder um ihre Hand und

fuhr dann mit dem Daumen über die flache Seite. »Ein wenig.« Sie lächelte. »Du bist sehr leidenschaftlich.« Die Farbe kehrte auf ihre Wangen zurück, wobei das Rosa allerdings tiefer als zuvor war.

»Ich will diesen Auftrag.« Mit der gleichen Heftigkeit, mit der er sie in jener Nacht begehrt hatte – einer Nacht, die in seiner Erinnerung längst hätte verblassen sollen. Seine Eroberungen – und zuzugeben, dass sie das waren, bereitete ihm keinerlei Probleme - waren immer einmalig. Bei Sara verhielt es sich allerdings nicht so. Er war nicht imstande, sie abzuschreiben oder einfach ganz zu vergessen. Immer wieder würde sie seine Aufmerksamkeit erregen und ihn in Versuchung führen. Und, verflixt, er war der Versuchung nahe.

Vielleicht spürte sie sein Verlangen, denn sie erwiderte seinen Blick – sowohl nach dem Auftrag als auch nach ihr. »Mein Vater sagt immer: ›Bedenke stets, was du dir wünschst‹.«

Ein dicker Regentropfen landete auf ihrer Nase und rüttelte sie zum Handeln auf. »Ich muss eine Akte aus Toris Auto holen und wieder hineingehen, ehe es wieder vom Himmel gießt. Wir melden uns bald.« Damit wandte sie sich zum Gehen.

»Sara, warte.«

Sie hielt inne und warf einen Blick über die Schulter zu ihm zurück.

»Das mit Alex hat mir wirklich leidgetan.«

Sie wandte ihren Blick ab. »Danke.«

Es gab absolut nichts, was er sonst noch hätte sagen können. Nichts, was er sonst noch hätte tun können. Einmal abgesehen davon, dass er sie irgendwie in seine Arme ziehen und festhalten wollte, wenn auch nur für einen Moment. Doch das tat er nicht. Der Regen setzte ein, und sie lief eilends zum Auto ihrer Schwester. Nachdem sie die Akte herausgeholt hatte, warf sie ihm noch einen kurzen Blick zu, ehe sie wieder im Haus verschwand.

Dylan zog sich zu seinem Wagen zurück. Als er sich anschnallte, prasselte der Regen bereits heftig und schnell. Im Schlamm bildeten sich bereits Pfützen.

Es vibrierte in seiner Gesäßtasche. Er zog sein Handy heraus und las die SMS von seiner Mutter:

Sehen wir uns morgen zum Mittagessen?

Mittagessen. *Richtig.* Mom hatte es gern, wenn sie ihn ein paar Mal im Monat sah, was nicht schwer sein sollte, da sie nur etwa dreißig Minuten entfernt wohnte, aber Dylan verbrachte seine Zeit nur ungern mit ihr und wusste, dass er sich damit wie ein Hornochse benahm. Wegen seines schlechten Gewissens verabredete er sich alle paar Wochen mit ihr zum Mittagessen. Oft musste er allerdings absagen, wenn ihm die Arbeit dazwischenkam. Sein Job hatte immer Vorrang. Da er aber für morgen keine Pläne hatte, sollte er wohl zusagen. Er schickte ihr eine SMS zurück:

Wir sehen uns um 12:30 *Uhr.*

Er startete den Laster und lenkte ihn, mit den Scheibenwischern auf höchster Stufe wischend, auf die Straße.

Wie erwartet, erhielt er keine Antwort von ihr. Kein »Ich kann es nicht erwarten« oder »Ich freue mich darauf«. Nie gab es irgendwelche Sentimentalitäten oder Wärme. Mom war so sachlich, wie sie nur sein konnte – direkt, ohne Umschweife, ohne Überschwang. In jeder Hinsicht. Die meisten Mütter waren stolz auf alles, was ihre Kinder zustande brachten, und er nahm an, dass sie das ebenfalls war – auf ihre Art. Aber sie hatte sich nicht die Mühe gemacht, auch nur eines der Muttertagsgeschenke zu behalten, die er ihr in der Schule gebastelt hatte. Zugegeben, sie hatte sie ein paar Wochen lang auf den Kaminsims gestellt, aber dann waren sie verschwunden. Später hatte sie zugegeben, dass sie sie alle weggeworfen hatte, weil sie Unordnung hasste.

Plötzlich musste er an die Archers denken. Er wettete, dass ihre Mutter alle ihre Sachen aufbewahrte, obwohl sie so viele waren. Er dachte auch an die gutmütigen Sticheleien zwischen den Geschwistern. Dylan besaß drei Halbbrüder und eine Halbschwester, die er allesamt liebte, aber er gehörte nicht wirklich zu einer der Familien. Sein Vater, seine Stiefmutter und seine Brüder waren eine Einheit, und seine Mutter, sein Stiefvater und seine Schwester waren eine andere Einheit. Immer hatte er sich wie das fünfte Rad am Wagen gefühlt. Es war schwer, bei Witzen mitzumachen, die man verpasst hatte, oder Erinnerungen an Dinge zu teilen, die man nicht miterlebt hatte, weil man gerade bei der anderen Familie gewesen war. Dylan war einfach Dylan.

Und das war für ihn in Ordnung. Als er Jess geheiratet hatte, war dies sein Versuch gewesen, eine Familie zu gründen, und war mit Pauken und Trompeten gescheitert. Er war fest entschlossen auf dem Solo-Trip und das gefiel ihm. Keine Erwartungen. Keine Enttäuschungen.

Sein Bauunternehmen war ihm das Wichtigste, und er wollte sicherstellen, dass er diesen Auftrag bekam.

* * *

SARA STREIFTE DIE Regentropfen von ihren Ärmeln, als sie wieder ins Haus ging.

»Regnet es wieder?« Hayden steckte Dylans Präsentationsmappe in seine Laptoptasche.

»Ja.« Sara reichte Tori die Aktenmappe, die sie geholt hatte. Sie stammte von dem Mann, mit dem sie morgen ein

Vorstellungsgespräch führen würden. Es handelte sich dabei um eine weitere kleine Firma wie Westcott.

Tori lächelte zu Sara auf. »Danke, dass du sie geholt hast. Ich wäre ja selbst gegangen.«

Ja, doch dann hätte Sara Dylan nicht gesehen. »Kein Problem.«

»Du warst eine Weile dort draußen, und ich habe Westcott gerade wegfahren hören«, meinte Hayden. »Hast du mit ihm gesprochen?«

Sara nickte, als sie ihren Platz wieder einnahm. »Er will wirklich die ganze Enchilada.« Das bedeutete, dass sie ihn monatelang immer und immer wieder sehen würde. So viel zum Szenario »One-Night-Stand« und »Ich brauche dich nie wiederzusehen«.

Tori wandte den Blick nicht von der Aktenmappe ab, die sie vor sich auf dem Tisch aufgeschlagen hatte. »Ja, so viel habe ich verstanden.«

Hayden tauschte einen Blick mit Sara aus. »Das ist nicht die schlechteste Idee.«

Sara hob darauf eine Schulter. »Ich weiß nicht recht. Es mangelt ihm an der nötigen Erfahrung.« Die hatte er nicht, aber bereitete ihr das wirklich Sorgen? Oder war es eher ihre Angst davor, mit ihm arbeiten zu müssen, wo er doch Sachen mit ihr gemacht hatte, die niemand sonst je mit ihr versucht hatte?

Tori schaute auf. »Stimmt, doch mir gefällt sein Ansatz mit der Heimatstadt. Du kannst mich gern rührselig nennen, aber diese Idee spricht mich wirklich an.«

»Genau wie Dad«, meinte Hayden und lehnte sich zurück, »fast immer gibt er den Einheimischen den Zuschlag.«

»Diese Firma könnte auch funktionieren«, sagte Tori

und blätterte durch die Unterlagen in der Akte. »Mir gefiel allerdings Dylans aggressive Einstellung.«

»Mir auch.« Hayden stand auf. »Ich muss zu Archer zu einer Besprechung zurückkehren. Wir treffen uns morgen um zehn Uhr hier.«

Ehe die Tür hinter ihm ins Schloss fiel, konnte Sara sehen, wie er im strömenden Regen zu seinem Auto rannte. »Kommt er heute Abend nicht zum Essen?«

Sowohl Sara als auch Tori wohnten vorübergehend zu Hause – in ihrem Elternhaus. Ihre Wohnungen hatten sie behalten. Saras lag in der Nähe von Portland und Toris in der Bay Area. Hayden wohnte in seinem eigenen Haus in Ribbon Ridge und kam regelmäßig zum Abendessen, was eine willkommene Abwechslung bei der traurigen Stimmung war, die bei ihren Eltern herrschte, welche – verständlicherweise – noch immer mit Alex' Tod zu kämpfen hatten.

»Vermutlich nicht.« Tori blickte von der Akte auf. »Das kannst du ihm nicht zum Vorwurf machen.«

»Nein.« Sara setzte sich neben Tori und rieb sich mit den Händen über ihre Oberarme. Es war zugig im Kloster und der von ihnen mitgebrachte Heizstrahler spendete nicht gerade viel Wärme. »Ich bezweifle, dass Dad daheim sein wird.« Ihr Vater verbrachte viel Zeit im Büro oder war mit dem Fahrrad unterwegs.

Tori klappte die Aktenmappe zu und seufzte. »Wahrscheinlich nicht. Danke noch mal, dass du das Angebot aus meinem Auto geholt hast. Hattest du dich es angeboten, damit du mit Dylan reden konntest? Warst du damals in der Highschool nicht in ihn verschossen?«

Sara starrte sie auf eine Weise an, wie Schwestern einander anstarren, wenn sie einander auf die Nerven gingen. »Das war vor über einem Jahrzehnt. Und ist somit vollkommen irrelevant.«

Was war mit dem One-Night-Stand? Der war es nicht so sehr. Doch genau das *sollte* irrelevant sein. Sie dachte nicht daran, ihre Entscheidung über die Auftragsvergabe davon beeinflussen zu lassen. Und Tori wollte sie ganz bestimmt nichts davon erzählen. Es war allerdings nicht so einfach gewesen, das Flattern in ihrem Bauch zu ignorieren, als Dylan das Kloster betreten hatte. Draußen war es dann noch einmal so gewesen, als die Sonne zwischen den stürmischen Wolken auf ihn herabgeschienen und seine graugrünen Augen besonders betont hatte, während er sie auf diese einnehmende Art und Weise angeschaut hatte ...

Reiß dich zusammen, Sara. Er hat dich schließlich nicht im Geiste ausgezogen. Er hat um den Auftrag gekämpft.

»Nun, er ist immer noch total heiß. Und Ex-Soldat.« Tori beobachtete Saras Reaktion.

Sara schüttelte den Kopf. »Mm-hm. Ich beiße nicht an. Lass es gut sein.«

Tori stieß die Luft aus und schenkte ihr ein kleines Lächeln, das in etwa besagte, dass sie aufhören würde, sie zu drangsalieren. »Das ist auch gut so, denn wir werden ihn wahrscheinlich für die erste Phase unter Vertrag nehmen.«

»Er ist deine erste Wahl?«

»Für das Landhaus, definitiv. Und sein Verhalten heute hat mich nur noch mehr überzeugt. Du schienst allerdings reichlich zaudernd, ihn für die anderen Phasen überhaupt in Betracht zu ziehen.«

Ja, sie zauderte, und wenn sie darüber nachdachte, geschah dies bestimmt nicht aus den richtigen Gründen. Sie konnte nicht zulassen, dass ihr One-Night-Stand und die fortwährende Anziehung, die sie durchaus verspürte, einen Einfluss auf ihre Entscheidung haben würden. »Du nicht?«

»Ein wenig vielleicht, aber ich tendiere dazu, ihm wenigstens eine Chance zu gewähren.« Tori setzte sich vor und winkte mit der Hand. »Wir zäumen hier das Pferd von hinten auf. Ich muss an den Plänen arbeiten, ehe wir irgendetwas in Erwägung ziehen, und darauf kann ich mich nicht konzentrieren, solange wir nicht mit diesem Haus angefangen haben. Bist du sicher, dass du diese Phase beaufsichtigen kannst?«

Sara runzelte die Stirn. Die letzten Wochen waren nicht einfach gewesen, als sie die Leitung ihres Unternehmens an Craig übertragen hatte und halb nach Hause gezogen war, damit sie bei diesem Projekt mithelfen und Mom unterstützen konnte. Craig hatte eifrig zugestimmt, ebenfalls einen Beitrag zu leisten – er war sogar großartig gewesen. Mom hingegen war ein hoffnungsloser Fall. Sie hatte angefangen, einen Therapeuten aufzusuchen, doch sie war noch immer ungeheuer deprimiert. Dad schloss alles in sich ein und zog sich emotional immer weiter zurück. Es war, als wolle er sich überhaupt nicht mit Alexʹ Tod auseinandersetzen.

All das führte zu Spannungen, und Saras Regulierung ihrer Gefühle war vollkommen aus dem Ruder gelaufen. So viel zum Beweis ihrer Fähigkeiten, wenn sie sich nicht alle paar Tage vor einem Nervenzusammenbruch retten konnte. Sie musste allerdings zugeben, dass es nicht ganz so schlimm war, aber so gut wie in den letzten paar Jahren war es auch nicht. Damit war Toris Frage umso unangenehmer, wenn sie auch gut gemeint war.

»Ich schaffe das«, antwortete Sara. »Ich weiß, dass du denkst, dass es mir schwerfällt, und dem ist vermutlich auch so, aber das trifft irgendwie auf uns alle zu. Ich wirke dabei

nur ein wenig anders als ihr.« Genau das war der sprin-
gende Punkt, den die meisten von ihnen nicht begriffen. Ja,
sie war anders, doch das war ihr vollkommen gleich.
»Dieses Haus ist ohnehin mein Baby.« Ganz bestimmt
würde sie sich nicht davon abhalten lassen, die Arbeit daran
zu beaufsichtigen.

Als Sara das Gelände vor einigen Wochen besichtigt
hatte, war ihr der Einfall gekommen, das Haus im Ranch-
Stil am Rande des Grundstücks zu einer Stätte für Hochzeiten umzuwandeln. Nach einem Gespräch mit Dereks
Verlobten, Chloe, war ihr die Idee dazu gekommen, denn
Cloe hatte angesichts von Alex' Selbstmord und der gene-
rellen depressiven Stimmung Bedenken, eine Hochzeit im
Haus der Archers abzuhalten. Die Verlegung der Hochzeit
an diesen neuen Ort würde Mom den Druck nehmen.
Außerdem konnte sich Sara dieses Gebäude durchaus als
erstklassige Stätte für festliche Veranstaltungen vorstellen.
Sobald das Hotel in Betrieb war, würde es sicher sehr
gefragt sein.

»Du hast recht, es ist dein Baby«, pflichtete Tori ihr bei.
»Aber ich bin trotzdem noch deine Schwester, und mir
obliegt die Verantwortung, auf dich aufzupassen, wenn es
auch lästig ist.« Ihr Blick wurde weicher. »Ehrlich, Sara.
Manchmal kann ich ein bisschen überheblich sein, dass
weiß ich schon, aber wie du ebenfalls weißt, habe ich das
Herz am rechten Fleck.«

»Das ist mir bekannt. Selbst wenn ich es nicht immer zu
schätzen weiß, verstehe ich es.«

Tori verschränkte die Arme vor der Brust. »Was wirst
du machen, wenn dieser Teil des Projekts abgeschlossen ist?
Wirst du in deine Wohnung zurückkehren und zu deinem
Eventplanungsgeschäft?«

»Das ist der Plan, ja.« Sie hatten über die Notwendigkeit gesprochen, ein Team einzustellen, um das Hotel und das Restaurant zu führen – denn keiner von ihnen glaubte, dass Kyle je heimkehren würde, um diese Aufgabe zu übernehmen. Tori, Hayden, Derek und sie hatten zwar ihre Bereitschaft erklärt, Alex' Traum zu verwirklichen, aber sie konnten sich nicht vorstellen, dass dieses Projekt ihre derzeitigen Jobs dauerhaft in den Schatten stellen würde.

Saras Mobiltelefon vibrierte auf dem Tisch. Als sie einen Blick auf das Display warf, musste sie erkennen, dass ihr Assistent anrief – was lustig war, denn sie hatte gerade an ihn gedacht. Sie warf Tori einen entschuldigenden Blick zu. »Ich muss da rangehen.« Sie nahm den Hörer ab und stand auf. »Hey Craig, wie steht es?«

»Furchtbar.« Er klang gestresst. »Kristy ist wirklich unglücklich, dass du nicht hier bist.«

Sara rieb sich die Stirn an der Stelle zwischen ihren Augenbrauen. »Ich weiß. Ich habe ihr erklärt, dass ich eine Zeit lang nicht verfügbar bin und dass du ihr bei der Planung dieser Einzelheiten durchaus behilflich sein kannst.« Kristy war eine klassische Bridezilla. »Dass sie schwierig werden könnte, habe ich dir ja gesagt. Du musst sie nur mit einer sanften, aber festen Hand führen. Sie wird schon wieder auf den Teppich kommen.«

»Da bin ich mir nicht so sicher.« Craig klang skeptisch. »Ich denke, sie ist auf dem besten Weg, alles hinzuschmeißen. Sie sagte, sie hätte mit einem anderen Planer gesprochen.«

Sara trat an eines der Fenster. Ein Stück blauer Himmel unternahm den Versuch, die dunklen Wolken zu verdrängen, die den Regen ausschütteten. »Das ist eine leere Drohung. Sie will Archer Bier für den Empfang und ich bin die Einzige, die ihr das ermöglichen kann.«

Craig seufzte. »Das weiß ich. Ich denke nur, wir müssen etwas tun, um ihr Ego zu streicheln.«

»Tu, was du für notwendig erachtest. Sie ist eine gute Kundin – oder besser gesagt, ihre Eltern sind es.« Sara wandte sich vom Fenster ab und sah Tori beim Zusammenpacken zu. »Hör zu, ich muss auflegen. Ich rufe dich später wieder an.«

»Du musst mir helfen, mir etwas auszudenken, wie ich Kristy beschwichtigen kann.« Craig machte seine Sache sehr gut, aber wenn es um die Beruhigung aufgebrachter Kunden ging, erwartete er normalerweise, dass sie die Sache übernahm.

»Wir haben uns über den Umgang mit schwierigen Kunden unterhalten, und das ist Teil der Arbeit. Ich rufe dich später an und wir überlegen uns etwas, einverstanden?«

»*Gut.*« Er klang zwar wie ein weinerlicher Teenager, doch sie wusste, dass er nur Dampf ablassen musste.

Sara unterdrückte ein Lächeln. »Wir reden später.« Sie legte auf und kehrte an den Tisch zurück.

»Bereit?«, fragte Tori. Sie waren zusammen in Toris Auto hierher gefahren.

Sara nahm ihre Arbeitstasche und ihre Handtasche. »Ja. Hast du was von Liam oder Evan gehört? Oder von Kyle?«

»Nur von Evan, aber das auch nur, weil ich ihm alle zwei Wochen auf den Wecker gehe.« Denn sie kümmerte sich um ihn. So wie Kyle früher für Sara gesorgt hatte. »Von den anderen beiden Heinis keinen Pieps. Du hast auch nichts gehört, nehme ich an?«

Sara schüttelte den Kopf. Obwohl Sara mit Kyles ausbleibender Reaktion gerechnet hatte, fühlte sie diese Reaktion dennoch wie einen Stachel. Es hatte den Anschein, als wartete sie immer noch darauf, dass er die

Dinge wieder in Ordnung brachte. Doch allmählich fragte sie sich, ob sie wohl ewig warten müsste. »Ich begreife, was Alex versucht hat – er wollte uns zusammenbringen«, meinte sie leise, während die noch immer äußerst schmerzhafte Wunde in ihre Brust brannte, die der Tod ihres Bruders verursacht hatte. »Aber hat er denn tatsächlich geglaubt, er müsste sterben, um dies zu erreichen?«

Tori, die wohl mit einer oder zwei Tränen rang, musste blinzeln. »Und dem ist nicht so, stimmts?« Sie verfiel in Schweigen und betrachtete einen langen Moment lang ihre Hände. »Ich wünschte, ich wüsste, was er sich gedacht hat, und warum er dachte, sein Tod sei die bessere Wahl als das Leben.«

»Darauf hätten wir alle gern eine Antwort.« Trotzdem alle Geschwister unterschiedlich damit fertigwurden - entweder mit Wut, Traurigkeit oder Isolation –, war dies ihre einzige Verbindung.

»Hoffentlich verraten seine Briefe uns die Antwort – wenn wir sie auch nicht so bald erhalten werden.« Ihr Tonfall troff vor Verdruss. »Bei der nächsten Besprechung mit Aubrey über die Stiftung und den Bebauungsplan für das Projekt, möchte ich meinen Brief einfordern.«

Sara wusste, wie wütend und aufgewühlt Tori war, denn das waren sie alle, doch die ganze Sache war nicht Aubreys Schuld. Sara empfand Mitleid mit der Anwältin. Alex hatte sie in eine reichlich miserable Lage gebracht. »Wir kriegen die Briefe, wenn Alex das will. Hat das nicht auch eine Bedeutung? Handeln wir nicht gerade entsprechend, indem wir ihn und seine letzten Wünsche ehren?«

Tori nahm den Regenmantel von der Stuhllehne und zog ihn über ihren leichten Frühlingspullover. »Ich denke schon. Aber ich finde es trotzdem mies. Wer war das am Telefon, dein Assistent?«

Sara drehte ihre Armbänder mit einer Hand und
fingerte mit der anderen an der Kante ihres Pulloverärmels.
»Craig, ja.«

»Geht es ihm gut?«

»Er versucht gerade, eine Bridezilla in den Griff zu kriegen. Eigentlich finde ich es reichlich schwierig, von dort
weg zu sein.«

Tori zog ihren Mantel zurecht und schnürte ihn in der
Taille. Sie sah immer wie maßgeschneidert gekleidet und
fabelhaft aus, als käme sie gerade von Ann Taylor. »Wem
sagst du das. Ich habe versucht, meine sämtlichen Projekte
zu verschieben, um dies hier umzusetzen – und mein Chef
hat die Sache sehr gut aufgenommen –, aber hin und
wieder muss ich dorthin fahren und einiges erledigen.
Nächste Woche muss ich extra für ein Meeting nach San
Francisco.«

»Ja, ich sollte mich wahrscheinlich mehr ins Zeug legen,
um Craig zu helfen, aber es ist schwer, sich von all dem hier
loszueisen.«

Tori kam auf sie zu und ergriff ihre Hand. »Ich weiß.
Du hast dich so wundervoll um Mom gekümmert. Ich weiß
ehrlich gesagt nicht, wo sie jetzt ohne dich wäre. Ich versuche, für sie da zu sein, aber du hast dafür einfach mehr
Talent.« Mom kam mit all ihren Kindern gut aus, doch ihre
Beziehung zu Sara war etwas ganz Besonderes. Sie hatte
zwangsläufig mehr Zeit mit Alex, Sara und Evan verbracht,
als diese noch jünger waren, und das hatte eine Nähe
hervorgebracht, welche die anderen Kinder möglicherweise
nicht zu ihr hatten. Dieser Umstand war Sara erst in den
letzten Jahren bewusst geworden, und eigentlich erst richtig, seit sie von zu Hause fortgezogen war. Jetzt konnte sie
jedoch diesen Anflug von Bitterkeit und Verdruss bei Tori
und sogar Hayden erkennen.

»Sie liebt uns alle.« Sara drückte Tori die Hand.

Tori ließ sie los. »Das weiß ich wohl. Aber ich weiß auch, dass Evan, Alex und du sie auf eine Art und Weise gebraucht habt, wie es bei uns anderen nicht der Fall gewesen war.« Sie schüttelte den Kopf. »Mom hatte alle Hände voll zu tun, und das selbst mit Birgits Hilfe.« Ihre alte Haushälterin, und eigentlich eher ein Kindermädchen, war vor über einem Jahrzehnt aus dem Leben geschieden, doch sie war ein fester Bestandteil ihrer Kindheit gewesen.

Sara nahm ihre Laptoptasche in die Hand und zog den Riemen über ihre Schulter. »Und nachdem Birgit in den Ruhestand gegangen war, hat Mom alles allein gemeistert. Jetzt, da Alex nicht mehr da ist, hat dies meiner Ansicht nach eine Lücke hinterlassen, die sie nur schwer füllen kann.«

Tori ging auf die Tür zu. »Das macht Sinn. Spricht sie mit dir über ihre Therapie?«

Sara folgte ihrer Schwester. »Im Grunde tut sie das nicht. Es ist frustrierend. Ich weiß, dass sie ein Antidepressivum einnehmen soll, aber manchmal frage ich mich, ob sie sich wirklich an die ärztliche Anordnung hält.«

Tori hielt inne und legte die Hand auf die rechte Tür. »Sollen wir mit dem Therapeuten sprechen?«

»Er kann uns keine Informationen anvertrauen.« Sara öffnete die Tür auf der linken Seite und trat in den inzwischen sonnigen Spätvormittag hinaus. »Ich werde noch einmal versuchen, mit Mom zu sprechen.«

Tori setzte eine Sonnenbrille von Kate Spade auf. »Sag Bescheid, wenn ich helfen kann.«

Als sie zum Fahrzeug schritten, gingen Sara zu viele Dinge durch den Kopf: Craig und die Bridezilla. Mutter. Dylan Westcott.

Alles deutete darauf hin, als würde sie mit ihm an

diesem Projekt arbeiten. Es wäre ... seltsam, doch sie könnte
es schaffen. Von Beginn an hatten sie sich auf Vegas-Regeln
geeinigt, und es gab keinen Grund, warum sie nicht professionell miteinander verkehren konnten. Sie würde einfach
ihre Hoffnung darauf setzen, dass ihre Reaktion, ihn heute
zu sehen, nur eine Nachwirkung ihres One-Night-Stands
war. Bei all den Dingen, die sich derzeit in ihrem Leben
ereigneten, besaß sie nicht die Kapazität, sich mit etwas
anderem zu beschäftigen.

Kapitel Fünf

Dylan hörte seiner Mutter zu, die ohne Punkt und Komma über ihre Arbeit, die neuesten Snowboard-Künste seiner Halbschwester Brie und die von Bill geplante Bootsfahrt zu den San Juans plauderte – es handelte sich dabei um ein Boot, das Bill angeschafft hatte, als Dylan zwölf Jahre alt war und auf dem Dylan genau zweimal mitgefahren war.

»Dylan?«, fragte sie in einem Ton, der ihm verriet, dass ihr das Abschweifen seiner Gedanken sehr wohl bewusst war.

»Tut mir leid, ich habe viel um die Ohren.«

»Ist es die Arbeit?« Sie verzog das Gesicht vor lauter Sorge. »Manchmal frage ich mich, warum du nicht einfach zur Armee zurückkehrst. Oder warum du nicht für das Ingenieurkorps arbeitest?«

»Ich lebe gerne hier in Ribbon Ridge.« Obwohl »hier« derzeit Newberg war, wo sich das Krankenhaus befand, in dem Mom als Kinderkrankenschwester arbeitete. Hier hatte er auch die Hälfte seiner Jugend verbracht, als Kind mit geschiedenen Eltern mit gemeinsamem Sorgerecht, und er war zwischen den beiden hin und her gependelt. Er wollte seiner Mutter nicht zu viele Einzelheiten mitteilen, weil sie gerne klatschte, also sagte er nur: »Ich habe ein neues Angebot für einen Auftrag eingereicht. Einen großen. Wenn ich ihn bekomme, kommt richtig Bewegung in die Sache.«

Sie stocherte in ihrem Salat herum und suchte nach den kandierten Pekannüssen. »Klingt gut.« Sie fand eine Nuss und steckte sie sich in den Mund. Dann schaute sie ihn mit ihrem patentierten Mutterblick an. »Ich mache mir Sorgen um dich. Das Leben besteht nicht nur aus Arbeit. Du musst auch Zeit finden, Spaß zu haben und dich zu entspannen.«

Niemand konnte behaupten, dass seine Mutter und Bill nicht wussten, wie man das machte. Ihr gesamtes Leben drehte sich um Hobbys und Reisen. Und Brie.

»Das tue ich, Mom, eben nur nicht auf dieselbe Art und Weise wie du. Ich genieße es, wenn ich Dinge an meinem Haus reparieren oder mir ein Spiel mit den Jungs anschauen kann.«

Sie stutzte, während sie ihre Gabel über ihren Salat hielt. »Du bist allein, Dylan – ein Einzelgänger. Wann wirst du endlich mit jemandem zusammenkommen? Seit der Scheidung sind drei Jahre vergangen.«

Bei seinen Besuchen musste Dylan diese Art der Befragung jedes Mal erdulden und er antwortete immer das Gleiche.

»Ich treffe mich mit Frauen, Mom. Ich habe nur noch niemanden gefunden, mit dem ich langfristig zusammen sein wollte. In Ribbon Ridge ist nicht gerade viel los.« Blitzschnell und überdeutlich tauchte das Bild von Sara Archer in seinem Kopf auf.

»Das ist doch albern. Es gibt viele junge, alleinstehende Frauen in Ribbon Ridge und hier in Newberg. Du solltest eine dieser Online-Dating-Seiten ausprobieren. Wie meine Freundin Deanna, erinnerst du dich an sie? Sie hat auf diese Weise einen wirklich netten Mann kennengelernt. Später im Sommer werden wir zusammen verreisen – ein langes Wochenende zum Shakespeare Festival.«

Während Mom davon erzählte, wie sehr sie Ashland in Oregon liebte – es war die Stadt, in der das Festival stattfand –, schob Dylan die Gedanken an Sara beiseite. Eine Verabredung mit ihr kam nicht in Frage. Überhaupt kam eine Beziehung derzeit nicht in Frage, weil er keine Zeit für so etwas haben würde, wenn er den Zuschlag für dieses Projekt bekäme. Und er *würde* dieses Projekt bekommen.

Mom knabberte noch an ihrem Salat und betrachtete ihn für einen Moment. »Lass dich von einer gescheiterten Ehe nicht entmutigen, Dylan. Dein *Vater*«, immer hatte sie diesen besonderen Tonfall, wenn sie ihren ersten Mann zur Sprache brachte, »und ich haben es nicht richtig gemacht. Ich fand Bill, und dein *Vater* fand seine Wie-heißt-sie-noch, und alle leben glücklich bis ans Ende ihrer Tage.«

Alle, mit Ausnahme von Dylan.

»Was denkst du?« Mom blieb hartnäckig. »Wirst du Online-Dating ausprobieren?«

»Nein.« Er schob sein nicht aufgegessenes Sandwich beiseite. »Ich muss los.« Er stand auf und beugte sich vor, um ihr einen Kuss auf die Wange zu drücken. »Grüß' Bill von mir.«

»Wird gemacht. Und vergiss nicht, dir Sabrinas Abschlussfeier in deinen Kalender einzutragen!«

»Das habe ich direkt vor deinen Augen getan.« Dylan hatte den Termin in sein Handy getippt, sobald sie Platz genommen hatten.

Sie wedelte mit der Gabel. »Ja, stimmt. Du weißt ja, ich kenne mich mit diesen ganzen Gerätschaften nicht aus. Zu viel Aufwand. Außerdem erinnere ich mich auch so an alles.«

Dylan lächelte sie an, denn wie er genau wusste, war ihr Gedächtnis nicht mehr das, was es einmal gewesen war, doch seiner Schätzung nach dachte sie wohl immer noch, dass dem so sei. Sie war nicht gerade der einfachste Mensch, aber sie liebte ihn und er liebte sie. »Bis bald, Mom.«

Er verließ die Cafeteria des Krankenhauses und schlug den Weg zum Parkplatz ein. Draußen war der Himmel hellgrau. Es war nicht am Regnen, doch es gab auch keinen Sonnenschein.

Er wurde langsamer, als er auf seinen Pick-up zumarschierte. Eine zierliche Frau mittleren Alters stand neben seiner Fahrertür. Sie war ganz still, wie eine Statue, und ihr steinerner Blick war auf einen weit entfernten Punkt gerichtet.

Dylan näherte sich ihr vorsichtig. »Hallo?«

Sie registrierte seine Anwesenheit erst, nachdem er sie ein zweites Mal begrüßt hatte. Schließlich blinzelte sie und drehte ihren Kopf. »Ja?«

»Haben Sie sich verlaufen?« Vielleicht war sie eine junge Alzheimer-Patientin.

»Nein.« Sie blinzelte wieder einige Male und sah sich dann auf dem Parkplatz um. »Das heißt, vielleicht doch. Ich kann mich nicht erinnern, wo ich mein Auto geparkt habe.«

»Was für einen Wagen fahren Sie denn?« Angesichts der Desorientierung der Frau fragte sich Dylan, ob sie überhaupt ein Auto fuhr.

»Einen blauen Prius.«

Er suchte den Parkplatz nach einem Prius ab, ohne jedoch einen zu entdecken. Vielleicht war sie vollkommen danebnen und es gab keinen Prius. Er betrachtete sie einen

Moment lang. Sie kam ihm vage bekannt vor. »Sollen wir uns auf die Suche machen?« Er bot ihr seinen Arm an.

Sie sah zu ihm auf, ihr blauer Blick schien etwas kohärenter zu sein. Sie zögerte nicht und legte ihre Hand auf seinen Unterarm. »Ich danke Ihnen. Ich weiß nicht, was mit mir los ist. Ich hatte gerade einen Termin und der war ...« Ihre Stimme verstummte, und sie legte einen Finger in den Augenwinkel.

Hatte sie eine schlechte Nachricht erhalten? Er lenkte sie in eine Gegend, die er wegen der Bäume nicht sehr gut einsehen konnte, und sah schließlich einen blauen Prius. »Ist das Ihrer?«

»Oh, ja, Gott sei Dank. Ich bin so ein Trottel.«

»Das bezweifle ich.« Sie gingen auf das Auto zu, und das Nummernschild ließ Dylan fast stolpern.

Archer 1.

Jetzt war ihm klar, warum sie ihm bekannt vorkam. Sie hatte eine leichte Ähnlichkeit mit Sara, was bedeutete, dass sie wahrscheinlich ihre Mutter war. Ja, so musste es sein. Dylan war ihr in der Schulzeit einige Mal begegnet. »Ich hoffe, es ist alles in Ordnung.«

»Das ist es nicht«, antwortete sie in einem offenen Ton. »Aber das wird schon wieder. Zumindest sagt das mein Therapeut.«

Ihre Aufrichtigkeit versetzte ihm einen Ruck. Er hatte ein zwangloses Gespräch gesucht – was sollte man denn zu jemandem sagen, der wie ein Statist vom Set von *The Walking Dead* aussah, aber ohne Blut und Gedärm?

Sie erreichten das Auto, und sie kramte ihre Schlüssel aus der Handtasche. Er bemerkte, dass ihre Hände zitterten, und sie war immer noch reichlich blass.

Die Schlüssel glitten ihr aus den Fingern, und Dylan

bückte sich, um sie aufzuheben. »Sind Sie sicher, dass Sie sich wohlfühlen?«

Sie legte ihre Hand an die Stirn. »Ich weiß es nicht. Vielleicht sollte ich eines meiner Kinder anrufen, damit es mich abholt.«

Ribbon Ridge war gut zwanzig oder dreißig Minuten entfernt. Sie würde hier draußen allein warten müssen. Vermutlich könnte er ihr einfach dabei Gesellschaft leisten. Oder er könnte sie einfach nach Hause fahren und sich von Cameron zu seinem Auto zurückbringen lassen. »Ich bin Dylan Westcott, Camerons Bruder. Ich würde Sie gerne nach Hause fahren«, bot er an. »Wenn das für Sie in Ordnung ist.«

Ihre blauen Augen flackerten, als die Erkenntnis einsetzte. »Wie dumm von mir, dass ich den Bruder von Haydens bestem Freund nicht erkannt habe. Jetzt erinnere ich mich an Sie. Aber ich will Ihnen nicht zur Last fallen.«

»Das ist kein Problem, wirklich.«

»Was ist mit Ihrem eigenen Auto?« Sie schaute sich um. »Ich weiß, ich werde eines meiner Kinder bitten, Sie zurückzufahren.«

Auf keinen Fall. Dylan konnte sich nichts Unangenehmeres vorstellen, zumal er darauf wartete, etwas über den Auftrag zu erfahren. Schlimmer noch, was wäre, wenn eines der Kinder am Ende Sara wäre? Doppelt peinlich.

»Cameron kann mich fahren. Kommen Sie, ich bringe Sie nach Hause.« Er begleitete sie auf die Beifahrerseite und öffnete die Tür. Als sie sich in den Sitz gesetzt hatte, kehrte er auf seine Seite zurück und schrieb Cameron beim Gehen eine SMS: *Hol mich in 30 Minuten bei den Archers ab.*

Als er auf den Fahrersitz kletterte, warf Emily Archer ihm einen prüfenden Blick zu. »Ich hätte Sie sofort erkennen müssen. Sie und Cameron haben die gleichen Augen.«

Das hatten sie eigentlich nicht, aber er korrigierte sie nicht. Seine Augen hatten eine seltsame Farbe, die sonst niemand in seiner Familie besaß – was nur eine weitere Facette war, die deutlich machte, dass er nicht dazugehörte.

Er starrte auf die Konsole. »Ich habe noch nie einen Hybrid gefahren.«

»Es ist nicht schwer; erschrecken Sie nur nicht, wenn es sich anhört, als ob der Motor nicht läuft.«

»Wird gemacht.« Er startete den Wagen und bog auf die Straße nach Ribbon Ridge ein. Er fragte sich, ob sie nach Beendigung ihrer anderen Termine genauso verwirrt war wie heute.

Die Linien um ihre Augen und die Falten um ihren Mund waren von Trauer geprägt. Sie wirkte erschöpft und obwohl er sie seit Jahren nicht mehr gesehen hatte und sie nicht gut kannte, dachte er, dass sie wahrscheinlich ein bisschen zu dünn war. »Danke, dass Sie das machen – Sie sind eine willkommene Ablenkung. Heute war es ein bisschen schwieriger als sonst. Ich bin es gewohnt, jede Woche ins Krankenhaus zu kommen, aber immer mit Alex, wegen seiner Termine beim Lungenarzt. Jetzt, wo er nicht mehr bei uns ist, gehe ich immer noch hin, aber zu einem Therapeuten. Für mich. Ich komme nicht gern allein.«

Warum war nicht eines ihrer Kinder mitgefahren? Oder ihr Mann? Ihre Familie war riesig. Sicherlich konnte sich jemand aus seinem vollen Terminkalender Zeit nehmen, um sie zu begleiten. Verärgerung stahl sich seine Wirbelsäule hinauf und überraschte ihn. Immerhin war sie nicht *seine* Mutter. Und er sollte sie ablenken. Am besten machte er einfach damit weiter. »Ich war hier zum Mittagessen mit meiner Mutter.«

»Das ist nett von Ihnen. Stehen Sie sich nahe?«

Nicht besonders. »Nahe genug, um regelmäßig zu Mittag zu essen.« Und sonst so gut wie nichts, was für ihn in Ordnung war. »Sie wohnt in Newberg.«

»Jetzt besinne ich mich. Sind sie nicht extra zu Ihrem Vater nach Ribbon Ridge gezogen, damit Sie auf die West Valley High gehen konnten?«

»Ja, für das Footballprogramm.« Damals war es eines der besten im ganzen Bundesstaat gewesen. Tatsächlich hatte die Mannschaft in Dylans Abschlussjahr die State Championship gewonnen. »Ich bin überrascht, dass Sie sich daran erinnern.«

»Wir waren groß im Förderverein. Rob war Präsident während des Abschlussjahres der Sechslinge.« Sie drehte den Kopf und sah aus dem Fenster, um ihren Gesichtsausdruck vor ihm zu verbergen. Er hatte den leisen, traurigen Unterton registriert, als sie ihren Mann erwähnte.

Dylan presste seine Lippen aufeinander. Bisher war er keine besonders gute Ablenkung. »Ich erinnere mich an die Kekse, die Sie immer gebacken haben – vielleicht backen Sie sie ja immer noch.«

Sie drehte den Kopf zurück, und ihre Stimme klang wieder heller auf. »Welche?»

»Snickerdoodles. Meine Lieblingskekse.«

»Das waren auch Alex´ Lieblingskekse.« Ihr Ton war ruhig und nachdenklich.

Dylan umklammerte das Lenkrad. »Ich bin auf dem Gebiet der Ablenkung vollkommen überfordert.«

»Nein, Sie machen das gut. Es ist fast unmöglich zu atmen, ohne an ihn zu denken oder an den … Verlust, mit dem ich jetzt lebe.«

»Hilft die Therapie?« Wahrscheinlich sollte er das

nicht fragen, aber bisher waren seine Ablenkungsmanöver ein voller Misserfolg.

»Ich weiß es nicht genau. Woran macht man das fest?« Sie lachte, und es war ein rostiges Geräusch, als würde sie sich nicht oft dazu hinreißen lassen.

»Ich weiß es auch nicht. Als ich bei der Armee war, musste ich ein paar Mal mit einem Therapeuten sprechen. Das war vorgeschrieben, nachdem wir im Ausland waren.«

Sie setzte sich auf ihrem Sitz zurecht und drehte sich zu ihm um. »Meine Güte, haben Sie Kampfeinsätze erlebt?«

Er warf ihr ein beruhigendes Lächeln zu. »Nein, was mir die Therapie irgendwie unnötig erscheinen ließ, aber sie war vorgeschrieben, also ging ich hin. Das Einzige, was ich nicht nur aus der Therapie, sondern auch aus der Arme mitgenommen habe, war die Erkenntnis, Trost in mir selbst zu finden. Mir selbst zu vertrauen. An mich selbst zu glauben. Mich auf mich selbst zu verlassen. Das war der beste Rat, den ich je erhalten habe.«

»Warum?«

Aus den Augenwinkeln konnte er erkennen, dass sie ihn aufmerksam beobachtete und sich ganz auf seine Worte einließ. »In etwa, dass wir letztendlich mit uns selbst zufrieden sein müssen. Dass wir in uns selbst die Kraft, die Richtung oder die Inspiration finden können, die wir brauchen. Und die einzige Anerkennung, die wirklich zählt, ist unsere eigene.«

Sie lehnte sich in ihrem Sitz zurück und schwieg einen Moment. »Klingt sehr unabhängig. Ich kann mich nicht erinnern, wann ich das letzte Mal so über mich gedacht habe. Als Ehefrau und Mutter ist man so abhängig, wie man es nur sein kann.«

Dieses Gespräch schien sich in eine Verlängerung ihres

Therapietermins zu verwandeln, und er kannte sie kaum.
»Unterschätzen Sie sich nicht.«

»Danke. Ich werde daran arbeiten.«

Er lenkte sie besser ab, als sie die nächsten fünfzehn Minuten zu ihrem Haus fuhren, wobei er sich hauptsächlich auf die neue Umgehungsstraße konzentrierte, die den Verkehr auf dem Weg zum Strand von den Kleinstädten umleitete.

Schließlich bog er in die kreisförmige Einfahrt ein, die sich um ein riesiges Wasserspiel zog.

»Würden Sie bitte durch die Toreinfahrt fahren?«, bat sie ihn und deutete auf den Torbogen, der das riesige Haus mit einer Garage verband.

Er erfüllte ihre Bitte, und sie drückte auf einen Garagentoröffner.

»Sie müssen umdrehen, um reinzukommen. Ich parke in der Garage, die an das Haus angebaut ist.«

Die erste Tür war offen, also parkte Dylan dort. »Richtig so?«

»Perfekt, danke.« Sie lächelte zwar, doch die Erschöpfung in ihren Zügen verdrängte jede echte Freude in ihrem Ausdruck.

Sie stieg aus dem Wagen, ehe er ihr behilflich sein konnte. »Kommen Sie mit rein, damit wir uns überlegen können, wie wir Sie nach Hause bringen.«

Obwohl er nicht gespürt hatte, dass sein Handy vibrierte, holte Dylan es trotzdem heraus und hoffte, dass Cameron ihm zurückgeschrieben hatte. Doch nichts. Dylan schickte eine weitere SMS.

Emily führte ihn durch den Vorflur ins Haus. Dylan bemerkte die Haken mit den Namen der Kinder. Alex' Name stand noch da, und auch der von Sara. An ihrem Haken hing ein schwarzer Mantel.

»Hi, Mom.«

Dylan folgte Emily durch den kurzen Flur in die Küche und erstarrte, als er Saras Stimme hörte.

»Hallo, Liebes.« Emily hob ihre Hand. »Dylan Westcott hat mich nach Hause gefahren.«

Sara stand an der Tür zu einem kleinen runden Raum, der an die Küche grenzte und wie ein Büro aussah. Ihre blauen Augen wurden groß. Sie drehte sich zu ihrer Mutter um. »Von wo bist du nach Hause gefahren?«

»Mein Therapietermin.« Sie rieb ihre Fingerspitzen an ihrer Schläfe. »Ich bin müde. Ich glaube, ich werde mich hinlegen. Würdest du ihn bitte zu seinem Auto zurückfahren?«

Sara schaute ihn fragend an. »Ähm, sicher.«

Emily dankte ihm erneut. »Ich werde mir merken, was Sie mir gesagt haben«, meinte sie mit einem gezwungenen Lächeln. Sie wirkte noch blasser als vorhin auf dem Parkplatz. Sie durchquerte die Küche in Richtung Flur und verließ den Raum. Sara drehte sich zu ihm um und verschränkte ihre Arme. »Was ist passiert?«

»Ich fand sie auf dem Parkplatz des Krankenhauses. Sie schien verloren oder desorientiert zu sein. Oder beides.«

Sara blinzelte. »Das verstehe ich nicht.«

»Sie stand nur an einer Stelle und starrte vor sich hin. Ich brauchte ein paar Versuche, um ihre Aufmerksamkeit zu gewinnen.«

»Vielleicht hat sie nur vor sich hin geträumt.«

Dylan wollte nicht unverblümt sein, aber er wollte, dass Sara verstand, dass ihre Mutter in keiner guten Verfassung gewesen war. »Ich musste ihr helfen, ihr Auto zu finden. Sie war eine Zeit lang völlig weggetreten.«

Saras Gesichtsausdruck erschlaffte und sie ließ die

Arme sinken, während ihre Schultern herabsackten. »Oh. Nun ... danke.«

Er machte einen kleinen Schritt nach vorn. »Sie schien ziemlich aufgebracht zu sein. Ich frage mich, ob jemand sie von nun an zu ihren Terminen begleiten sollte.«

»Hat sie das gesagt?«

»Sie erzählte mir, dass sie früher jede Woche mit Alex ins Krankenhaus ging, aber jetzt geht sie allein.«

Sara lehnte sich gegen den Türrahmen des kleinen Büros. »Manchmal habe ich sie begleitet. Oder ich habe sie in Newberg getroffen.« Das war auf halbem Weg zu ihrer Wohnung, bemerkte Dylan. »Danke, dass du mir das erzählt hast. Und dass du sie nach Hause gebracht hast. Das hättest du nicht tun müssen.«

Sie sah ihn an und fragte sich wohl im Stillen nach seinen Beweggründen.

Er trat von einem Bein aufs andere, weil er sich mit ihrer Dankbarkeit unwohl fühlte. Ihre Beziehung sollte rein geschäftlich sein und mehr nicht. »Keine Ursache, wirklich.«

»Gut, ich werde mich nicht mit dir streiten.« Sie stieß sich von der Wand ab und ging den kurzen Flur in Richtung Eingang entlang. »Komm, ich fahre dich zurück.« Sie blieb an den Haken stehen und nahm ihren Mantel herunter. Sie hatte den einen Arm schon in einen Ärmel geschoben, bevor Dylan bei ihr war und ihr das Kleidungsstück hochhielt.

Noch einmal warf er einen prüfenden Blick auf sein Telefon. Immer noch nichts von Cameron. »Ich hatte gehofft, mein Bruder würde mich abholen. Ich will dir keine Umstände bereiten.«

Sie schaute ihn überrascht an. »Als ob es keine große

Unannehmlichkeit gewesen wäre, meine Mutter nach Hause zu fahren.«

Er zuckte mit den Schultern. »Sie war so weggetreten, dass ich sie nicht warten lassen wollte, bis einer von euch sie abholt.«

»Nun, danke.« Sie beäugte ihn mit einer Mischung aus Neugierde und Vorsicht. »Gehen wir.«

* * *

Sara schrumpfte in sich zusammen, als sie auf die Garage zulief. Genau diese Worte hatte sie gesagt – *gehen wir* – *als* sie das Sidewinders für ihren One-Night-Stand verlassen hatten. Verzweifelt wünschte sie sich, sie könnte das Gesagte zurücknehmen. Sie warf einen Blick auf ihn, als er ihr in die Garage folgte, und fragte sich, ob er es überhaupt bemerkt hatte. Bestimmt war das von ihr empfundene Unbehagen nur einseitig.

Was, wenn nicht? Sie wollte unbedingt herausfinden, ob er sich bei ihr unwohl fühlte. Und wenn ja, warum? Bedauerte er ihre gemeinsame Nacht? Stand ihm der Sinn nach einer Wiederholung?

Verflixt, wo kam das denn her? Sie drehte sich um und stieg ins Auto, wobei ihr der Ratschlag ihres Vaters aus längst vergangenen Zeiten im Kopf herumspukte: *Stell keine Fragen, auf die du keine Antworten willst.*

Dylan setzte sich auf den Beifahrersitz, als sie den Motor anließ. Die Temperatur im Auto schien in die Höhe zu schnellen. Auch hier nahm sie an, dass dies allein in ihrer Wahrnehmung so war. Er starrte nach vorn und sein Blick war völlig unergründlich.

Großartig.

Sie fuhr rückwärts aus der Garage und wendete in

Richtung der Einfahrt. Weil sie dachte, es könnte hilfreich sein, die Spannung abzubauen, schaltete sie das Radio ein.

»Ich mag dieses Lied, auch wenn es ein bisschen lächerlich ist. Und du?« Seine tiefe Stimme durchbrach ihre Beklemmung und versetzte ihr einen Ruck.

»Was?« Sie hatte der Musik nicht die geringste Aufmerksamkeit geschenkt und versuchte nun zuzuhören. Eingängige Melodie, viel im Radio gespielt, nominiert für einen Oscar als bester Song für diesen Kinderfilm mit den kleinen gelben Minion-Dingern. »Es ist niedlich.«

Ein paar Minuten lang herrschte Schweigen. Als sie Ribbon Ridge erreichten, hielt sie es nicht mehr aus. »Worüber hast du mit meiner Mutter gesprochen?«

»Nicht viel. Über Kekse, die Umgehungsstraße und ein bisschen über ihre Therapie.«

Ihre Therapie? Sie hatte in letzter Zeit nicht darüber sprechen wollen. »Was hat sie über die Therapie gesagt?«

»Weißt du, es war wirklich nicht viel. Nur das, was ich dir über das Alleinsein gesagt habe.«

»Alex' Tod war hart.« Ihre Stimme zitterte ein wenig, als die Emotionen in ihrer Brust aufstiegen, aber sie schluckte sie hinunter. »Besonders für sie. Sie hat so viel Zeit mit ihm verbracht. Er lebte noch zu Hause und arbeitete für Archer.«

»Die Firma deines Vaters? Was hat er dort getan?«

»Er war Texter. Er hat alle Marketingtexte verfasst, die Website betreut und so weiter. Er hat all die verschiedenen Biere benannt. Hmm, ich frage mich, wer das jetzt übernehmen wird.« Das war lediglich eine weitere Frage, auf die nach seinem Ableben eine Antwort gefunden werden musste. Scheinbar kam mit jedem Tag etwas Neues hinzu. Etwas, womit er zu tun gehabt hatte und dass sie nun innehalten ließ. »Es ist immer noch so merkwürdig ›war‹ zu sagen.« Sie zog die Ärmel über ihre Hände, um den Stoff zwischen ihren Fingerspitzen und dem Lenkrad zu reiben.

»Das glaub' ich gern«, entgegnet er leise. »Aber deine Mutter ist stark. Vielleicht stärker als ihr denkt.«

»Warum sagst du das?«

Er zuckte mit den Schultern und stützte sich mit dem Ellbogen auf die Tür. »Sie geht zur Therapie. Vielleicht versucht sie, einen Weg zurück zur Normalität zu finden.«

Jedes Mal, wenn sie glaubte, die Dinge würden wieder ins Lot kommen, passierte etwas, das ihr vor Augen führte, dass die Normalität in weiter Ferne lag. Und womöglich war die Normalität auch für immer verloren. Vielleicht fanden sie eine neue Normalität. Ihr Verstand geriet ins Trudeln, was sie dazu veranlasste, mehr Sinneseindrücke von den Rillen in den Bündchen an ihren Handgelenken aufzunehmen.

»Ich habe bemerkt, dass du diese Sache dort mit deinen Ärmeln machst.« Seine Worte veranlassten sie, zu ihm aufzuschauen. Er nickte in Richtung ihrer Hände. »Und dem Zustand der Bündchen nach zu urteilen, würde ich annehmen, dass es sich dabei um mehr als nur eine gelegentliche Angewohnheit handelt.«

»Ein Zwang, meinst du?« Sie spürte, wie ihre Abwehrhaltung einsetzte. Die meisten Leute verstanden ihr Verhalten zur Selbstregulierung nicht – das Nesteln, das Quetschen und Drücken, das Ausharren in stillen Winkeln. »Das ist Teil meiner Wahrnehmungsstörung.«

»Was für eine Störung?«

»Erinnerst du dich nicht mehr an die Highschool?« Den Leuten waren vielleicht nicht sämtliche Einzelheiten bekannt, aber sie war die skurrile Sara mit ihren sonderbaren Ticks und ihrer Unnahbarkeit gewesen.

»Nein. Erzähl es mir.« Damals war er schon in der

Oberstufe gewesen, als sie noch im ersten Jahr war, und somit hatte er wahrscheinlich nicht viel von ihrem Ruf mitbekommen. Es hätte sogar die Chance bestanden, dass niemand etwas über sie gewusst hätte, wenn nicht Liam, Tori und Kyle gewesen wären, die bei allen irrsinnig beliebt waren.

»Das ist nicht so leicht zu erklären.« Eigentlich wollte sie auch gar nicht darüber reden, insbesondere nicht mit ihm, denn sie versuchte, ihre Bekanntschaft auf einer professionellen Ebene zu halten. »Vergiss, dass ich etwas gesagt habe.«

»Es ist, glaube ich, schon das zweite Mal, dass du diese Sache einfach so abtust. Wenn ich mich recht erinnere, wolltest du im Sidewinders etwas dazu sagen.«

Sie warf ihm einen Seitenblick zu. »Oho, du hast die Vegas-Regeln gebrochen.«

»Mein Fehler«, meinte er lachend. »Ich schlage vor, dass wir so tun sollten, als hätten wir uns in jener Nacht gar nicht getroffen.«

Sollten sie das tun? Genau das implizierten die Vegas-Regeln ja irgendwie, und dass diese gesamte Nacht in einen Tresorraum eingesperrt sein sollte. Es war nur zu dumm, dass ihr diese Idee immer bei der kleinsten Provokation in den Sinn kam. »Ich weiß ja nicht, wie es dir ergeht, aber mir fällt das zugegebenermaßen reichlich schwer. Ich könnte die Begebenheit von unserer jetzigen Beziehung abspalten, aber vergessen kann ich sie nicht.« *Das hoffe ich zumindest.* Sie verstummte, ehe sie noch weiterredete und zum Beispiel sagte, wie großartig es gewesen war.

Sie warf ihm einen weiteren Blick zu und erkannte, dass er sie beobachtete, worauf sie ihren Blick schnell nach vorn richtete.

»Ich verstehe. Vegas-Regeln in voller Aktion.«

Auf der Suche nach einem unverfänglicheren Thema fragte sie: »Es klingt ganz danach, als hättet ihr euch, meine Mutter und du, auf eurer Fahrt gut unterhalten.«

»Ob es eine gute Unterhaltung war, kann ich nicht sagen, aber schlecht war sie jedenfalls nicht. Ich habe ihr sogar angeboten, sie abzulenken, worin ich allerdings nicht gerade gut war.«

Anhand seines Tonfalls spürte sie, dass er das Herz am rechten Fleck hatte. »Ich bin sicher, dass du es versucht hast. Dieses Thema zu umschiffen ist wirklich schwer. Es verzehrt sie.«

»Das konnte ich erkennen. Ich habe ihr einige Ratschläge ans Herz gelegt, die ich aus meiner Zeit beim Militär kannte. Verlass dich auf dich selbst, finde Inspiration in dir selbst.«

»Das hat man dir beim Militär beigebracht?«

»Unter anderem, aber so war es. Sich selbst vertrauen und an sich selbst glauben und diesen ganzen dämlichen Mist.«

Sie lachte, als sie an einer roten Ampel langsamer wurde. »Du hast meiner Mutter dämliche Ratschläge gegeben?«

»Nein«, gab er mit einem Anflug von Humor zurück. »Es *hört sich* dämlich an, aber es funktioniert tatsächlich. Jedenfalls bei mir.«

Die Ampel sprang auf grün um, und sie trat auf das Gaspedal. »Erzähle mir vom Militär.«

»Da gibt es nicht viel zu erzählen – miserables Essen, öde Aufgaben, langweilige Klamotten.«

Wieder lachte sie und genoss seine Gesellschaft weitaus mehr, als ihr lieb war. Wäre er nicht so charmant und lustig, würde er sich viel einfacher auf Abstand halten lassen. »Dich hat dein Aufzug gestört?«

»Also schön, nicht so sehr. Aber meine Ex hat sich über das Wäschewaschen beschwert. Nach dem ersten Jahr hatte sie dann damit aufgehört.« Er verzog das Gesicht zu einer leichten Grimasse, als wünschte er, nichts gesagt zu haben.

Sara wollte nicht, dass er sich schlecht fühlte – denn damit hatte sie selbst schon genug zu schaffen. Für sie war er wie ein Lichtblick, und einfach jemand, mit dem sie ihre Probleme vergessen und ... jemand anderes sein konnte. Moment, konnte das sein? »Sie hat sich also wegen des Wäschewaschens von dir scheiden lassen? Das kann ich nachvollziehen. Ich werde das in meinen Ehevertrag aufnehmen – jeder Ehepartner muss seine Wäsche selbst waschen.«

»Das stört mich nicht. Im Grunde genommen habe ich nichts gegen Wäsche. Du solltest mal meine Waschmaschine und meinen Trockner sehen.«

Sollte das eine Art Einladung sein? Oder zumindest die Formulierung, dass sie vielleicht eines Tages einen Grund haben könnte, sich in seinem Haus aufzuhalten? Puh, ihre Gedanken gingen mit ihr durch. Sie führten eine unverfängliche Unterhaltung. Nein, irgendwie flirteten sie, und damit sollten sie schleunigst aufhören. Was aber nicht passierte.

»Du bist ein eigentümlicher Mann, Dylan Westcott. Vermutlich kochst du und putzt auch Toiletten?«

»Ich mache Kochversuche – und gelegentlich gelingt es mir.« Er schenkte ihr dieses entwaffnende Lächeln, und sie richtete den Blick auf die Straße, wo sie ihn auch zu halten gedachte. »Ich bin ein Experte was das Kloputzen angeht – dafür hat das Militär gesorgt.«

Er wusch ohne Murren seine Wäsche, konnte kochen und war beim Toilettenputzen gründlich. »Warum genau hat sich deine Ex von dir scheiden lassen? Es klingt, als wäre sie nicht besonders helle.«

Als er daraufhin lachte, wurde es Sara innerlich ganz heiß und sie fühlte sich von einer angenehmen Wärme erfüllt, die sie schon lange nicht mehr gespürt hatte. »Ich kann dir sagen, ich habe viele Fehler«, gab er zurück.

Irgendwie hatten sie den Newberger Stadtrand in Rekordzeit erreicht. Vielleicht hatte sie die Fahrt aber einfach zu sehr genossen, um ihr Vorankommen zur Kenntnis zu nehmen, was wirklich nicht gut war, da sie am Steuer saß. Als sie auf den Krankenhausparkplatz fuhr, warf sie ihm einen Seitenblick zu. »Wie beim Line Dance.«

»Autsch. Und jetzt hast du die Vegas-Regeln gebrochen.«

Sara schlug sich die Hand vor den Mund, worauf ihm ein weiteres Lachen entfuhr.

Sie parkte neben seinem großen, grauen Truck. »Danke noch mal, dass du Mom nach Hause gebracht hast. Hoffentlich hat sie dir nicht den ganzen Nachmittag versaut.« Ihr ging plötzlich auf, dass er vielleicht zu arbeiten hatte.

»Es ist alles in Ordnung. Wir stecken mitten in einem Umbau, jedoch waren heute die Elektriker am Werke, und somit habe ich heute Morgen vorbeigeschaut, ehe ich mit meiner Mutter zu Mittag gegessen habe. Sie arbeitet hier im Krankenhaus.« Er drehte sich zu ihr um, und mit einem Mal erschien der Platz im Auto sehr, sehr klein. »Und es war mir ein Vergnügen.«

Allein, das Wort »Vergnügen« aus seinem Mund jagte ihr einen Schauer über den Rücken. Sie wandte den Blick ab und brachte sich in Erinnerung, dass sie ihrer Anziehung zu ihm besser keine Beachtung schenken und versuchen sollte, sie zu zerstreuen. Aller Wahrscheinlichkeit nach würden sie beide zusammenarbeiten, um Himmels willen.

Zumindest war sie sich dessen zu 99,9 Prozent sicher. Morgen früh würde Derek sich mit ihnen allen treffen, um die Vorschläge zu prüfen und sich das Feedback zu den Präsentationen anzuhören; ehe sie dann gemeinsam ihre Entscheidung über die Auftragsvergabe treffen würden.

Sie war versucht, Dylan schon vorab zu verraten, dass er diesen Auftrag so gut wie in der Tasche hatte, doch dann entgegnete sie schließlich nur: »Wir sprechen uns bald.«

Sein Blick verweilte für einige Sekunden auf ihr, und die Anziehungskraft, die sie mit aller Kraft zu ignorieren versuchte, flammte erneut zwischen ihnen auf. »Richte deiner Mutter bitte von mir aus, sie soll gut auf sich aufpassen.« Er öffnete die Tür, und mit einem Schlag nahmen die Funken der knisternden elektrischen Spannung ab und waren nicht mehr existent.

»Einverstanden. Nochmals danke.«

Er warf ihr ein Lächeln zu und machte die Tür zu.

Himmel. Sie musste sich dringend zusammennehmen. Ihre gemeinsame Nacht war längst Vergangenheit, und sie hatten sich geeinigt, dass es eine einmalige Angelegenheit bleiben würde. Darüber hinaus verhielt es sich ja auch nicht so, dass sie zurzeit in der Lage war, etwas Dauerhaftes anzufangen. Ihr Leben war in Aufruhr, und sie hatte keine Vorstellung, was in einer Woche, geschweige denn in einem Monat, geschehen würde. Darüber hinaus wären sie auch noch Kollegen. Dylan Westcott musste sie sich in jeder Hinsicht aus dem Kopf schlagen, außer ihn als Auftragnehmer zu sehen. Es stellte sich allerdings die Frage, wie ihr das gelingen sollte, wenn er ihr die denkwürdigste Nacht ihres Lebens beschert hatte?

Kapitel Sechs

D YLAN BOG am nächsten Morgen in die Einfahrt seines Vaters ein, da er beim Säubern der Dachrinnen mithelfen wollte. Es war noch recht früh, und die Temperatur niedrig, während das strahlende Blau des Himmels einen schönen Frühlingstag versprach.

Er schritt zur Haustür und klopfte an. Dad machte ihm die Tür rasch mit einem herzlichen Lächeln im Gesicht auf. »Du weißt, dass du nicht klopfen musst.«

Noch nie hatte er sich wohl dabei gefühlt, einfach so einzutreten. Ja, er hatte zwar dort gelebt, und dieses Haus in der Highschoolzeit als seinen »Hauptwohnsitz« bezeichnet, doch als sein Zuhause hatte er es nie betrachtet. Es war einfach nur sein Wohnsitz gewesen, während sein Vater das Sorgerecht innehatte.

»Sind es heute nur du und ich?«, fragte Dylan. »Oder kommt Cameron auch?«

»Eigentlich sollte er schon hier sein, aber du kennst ihn ja. Pünktlichkeit ist nicht gerade seine Stärke.« Dad lud

Dylan mit einer Handbewegung ein, ihm zu folgen. »Nimm dir einen Kaffee.«

Angie stand an der Kücheninsel und drei Tassen standen vor ihr. »Hi, Dylan«, begrüßte sie ihn fröhlich. Sie rückte ihre Brille auf ihrer Nase zurecht, damit sie fester saß. »Ich habe den Vanillekaffee da, den du so gern magst.«

Sie bemühte sich, rücksichtsvoll zu sein, und das gelang ihr inzwischen viel besser als damals, als er noch jünger gewesen war. Sie hatte sich auf ihre drei Söhne konzentriert, was Dylan ihr in gewisser Weise nicht übelnehmen konnte. »Danke.«

»Was gibt es Neues, mein Sohn?«, erkundigte sich Dad, der einen kleinen Schluck von seinem Kaffee trank und sich mit der Hüfte an der Insel abstützte.

»Nicht sehr viel.«

»Erzähl mehr.«, schmunzelte Dad. »Informationen aus dir herauszubekommen ist wie Zähne ziehen. Wie geht es mit der Arbeit voran? Irgendwelche spannenden Aufträge in Aussicht?«

Nie weihte er jemanden in seine Aufträge ein, es sei denn, der Handel war bereits unter Dach und Fach. »Möglicherweise. Es ist zu früh, um das zu sagen.«

»Nun gut, halte uns auf dem Laufenden. Wir wollen nur das Beste für dich.«

»Danke.« Er trank einen weiteren Schluck Kaffee, ehe er die Tasse auf dem Tresen abstellte. »Können wir loslegen?«

»Auf geht´s.« Dad stellte seine Tasse ebenfalls ab und führte ihn in die Garage.

Das Haus seines Vaters war ein Split-Level-Haus, und somit war eine Hälfte höher als die andere. Normalerweise fingen sie mit dem oberen Teil an. Dylan trug die Leiter gerade hinüber und stellte sie an das Haus, als Cameron in seinem zehn Jahre alten Land Rover vorfuhr. Er war vier Jahre jünger als Dylan und war ihm in Größe und Körperbau reichlich ähnlich, obwohl sie nur Halbgeschwister waren. Ihre Ähnlichkeit erstreckte sich allerdings nicht auf ihre Garderobe. Cameron sah aus, als hätte er heute Morgen erst einen Abstecher zu Urban Outfitters gemacht, um sich einzukleiden.

»Dir ist schon klar, dass wir die Dachrinnen reinigen«, stichelte Dylan.

Cameron blickte an seiner Kleidung hinunter. »Das ist meine Arbeitskleidung.«

»Du bist doch nicht traurig, wenn die Sachen schmutzig werden? Was wirst du heute Abend im Club anziehen?« Dylans eigene Garderobe setzte sich aus Kleidungsstücken zusammen, in denen er tatsächlich *arbeitete*. Die Sachen hatten Flecken und Löcher, und er würde nicht im Traum daran denken, sie zum »Ausgehen« zu tragen.

»Wie komisch«, meinte Cameron. »Ich gehe doch nicht jeden Samstag in einen Club.«

»Nein, manchmal muss man sich auch die Nägel und die Haare machen.« Wie immer machte sich Dylan über seine metrosexuellen Angewohnheiten lustig, was Cameron mit Fassung ertrug.

»Ich würde mich freuen, wenn du mich mal begleiten würdest. Das habe ich dir schon mal gesagt und ich wiederhole es gerne noch einmal: Eine Maniküre würde dir gut tun.«

Dylans Hände, die derzeit in Arbeitshandschuhen steckten, waren so rau und schwielig, wie sie nur sein konnten. Und das bereitete ihm nicht das geringste Problem. »Du erwartest von mir, mit babyweichen Händen Drecksarbeit am Bau zu machen? Du spinnst doch.«

Dad kam mit dem Hochdruckreiniger, den er hinter

sich her zog, aus dem Haus. »Hi, Cam.« Sein Blick glitt zu seinem Sohn und dessen Aufzug. »Hast du vergessen, dass wir die Dachrinnen reinigen wollen?«

Cameron lachte. »Nein, ich habe einen Regenanzug dabei.« Er öffnete den hinteren Teil seines Kofferraums und nahm den Anzug heraus.

»Du bist mir vielleicht einer.« Dylan grinste ihn an.

Verwirrt ließ Dad den Blick zwischen den beiden hin und her schweifen. »Was? Warum?«

»Nur ein dummes Geplänkel zwischen Brüdern.« Cameron zog seine Stiefel aus und streifte die Regenhose über seine Jeans.

»Die Hose sollte reichen«, stellte Dylan fest.

»Und wo sind deine?« fragte Dad.

»Ich werde nass und schlammig, na und?« Daraus machte Dylan sich nicht das Geringste – seine Jeans war ohnehin schon reichlich zerschlissen. Und wenn er erst einmal schmutzig war, brauchte er nicht mehr ins Haus zu gehen, um dort zu essen oder zu plaudern.

»Ich habe eine zusätzliche Regenhose.« Dad war bereits auf dem Weg zur Garage.

»Ist schon gut, Dad!«, rief Dylan ihm hinterher, worauf Dad allerdings nur die Hand hob und weiterging.

»Netter Versuch«, meinte Cameron. Inzwischen hatte er seine Stiefel wieder angezogen und gesellte sich zu ihm an die Leiter. »Jetzt musst du das Mittagessen durchstehen.« Cameron kannte seine Taktik gut.

Zur Antwort verschränkte Dylan die Arme vor der Brust und wartete auf seine Hose.

»Was, du musst noch woanders hin? Daran habe ich meine Zweifel. Augenscheinlich hat deine gesellschaftliche Agenda in der letzten Zeit eine Durststrecke zu bestehen gehabt.« Erwartungsvoll sah Cameron ihn an.

Na und? Er war in den vergangenen Monaten nicht viel ausgegangen. Er war mit der Arbeit an seiner Küche beschäftigt gewesen . »Ja, und?«

»Heute Abend solltest du wirklich mit mir ausgehen. Hayden Archer und ich fahren nach Portland in eine neue Weinbar.«

»Ich warte auf ihre Entscheidung über den Auftrag, das wäre also ziemlich unangenehm. Aber danke für das Angebot.«

Cameron zog eine Grimasse. »Oh, ich wusste über den Zeitpunkt nicht so genau Bescheid, tut mir leid. Aber Hayden ist locker. Das wird ihm nicht unangenehm sein, dessen bin ich mir sicher. Hey, vielleicht erhöht es sogar deine Chancen – du bist ein verdammt guter Wingman.«

»Ganz professionell, Brüderchen«, schnaubte Dylan. »Außerdem ist gerade heute der Abend, an dem ich alle meine Werkzeuge schärfe und *meine* Nägel poliere – und zwar die, die ich mit einem Hammer ins Holz schlage.«

»Haha, du bist echt zum Schreien.« Cameron beugte sich dichter zu ihm. »Komm schon. Du bist schon ewig nicht mehr mit mir ausgegangen. Sag mir nicht, du hättest endlich deinen Ruf als Aufreißer auf Eis gelegt.«

»Hey, ich habe hart daran gearbeitet, *keinen* Ruf zu haben. Zumindest in dieser Gegend hier nicht.«

»Das hast du und ich weiß das. Da ich dich aber nach *Portland* einlade, hast du keinen echten Grund abzulehnen. Zumal ich weiß, wie sehr du eine gute Eroberungsjagd liebst.«

»Halt den Mund. Dad kommt zurück. Es sei denn, du willst dich vor ihm über unser Sexleben auslassen. Wenn ja, dann frage ich dich gerne nach deinem Hit des Monats.«

Cameron grinste. »Du bist grausam.«

Genau in diesem Moment kam eine vertraute Gestalt

den Bürgersteig entlang geschlendert, die ihre Arme im Power Walk schwang. Die Frau verlangsamte ihren Gang immer mehr und blieb schließlich vor dem Haus stehen. Verflixt, es handelte sich um Monica Christensen, seine ehemalige Schwiegermutter. Gelegentlich sah er sie im Vorbeigehen – wie etwa im Supermarkt oder Ähnliches –, doch nie hatten sie ein Wort miteinander gewechselt. Sie hasste Dylan abgrundtief, dafür, dass er ihr ihre Tochter, ihr Baby, weggenommen hatte, während er beim Militär stationiert gewesen war.

»Morgen, Monica«, meinte Dad. »Ich werde Angie holen.« Er warf Dylan einen entschuldigenden Blick zu und ging ins Haus.

»Hallo, Dylan, schon lange nicht mehr gesehen«, meinte sie.

Er bemühte sich, nicht mit den Zähnen zu knirschen. »Wie geht es dir?« Und weil es eine äußerst unhöfliche Unterlassung wäre, sich nicht danach zu erkundigen, fragte er: »Wie geht es Jess?«

»Ihr geht es großartig. Die Hochzeitspläne kommen gut voran.«

Hochzeit? Seine Überraschung musste unübersehbar gewesen sein. Er hatte keine Ahnung, dass Jess wieder heiraten würde.

Monica stemmte die Hände in die Hüften. »Ich dachte, du hättest schon davon gehört. Ich gehe jeden Samstag mit Angie walken.«

Das hatte Dylan vollkommen vergessen, denn sonst hätte er den heutigen Arbeitseinsatz vielleicht ein bisschen anders organisiert. Was allerdings albern war. Er war ein erwachsener Mann und sollte damit klarkommen, seiner Ex-Schwiegermutter zu begegnen. »Nein, das habe ich nicht gehört. Grüße sie von mir.«

Die Tür öffnete sich und Angie kam auf den Bürgersteig gejoggt. »Tschüss!« Sie winkte ihnen zu, und die beiden Frauen liefen in vollem Powerwalk-Modus davon.

Dad schaute finster drein. »Das tut mir leid. Ich hatte nicht bedacht, dass ihr beide tatsächlich miteinander reden müsstet. Ich weiß, dass ihr nicht miteinander auskommt.«

»Es geht nicht darum, einfach nur miteinander auszukommen. Sie hasst mich, weil ich ihr ihre Tochter weggenommen habe.«

Camerons Augen wurden schmal. »Was dämlich ist, da ihre Tochter dich schließlich verlassen hat und ihre blöde Familie über deine Ehe gestellt hat.« Er blinzelte und schüttelte den Kopf. »Tut mir leid, ich wollte keine alten Kamellen ausgraben.«

»Ist schon gut. Es ist eine alte Geschichte. Ich bin froh, dass Jess einen anderen gefunden hat. Sie ist eine gute Partie.« *Für jemanden, der sich nicht an aufdringlichen Schwiegereltern und einer kontrollierenden Ehefrau störte.* Ein unangenehmes Kribbeln macht sich in seinem Nacken bemerkbar. Es war keine Eifersucht, aber warum fiel es manchen Menschen einfach leichter, ihr Glück zu finden als anderen? Er schüttelte den Gedanken ab. Das war ihm im Moment einerlei. Er war auf einem guten Wege – denn er würde diesen Auftrag der Archers erhalten, und daraus etwas machen, das sein Leben verändern würde.

Dann zog er die Regenhose über, die sein Dad ihm mitgebracht hatte. »Lass uns anfangen.« Er nahm den Hochdruckreiniger und kletterte mit einer Hand die Leiter hinauf, während Cameron hinter ihm herkam. Oben angekommen, stellte er den Hochdruckreiniger auf dem Dach ab und wandte sich seinem Bruder zu. »Weißt du was? Ich denke, ich werde heute Abend mit dir ausgehen.« Warum eigentlich nicht? Seit der Sache mit Sara war er nicht mehr auf der Piste gewesen, und wenn er mit dieser Frau zusammenarbeiten wollte, war es höchste Zeit, sie aus seinen Gedanken zu vertreiben.

Cameron verzog den Mund zu einem schiefen Lächeln. »Fühlst du dich ein wenig ausgeschlossen, jetzt, wo deine Ex einen anderen hat?«

»Dass du es darauf beziehst, hatte ich mir schon gedacht. Nein, vielleicht steht mir der Sinn einfach nur nach Sex.« Und den wollte er plötzlich. Allerdings war das Bild, das sich in seinem Kopf formte nicht irgendeine namenlose, gesichtslose heiße Braut, die er zufällig aufgegabelt hatte. Er hatte Sara Archers vorwitzige Nase, ihre verführerischen blauen Augen und üppige rosa Lippen deutlich vor Augen.

»Gut. Hayden und ich holen dich um sieben ab.«

Verflixt, Hayden hatte er ja ganz vergessen. Wie um alles in der Welt sollte er in Begleitung des Bruders seines letzten One-Night-Stands eine Braut abschleppen? Das konnte er vergessen, denn Hayden würde obendrein auch noch sein Boss werden. Er würde sich mit Cameron und Hayden treffen und dann auf eigene Faust losziehen. »Nein, ich treffe euch dort. Schick mir einfach die Adresse.«

Er freute sich auf einen Abend, an dem er die Arbeit, die Familienangelegenheiten und insbesondere Sara Archer einfach mal vergessen konnte.

* * *

Derek blätterte die letzte Aktenmappe durch. Auf dem Tisch im Versammlungsraum stapelten sich die Ordner und Papiere. Sara, Tori und Hayden saßen wartend da, während er las.

Dad kam in die Küche und steuerte auf den Tisch zu. Nach einem Blick auf die Papiere, die vor ihnen ausgebreitet waren, fragte er: »Was macht ihr Kinder da?«

»Wir sind dabei, einen Handwerker für die erste Phase des Projekts unter Vertrag zu nehmen«, antwortete Derek. »Willst du mitmachen?«

Dad hielt sich an der Tischplatte bei dem Stuhl am Ende des Tisches fest, auf dem er normalerweise saß. »Nicht ohne Grund hat Alex mir keine Rolle zugewiesen.« Sein Tonfall war schroff, doch alle wussten sie, wie sehr er sich daran rieb, dass er nicht in dieses Projekt einbezogen worden war.

Hayden schüttelte den Kopf. »Unsinn, Dad. Über einen Beitrag von dir würden wir uns sehr freuen. Wir haben mit einigen der von dir empfohlenen Leute Kontakt aufgenommen – und wir werden weitere Kontakte anschreiben, sobald wir Angebote für die darauffolgenden Phasen einholen.«

»Diese Phase betrifft lediglich die Renovierung des Hauses? Also Saras Projekt für den Hochzeitsraum?«

Sara nickte und freute sich über sein Engagement. »Das stimmt.«

»Großartige Idee von euch, die Hochzeit dort auszurichten. Mit einer großen Veranstaltung hier im Haus würde eure Mutter einfach nicht zurechtkommen.« Sein Blick fiel nach draußen, auf den weitläufigen Rasen und die Bäume dahinter. »Das ist eine Schande, denn wir haben dieses Haus gebaut, um euch alle hier großzuziehen und unsere zahlreiche und hoffentlich wachsende Familie um uns zu versammeln.«

Sara entging die Wehmut in seinem Tonfall nicht. »Irgendwann wird hier sicher jemand heiraten, Dad.«

Er schenkte ihr ein halbes Lächeln. »Vielleicht wirst du

das sein, Kätzchen.« Er sah Derek an. »Ist es für dich in Ordnung, in dem neuen Gebäude zu heiraten?«

»Das ist es. Und für Chloe ist es das auch. Wir sind einfach froh, unsere Familie dort bei uns zu haben.« Dereks Blick sprach Bände – die Archers waren seine Familie, und er war ihnen allen sehr zugetan. »Aber um dies möglich zu machen, werden wir jemanden beauftragen müssen. Ich hatte an den Präsentationen der Bewerber nicht teilnehmen können, aber es sieht so aus, als hätte sich eine klare Entscheidung ergeben, und nachdem ich die Unterlagen durchgesehen habe, stimme ich zu.«

Hayden lächelte ihm zu. »Ausgezeichnet.« Er lehnte sich auf seinem Stuhl zurück und sah zu Dad auf. »Dylan Westcott.«

Dad drückte seine Finger um die Stuhllehne. »Der Bruder deines Freundes? Bist du sicher, dass er der Beste ist, oder hast du einfach denjenigen gewählt, dem du die meiste Sympathie entgegenbringst?«

»Wir haben den besten Mann für den Auftrag ausgewählt«, entgegnete Tori. »Dass es sich zufällig um jemanden aus unserem Bekanntenkreis handelt, war nur das Tüpfelchen auf dem i. Er ist ein Ribbon Ridger. Ich dachte, das würde dir gefallen.«

»Hier, schau dir seine Präsentation an.« Hayden hatte die Mappen vor sich gestapelt. Er tauschte mit jedem seiner Geschwister einen Blick aus, bevor er die oberste Mappe an Dad weiterreichte.

Dad blätterte sie durch. »Er hat für das gesamte Projekt geboten? Aggressiv.«

»Normalerweise magst du das«, betonte Derek.

Dad nickte unbestimmt. »Ihr stellt ihn jetzt nur für die erste Phase ein? Dafür ist er wahrscheinlich gut geeignet. Aber wenn es um Phase zwei geht, hoffe ich, dass ihr euch

an McAvoy wendet. Er hat unsere letzten beiden Braue-
reikneipen fertiggestellt.« Dad klappte die Präsentationsmappe zu.

»Das werden wir bestimmt. Da bin ich sicher.« Derek
nahm die Mappe von Dad zurück.

Sara bemerkte die neuen Furchen um Vaters Augen
und wünschte, er würde eine Möglichkeit finden, mit
seinem Kummer fertigzuwerden. Er schien geradezu zu
explodieren. Sie stand auf, trat zu ihm und berührte ihn an
der Hand. Körperlicher Kontakt war die beste, ihr
bekannte Art, um zu trösten, denn genau das konnte sie
beruhigen. »Du weißt, wie sehr wir uns über deine
Meinung freuen.«

»Alex wollte nicht, dass ich euch helfe«, entgegnete er
nach einem Nicken. »Der Brief, den er mir hinterlassen hat
... Er hat mich ausdrücklich gebeten, ich solle alles euch
überlassen.«

Sara zog es das Herz zusammen, und sie erkannte die
gleiche Reaktion in den schmerzerfüllten Blicken ihrer
Geschwister.

»Er wollte bestimmt nicht, dass du dich ganz aus allem
heraushältst. Da bin ich mir sicher«, meinte Tori leise.

»Nun, das werden wir nie erfahren, nicht wahr?« Dads
Stimme klang bitter und so dunkel wie Moms Lieblings-
schokolade. »Ich kann ihn schließlich nicht mehr bitten,
diesen Punkt zu klären.«

Sara umarmte ihn, aber er klopfte ihr nur auf den
Rücken.

Er zog sich zurück. »Ich lasse euch Kinder in Frieden.«

Hayden erhob sich. »Dad, hast du einmal überlegt, mit
jemandem zu reden? Oder vielleicht mit Mom zur
Therapie zu gehen?«

Dads graue Augen blitzten auf. »So wie Alex zur

Therapie gegangen ist? Du kannst ja sehen, wozu das geführt hat.«

Tori verschränkte die Arme fest vor der Brust. »Woher willst du wissen, ob es hilft, wenn du es nicht ausprobierst?«

Sara sorgte sich um die Bündchen ihrer Ärmel. Diese Bluse war eines ihrer Lieblingsstücke, was bedeutete, dass der Stoff bereits ausgefranst war und entlang der Nähte kleine Löcher entstanden waren. Sie hasste es, ihren Vater so zu sehen, und zum ersten Mal verspürte sie einen ersten Anflug von Wut auf Alex, weil er so selbstsüchtig gehandelt hatte.

Dad schüttelte den Kopf. »Bitte versuch nicht, mich wieder in Ordnung zu bringen, Tori. Oder irgendeiner von euch. Ich tue mein Möglichstes und mehr kann ich nicht tun.« Er presste die Lippen aufeinander, drehte sich um und ging davon.

Ihren Vater so in Aufruhr zu sehen, wirkte auf Saras eigene Unruhe verstärkend, und ihre Sinne gerieten daraufhin ins Schwanken. Als Reaktion darauf verschränkte sie die Arme vor der Brust, und drückte die Ellbogen durch. Sie hielt den Atem an, während sie ihren Körper in eine volle Muskelkompression versetzte. Ihre Geschwister würden es bemerken und sie wahrscheinlich darauf ansprechen, aber sie konnte nicht anders. Sie musste sich regulieren.

Derek, der am Ende des Tisches saß, blickte zu ihr herüber. »Geht es dir gut?«

Haydens und Toris Blicke schweiften zu ihr.

»Nein, das tut es nicht.«, antwortete Tori, die zu Sara ging. »Willst du runter in den Fitnessraum oder so?«

Das war eine der alten Therapien, aus denen Sara in den letzten Jahren herausgewachsen zu sein glaubte. Bis die Belastungen der vergangenen Wochen eine Rückwärtsspirale in ihr ausgelöst hatten. Es graute ihr davor, sich in Gegenwart der anderen so zu verhalten. Das stärkte deren Überbehütungstrieb nur noch weiter.

»Mir geht es gut. Wirklich.«

Alle drei Anwesenden sahen sie skeptisch an.

»Wirklich«, wiederholte sie. »Ich rege mich auf – genau wie ihr alle auch – nur dass sich mein Stress auf diese Weise äußert. Das ist kein großes Drama.«

Die anderen wandten den Blick ab und Derek sprach zuerst. »Nun, das war ...«

Hayden setzte sich wieder auf seinen Platz und rückte die Mappen umher, die vor ihm lagen. »Beunruhigend.«

»Traurig«, entgegnete Sara. Sie zwang ihren Körper, wieder locker zu werden, und ließ ihre Hände in den Schoß sinken.

»Schrecklich«, beendete Tori. »Er sollte wirklich jemanden konsultieren. Was sollen wir nur unternehmen?«

»Ich weiß nicht, ob es da etwas gibt, das man tun kann«, seufzte Derek. »Ich weiß nur zu gut, wie sich das anfühlt.« Derek hatte seine beiden Eltern verloren. »Er wird es durchstehen.«

Tori strich mit einem Fingerknöchel über die Nase. »Oder auch nicht.«

Derek sah sie alle mit einem gequälten Blick an. »Ich hasse es, in dieser Situation zu gehen, aber ich muss Chloe in der Stadt treffen. Hayden, wirst du alle über die Entscheidung informieren?«

Hayden nickte. »Ich werde mich heute Nachmittag mit Dylan in Verbindung setzen.«

»Besteht die Möglichkeit, ihm die Nachricht persönlich mitzuteilen?«, fragte Tori. »Ich würde gerne sein Gesicht sehen.«

»Das würde ich eigentlich auch gern«, meinte Hayden lachend. »Mal sehen, was ich in dieser Sache tun kann.«

»Das ist gut.« Derek stand auf. »Lasst mich wissen, was ihr euch ausdenkt.«

»Ich muss ein Weilchen hier raus«, meinte Tori und stand auf. »Ich gehe joggen.«

Saras Handy vibrierte in ihrer Gesäßtasche. Sie zog es heraus und sah, dass Craig der Anrufer war. Ach du liebe Zeit. Mit ihm wollte sie jetzt nicht sprechen, doch ausgerechnet heute hatte er eine Veranstaltung. »Es ist mein Assistent«, sagte sie zu Hayden.

»Geh ruhig dran.« Er sammelte die Mappen ein und stand auf.

Sara nahm den Anruf entgegen. »Hallo, Craig.«

»Hallo. Was stimmt nicht? Du klingst bestürzt.«

Sie erhob sich vom Tisch und zog sich in das kleine runde Büro neben der Küche zurück, das ihnen allen als eine Art Hauptquartier für das Klosterprojekt diente. »Nur ein weiterer Tag im Paradies. Was gibt's?«

»Heute ist die Hochzeit der Carters. Der Fotograf hat eine Gürtelrose.«

Heilige Madonna. Sara massierte sich die Stirn und versuchte, die Angst zu verscheuchen, die plötzlich in ihr pulsierte. »Wen hast du angerufen?«

»Alle, die auf deiner Liste standen. Nicht ein einziger von ihnen ist frei.«

Mist. Mist. Mist. Das war die absolute Krise. Aber was sollte sie tun? Sollte sie die Fotos selbst aufnehmen? Das hatte sie tatsächlich schon einmal getan, als sie noch ein Neuling gewesen war. Alles hatte geklappt, doch hatte es sich bei dem Ereignis auch nur um eine kleine zweite Hochzeit gehandelt, und die Kunden waren mit dieser Lösung einverstanden gewesen. Mrs. Carter würde sicherlich *nicht* einverstanden sein. Sie würde aus der Haut fahren. »Weiß die Braut Bescheid?«

»Noch nicht, doch in etwa vier Stunden sollte mit den Aufnahmen begonnen werden.«

»Kontaktiere jeden Fotografen, den wir kennen – auch diejenigen, die keine Hochzeiten machen. Biete ihnen alles an, was du zur Verfügung hast.«

»Carter wird nicht glücklich sein, wenn er mehr blechen muss.«

»Das wird er aller Wahrscheinlichkeit nach nicht. Der Kerl, den du angeheuert hattest, war ziemlich teuer.« Ganz eindeutig hatte diese Braut Champagner-Wünsche und Kaviar-Träume. »Aber wenn es eine Preisdiskrepanz gibt, werden wir sie ausgleichen.« Das war das Geschäftsrisiko.

»Willst du die Liste sehen?« Durch das Telefon drangen die Geräusche, die er beim Tippen auf seinem Laptop erzeugte.

Sara vernahm hinter sich, wie der Kühlschrank geöffnet wurde, und als sie sich umdrehte, konnte sie die Beine ihrer Mutter unter der offenen Tür sehen. »Klar. Schick sie mir per E-Mail. Ich muss los.«

»Moment! Rufst du jetzt an?« Seine panische Stimme brachte sie erneut ins Schleudern. »Wir müssen die Sache mit aller gebotenen Eile unter Dach und Fach bringen.«

»Das weiß ich. Maile mir die Liste und ich lege in fünf Minuten los.« Höchstens zehn. Hatte Mom irgendetwas von dem mitbekommen, was in der Küche passiert war?

Craig stieß die Luft geräuschvoll aus und zwang Sara, das Telefon von ihrem Ohr wegzuhalten. »Schreib mir eine SMS, sobald du anfängst, damit ich weiß, dass du daran arbeitest.« Mit diesen Worten legte er auf.

Stirnrunzelnd betrachtet Sara das Telefon, als sie es auf den Schreibtisch legte. Ihr fiel auf, dass der Tonfall ihrer

Gespräche jedes Mal ein bisschen mehr an Freundlichkeit verlor. Denn nun konzentrierten sie beide sich mehr auf die Arbeit. Früher – und auch im vergangenen Monat noch – hätte er sie aufgefordert, sich über den Grund ihrer Bestürzung auszulassen, und sich bemüht, sie aufzumuntern. Sie rief ihn auch nicht mehr an, um sich einfach mit ihm zu unterhalten. Stattdessen führte sie Gespräche mit ihren Geschwistern.

Im Augenblick konnte sie allerdings nicht darüber nachdenken. Jedenfalls nicht, während Mom vor der offenen Kühlschranktür stand. Mom hatte die Tür bereits so lange offen gelassen, dass der Alarm zu piepen begonnen hatte.

Sara ging zum Kühlschrank und schob den Kopf seitlich an der Tür vorbei. »Morgen, Mom.«

Ihre Mutter drehte den Kopf. »Oh, guten Morgen, mein Schatz.«

Sara legte ihr einen Arm um die Schultern während sie versuchte, das nervtötende Piepen des Kühlschranks zu ignorieren. »Kann ich dir helfen, etwas Bestimmtes zu finden?«

»Ich weiß es nicht. Ich habe nur geschaut.«

Mom, mit Bademantel und Hausschuhen angetan, und wie ein Collegetyp auf der Suche nach etwas Essbarem? Sara führte Mom vom Kühlschrank weg und machte die Tür wieder zu. Dann geleitete sie sie zu einem Barhocker und forderte sie zum Sitzen auf. »Ich bringe dir einen Tee. Und wie wäre es mit etwas Teegebäck? Gestern Abend habe ich welches gebacken.«

»Das wäre wunderbar, danke.«

Sara setzte den Wasserkessel auf und gab zwei Earl-Grey-Teebeutel in Moms riesige Lieblingsteetasse. Dann nahm sie ein Gebäckstück aus der Tupperdose, die sie zur

Aufbewahrung verwendete, und legte es auf einen Teller vor Mom. »Apfel-Ingwer.«

»Mmm. Ich bin so froh, dass du meine Liebe zum Backen geerbt hast. In der Küche ist deine Schwester ein hoffnungsloser Fall.«

Sara rang sich ein Lächeln ab. Es schien, als hätte Mom nichts von dem Drama mitbekommen, das sich vorhin abgespielt hatte und Sara zog es vor, es dabei zu belassen. »Das stimmt.«

Mom knabberte an ihrem Gebäckstück. Sie wirkte so zerbrechlich. Seit Dylan ihre Mutter gestern nach Hause gefahren hatte, hatte sie nicht mehr mit ihr gesprochen. Mom hatte sich in ihr Zimmer zurückgezogen und hatte von einem Tablett gegessen, das Tori ihr gebracht hatte, und dann war sie früh zu Bett gegangen.

Es wäre ganz einfach, das Thema ganz zu vermeiden. Scheinbar wollten alle den einfachsten Weg gehen – warum auch nicht? Es war *einfach*. Und alles schien so schwierig. Sie nahm ihren Mut zusammen. »Was war gestern bei deinem Therapietermin vorgefallen? Warum hat Dylan Westcott dich nach Hause gefahren?«

Mom biss ein weiteres winziges Stückchen vom ihrem Gebäck ab. »Ach, das. Ich hatte schon gehofft, dass du nicht fragen würdest.« Sie schob sich den Bissen in den Mund.

»Natürlich frage ich. Ich sorge mich doch um dich. Ich bin doch hier, um dir zu helfen, nicht wahr?«

Mom musste lächeln. »Ja, das bist du. Und ich liebe dich so sehr dafür. Ich hatte gerade einen anstrengenden Termin hinter mir. Wie das ist, weißt du ja. An manchen Tagen läuft es einfach nicht so gut.« Ihre Stimme wurde leiser und verstummte schließlich ganz, als sie endete.

»Es scheint allerdings mehr dahinter zu stecken. Er meinte, du wärst wie benommen gewesen und er hätte dir helfen müssen, deinen Wagen zu finden.« *Und du hast dich gerade im Kühlschrank verloren.*

Als gäbe all dies nicht den geringsten Anlass zur Sorge, zuckte Mom nur leicht mit den Schultern, obwohl das durchaus der Fall war. »Ich hatte mich in meinen Erinnerungen verloren.« Mit einem Finger wischte sie sich unter ihrem Auge. »Das passiert immer häufiger.«

Sara spürte genau, dass irgendetwas mit ihr nicht stimmte. Und zwar in stärkerem Maße als normal. Mom war traurig, und sicher waren manche Tage schlimmer als andere, aber bislang hatte sie es geschafft. Es war, als wäre sie wieder so geworden wie vor einigen Monaten, kurz nachdem Alex sich das Leben genommen hatte.

Der Teekessel begann zu pfeifen. Sara nahm ihn vom Herd und goss das siedend heiße Wasser in die Tasse. Sie schaltete die Flamme ab, als sie den Kessel auf den Herd zurückstellte. Dann nahm sie einen Löffel aus der Schublade und drückte mit dessen Rückseite gegen die Teebeutel, um den Prozess des Ziehens zu beschleunigen.

Wie sie Tori angedeutet hatte, fragte Sara sich, ob Mom ihre Medikamente abgesetzt hatte. »Hast du dein Paxil abgesetzt?«

Moms Hand erstarrte, als sie einen weiteren Bissen vom Gebäck nahm. »Warum fragst du?«

»Du scheinst genauso aufgewühlt zu sein wie nach Alex' Tod. Als du mit der Einnahme des Medikaments anfingst, ging es dir besser. Es schien mir eine logische Erklärung, dass du es womöglich nicht mehr einnimmst.«

Mom zog die Augenbrauen zusammen und sie reckte ihr Kinn. »Es tut mir leid, aber ich bringe es einfach nicht über mich, etwas einzunehmen, mit dem Alex sich ... das Leben genommen hat.« Die letzten Worte stieß sie mit kratziger, tränenerstickter Stimme hervor.

Sara eilte um die Bar herum und schlang die Arme um sie. »Mom. Daran habe ich gar nicht gedacht.« Alex hatte einen Medikamentencocktail aus Antidepressiva, Schlaftabletten und Schmerzmitteln eingenommen, von denen ihm keines verschrieben worden war. Irgendwie hatte er sich all dies illegal beschafft, und noch immer tappten sie im Dunkeln, wo oder wie er an diese Dinge herangekommen war.

»Wir reden mit deinem Psychiater, einverstanden?« Sara rieb ihr über den Rücken und sie verabscheute die Hilflosigkeit, die sie dabei empfand. Zum ersten Mal ahnte sie, wie es für ihre Mutter gewesen sein musste, zusehen zu müssen, wie ihre Kinder sich mit den unterschiedlichsten Problemen auseinandersetzen mussten. Sara wusste, dass sich die Dinge nicht mit einem Zauberstab wieder ins Lot bringen ließen, aber trotzdem hegte sie diesen Wunsch. »Er muss doch etwas tun können. Wie wäre es, wenn ich ihn nach dem Frühstück anrufe?«

Mom nickte an ihrer Schulter. Sara trat zurück und schaute sie mit einem liebevollem Lächeln an. »Ich werde dich von nun an zu deinen Terminen fahren. Oder Tori. Oder Hayden. Oder Derek. Einer von uns wird dich immer begleiten.« Es erfüllte sie mit Scham, dass keiner von ihnen vorher daran gedacht hatte.

»Danke, mein Schatz. Du kümmerst dich so lieb um mich. Wie dieser junge Mann gestern. Er war sehr nett. Ich weiß nicht, was passiert wäre, wenn er mir nicht behilflich gewesen wäre. Vermutlich würde ich immer noch auf dem Parkplatz stehen.«

»Es tut mir so leid, Mom. Wir hätten dich nicht allein fahren lassen dürfen.«

Mom tätschelte ihr die Hand. »Oder vielleicht hätte ich jemanden um Hilfe bitten sollen. Für eine Mutter ist es sehr schwer ihren Kindern gegenüber zuzugeben, dass es ihr nicht gut geht.«

»Du bist weiterhin meine Heldin«, entgegnete Sara mit leiser Stimme. Sie empfand eine tiefe Bewunderung für ihre Mutter wegen allem, was sie vollbracht hatte, und es ging ihr gegen den Strich, dass Mom sich jetzt unzulänglich fühlte. Abermals verspürte sie diesen Anflug von Wut auf Alex. Mom hatte nicht verdient, sich so fühlen zu müssen.

»Danke, mein Schatz. Das bedeutet mir mehr, als du ahnst.« Mom nippte an ihrem Tee und bedachte Sara mit einem liebevollen Lächeln, das sie an die Zeiten vor Alex' Tod erinnerte. Ein Lächeln, das Sara Hoffnung machte und einen Hauch von Freude bescherte.

Kapitel Sieben

DYLAN STELLTE SEIN Auto neben Camerons Landrover auf dem Parkplatz der Newberger Sportbar ab. Es war seltsam, dass Hayden und er sich hier und nicht in Portland trafen, doch das war Dylan einerlei, solange sie nicht versuchten, ihn zum Mitfahren zu drängen – denn für heute Abend hatte er schon seinen eigenen Zeitplan.

Als er aus seinem Wagen ausstieg, überlegte er sich, ob er sich ihnen überhaupt anschließen wollte. Er war nicht sicher, ob er den Abend wirklich mit Hayden verbringen wollte, solange die Archers noch keine Entscheidung über den Auftrag getroffen hatten. Und wenn er ehrlich zu sich selbst war, hatte er eine reichlich miserable Laune, seit er Monica heute Vormittag getroffen und von Jess′ Hochzeitsplänen erfahren hatte. Nicht, weil er sie immer noch liebte – ein Teil von ihm wäre ihr wahrscheinlich immer zugetan –, sondern weil ihm sein Leben dadurch irgendwie unvollständig erschien. Als würde eine Heirat ihn vervollständigen? Das war vollkommener Schwachsinn. Mehr als ein Bier und eine gute Partie Billard brauchte er nicht. Vielleicht konnte er die anderen beiden zu einem Spiel überreden, ehe sie sich auf den Weg in die Stadt machten.

Er trat ein und sah sich suchend im Gastraum um. Dann entdeckte er Cameron und Hayden in einer Ecknische und als er daraufhin zu ihnen hinüberging, wäre er fast gestolpert, als er mit einem Mal erkannte, wer auf der anderen Tischseite saß – Tori und Sara.

»Hey, Dylan!« Tori gab ihm mit einer Geste zu verstehen, dass er sich setzen sollte.

Beide Sitzbänke waren lang genug, um drei Personen Platz zu bieten, und da derzeit jeweils zwei Personen dort saßen, musste er sich entscheiden, ob er neben seinem Bruder oder neben Sara sitzen wollte.

Er ließ den Blick bei ihr verweilen. Sie hatte Augenkontakt mit ihm aufgenommen, als er nähergekommen war, doch jetzt betrachtete sie ihr Getränk – wieder war es ein Lemon Drop. Sie sah fantastisch aus, die Spitzen ihres blonden Haars streiften ihre Schulterblätter und ihr Make-up betonte das üppige Rosa ihrer Lippen und das verführerische Blau ihrer Augen. Schnell lenkte er den Blick zu seinem Bruder, ehe er noch beim Anstarren erwischt würde, und setzte sich schließlich neben ihn.

Sara warf ihm einen Blick zu, und Dylan ging sofort auf, dass er eine schlechte Wahl getroffen hatte. Mit seiner Entscheidung, sich auf die andere Tischseite zu setzen, hatte er ihre Nähe vermeiden wollen, aber jetzt blickte er sie direkt an. Und urplötzlich kämpfte er gegen ein überwältigendes Verlangen an.

Irritiert über die Richtung, die seine Gedanken nahmen, drehte er sich zu seinem Bruder um und begrüßte ihn mit einem Klaps auf den Arm. »Was ist das denn für eine Überraschung?«

»Das ist meine Schuld«, antwortete Hayden. »Weil du

heute Abend mit uns ausgehst, hatte ich vermeiden wollen, dass es zu irgendwelchen Unannehmlichkeiten kommt. Und da wir uns bereits entschieden haben, wem wir den Auftrag erteilen ...«

Verdammt. Die Arbeit. Natürlich. »Ihr trefft euch an einem Samstagabend in einer Sportbar, um zu arbeiten?«

Tori grinste ihn an. »Wir Archers wissen, wie man es richtig macht – außerdem sind wir in Brauereien aufgewachsen, also ist das ganz natürlich.«

»Wir wollten uns allerdings nicht im Arch and Vine treffen«, sagte Hayden, womit er sich auf ihr Stammlokal in Ribbon Ridge bezog. »Dieses Lokal hier bringt uns wenigstens ein Stück in Richtung Portland, um es als Auftakt für den Abend zu nutzen.«

Dylan warf einen Blick zu Sara, die allerdings noch immer in ihr Getränk vertieft war. Hayden erwähnte dies nun schon zum zweiten Mal, dass sie alle zusammen ausgehen würden. War es ihr peinlich, das zu hören? Das sollte ihm eigentlich egal sein ... sie waren einander nichts schuldig, doch es überraschte ihn, wie sehr ihn dies störte.

»Wirst du es ihm sagen, oder was?«, wollte Cameron wissen.

Es hatte ganz den Anschein, als wüsste Cameron bereits vor Dylan von der Entscheidung über den Auftrag. Er versuchte, sich davon nicht weiter aus dem Gleichgewicht bringen zu lassen. Er war wirklich nicht glücklich darüber, dass sie ihn auf diese Weise überrascht hatten. In seinem Kopf war er für einen Männerabend gepolt, und nicht für ein Arbeitstreffen mit seiner Favoritin unter seinen One-Night-Stands.

Favoritin? Ganz genau.

»Du hast den Job«, verkündete Tori und lächelte dann.

Dylan registrierte den Adrenalinschub, den er allerdings unterdrückte. »Den ganzen Auftrag?«

»Lediglich Phase eins«, antwortete Hayden und
tauschte einen kurzen Blick mit Tori aus. »Vorerst. Du bist
für die nächsten Phasen auf jeden Fall noch nicht aus dem
Rennen.«

Dylan war enttäuscht, was albern war. Die erste Phase
war eine tolle Gelegenheit für ihn, und seine Leute würden
jetzt mehrere Monate lang Arbeit haben. Außerdem wäre
er vor Ort und könnte sich mit seinem Einsatz weiterhin für
den Rest des Auftrags qualifizieren. Und er könnte den
Archers zeigen, wie geeignet seine Mannschaft und er
dafür waren.

Wieder warf er einen Blick zu Sara. Seit seiner Ankunft
hatte sie kein Wort von sich gegeben.

»Danke«, meinte Dylan. »Ich weiß diese Chance wirklich zu würdigen und werde dafür sorgen, dass ihr keine
Zweifel mehr daran haben werdet, dass meine Mannschaft
und ich die beste Wahl für die Phasen zwei und drei sind.«

Tori hob ihr Bierglas. »Ausgezeichnet. Darauf sollten
wir anstoßen.«

Endlich ergriff Sara das Wort. »Er hat kein Glas.« Sie
streckte Hand nach dem leeren Pint-Glas aus, das neben
dem beinahe leeren Pitcher stand, und schenkte ihm den
Rest des Inhalts ein. »Hier bitte.« Sie schob das Glas zu ihm
hinüber.

Er nahm es ihr ab, und ihre Finger berührten sich, was
ihm einen Schock versetzte, der ihn direkt in der Magengrube traf. »Danke.«

»Auf Phase eins«, rief Tori.

»Auf Phase eins«, antwortete Hayden, und alle setzten
die Gläser an die Lippen.

Dylan trank einen großen Schluck von seinem Bier, ehe

er das Glas wieder auf den Tisch stellte. »Darf ich um einen Gefallen bitten? Könntet ihr mich vielleicht vorher informieren, anstatt mich zu überfallen, wenn ihr das nächste Mal ein Treffen plant?«

»Ich habe euch ja gesagt, dass das keine gute Idee ist«, meldete Sara sich zu Wort und warf ihm einen entschuldigenden Blick zu, der sie ihm noch sympathischer machte. *Verflixt.*

Hayden nickte. »Das kannst du. Du bist jetzt der Boss«, sagte er zu Dylan.

»Na ja, nicht wirklich. Ich muss mich schließlich vor euch verantworten.« Was auch Sara einschloss.

»Apropos Treffen«, sagte Tori und beugte sich vor, »ich würde mich gerne am Montagmorgen um halb neun an der Baustelle treffen, um die Pläne und Genehmigungen und so weiter durchzugehen.«

Während der nächsten Viertelstunde drehte sich die Unterhaltung um das Projekt, während sie alle ihre Biere austranken und Sara an ihrem Lemon Drop nippte. Sie beteiligte sich an dem Gespräch – und es war offenkundig, dass sie ihre Aufgabe als Managerin der Phase eins sehr ernst nahm, was verdammt sexy war. Irgendwie spürte Dylan jedoch, dass heute Abend etwas mit ihr nicht stimmte.

Cameron stellte sein ausgetrunkenes Bierglas auf den Tisch. »Das ist genug Geschäftliches für einen Samstagabend, Leute.« Er blickte zu Hayden und Dylan. »Bereit zum Aufbruch? Ich hatte überlegt, ob wir vielleicht noch auf einen Happen bei Urban Farmer vorbeischauen können.«

»Mmm, lecker«, entgegnete Tori. »Ich würde mich selbst einladen, aber es ist klar, dass ihr auf der Jagd seid und ich habe eine Verabredung mit meiner Badewanne.«

Sie schaute sich um. »Wer übernimmt hier die Rechnung?«

Sara zog ihr Portemonnaie aus der Handtasche. »Das mache ich. Geschäftskosten.«

»Ganz bestimmt«, pflichtete Hayden ihr bei und sah Dylan mit einem Blick an, der unmissverständlich zum Ausdruck brachte: »Lass uns gehen.«

Dylan erhob sich vom Tisch »Leute, ich glaube, ich muss heute Abend passen.«

Cameron rutschte aus der Nische. »Nein, das geht nicht. Du musst einfach mitkommen. Darauf bestehe ich.«

Dylan bedachte ihn mit einem schiefen Lächeln. »Bestehe darauf, so viel du willst.«

»Komm schon, Kumpel.« Hayden zupfte sein Hemd zurecht, als er aufstand. »Dir ist gerade ein großes Projekt in den Schoß gefallen und das musst du feiern.«

Das konnte schon sein, aber die Suche nach seinem nächsten One-Night-Stand hatte ihren Reiz verloren. Sein Blick fiel auf Saras Kopf. Nein, es war gar nicht ihretwegen. Er war einfach nicht in Stimmung. »Danke, aber ich bin zufrieden. Wirklich.«

»Ich warte hier mit Sara auf die Rechnung«, meinte Tori. »Geht ihr schon mal vor.«

Dylan erkannte ein Schlupfloch und nutzte es. »Ich glaube, ich werde ein bisschen hier abhängen und Billard spielen. Ich werde einfach mit Sara warten.«

Sie hob den Blick, aber nur ganz kurz, sodass er nicht sagen konnte, was sie davon hielt.

Tori zuckte mit den Schultern. »Alles klar.«

Sara stand auf, damit Tori die Nische verlassen konnte.

»Wir bringen dich nach draußen«, meinte Hayden zu Tori und das Trio ging davon.

Sara rutschte in die Nische zurück. »Du musst nicht mit mir warten.«

»Das ist kein Problem. Ich werde wirklich ein wenig Billard spielen. Spielst du mit?« Was zum Teufel tat er da?

Sie sah zu ihm auf, ihre blauen Augen wirkten nachdenklich.

»Es ist nur ein Pooltisch«, meinte Dylan. »Komm, ich sage dem Kellner Bescheid, dass wir nach hinten gehen.«

Ohne ihre Antwort abzuwarten, schlenderte er zur Bar hinüber und informierte den Barkeeper über ihren Umzug in den Billardraum. Als er sich umdrehte, hatte sie ihren Lemon Drop in der Hand und war auf dem Weg in den hinteren Teil des Gebäudes, wo ein halbes Dutzend Billardtische von hohen Bartischen und Hockern umringt waren. An den Wänden war eine Handvoll großer Flachbildschirme angebracht, auf denen entweder Basketballspiele oder Zusammenschnitte sportlicher Highlights ausgestrahlt wurden.

Sara stellte ihr Getränk auf einem der Tische ab, setzte sich auf den Barhocker und hängte ihre Handtasche über die Rückenlehne. Er setzte sich zu ihr.

»Das wir dich überrascht haben, tut mir wirklich leid. Tori und Hayden hielten das Ganze für einen Spaß, während ich darauf bestand, dass diese Idee nicht sehr professionell war.«

»Es ist schon in Ordnung.« Vielleicht wollte das Schicksal ihnen damit sagen, dass sie nicht sehr professionell sein sollten. *Vorsicht, Dylan, behalt den Scheiß für dich.* »Ich stehe nicht auf Überraschungen.«

»Warum?«

Er zuckte mit den Schultern. »Ich mag immergleiche Routinen. Wahrscheinlich deshalb, weil ich nicht viele davon hatte, als ich jünger war. Ich bin ständig hin- und hergezogen - wochentags war ich an einem Ort, und an den meisten Wochenenden an einem anderen.«

»Das muss schwierig gewesen sein. Ohne Routinen kann ich nicht funktionieren.«

Der Kellner kam mit einem Bier für ihn und einem weiteren Lemon Drop für sie an ihren Tisch.

»Ich hoffe, es ist dir nicht unangenehm, dass ich dir noch einen Drink bestellt habe.«

»Auf meine Rechnung?« Sie lachte.

»Um ehrlich zu sein, habe ich diese schon bezahlt«, sagte er und zog eine Augenbraue hoch.

Sie hob ihr Glas zum Anstoßen »Touché.«

Nachdem er einen Schluck getrunken hatte, setzte er das Bierglas ab. »Ist das seltsam? Ich sollte wahrscheinlich nicht mit der Chefin verkehren.«

»Ich bin nicht wirklich deine Chefin.«

»Nun ja. Du hast mitentschieden, ob ich den Auftrag bekomme. Und du wirst mir Anweisungen erteilen, da du die erste Phase leitest. Und du wirst die Qualität meiner Arbeit bewerten. Das klingt ganz danach, als wärst du meine Chefin.« Er konnte es sich nicht verkneifen, ihr zuzu-zwinkern.

»Wenn du es so ausdrückst ...« Sie lenkte den Blick auf ihr Getränk hinunter und drehte den Stiel des Glases zwischen ihren Fingern. Sie hörte einfach nicht auf, die Finger am Glas entlang zu bewegen. Er konnte einen schwach ausgeprägten Grat erkennen, der über den Stiel verlief, und stellte die Vermutung an, dass es sich bei ihrem Handeln um eine sensorische Manie handelte. Ihr Blick wanderte zu ihm herüber. »Ja, das ist wahrscheinlich seltsam.«

Sie meinte die Sache mit der Chefin und dem Ange-stellten. Den One-Night-Stand. Sein verzehrendes

Verlangen nach ihr. Die Tatsache, dass er einen Männerabend schwänzte, um mit ihr zusammen zu sein.

»Es ist nicht seltsam.« Aber auch nicht gut. Was um alles in der Welt war es dann? Unerträglich, entschied er. Es war höchste Zeit, das Thema zu wechseln. Er wollte wirklich nicht, dass die Situation für sie beide unangenehm würde. Er mochte sie und das hatte nichts mit ihrer Vergangenheit zu tun, und er wollte mit ihr befreundet sein – so wie eine Auftraggeberin und ein Auftragnehmer befreundet sein konnten. »Vorhin hast du ein wenig nachdenklich gewirkt. Ist alles in Ordnung? Moment, ich denke, ich kenne die Antwort. Du warst eigentlich nicht dafür, mir den Auftrag zu geben, oder?«

»Anfangs war ich das eigentlich nicht.« Er hatte das als Scherz gemeint, und als sie es nun zugab, fühlte sich die Erkenntnis wie ein Tritt in die Magengrube an. Irgendetwas musste sich in seiner Reaktion widergespiegelt haben. »Nein, nein. Das liegt nicht an dir, sondern an mir«, führte sie weiter aus. »Ich verpatze diese Sache wirklich voll und ganz. Ich will damit sagen, dass ich mir Sorgen gemacht habe, dass dem Ganzen diese ... unsere ... Nacht in die Quere kommen könnte. Aber dann wurde mir klar, wie töricht das war. Wir sind erwachsen und es geschah im gegenseitigen Einvernehmen. Du wirst tolle Arbeit leisten, das glaube ich ganz sicher und ich freue mich auf die Zusammenarbeit mit dir.«

Erleichtert lehnte er sich auf seinem Barhocker zurück. »Es ist gut, das zu hören. Ich möchte, dass du dich bei der ganzen Sache wohlfühlst.«

»Das tue ich bestimmt. Ich sorge mich nur gerade um meine Mom und meinen Dad. Im Moment ist es wirklich schwer für sie.«

»Da bin ich mir sicher.«

Der Kellner näherte sich erneut und diesmal brachte er Potato Skins mit Chips und einen Spinat-Artischocken-Dip.

Sara nahm sich einen der Chips und tauchte ihn in den Dip. »Ich bin ehrlich gesagt am Verhungern. Und das ist mein Lieblingsdip.«

»Aber kein Archer Bier.« Dylan deutete mit einem Nicken zu Saras Getränk. »Trinkst du nur das Familienbier?«

Sie schüttelte den Kopf. »Ich trinke in der Regel nur selten Bier. Nur wenn ein Haufen Obst drin ist.« Sie lachte. »Sehr zum Leidwesen meines Vaters.«

Dylan lächelte über diese Ironie. Ihr Vater war einer der besten Bierbrauer des Landes und sie trank praktisch nie Bier. »Ich bin ein Fan vom Nock. Und dem Longbow. Und im Sommer mag ich das Robin Hood sehr gern.«

Sie schielte zu ihm hinüber. »Gibt es auch eins, das du nicht magst?«

Er lachte. »Wahrscheinlich nicht.«

»Mein Vater braut ständig neue Sorten. Du solltest mal vorbeikommen und von den Fässern probieren.« Auf einmal wurde ihr Gesicht finster und sie nahm ihr Glas und trank einen großen Schluck.

Er lehnte sich vor und stützte sich mit dem Ellbogen auf den Tisch. »Was ist los?«

Für einen Moment lenkte sie den Blick zur Seite, bevor sie zu einer Antwort ansetzte, für die sie ihre Worte scheinbar erst zusammensuchen musste. »Dad hat eigentlich lange nichts mehr gebraut. Nicht mehr seit ...««

Seit ihr Bruder sich das Leben genommen hatte. Ihre Trauer spiegelte sich in ihrem Gesicht, und er erkannte ihn als den gleichen Ausdruck wieder, den sie auf dem Gesicht hatte, als er an ihren Tisch getreten war. Sie war traurig.

Was hatte sich heute ereignet? »Du musst nicht darüber reden, wenn du nicht willst, aber wenn doch, höre ich dir gerne zu.«

»Mein Vater war heute Morgen sehr aufgewühlt. Es ist schwer, ihn so straucheln zu sehen. Man sucht in der Regel bei seinen Eltern nach Stärke ...« Ihre Stimme erstarb und sie schloss die Augen, als würde sie sich innerlich verschließen.

Er beeilte sich, sie aus ihren finsteren Gedanken zu reißen. »Du hast bestimmt genug eigene Kraft, das glaube ich ganz fest.« Woher wusste er das? Er war sich nicht sicher, aber er wusste es einfach.

Sie schaute zu ihm auf, während sie einen weiteren Chip in den Dip tauchte. »Danke. Warum bist du nicht mit Cameron und Hayden ausgegangen?«

Er blinzelte sie an und hatte keine Ahnung, was er ihr antworten sollte, und das war dumm. Er musste ihr ja nicht die Wahrheit sagen – dass er die Chance ergriffen hatte, einfach hier mit ihr zusammen zu sein. »Ich hatte einfach keine Lust auszugehen. Einige der Clubs, die die beiden gern aufsuchen, sind nicht nach meinem Geschmack.«

»Verstehe ich vollkommen. An dem Abend, an dem ich dich im Sidewinders getroffen habe, hatte mein Assistent auch versucht, mich zu ermuntern, in einen Club in der Stadt zu gehen – was absolut nicht mein Ding ist.«

Er freute sich, dass sie ins Sidewinders gegangen war, was er aber nicht laut sagte. Vielmehr beschloss er, dem Gespräch eine andere Richtung zu geben – eine, die ihn nicht ständig an die unvergessliche, gemeinsam verbrachte Nacht erinnerte. »Du bist nicht die Einzige, die einen anstrengenden Vormittag hinter sich hat. Ich habe heute erfahren, dass meine Ex wieder heiratet.«

Darauf legte sie die Finger wieder um den Stiel ihres

Glases und ließ sie über den Grat gleiten. »Oh. Du bist doch nicht immer noch ...?« Obwohl sie nicht zu Ende sprach, war die Frage in ihrem Blick deutlich zu erkennen.

»Verliebt in sie? Nein«, antwortete er kopfschüttelnd. »Ich glaube, die Liebe war damals schon früh verflogen.«

Woher kam das denn plötzlich? Das hatte er noch nie jemandem erzählt.

Jetzt war sie eindeutig interessiert. »Wirklich? Warum hast du sie dann geheiratet? Oder kam das mit dem Entlieben erst später?«

Dafür konnte er keinen genauen Zeitpunkt nennen. »Wir waren ein schon in der Schulzeit zusammen und hätten uns wahrscheinlich trennen sollen, als wir anfingen, auf verschiedene Colleges zu gehen. Ich hätte erkennen müssen, dass wir langfristig nicht füreinander bestimmt waren, nachdem wir in unserem ersten Studienjahr eine Beziehungspause eingelegt hatten. Aber wir haben trotzdem geheiratet. Es gefiel ihr absolut nicht, von ihrer Familie getrennt zu sein, während ich beim Militär war, und nur das hatte es letzten Endes gebraucht, um die Ehe für gescheitert zu erklären.«

»Ich kann immer noch nicht glauben, dass sie sich angesichts deiner häuslichen Fähigkeiten von dir abgewandt hat.« Dann schenkte sie ihm ein verspieltes Lächeln. »Aber sie wusste, worauf sie sich eingelassen hatte, als sie einen Soldaten heiratete, also ist das meiner Meinung nach ihr Fehler.«

»Deine Sichtweise gefällt mir«, lachte er. »Ich war ehrlich gesagt erleichtert.« Er hielt inne. »Alle Achtung, das lässt mich ein bisschen wie ein Arschloch klingen, nicht wahr?«

Ihr Lächeln kehrte zurück. »Nein, ich verstehe das, denke ich. Woher weißt du, dass sie wieder heiratet?«

Er trank noch einen Schluck und lehnte sich auf seinem Hocker zurück. »Würdest du es glauben, wenn ich dir erzähle, dass meine Stiefmutter immer noch mit meiner Ex-Schwiegermutter befreundet ist?«

Sie verdrehte die Augen und zog dabei einen Mundwinkel nach oben. »*Nein.* Das ist furchtbar.«

»Sicher, es ist schon bizarr, aber Jess und ich waren mehr als zehn Jahre lang zusammen – mit Unterbrechungen. Ich denke, es war zu erwarten, dass sie Freundinnen bleiben würden.«

»Das mag sein. Aber trotzdem ist es seltsam. Ist das deiner Stiefmutter klar?«

»Daran habe ich meine Zweifel. Sie bekommt nicht viel mit.« Er presste die Lippen aufeinander. »Das ist ungerecht. Sie ist ein guter Mensch, und sie mischt sich nicht zu sehr in mein Leben ein. Was auch gut so ist.«

»Ich bin mir nicht sicher. Mit deiner Ex-Schwiegermutter befreundet zu sein, scheint viel zu bedeuten. Zumindest für dein früheres Leben.« Sara nippte an ihrem Lemon Drop. »In diesem Fall bin ich fest auf deiner Seite.«

Er regte sich und fühlte sich unsicher, wie er reagieren sollte. Er war es gewohnt, allein zu sein, und er war *gern* allein. Er kam zu dem Schluss, dass er sich zu viele Gedanken über eine harmlose Aussage machte. Dann hielt er sein Bierglas hoch. »Ich schlage einen Toast vor. Darauf, dass wir unsere lausigen Vormittage einfach vergessen.«

»Darauf trinke ich.«

Sie stießen mit den Gläsern an und stürzten sich für ein oder zwei Minuten auf das Essen.

»Weißt du«, meinte sie, »allmählich habe ich genug von lausigen Vormittagen. Seit ich wieder zu Hause wohne, scheint diese schreckliche Last der Traurigkeit über allem zu schweben. Ich weiß nicht, wie viel davon ich noch ertragen kann.« Sara warf ihm einen sorgenvollen Blick zu, als befürchtete sie, zu viel zu erzählen. Das tat sie nicht. Es gefiel ihm, sie reden zu hören. Über alles Mögliche, aber vor allem auch, um sich zu befreien. Er spürte, dass sie im Augenblick nicht allzu viel Gelegenheit dazu hatte.

»Ich habe nicht gewusst, dass du wieder nach Ribbon Ridge gezogen bist.«

»Nicht dauerhaft«, entgegnete sie mit einem Nicken, »aber für die Zeit, in der ich das Projekt leite und für meine Mutter da bin. Ab und zu fahre ich zu meiner Wohnung, aber nur für eine Nacht. Ich vermisse es, für mich allein zu sein. Meine Unabhängigkeit war für mich der Grund, warum ich überhaupt fortgezogen bin.«

Dylan dachte an seinen eigenen Drang, aus der Stadt zu verschwinden. »Kann ich verstehen. Ich hatte es kaum erwarten können, auf die Uni in Washington zu gehen, und dann habe ich mich für das Militär-College eingeschrieben, mit der Absicht, der Armee beizutreten, um weit weg von Ribbon Ridge zu kommen.«

»Warum?«

Er zuckte mit den Schultern. »Ich schätze, es war sowas wie Rastlosigkeit. Als ich in der Schulzeit unter der Woche nicht mehr bei meiner Mutter, sondern bei meinem Vater wohnte, war das eine ... seltsame Umstellung.«

»Inwiefern?«

Er dachte daran, wie unangenehm es ihm gewesen war, in die Familie seines Vaters einzudringen und sich in ihre tägliche Routine zu zwängen. Genauso hatte es sich angefühlt. Sie liebten ihn und sie hießen ihn willkommen, aber er war ein Teil eines anderen Puzzles – eines, von dem er sich fragte, ob er es je finden würde. »Das Büro meines Vaters war mein Zimmer. Ich schlief auf dem Schlafsofa. Ich hatte nie das Gefühl, dort zu wohnen, aber es war so wichtig für mich, auf die West Valley High zu gehen – wegen des Football-Programms –, also habe ich mich damit arrangiert.«

»Das klingt nicht gerade, als wäre es besonders toll gewesen«, meinte sie leise.

Tief in seinem Inneren zuckte er zusammen und wünschte, er hätte nicht so viel preisgegeben. »Ist es zu spät, noch einmal um die Einhaltung der Vegas-Regeln zu bitten?«

Sie erwiderte sein Lächeln. »Überhaupt nicht. Schätzungsweise bist du jetzt also dran, mich etwas zu fragen.«

Als ihm seine erste Frage durch den Kopf schoss: *Darf ich noch mal mit dir schlafen?* wurde ihm plötzlich ganz heiß in der Leistengegend. *Das* wollte er natürlich auf keinen Fall fragen. Da er sich bereits zu weit vorgewagt hatte, beschloss er, aufs Ganze zu gehen. »Warum hat Alex sich umgebracht?«

Sie beugte die Hand und zog den Ärmel mit den Fingern darüber. Sie antwortete nicht sofort, und Dylan befürchtete schon, er wäre zu weit gegangen. Warum hatte er überhaupt so eine persönliche Frage stellen müssen? Weil er sich mit ihr so wohl fühlte, als ob sie Freunde wären. Er hatte schon eine Entschuldigung auf den Lippen, als sie meinte: »Eigentlich ist es ein bisschen ein Rätsel. Keiner von uns hat das kommen sehen.«

Ihr Blick fiel auf die Billardtische, von denen bereits einige besetzt waren. »Er war krank. Er war immer krank gewesen. Er war derjenige, der mit den meisten Handicaps auf die Welt gekommen war. Er war der Kleinste gewesen, hatte am längsten auf der Neugeborenen-Intensivstation gelegen, an mehreren Infektionen und unter schrecklichen Atemproblemen gelitten, die sich zu einer chronischen Lungenerkrankung entwickelten.« Dylan erinnerte sich

vage an die Reality-Show, in der die wundersame
Empfängnis – mittels Fruchtbarkeitsmedikamenten – und
die Geburt beschrieben worden waren. »Er war von Sauerstoff abhängig und offenbar sehr depressiv«, fuhr Sara fort.
»Wir wussten alle, dass er eine Psychologin aufsuchte, aber
wie schlecht es ihm wirklich ging, wussten wir alle nicht.
Ehrlich gesagt, kaschierte er die Symptome seiner Depression sehr gut. Vielleicht waren wir aber auch zu sehr mit
uns selbst beschäftigt, um die Veränderung bemerkt zu
haben.« Vage runzelte sie die Stirn, als ob sie in Gedanken
durchspielte, wie sie all die Hinweise hatten übersehen
können.

»Kannst du mit der Psychologin reden?«

»Nach seinem Tod hat sie ihre Praxis geschlossen und
Ribbon Ridge verlassen. Wie auch immer, spielt das jetzt
keine Rolle mehr, oder? Er ist tot und wir können ihn nicht
mehr zurückholen.« Ihre Blicke begegneten sich für eine
knappe Sekunde, was ihm aber reichte, um zu ahnen, dass
sie nicht weiter darüber reden wollte.

Er hatte ein schlechtes Gewissen, weil er die Frage
überhaupt gestellt hatte. Sie hatte bereits gesagt, sie hätte
die schlechten Vormittage satt, und nun brachte er auch
noch den Selbstmord ihres Bruders zur Sprache.
Verdammt, dieses Mal war er offenbar wirklich nicht bei
der Sache. »Ich glaube, es ist Zeit für eine Runde Billard.
Hast du es schon mal gespielt?«

Ein aufmerksamer Glanz zeigte sich in ihren Augen.
»Ja, ist aber schon lange her.«

»Es ist wie beim Fahrradfahren.« Mit einem Satz war er
von seinem Barhocker herunter und suchte ein paar
Queues an der Wand aus. Er war ein wenig überrascht, als
sie sich zu ihm gesellte und sofort einen in die Hand nahm.
»Weißt du, was du willst?«, fragte er, ohne die Anspielung

zu beabsichtigen, aber er genoss das antwortende Funkeln in ihrem Blick.

Sie ließ die Handfläche am Queue entlanggleiten. Gott, machte sie das mit Absicht? Sein Schaft wurde schon halb steif und er betete, dass sie nichts bemerkte. »Sieht gut aus.« Sie schlenderte zum nächstgelegenen Billardtisch hinüber.

Er suchte sich ebenfalls einen Queue aus, rückte seine Jeans zurecht, während er ihr den Rücken zuwandte, und kehrte dann an den Tisch zurück. »Willst du Achter spielen? Das ist am einfachsten, und wenn du schon eine Weile nicht mehr gespielt hast, ist es vielleicht am besten.«

Sie verengte ihre Augen ein wenig auf ihn. »Bist du nachsichtig mit mir, weil ich dir nach dem Gespräch, das wir gerade hatten, leidtue?«

Er lachte. »Vielleicht. Soll ich das unterlassen?«

Sie war einen Moment lang still. »Nein, ein einfaches Spiel ist glaube ich das Beste.«

Er sammelte die Kugeln ein und legte sie auf den Tisch. »Ladies first.«

Sara legte die Weiße bereit und stieß an. Sofort versenkte sie die gelbe Eins. Sie blickte zu ihm auf. »Glücksfall.«

»Offensichtlich. Weißt du, was du als Nächstes tun musst?«

»Wenn ich mich recht erinnere, versuche ich, alle vollen Kugeln in die Löcher zu schießen.«

»Das ist richtig.«

Dann ging sie um den Tisch herum, beugte sich vor, um einen Versuch zu wagen, doch dann richtete sie sich wieder auf und ging weiter. »Das ist schwieriger, als ich es in Erinnerung habe.« Wieder beugte sie sich vor und stieß zu, wobei die blaue Kugel in einem der seitlichen Löcher verschwand. Überraschung flackerte in ihrem Blick auf.

Dann nahm sie auf der gegenüberliegenden Seite des Billardtischs eine neue Position ein und ließ sich Zeit, sich für den Stoß in Position zu bringen. Sie traf die orangefarbene Kugel, die aber nicht versenkt wurde. Als sie sich aufrichtete, lag ihr Blick immer noch prüfend auf dem Tisch. »Du bist an der Reihe.«

Sanft berührte er sie am Rücken. »Das war ein guter Anfang.«

»Danke.« Sie schlenderte zu ihrem Tisch zurück und nippte an ihrem Getränk, während Dylan über seinen Stoß nachdachte.

Zuerst nahm er den einfachsten Winkel und versenkte die Zehn in einem der Ecklöcher, dann die Fünfzehn und die Zwölf in schneller Folge. Er blickte zu Sara hinüber, aber sie beobachtete den Tisch aufmerksam. Sollte er seinen nächsten Stoß mit Absicht verpatzen? Er wollte sie nicht übertrumpfen. Er wollte ihr auch nicht das Spiel überlassen, und zwar zum einen deshalb nicht, weil er nicht glaubte, dass sie das wollte, und zum anderen, weil er von Grund auf ehrgeizig war und sich messen wollte.

Für die Planung seines nächsten Stoßes ließ er sich Zeit, aber schließlich versenkte er die Neun in einer Seitentasche. Sara stand in der Nähe des Tisches, und hatte die Hand um den oberen Teil ihres Queues geschlungen, der auf dem Boden stand. Ihre Hüfte war in einem aufreizenden Winkel abgeknickt, der Dylans Blick auf die Form ihres Oberschenkels lenkte, bis hinauf zu der scharfen Einbuchtung ihrer schlanken Taille und dann weiter zu dem Spitzenmieder, das aus dem tiefen V-Ausschnitt ihres grünen Pullovers herausschaute.

»Willst du spielen oder glotzen?«, fragte sie.

Darauf riss er den Kopf hoch und erkannte, dass ihre Augen ihn mit einem ausgesprochen provozierenden

Blick fixierten. Ihr Blick war so herausfordernd und verheißungsvoll, dass das Billardspielen beinahe vollkommen in Vergessenheit geriet. Widerwillig zwang er sich zu seinem nächsten Stoß, aber er verfehlte die Dreizehn knapp.

Er kehrte zu ihrem Tisch zurück und trank einen Schluck Bier. Als er sein Glas absetzte, hatte Sara bereits ihren Stoß gemacht. Die Kugel mit der Nummer drei glitt in ein Eckloch. Sie verharrte kaum, ehe sie die Vier in ein anderes Loch bugsierte. Dann beugte sie sich tiefer hinunter, um die Fünf anzustoßen. Sie versenkte ihre Kugeln *der Reihe nach*. Und sie machte ihre Sache verdammt gut.

Ehe er sich versah, hatte sie die Fünf, die Sechs und die Sieben versenkt. Ohne ihn vorher anzusehen, setzte sie ihren Queue hinter die Acht und schoss die Kugel gnadenlos über den Tisch, wobei sie die Vierzehn traf. Trotzdem prallte die Acht an einer Seite ab und rollte unerbittlich in das gegenüberliegende Loch.

»Ich will verdammt sein«, hauchte er. »Du bist ein bisschen besser, als du vorgibst.«

Sie sah ihn verlegen an. »Tut mir leid.«

Er kniff spielerisch die Augen zusammen. »Du hast geflunkert.«

»Nein, ich habe dich übervorteilt.« Ihre Wangen färbten sich herrlich rosa. »Du hättest nicht so nachsichtig mit mir sein sollen.«

Er konnte sich ein Grinsen nicht verkneifen. »Was du nicht sagst. Und obwohl du mich besiegt hast, hat es mir Spaß gemacht, dir dabei zuzusehen. Jetzt ist es Zeit für eine Revanche. Gleich noch mal?«

Ihr Blick, der vor Freude strahlte, traf den seinen. »Absolut.«

Sie spielten noch zwei weitere Partien. Die nächste

gewann er, und die letzte war ein Kopf-an-Kopf-Rennen, das sie für sich entscheiden konnte.

Sie setzten sich, um ihre Getränke auszutrinken.

»Wie bist du so gut im Billard geworden?«, fragte Dylan.

Sie strich über den Stiel ihres Glases. »Wir haben einen Billardtisch zu Hause.«

»Hatte ich ganz vergessen.« Jetzt erinnerte er sich, dass er in der Highschool ein paar Mal dort gespielt hatte.

»Und Brüder.« Sie hob ihr Glas, um einen Schluck zu trinken. »Obwohl es wahrscheinlich Georges Schuld ist.«

»George?«

»Er ist der Barkeeper im Arch and Vine. Dad und er sind seit Jahren befreundet und er ist ein echter Billardfan. Lange Zeit hat er in einer Liga gespielt, bis ihm sein Rücken zu sehr zu schaffen machte.«

Eine dunkelhaarige Frau in den Dreißigern näherte sich zögerlich ihrem Tisch. »Entschuldigen Sie, sind Sie nicht Sara Archer?« Sie warf Dylan einen entschuldigenden Blick zu, bevor sie ihre Aufmerksamkeit auf Sara richtete. »Ich möchte Sie nicht stören, aber ich wollte fragen, was mit dem alten Kloster los ist. Ich habe gehört, dass Ihre Familie es in ein Hotel oder so umbauen will? Wie auch immer, hoffentlich erscheine ich nicht zu neugierig, aber ich wollte fragen, wann es eröffnet wird.«

»Zumindest nicht für ein weiteres Jahr«, antwortete Dylan und musterte Sara, die etwas nervös wirkte. »Woher wussten Sie, dass sie Sara Archer ist?«

Die Frau bekam blassrosa Wangen. »Ich habe früher die Sendung gesehen, und die Archers sind ja auch lokale Berühmtheiten, oder? Jedenfalls hat die Freundin einer Freundin Sara vor etwa einem Jahr für eine Babyparty engagiert und von ihr geschwärmt.« Sie sah Sara an. »Ich habe mich gefragt, ob Sie vorhaben, Veranstaltungen im Kloster zu planen. Es ist ein so schöner Ort.«

Sara wurde hellhörig. »Wer ist die Freundin einer Freundin?«

Die Frau trat näher an den Tisch heran, und ihr Gesicht wurde nun aufgeschlossener. »Shelby Clark. Ich bin Jemma Rodriguez.«

»Hallo, Jemma, schön, Sie kennenzulernen.« Sara reichte ihr die Hand und Jemma schüttelte sie. »Wir werden im alten Kloster in Zukunft verschiedene Veranstaltungen ausrichten. Ich darf im Moment noch nicht viel verraten, aber wenn Sie mir Ihre Nummer geben, melde ich mich, sobald ich mehr darüber sagen kann.«

Jemma lächelte breit und kramte in ihrer Handtasche. »Hier ist meine Karte. Ich bin so froh, dass ich Sie hier habe sitzen sehen und den Mut hatte, Sie anzusprechen.«

Sara errötete leicht. »Ich bin auch froh, dass Sie das getan haben, danke.«

»Wir sprechen uns bald wieder!« Jemma winkte verhalten und ging davon.

Sara drehte sich um und steckte die Karte in ihre an der Stuhllehne hängende Handtasche.

»Passiert dir das oft?«, fragte Dylan. »Erkennen dich die Leute aus der Fernsehserie?«

»Früher war das häufiger der Fall, heute nicht mehr so oft.«

»Wie war es, die Show zu machen? Surreal?« Mist, nur weil er es seltsam gefunden hätte, hieß das nicht, dass sie es auch fand.

Sie verdrehte die Augen und entlockte ihm ein Grinsen. »Gott, ja. Ich habe mich recht unwohl gefühlt. Nicht bei den Dreharbeiten für die Sendung, sondern wegen der damit verbundenen Aufmerksamkeit. Wir konnten im

Grunde keine Geheimnisse haben, und das ist für ein heranwachsendes Mädchen schwer.«

Er konnte sich gut vorstellen, wie schwierig es gewesen sein musste, besonders für sie. »Wie seid ihr im Fernsehen gelandet?«

»Ich bin mir nicht ganz sicher, aber es hatte etwas mit einem alten Freund meiner Eltern zu tun. Er dachte, unsere Familie sei inspirierend oder so.«

Dylan trank sein Bierglas aus. Er hätte noch eins trinken können, aber er wusste, dass sie ihr Limit von zwei Getränken erreicht hatte.

»Ich nehme an, wir sollten gehen?« Ihr Blick traf sich mit seinem in stummer Frage. Er konnte nicht sagen, ob es eine Einladung oder eine unschuldige Frage war, wie: »Ich bin bereit für mehr, wenn du es bist.« Sein Körper war es auf jeden Fall, aber er würde es auf keinen Fall noch einmal tun. Aus zwei Nächten konnten leicht drei werden, und dann waren die Dinge nicht mehr so einfach. Dylan bevorzugte – nein, er brauchte – Einfachheit, und das vor allem angesichts ihrer Arbeitsbeziehung.

»Die Vegas-Regeln von heute Abend können nicht wie beim letzten Mal sein«, sagte er.

Sie nickte heftig. »Natürlich nicht.« Sie zog ihre Handtasche von der Stuhllehne und nahm ihr Portemonnaie heraus.

Er winkte ab, damit sie es wieder einsteckte. »Ich hab schon bezahlt, weißt du noch?«

»Ich muss noch die erste Runde von vorhin bezahlen.«

»Nein, das stimmt nicht. Das habe ich auch erledigt.«

Sie schürzte ihre Lippen. »Das hättest du nicht tun sollen.«

»Wenn ich gewusst hätte, was für eine unabhängige Frau du bist, wäre mir das nie in den Sinn gekommen.

Nächstes Mal kannst du bezahlen – und ich bestelle mir ein riesiges, teures Steak.«

Sie lachte, als sie sich vom Tisch erhob.

Er sprang auf und grinste. Der Abend war lustig gewesen, zwanglos – sogar mit der unterschwelligen Anziehung, die zwischen ihnen schwelte. Mist, gerade hatte er angedeutet, dass sie es wieder tun sollten. Er war sich nicht sicher, ob er einen weiteren Abend wie diesen mit ihr aushalten konnte, wenn ihm klar war, dass er mit ihrer Trennung enden würde. »Ich bringe dich zu deinem Wagen.«

Sie ging ihm voraus, und er hatte Mühe, seine Hand unter Kontrolle zu halten, damit er nicht ihren unteren Rücken berührte. Draußen ging sie zu ihrem Auto, das nur ein paar Plätze von seinem Wagen entfernt auf dem Parkplatz stand. Es überraschte ihn, dass er es bei seiner Ankunft nicht bemerkt hatte. Sie entriegelte die Türen mit der Fernbedienung und drehte sich dann zu ihm um, wobei ihr Hintern die Fahrertür streifte. »Hast du es dir anders überlegt, ob du dich mit Hayden und Cameron treffen willst?«

Er war nicht in der Stimmung, sich mit einer Fremden einzulassen. Das Problem war sein Wunsch, etwas mit Sara anzufangen, nachdem er Zeit mit ihr verbracht hatte. Ausgerechnet mit ihr. Was er *nicht* tun konnte. Verflixt, er musste dieser Anziehung ein für alle Mal ein Ende machen. Vielleicht sollte er sich *doch* mit Hayden und seinem Bruder treffen. »Ja, ich denke, das werde ich.«

»Oh.« Verdammt, sie klang enttäuscht. »Sag meinem Bruder, er soll sich benehmen.«

»Keine weisen Ratschläge für mich?« Er sollte wirklich aufhören, mit ihr zu flirten. Und zwar *sofort*.

»Irgendetwas sagt mir, dass du nicht weißt, wie man sich benimmt.«

»Wenn du nur wüsstest, wie gut ich mich gerade benehme, würdest du mir einen Orden verleihen.« Er trat zurück, bevor er einem Impuls erlag und mit dem Daumen über ihre Lippen strich und ihren Mund kostete. »Aber gut. Bis dann, Sara.«

Im Lichtschein der Laterne leuchteten ihre blauen Augen dunkel und intensiv. »Bis dann.«

Sie drehte sich um und öffnete die Tür. Mit einem letzten, heißen Blick stieg sie in ihr Auto und ließ den Motor an. Er rührte sich nicht, bis sie aus der Parklücke heraus und weggefahren war.

Kapitel Acht

S ARA HATTE DEN Samstagabend und den Sonntag in ihrer Wohnung verbracht und fuhr jetzt am Montagmorgen auf den staubigen Parkplatz des Klosters. Absichtlich war sie zu früh gekommen, um ein paar Minuten in Einsamkeit genießen zu können. Alex hatte sich einen wunderschönen Ort ausgesucht – und sie konnte seine Anwesenheit beinahe spüren.

Als Tori vorfuhr und neben ihr parkte, wurde ihr Plan allerdings vereitelt. »Hey«, grüßte sie und stieg aus dem goldenen Prius, den ihre Eltern bereithielten, für wenn ihre Kinder von auswärts zu Besuch kamen. »Wo warst du gestern?«

»Zu Hause – Mom wusste, wo ich war.«

»Allein?« Toris Frage troff vor hintergründigen Andeutungen. »Oder hast du Dylan mit zu dir nach Hause genommen?« Mit einem gleichzeitigen Augenzwinkern verriet sie, dass es ein Scherz war, aber Sara verschlug es beinahe die Sprache, weil sie genau das vor nicht allzu langer Zeit tatsächlich getan hatte.

»Ja, das hört sich ganz nach mir an. Ich reiße Typen in

Bars auf und nehme sie dann mit nach Hause.« Sie musste gegen den Drang ankämpfen, drauflos zu kichern. Tori wäre schockiert und ihre Reaktion zu sehen wäre es fast wert, die Wahrheit zu sagen.

Sara hatte ihn allerdings nicht mit nach Hause genommen. Er war mit seinem Bruder und Hayden losgezogen und wahrscheinlich mit irgendeiner anderen nach Hause gegangen. Darüber hatte sie gestern den ganzen Tag gegrübelt. Selbst Yoga hatte sie nicht von der Frage abhalten können, was wohl passiert wäre, wenn sie sich nicht darauf geeinigt hätten, nur professionell miteinander zu verkehren.

Das war eine alberne Fantasie. Die Dinge *mussten* professionell gehandhabt werden.

»Wann hattest du das letzte Mal ein Rendezvous, Sara?«

Toris Frage lenkte ihre Aufmerksamkeit wieder auf die Gegenwart.

»Wie bitte?«

»Du weißt schon, eine Verabredung? Mit einem Mann? Etwas Romantisches?«

»Das ist schon eine Weile her. Ich habe mich auf mein Geschäft konzentriert.«

Tori ging auf den Bauwagen zu. »Wie läuft es denn im Geschäft so ohne dich?«

Sara ging neben ihr her und schob sich den Riemen ihrer Tasche über die Schulter. »Es ist alles in Ordnung. Ich vermisse es zwar, dort zu sein, aber ich bin tatsächlich mehr an diesem Projekt interessiert, als ich gedacht hätte.«

»Wirklich?«, fragte Tori lächelnd. »Das ist cool. Es ist anders, etwas so Persönliches zu entwerfen. Mir macht es auch Freude.« Kurz vor dem Bauwagen hielten sie an. »Und hey, ich verstehe, wie schwierig es ist, sich von seinem

Leben abzuwenden und wenn es auch nur eine Autofahrt entfernt ist.«

»Danke, das weiß ich zu schätzen.« Sara vermisste ihre hübsche Wohnung, aber sie vermisste auch Dinge, die es nur in Ribbon Ridge gab – die Kleinstadtgeschäfte, das Landleben, ihre Familie. »Wie sieht es in San Francisco aus? Es scheint ein Verbrechen zu sein, dass deine Wohnung leer steht.« Obwohl ihre Wohnung klein war, besaß Tori ein erstklassiges Immobilienobjekt.

»Das ist schon in Ordnung.« Tori schloss gerade die Tür des Bauwagens auf, als Hayden auf den Parkplatz fuhr. Er gesellte sich drinnen zu ihnen.

Das Behelfsbüro war sechs oder sieben Jahre alt und besaß eine leicht veraltete Einrichtung. Es gab zwei Schreibtische, einen kleinen, der hauptsächlich für Dylan bestimmt war, und einen großen, den Tori größtenteils in Beschlag genommen hatte, eine Kochnische, ein Sofa und eine erbärmliche Entschuldigung für ein Badezimmer.

Hayden stellte seinen Koffer auf dem Sofa ab und wandte sich an Sara. »Wie war es neulich beim Billard, Schwesterherz? Ich wette, du hast Dylan fertiggemacht.«

»Natürlich. Aber hat er dir nichts gesagt?«

»Ich habe nicht mit ihm gesprochen.«

Dylan hatte sich am Samstagabend nicht mehr mit ihnen getroffen? Wärme breitete sich in ihr aus, aber sie erinnerte sich daran, dass er trotzdem noch hatte ausgehen können. Vielleicht hatte er versucht, sie zu finden und war dabei gescheitert. Warum beschäftigte sie sich mit dieser Frage? Dylan Westcott war ihr Auftragnehmer, nicht ihr Freund.

Das Geräusch von Rädern auf Schotter kündigte die Ankunft einer weiteren Person an. Sara wandte sich zum Fenster und sah, dass es Derek war. Er eilte zum Bauwagen herüber und kam herein. »Guten Morgen. Wo ist der Kaffee?«

Tori blieb kurz der Mund offen stehen. »Mist, ich habe vergessen, den Timer für die Maschine einzustellen. Ich bringe sie zum Laufen.«

»Süchtiger«, stellte Hayden fest.

Sara wandte sich an ihre Geschwister. »Ehe Dylan kommt, wollte ich noch etwas mit euch besprechen. Ich habe darüber nachgedacht, wie wir das Hotel nennen sollen, und da es Alex′ Vision war ... was haltet ihr davon, es The Alex zu nennen?«

Tori sah von der Kaffeekanne auf und blinzelte Sara an. Dann formte sie ihre Lippen zu einem Lächeln. »Es ist perfekt.«

»Ja, das ist es«, meinte auch Derek.

»Gut gemacht, Schwesterherz.« Hayden klopfte ihr anerkennend auf die Schulter.

Sara sonnte sich einen Moment lang in der Anerkennung ihrer Geschwister und sie konnte sich nicht darauf besinnen, wann sie das letzte Mal so empfunden hatte. Vielleicht noch nie. »Ich wollte das Haus für die Hochzeiten anders nennen – Ridgeview beim The Alex.«

»Auch perfekt«, lobte Derek. »Du hast ein echtes Talent für so etwas. Vielleicht solltest du auch die Namensfindung der Biere übernehmen.«

Tori holte tief Luft und machte sich wieder an die Zubereitung des Kaffees.

Hayden ging zu ihr und legte seinen Arm um ihre Schultern. »Hey, sei nicht traurig. Das Leben muss weitergehen.«

»Ich weiß, aber manchmal ist es einfach ... schwer.«

Hayden umarmte sie fest. »Es ist in Ordnung. Wir alle tun unser Bestes.« Er hielt sie ein Stück von sich weg und

ein Leuchten trat in seine Augen. »Wenn wir schon bei
Namen sind, sollten wir das Restaurant The Arch and Fox
nennen.« Jedes Archer Kind hatte ein bestimmtes Tier, das
mit ihm verbunden war. Diese Tradition stammte von dem
Weihnachtsschmuck, den ihre Mutter ihren Kindern im
Laufe der Jahre geschenkt hatte. Saras Tier war ein Kätzchen und das von Alex war ein Fuchs.

Derek nickte. »Und wir haben eine Glückssträhne.«

Das Geräusch eines weiteren Fahrzeugs veranlasste
Sara, wieder aus dem Fenster zu schauen, aber es musste
sich um Dylan handeln. Sie erwarteten sonst niemanden.
Dylan stieg aus seinem Wagen aus und kam auf das Bauwa-
gen-Büro zu, wobei die leichte Brise sein dunkelbraunes
Haar durcheinanderwirbelte. Er sah aus wie das Alter Ego
eines Superhelden, dessen wohlproportionierte Körper von
unscheinbarer Kleidung verhüllt war. Als könnte er so seine
Herrlichkeit verbergen.

Er betrat den Bauwagen und blickte sich um. »Bin ich
zu spät?«

»Nein, du bist genau pünktlich«, antwortete Tori.

»Gut. Ich war mir sicher, ihr hättet acht Uhr dreißig
gesagt.« Er warf Sara einen kurzen Blick zu. War sein Blick
aufreizend oder war das nur ihre Einbildung? Sie zog den
Ärmel ihrer Jacke über die Hand und bearbeitete das
Bündchen.

»Wir haben gerade den Namen des Hotels gefunden«,
bemerkte Derek. Er erzählte Dylan, was sie besprochen
hatten, und dann fing der ernsthafte Teil ihrer Besprechung an, bei dem sie zunächst den Zeitplan
durchgingen.

Alle hatten sie irgendwo in dem Behelfsbüro eine Sitz-
gelegenheit gefunden. Dylan saß hinter dem kleinen
Schreibtisch, der ihm zugewiesen worden war. »Wir wollen

am Mittwoch mit dem Abriss beginnen. Will jemand von euch mithelfen?«

Tori schüttelte den Kopf. »Viel Spaß damit. Ich muss für ein paar Tage nach San Francisco fliegen, um mich um einige berufliche Angelegenheiten zu kümmern. Ich fliege heute Nachmittag. Es tut mir so leid.« Ihr schiefes Lächeln war alles andere als entschuldigend. »Eigentlich sollte ich mich auf den Weg machen. Ich muss noch packen.«

»Wie günstig«, befand Hayden, als Tori ihre Tasche nahm und auf die Tür zuging. Sie winkte ihm mit einer Hand zu, die wie ein ausgestreckter Mittelfinger aussah, als sie den Bauwagen verließ.

Dylan sah zu Hayden. »Heißt das, du wirst hier sein?«

Hayden zuckte zusammen. »Eigentlich haben Derek und ich einen Termin bei Archer, aber ich werde versuchen, irgendwann vorbeizukommen.«

Sara saß neben Hayden auf dem Sofa und gab ihm einen Klaps auf den Arm. »Auch praktisch.« Sie wandte sich an Dylan. »Kann ich helfen?«

Dylan neigte den Kopf zur Seite. »Ich bin sicher, wir finden eine Beschäftigung für dich.«

»Komm ihm nicht in die Quere«, warnte Hayden.

Sara warf ihm einen bösen Blick zu. »Sei nicht so ein Wichtigtuer. Ich bin älter als du.« Nicht, dass das Alter ihn jemals davon abgehalten hätte, sie übermäßig zu beschützen.

Derek erhob sich derweil von seinem Stuhl neben dem Schreibtisch, hinter dem Tori gesessen hatte. »Ich bin älter als ihr beide. Hayden, halt den Mund. Lass uns aufbrechen, denn wir müssen ins Büro. In einer halben Stunde haben wir eine Konferenzschaltung.«

»Keine Zeit für Langweile. Bis dann, Leute«, verabschiedete sich Hayden seufzend. Derek trat vor ihm aus dem Anhänger, doch mit der Hand an der Tür blieb Hayden stehen. »Hey, das ist das zweite Mal, dass ich euch beide allein lasse. Muss ich mir Gedanken machen? Vielleicht sollte Dad seine Schrotflinte auf Vordermann bringen.« Er warf Dylan einen argwöhnischen Blick zu, der allerdings verschwand, als er ein Lächeln aufsetzte.

»Du hörst besser auf Derek«, meinte Dylan, »und hältst den Mund.«

»Mich dünkt, der Gentleman versuchet einen Protest ...«

Sara schob ihn buchstäblich zur Tür hinaus und warf sie dann zu. Für einen Moment hielt sie inne, ehe sie einen Blick auf Dylan warf, der sie aufmerksam beobachtete.

»Du hast ihnen doch nichts gesagt ...?«

»Gott, nein. Er ist einfach nur ein dämlicher Bruder. Hast du die nicht auch?«

»Mehr als mir lieb ist.« Damit erhob er sich hinter seinem Schreibtisch. »Wolltest du wirklich beim Abriss helfen?«

»Klar, warum nicht? Dinge zu demolieren klingt irgendwie nach Spaß.«

Er grinste. »So ist es. Vorsicht, Sara Archer, Frauen, die gerne auf dem Bau arbeiten, machen mich ein bisschen an.«

Und damit schmolz sie innerlich einfach dahin. Das war nicht gut. »Ach, dann sollte ich vielleicht doch nicht kommen.«

Den Blick zu Boden gerichtet, schüttelte er mit dem Kopf. »Nein, das solltest du. Ich muss einfach aufhören, solche Dinge zu sagen. Es macht mir einfach zu viel Spaß, mit dir zu flirten, was soll ich dazu sagen?« Er neigte den Kopf zur Seite. »Ich nehme an, du hast vermutlich keinen Bauhelm?«

Glücklicherweise riss seine Frage sie aus ihren eigenen koketten Gedanken. »Meinst du das im Ernst?«

Er musste schmunzeln. »Nein. Ich werde dich ausstaffieren. Zieh dich einfach für Schmutzarbeit an. Trage keine Kleidung, die nicht fleckig werden oder Risse bekommen sollte.«

Risse? Bei der Vorstellung, wie er ihre Kleidung zerriss, kehrten ihre Gedanken sofort wieder zu ihren amourösen Fantasien zurück. Vielleicht war ihre Zusammenarbeit doch keine so gute Idee. »Bist du sicher, dass ich nicht im Weg sein werde?« O nein. Jetzt hörte es sich an, als würde sie Hayden gehorchen.

»Ganz und gar nicht. Beim Abriss können wir immer alle zusätzlichen Hände gebrauchen, die wir bekommen können.«

Sie strengte sich nach Kräften an, nicht auf *seine* Hände zu schauen. Oder sich auszudenken, was diese Hände mit ihr anstellen konnten. »Ich habe keine Ahnung, was ich tun soll.«

»Das zeige ich dir dann. Wie du bereits gesagt hast, geht es um das Demolieren von Dingen. Ich bin sicher, dass du das kannst.« Seine graugrünen Augen huschten über sie hinweg und wärmten sie von Kopf bis Fuß. »Trotz deiner Vorliebe für Rosa erscheinst du mir gar nicht so mädchenhaft. Immerhin hast du mich beim Billard geschlagen.«

»Richtig.« Sie lächelte schwach, da sie sich gerade für die Idee erwärmte, ihre körperlichen Aggressionen ausleben zu können. »Ganz bestimmt kann ich Dinge kaputtmachen. Frag einfach meine Brüder. Ihre Legos zu demolieren war als Kind eine meiner Lieblingsbeschäftigungen.«

»Dann bist du ein Naturtalent«, entgegnete er. »Wir legen um acht los, aber du musst nicht pünktlich hier sein. Das ist nicht notwendig.«

»Verstanden. Danke, dass ich euch helfen darf.« Und weil ihr kein anderer Grund einfallen wollte, ihren Aufbruch weiter hinauszuzögern, hielt sie auf die Tür zu. Auf der Türschwelle hielt sie inne und blickte zurück. »Wir sehen uns.«

»Wir sehen uns«, sagte er und ließ sich wieder an seinen Schreibtisch nieder.

Sie schloss die Tür hinter sich und schlenderte zu ihrem Wagen zurück.

O Mann!

Er hatte mit ihr geflirtet. Dann hatte er aufgehört mit ihr zu flirten. Er vermittelte ihr den Eindruck, als wollte er ihren One-Night-Stand wiederholen. Und dann ließ er den Eindruck entstehen, als wollte er ihre Beziehung auf einer professionellen Ebene belassen? Was um alles in der Welt sollte das?

Die Abrissarbeiten am Mittwoch und damit die Gelegenheit, ihren Frust loszuwerden, konnten nicht schnell genug kommen.

* * *

Nachdem dylan seinen Bruder am Samstagabend stehengelassen hatte, lud Dylan ihn am Dienstagabend zum Dinner und beim Blazers-Spiel-Schauen ein. Mit einer Flasche Pinot Noir in der Hand trat Cameron ein und schnupperte unverzüglich. »Hast du etwa gekocht?«, fragte er ungläubig.

»Tu nicht so überrascht«, sagte Dylan, »Ich bin für meine Kochkünste bekannt.«

»Eigentlich hat es mich überrascht, dass du mich nicht gebeten hast, eine Pizza mitzubringen.«

Es stimmte zwar, dass Dylan in der Regel Essen

bestellte, insbesondere dann, wenn er Gäste hatte, doch heute hatte er aus irgendeinem Grund beschlossen, selbst zu kochen. Vielleicht lag es an der mit Sara geführten Unterhaltung über erfolgreiches Kochen. In letzter Zeit hatte er furchtbar oft an sie gedacht. Verflixt, damit sollte er wohl besser aufhören. Dass er andauernd mit ihr flirtete, war schon schlimm genug. Gestern hatte er wirklich das Maß überschritten.

Dylan drehte sich von der Tür weg und führte seinen Bruder den Flur entlang in die Küche.

»Verflucht, das riecht echt gut, Dylan. Was kochst du?«

Dylan kehrte zum Herd zurück und rührte den Inhalt im Topf um. »Chili. Hoffentlich schmeckt es so gut wie es riecht.«

Cameron stellte die Weinflasche auf der großen, mit einer Granitplatte versehenen Kochinsel ab. »Dessen bin ich mir sicher. Ich hätte stattdessen Bier mitbringen sollen.«

»Ich habe Bier da. Bediene dich.«

»Gerne.« Cameron ging zum Kühlschrank. »Ich koche kaum, aber auf diese Küche bin ich neidisch.« Bei seinem Beruf als Verkaufsleiter einer örtlichen Weinkellerei war er viel auf Reisen, und deshalb wohnte er in einem kleinen Reihenhaus im Zentrum von Ribbon Ridge.

»Großartig, dann kannst du sie später ja sauber machen«, neckte Dylan ihn.

»Hahaha.« Cameron schnippte den Verschluss seines Biers auf. »Willst du auch ein Bier?«

»Noch nicht.« Dylan probierte das Chili. Nicht übel. »Wir können jederzeit essen.«

»Dazu besteht keine Eile. Das Spiel fängt erst in etwa zwanzig Minuten an.« Cameron drehte sich um und warf einen Blick auf den Fernseher im Wohnzimmer, der auf halber Lautstärke lief. Er umrundete die Kochinsel und setzte sich auf einen Hocker. »Wie läuft es mit dem Projekt?«

»Morgen beginnt der Abriss.«

»Das ist das Beste daran.«

Dylan nahm die saure Sahne und den Käse aus dem Kühlschrank. »Als würdest du dir die Hände schmutzig machen.« Dann ging er in die Speisekammer und kam mit einer Tüte Tortilla Strips wieder heraus.

»Schau sich das einer an. Du mit all deinen schicken Zutaten hier«, stichelte Cameron. »Ist vielleicht eine Frau für dich einkaufen gegangen? War es eventuell Sara Archer?«

Beinahe hätte Dylan auf seinem Rückweg zur Koch-insel die Tüte fallen lassen. Er riss die Oberseite der Verpa-ckung auf, ehe er sie hinlegte. »Warum sagst du das?«

Cameron zuckte mit den Schultern und trank einen Schluck Bier. »Weil du neulich Abend mit ihr abgehangen hast. Oder hat sie dich abserviert?«

Dylan überlegte, ob er lügen sollte. Er wollte nicht, dass jemand von ihrer – was war es eigentlich? Eine Bekannt-schaft? Ein Flirt? - erfuhr.

»Oho, du zögerst«, stellte Cameron fest und neigte sich voller Interesse ein Stück nach vorn. »Ist etwas passiert?«

»Rein gar nichts. Wir haben Billard gespielt. Keine große Sache.«

»Warum hast du dann über die Antwort nachdenken müssen? Du wolltest mir eigentlich nichts sagen, oder?«, meinte Cameron grinsend. »Du hast sie doch nicht mit nach Hause genommen, oder?«

»Habe ich nicht.« *An jenem Abend nicht.* »Wie ich schon sagte, ist es keine große Sache. Ich habe gar nicht gezögert. Wir haben Billard gespielt und ein paar Potato Skins gegessen. Dann habe ich sie zu ihrem Auto gebracht.

Ende der Geschichte.« Ausgenommen der Teil, an dem er dann nach Hause gefahren war und von ihr geträumt hatte.

Cameron lehnte sich zurück und wirkte ein bisschen enttäuscht. »Das ist jammerschade. Sie ist süß.«

»Sie ist auch meine Chefin, also hör auf damit, Amor.«

»Ist ja schon gut. Cameron trank noch einen Schluck Bier. »Aber Kumpel, du musst wirklich wieder einmal raus. Warum bist du neulich Abend nicht mit uns ausgegangen? Ich habe mir Sorgen gemacht, du seist wegen der Nachricht, dass Jess wieder heiratet, ein wenig angeschlagen gewesen.«

Dylan nahm zwei Schüsseln aus dem Schrank und stellte sie auf den Tresen. »Angeschlagen ist nicht ganz das passende Wort. Überrascht trifft es meiner Ansicht nach besser.« Er zog eine Schöpfkelle aus einer der Schubladen hervor und löffelte Chili in die Schalen. »Was natürlich albern ist, denn es ist ja nicht so, als ob wir befreundet wären oder so. Seit der Scheidung habe ich nicht mehr mit ihr gesprochen. Es ist schon merkwürdig, dass ich ihr nie in der Stadt über den Weg laufe.«

»Nein, das ist es nicht. Du unternimmst kaum etwas in Ribbon Ridge. Manchmal frage ich mich, warum du überhaupt wieder hierhergezogen bist, wenn du so ein unauffälliges Leben führst.«

»Ich unternehme wohl Dinge. Letzten Sommer habe ich beispielsweise das Ribbon Ridge Festival besucht.«

»Ja, das hast du. Allerdings arbeitest du zu viel – in deinem Beruf und hier bei dir zu Hause.«

Dylan sah ihn mit hochgezogener Augenbraue an. »Aber du beneidest mich um meine Küche, also ist die Arbeit augenscheinlich eine gute Investition.«

Cameron ließ ein Lächeln aufblitzen. »Klugscheißer.«

Dylan stellte die mit Chili gefüllten Schüsseln auf die

Kücheninsel, auf der er auch die Zutaten abgestellt hatte.
»Saure Sahne?«

»Nur zu – ich will alles. Hast du auch Oliven?«

»Auf deinem Chili?« Dylan zuckte mit den Schultern.
»Ich denke, das könnte harmonieren. Die Antwort lautet
aber nein, ich habe keine. Wie du siehst, habe ich eindeutig
niemanden, der für mich einkauft.« Er gab einen Klecks
Saure Sahne in beide Schüsseln und schob eine davon
seinem Bruder zu. Dann gab er ihm noch einen großen
Löffel dazu.

»Sieht gut aus, Bruder«, meinte Cameron. »Beantwor-
test du meine Frage, wie du wieder zurück zur Partner-
suche willst? Und damit meine ich nicht, hier und da ein
Mädchen aufzureißen. Das hast du gut geschafft. Nun ist es
Zeit, dass du dir etwas Beständigeres suchst.«

»Willst du mir wirklich einen Rat erteilen? Ausgerechnet du, der Typ, der bei jeder seiner Reisen, die
mindestens einmal im Monat stattfinden, eine neue Braut
aufgabelt?«

Cameron rührte sein Chili um und mischte die saure
Sahne unter. »Ich bin jünger als du. Ich habe noch Zeit, mir
die Hörner abzustoßen.«

»Ach ja, und ich komme langsam ins mittlere Alter,
oder wie? Ich sollte mich ranhalten und schnell wieder
heiraten, ehe meine Hoden verdorren?« Dylan pustete auf
sein dampfendes Chili. »Vielleicht werde ich nie wieder
heiraten und es einfach gut sein lassen.«

»Einen Scheißdreck wirst du. Du verdienst eine
Familie und ein bisschen Glück.« Cameron hielt den
Löffel in die Luft. »Diskutiere nicht mit mir. Du glaubst
vielleicht, du bist allein, aber das bist du nicht. Es wird
Zeit, dass du aufhörst, dich wie ein Einzelgänger zu
benehmen.«

Ungläubig schüttelte Dylan den Kopf. »Du klingst wie meine Mutter.«

»Ja, aber möglicherweise hat sie ja recht.«

»Lieber Himmel. Sag so etwas bitte nie wieder.«

Cameron musste grinsen. Für die nächste Minute beschäftigten sie sich mit ihrem Chili, ehe Cameron weitersprach. »Ich will doch nur, dass du glücklich wirst.«

»Das bin ich«, meinte Dylan. »Wegen diesem Auftrag bin ich ganz aufgedreht.« *Und wegen der Aussicht darauf, wie oft ich Sara dabei begegnen werde.* Verdammt, wenn er nicht achtgab, würde er noch eine Besessenheit für seine Chefin entwickeln. Das wäre gar nicht cool.

»Das Leben hat mehr zu bieten als nur Arbeit.«

Ja, so war es. Aber je mehr Cameron sich darüber ausließ, umso klarer wurde Dylan, was für ein Versager er in Sachen Beziehungen war. Seine Mitarbeiter und Cameron waren die einzigen Menschen, die er regelmäßig traf und deren Gesellschaft er genoss – und auch die seiner anderen Brüder, wenn sie zu Hause waren. Und seiner Schwester, wenn sie nicht gerade in der Uni war. Doch sogar in diesen Beziehungen erwies er sich als Versager, denn er schrieb nur selten SMS oder schickte Mails. Vom Leben hatte er gelernt, sich auf das Wesentliche zu beschränken. Auf diese Weise kam es zu weniger Enttäuschungen.

Frustriert über das Gespräch ließ Dylan den Blick zum Fernseher schweifen. »Highlights.« Er griff nach der Fernbedienung und schaltete die Lautstärke höher, als Cameron den Kopf herumdrehte. »Komm, wir können uns an den Tisch setzen.«

Mit seiner Schüssel und seinem Bier bewaffnet ging Dylan zu dem Tisch, der zwischen der Küche und dem Wohnzimmer stand.

Cameron schloss sich ihm an und schüttelte den Kopf. »Du bist der Meister der Ablenkung.«

»Und du bist ein neugieriger Schnüffler.« Dylan trank sein Bier aus. »Hol mir noch ein IPA.«

Cameron verneigte sich. »Zu Diensten, Sir.« Bei seiner Rückkehr fing er eine Unterhaltung über das Spiel an, denn offenbar hatte er begriffen, dass die Therapiestunde vorbei war.

Seine Worte blieben Dylan allerdings im Gedächtnis, und insgeheim stellte er sich die Frage, ob er sich wirklich nach etwas Festem umschauen sollte.

Kapitel Neun

AM MITTWOCHMORGEN zog Sara eine alte Jeans und ein T-Shirt an. Nach einer Viertelstunde der Unentschlossenheit fiel ihre Wahl schließlich auf ein Paar Wanderschuhe. Dies waren die einzigen Schuhe in ihrem Schrank, die den Arbeitsstiefeln, die Dylan gestern getragen hatte, nahekamen.«

Auf ihrem Weg zum Kloster sprach sie kurz mit Craig, der sich inzwischen ein wenig besser eingelebt hatte. Es war das erste Gespräch, bei dem er sie nicht um irgendetwas bat. Wie gewöhnlich unterhielten sie sich nicht über Persönliches, sondern tauschten nur ein flüchtiges »Wie geht es dir?« und »Gut, danke der Nachfrage« aus.

Um halb neun fuhr sie vor dem Kloster vor. Auf dem Parkplatz standen bereits etwa ein halbes Dutzend Autos, aber Dylans Pick-up war nicht darunter. Sie war unpünktlich, aber konnte es sein, dass er sich ebenfalls verspätet hatte? Nein, er wäre pünktlich, dessen war sie sich sicher. Aus der Richtung des Hauses, das ein paar hundert Meter entfernt an einem Feldweg lag, konnte sie geschäftige Geräusche vernehmen.

Mit großer Eile brachte sie ihre Tasche und ihr Mittagessen in den Bauwagen und schloss die Tür wieder hinter sich ab, ehe sie sich auf den Weg zur Hütte machte. Mit jedem Schritt wurden die Abrissgeräusche lauter.

Dylans Pick-up war am Ende des Feldwegs geparkt. Die Werkzeugkästen standen offen, und durch die geöffnete Haustür konnte sie ein reges Treiben beobachten.

Dylan trat nach draußen. »Sara, du bist tatsächlich gekommen.«

»Hast du etwa daran gezweifelt?«

»Nein, ich freue mich nur, dich wiederzusehen.« Tat er das? Ihr Magen vollführte einen kleinen albernen Salto. »Komm mit, ich habe ein paar Sachen für dich.« Auf dem Weg zu seinem Wagen überholte er sie.

Sara drehte sich um und folgte ihm. »Was für Sachen?«

»Arbeitsausrüstung.« Er öffnete die Beifahrertür und holte etwas heraus, ehe er sich wieder zu ihr umdrehte. »Arbeitshelm, Handschuhe und Schutzbrille.«

Sie konnte ihr Kichern nicht unterdrücken. »Die Sachen sind rosa. Sogar die Schutzbrille.«

Er hielt sie ihr hin. »Natürlich.«

Sie nahm den Schutzhelm, in dessen Ausbuchtung die Handschuhe und die Schutzbrille lagen. »Die hattest du ganz zufällig herumliegen? Ich kann mir dich nicht mit einem rosa Arbeitshelm vorstellen. Oder rosa Handschuhen. Oder einer rosa Schutzbrille.«

Er warf ihr einen gespielt entsetzten Blick zu. »Ich bevorzuge Mauve.«

Darauf musste sie herzlich lachen. »Weißt du überhaupt, was Mauve ist?« Sie hatte Dutzende von Hochzeiten geplant und wünschte sich einen Dollar für jeden Bräutigam, der nicht die leiseste Ahnung von den Hochzeitsfarben hatte. Für Männer waren die Dinge einfach »blau« oder »lila« statt »azur« oder »lavendel«.

Er stieß die Luft aus, als er die Tür seines Pick-ups schloss. »Du hast mich erwischt. Ich kann Mauve nicht von Puce unterscheiden. Ist Puce eigentlich eine Farbe? Wenn ja, dann muss sie hässlich sein, weil, na ja, weil es eben Puce ist. Was ist das überhaupt für ein Wort?« Seine hellen graugrünen Augen funkelten im Morgenlicht.

»Ich bin ganz deiner Meinung, dass es ein unappetitlich klingendes Wort ist. Und du hast recht, es ist eine hässliche Farbe. Sie ist rötlich-bräunlich-violett. Im Französischen heißt es sogar ›puce‹, was *Floh* bedeutet, aufgrund der Flecken, die Flohkot auf Leinen hinterlässt.«

Ihm klappte die Kinnlade herunter. »Das ist ja ekelhaft.«

»Total.«

Er gluckste. »Woher weißt du das überhaupt?«

Achselzuckend zog sie die Handschuhe und die Schutzbrille aus dem Helm und setzte sich den rosa Plastikschutzhelm auf den Kopf. »Ich bin hoffnungslos süchtig nach Wikipedia und anderen Quellen für nutzlose Informationen.«

Er antwortete mit einem Nicken und führte sie zum Haus. »Es ist gut, das zu wissen. Wenn ich nächstes Mal etwas über Käfermist in Erfahrung bringen muss, weiß ich, wen ich fragen kann. Komm mit, ich stelle dich der Mannschaft vor.«

Als er sie hineinführte und sie jedem Arbeiter einzeln vorstellte, war sie froh, dass sie zum Helfen gekommen war. Seine Leute waren alle so nett und so offenkundig glücklich, hier zu arbeiten. Ihr wurde ganz warm ums Herz und bei dem Gedanken, ihnen den Auftrag erteilt zu haben, fühlte sie sich gut, obwohl das auch bedeutete, dass sie eng mit dem Mann zusammenarbeitete, den sie zu vergessen versuchte.

Vergessen? Das war unmöglich, selbst wenn sie es *wirklich* versuchte.

Seine rechte Hand, Manny, grinste sie aus blitzenden, dunklen Augen an. »Mir gefällt, wie Ihr Helm und die anderen Sachen zu Ihrem Hemd passen.«

Unter ihrem Kapuzenpulli in einem erdigen Grau mit Reißverschluss trug sie ein rosa-weißes, quer gestreiftes Hemd. »Tatsächlich hat Ihr Boss mir die Sachen besorgt.«

Manny warf einen überraschten Blick in Dylans Richtung. »Hat er das?«

Dylan warf ihm einen Blick zu, in dem eine Spur von Gereiztheit zu bemerken gewesen sein könnte. Mit Gewissheit konnte Sara das allerdings nicht sagen. Sie stachelte ihn ein wenig an, um seine Reaktion zu beobachten. »Ich wünschte, er hätte mir auch ein paar rosa Stiefel gegeben. Ich bezweifle aber, dass sie in einer ausreichend robusten Ausführung erhältlich sind.«

Dylan senkte den Blick auf ihre Füße. »Ja, die gibt es. Man kann sie online kaufen. Ich schicke dir den Link.«

Sie betrachtete die arbeitenden Männer. Schon jetzt sah alles ganz verändert aus. Die bisher vom Ess- und Wohnbereich abgetrennte Küche öffnete sich allmählich, da die Mannschaft fleißig mit dem Einreißen der Trennwand beschäftigt war. Sie setzte die Schutzbrille auf und zog sich die Handschuhe an, die ihr perfekt passten. Dann wagte sie einen flüchtigen Blick auf Dylans Profil und war über seine Umsicht überrascht und erfreut. »Wo sollen wir anfangen?«

»Die Männer haben hier oben alles einigermaßen gut im Griff. Ich wollte eigentlich im Keller anfangen. Warst du schon mal da unten?«

»Nur kurz.« Dort befand sich eine Waschküche und ein

Lagerraum, den sie für, nun ja, die Wäsche und zur Lagerung nutzen würden. »Es ist schwer zu sagen, wie viel Platz für die Lagerung vorhanden ist, da der Keller in diese seltsamen Räume unterteilt ist.« Abgesehen von der Waschküche gab es drei weitere Räume, die aussahen, als seien sie zu verschiedenen Zeiten und ohne viel Nachdenken eingebaut worden. Einer der Räume hat die Form eines seltsamen *L*.

»Ich habe schon ein paar Werkzeuge runtergebracht«, meinte Manny.

»Danke.« Dylan zeigte mit einer Hand in Richtung Küche, wo sich die Tür zum Keller befand. »Nach dir, Mylady in Rosa.«

Sie antwortete ihm mit einem Lächeln und strebte auf die Küche zu. An der Tür blieb sie stehen. »Du zuerst. Beim letzten Mal, als ich dort unten war, bin ich in ein Spinnennetz gelaufen.« Tori und sie hatten viel Zeit mit ihrer Renovierungsbesprechung verbracht, und mehr als einmal hatten sie sich hier im Gebäude getroffen.

»Manny war heute Morgen schon dort unten.«

»Nein, danke. Manny ist nicht sonderlich groß. Du zuerst.«

Er lachte. »Memme.«

Es lief wirklich gut zwischen ihnen. Sie *könnten* einfach Freunde sein. Er flirtete auf eine unaufdringliche Weise, und sie tat gut daran, nicht an seine Art zu küssen zu denken, oder wie das hellgraue T-Shirt an seinen Schulterblättern spannte.

Sie *hatte* gute Arbeit geleistet.

Er machte die Kellertür auf und zusammen mit ihr ging er die Treppe hinunter. Auf der linken Seite befand sich die Waschküche. Durch die hohen, in das Fundament eingelassenen Fenster fiel Licht in den Raum. Auf der rechten Seite befand sich der *L-förmige* Raum, der sich hinter der Treppe nach hinten ausdehnte. Auch er wurde von Fenstern erhellt. Vor ihnen befanden sich zwei weitere Räume, die beide eine Vielzahl von Aufbewahrungsmöglichkeiten enthielten – ein Wort, das den Schränken und baufälligen Regalen nicht ganz gerecht wurde, denn diese sahen aus, als könnten sie jeden Augenblick umfallen.

Er führte sie in den kleineren der beiden Räume. Hier gab es keine ordentlichen Wände, jedenfalls keine Rigipsplatten oder Verputz – sondern nur blanke Metallstützen und Bretter, als wäre dieser Raum aus dem größeren ausgespart und nicht fertiggestellt worden. Zwischen die Stützen war Holz montiert worden, um ein Sammelsurium von Regalen zu schaffen. Hier und da standen jahrzehntealte Farbe, Gläser und Kisten mit Krimskrams herum.

Dylan lenkte seine Schritte weiter in den Raum und nahm zwei Farbdosen in die Hand. »Fangen wir hier drin mit dem Ausräumen der Regale an. Wir stapeln einfach alles in der Nähe der Treppe auf, und die Jungs werden es später hochschleppen.«

Sie machte sich sofort an die Arbeit, und zusammen hatten sie den Raum im Nullkommanichts ausgeräumt. »Dürfen wir nun irgendetwas demolieren? Ich habe mich nicht zum Putzen freiwillig gemeldet.«

Er schmunzelte. »Sicher doch.« Dann ging er wieder in den Eingangsbereich und kehrte mit einem Vorschlaghammer zurück. »Lass uns die Regale herausschlagen, und danach nehmen wir uns die Wände vor. Hast du schon mal so einen Hammer geschwungen?«

Sie schüttelte den Kopf, als sie den Vorschlaghammer in die Hand nahm. »Wow, der ist viel schwerer, als er eigentlich aussieht.«

»Auch unhandlich, insbesondere, wenn man ihn über den Kopf heben will.«

»Ich bin mir nicht sicher, ob ich dazu in der Lage bin.«

»Das wird bei diesen Regalen nicht notwendig sein. Hier, ich zeige dir, wie es geht.« Er nahm hinter ihr Aufstellung und legte seine Hände auf ihre. Seine Brust in dieser Nähe hinter ihrem Rücken zu spüren brachte ihre Begierde in Wallung. *Das war gar nicht gut.* Sie wollte ihn fragen, ob seine körperliche Hilfestellung tatsächlich erforderlich war, aber andererseits wollte sie seine Aufmerksamkeit auch nicht auf ihre Reaktion lenken. Mit keinem Wort hatte er eine andauernde Anziehung zu ihr angedeutet. Und sie würde gut daran tun, ihre Gefühle endgültig zu begraben.

»Für die Regalböden musst du den Hammer heben, um das Holz zu loszuschlagen.« Er führte ihre Hände für den Schlag nach oben, doch das unterste Regal knickte nach dem Aufprall des Hammers nur ein, ohne sich jedoch zu lockern »Ein bisschen fester.« Er leistete die meiste Arbeit, indem er mit dem Hammer auf das Holz einschlug. Dann gab das Material nach und fiel krachend zu Boden.

»Gut gemacht.«

Sie lächelte ihm über die Schulter hinweg zu. Das war ein Fehler. Er war ihr viel zu nah. Und er war viel zu gutaussehend.

Sie drehte sich wieder um und brachte ein bisschen Abstand zwischen ihre Körper. »Lass uns das noch einmal machen.«

»Einverstanden.« In seinem Ton schwang ein Hauch von Bewunderung mit. »Versuche es beim nächsten Brett.» Es standen etwa zwei Dutzend Regale im Raum.

Sara wandte sich dem nächsten Regal zu und tat, was er ihr vorgeführt hatte. Es brauchte drei Hammerschläge, doch endlich gab das Holzbrett nach und in der Erwartung, dass es schließlich zu Boden fallen würde, wich sie tänzelnd zurück.

Er grinste. »Ausgezeichnete Arbeit. Ich gehe dann mal nach nebenan, wenn das für dich in Ordnung ist.«

Er wollte gehen? Ein Gefühl der Enttäuschung erfasste sie – und das nicht etwa, weil sie seine Hilfe brauchte, sondern weil sie seine Gesellschaft genoss. Doch davon sagte sie ihm nichts.

»Ja, einverstanden.«

Darauf verschwand er aus dem Raum und sie wandte sich erneut ihrer Aufgabe zu. Als sie etwa mit der Hälfte der Regale fertig war, geriet sie allmählich ins Schwitzen. Sie liebte das Gefühl, wenn der Hammer auf das Holz traf. Ihre Arme und ihre Wirbelsäule erbebten unter der Wucht, was sie mit dem Raum verankerte – und das war ihr bei der Regulierung ihrer Sinnesstörungen sehr behilflich. Es war ein fantastischer sensorischer Input. Vielleicht sollte sie die Eventplanung aufgeben und sich zukünftig Bauvorhaben widmen.

Als ihr aufging, dass sie die Eventplanung so gesehen schon aufgegeben *hatte*, beschlich sie das schlechte Gewissen. Nein, das wäre ungerecht. Im Moment tat sie genau das, was sie für ihre Familie tun musste. Und für sich selbst.

Sie stellte den Hammer an die Wand und zog ihren Kapuzenpullover aus. Praktischerweise ragte in Türnähe ein Nagel aus einem Stehbolzen, an dem sie das Kleidungsstück aufhängen konnte. Der Fußboden war mit Holz und Schutt verunreinigt und so nahm sie sich ein paar Minuten Zeit zum Aufräumen. Als sie sich der nächsten Regalreihe zuwandte, hielt sie inne, denn sie hatte etwas Seltsames dahinter bemerkt. Es hatte ganz den Anschein, als wären an einer Seite Scharniere angebracht.

Da sie nun den Bogen raushatte, arbeitete sie effizient

und schlug die vier Regalbretter in schneller Folge heraus. Es handelte sich tatsächlich um Scharniere. Ihr Blick wanderte zur anderen Seite, auf der sie nach einem Knauf oder einer anderen Vorrichtung suchte, doch da war nichts. Sie untersuchte das Holz von unten nach oben, und endlich entdeckte sie einen hakenartigen Verschluss, der die Tür geschlossen hielt. Sie ging zumindest davon aus, dass es sich um eine Tür handelte. Ein kühler Luftzug strich über sie hinweg. Also war es eindeutig eine Tür.

»Dylan, kannst du bitte mal herkommen? Ich glaube, ich habe etwas gefunden!«

Seine Hammerschläge verstummten und er trat zu ihr. »Alles in Ordnung?«

Sie zeigte auf ihre Entdeckung. »Sieh mal, dort ist eine Tür.«

Er trat neben sie und hob eine Hand, um den Verschluss zu berühren. »Sollen wir sie aufmachen oder hast du Angst vor Spinnen?«, fragte er in einem neckenden Tonfall.

Sie versetzte ihm einen Klaps auf den Bizeps. »Mach schon auf.«

Sein Blick funkelte vor Heiterkeit. »Deiner Spinnenphobie zum Trotz hast du einen regen Abenteuergeist.« Er ließ den Haken hochschnappen und drückte die Holztür auf. Die Scharniere knarrten, als die Tür aufschwang. Ein kalter, nach Erde riechender Luftzug strömte ihnen entgegen.

Hinter der Tür war es zwar stockdunkel, aber es handelte sich dennoch eindeutig um einen Raum oder einen Tunnel. »Hattest du eine Ahnung hiervon?«, fragte sie. »Oder nicht?«

»Nein.« Er sah sie erwartungsvoll an. »Sollen wir uns die Sache ansehen?«

Sara spähte ins Dunkle. Die Neugierde saß ihr im Nacken, aber war es wirklich klug, ausgerechnet mit Dylan einen unbekannten Ort zu erforschen? »Ja.« Ob klug oder nicht, sie war dabei.

»Also los.« Er zog eine kleine Taschenlampe aus seiner Hosentasche. »So eine habe ich auf der Baustelle immer dabei. Man weiß schließlich nie, wann man in dunkle Löcher schauen oder Geheimgänge erkunden muss. Leider habe ich keine rosafarbene für dich.«

»Das macht nichts. Ich habe eine Lampe auf meinem Handy, und du gehst sowieso voran.«

Das brachte ihr einen amüsierten Blick von ihm ein. »Gut, melde mich zum Spinnennetz-Räumdienst. Bereit?«

Sie nickte. Darauf drehte er sich um und ging in die Dunkelheit, wobei seine Taschenlampe einen breiten Lichtstrahl vor ihn warf. Sie folgte ihm, trat über die Holzschwelle und fühlte weiche Erde unter ihren Füßen. Der Boden wurde allmählich abschüssiger. »Führt uns das in eine tiefe Grube?«

»Wie jetzt, meinst du etwa wie die Hölle oder so?« Das sanfte Timbre seiner Stimme spendete ihr im Angesicht des Unbekannten Trost.

»Das fühlt sich an wie eine Folge von Akte X. Das liegt vielleicht aber auch nur an der Taschenlampe.«

Damit drehte er sich um und schaute sie an. »Hast du die Sendung gesehen?«

»Als Kinder haben wir sie geliebt. Gruselig. Tori und ich fanden Fox einfach süß.«

»Ja, aber mich hat Scully mehr interessiert. Und diese ekligen Sachen. Eine dieser Folgen ›Home‹, ist sowas von gruselig.«

Sie erschauderte, denn sie konnte sich deutlich an diese Sendung erinnern, in der es um eine groteske Familie mit

Inzucht ging. Ihre derzeitige Erkundung eines Hauses
mitten im Nirgendwo hatte eine unheimliche Ähnlichkeit
mit der Handlung der Serie, an die sie nicht denken wollte,
während sie mit Dylan in den Abgrund hinabstieg.

Eine Mischung aus Beklemmung und Erregung
rumorte in ihrer Brust. Eilig lief sie weiter voran, bis sie
dicht an Dylans Rücken war. Dann hob sie den Arm, um
seinen Bizeps zu fassen. Der Kontakt ihrer Finger – selbst
mit Handschuhen – mit seinem Muskel, der nur unter einer
dünnen Stoffschicht verborgen war, lenkte sie fast ab. »Bist
du sicher, dass es hier sicher ist?«

»Es sieht ganz so aus.« Er richtete den Strahl seiner
Taschenlampe zur Decke. »Feste Erde, und es sind regelmäßig Stützpfeiler aufgestellt.« Diese waren aus Holz und
maßen fünf mal zehn Zentimeter. Sie ragten an den Seiten-
wänden auf und trafen sich an der Decke, wodurch
einfache Bögen entstanden.

Sara nahm einen der Balken näher unter die Lupe und
kam zu dem Schluss, dass er wahrscheinlich sicher genug
war, insbesondere deshalb, da Dylan, der Handwerker, das
sagte. »Wenn dies hier auf uns einstürzt, gebe ich dir die
Schuld an der Sache. Und ich verlasse mich darauf, dass du
uns wieder hier herausholst.«

»Abgemacht.« Er nahm ihre Hand und drang weiter in
den Tunnel vor. Seine Berührung kam überraschend, doch
freudig legte sie ihre Finger in die seinen.

Während es im Keller ein wenig modrig gerochen hatte,
war es hier drinnen geradezu dumpfig. Scheinbar erreichte
der Tunnel nun ein Plateau. Dann beschrieb er eine scharfe
Linksbiegung. »Wohin der Weg wohl führt?«

»So wie sich das hier anlässt, sind wir meiner Schätzung
nach in Richtung der Mönchsquartiere unterwegs. Fühlst
du dich bereit, weiter vorzustoßen?«

»Ja.« Doch je weiter sie sich vom Haus – und dem Ausgang – entfernten, umso stärker drohte ihre Beklemmung ihre Aufregung zu überwältigen.

Er drückte ihr aufmunternd die Hand, was ihr sehr viel Mut machte. Und das brachte sie auch immer wieder dazu, sich vorzusagen: »*Er hält deine Hand zur Sicherheit, interpretiere da nichts hinein.*«

Der Verlauf des Tunnels wand sich noch ein paar Mal in diese und jene Richtung. Jedes Mal verlangsamte sie ihre Schritte mehr und mehr und er trieb sie nicht an.

»Diesen Gang hier zu bauen, muss viel Zeit und Energie gekostet haben«, meinte er. »Erst das Graben. Dann musste die Erde rausgetragen und das Holz für die Stützen herbeigeschafft werden.«

Genau in dem Moment öffnete sich der Tunnel in einen Raum, von etwa zwanzig mal dreißig Fuß Größe. Die Wände waren von Regalen gesäumt und auf der gegenüberliegenden Seite befand sich ein Torbogen, der aller Vermutung nach in einen weiteren Tunnel mündete.

»Hoppla.« Dylan ließ von ihrer Hand ab, als er in den Raum trat. Er ging zu einem der Regale, das er eingehend betrachtete. »Ich kann es zwar nicht mit Sicherheit sagen, aber dieses Regal sieht stabil genug aus, um ein Fass darauf zu lagern. Ich frage mich, ob dieser Raum als Vorratsraum gebaut wurde. Die Mönche haben Wein hergestellt und ihn verkauft.«

Sara folgte ihm achtsam, während sie gleichzeitig bedauerte, dass er von ihrer Hand abgelassen hatte. »Ich habe darüber gelesen, aber gedacht, sie hätten diesen außerhalb des Klostergeländes hergestellt.«

Mit seiner Taschenlampe leuchtete Dylan in den höhlenartigen Raum. »Sie müssen den Wein hier gelagert haben.«

»Es überrascht mich, dass sie keinen anderen Aufbe-
wahrungsort gefunden haben. Wie du schon sagtest, war
jede Menge Arbeit vonnöten, um diese unterirdische
Anlage zu bauen.«

Dylans Lichtschein fiel auf den anderen Torbogen.
»Sollen wir herausfinden, wohin dieser Durchgang führt?«

Beim Betreten des Raums hatte sie ihre Muskeln
entspannt. Der größere Raum war mehr nach ihrem
Geschmack. Sie wusste allerdings auch, dass sie abermals
einen Tunnel durchqueren mussten, um wieder hier
herauszukommen.

Dylan drehte sich um und leuchtete mit seiner
Taschenlampe auf ihre Körpermitte, sodass sie vom Licht
angestrahlt wurde. »Ist alles in Ordnung?«, erkundigte er
sich. »Du siehst ein bisschen blass aus.«

»Entschuldigung, aber beengte Räume machen mich
nervös. Mir geht es gut. Lass uns einfach eine Minute hierbleiben.«

Noch immer mit dieser besorgten Miene trat er auf sie
zu. »Wir können umkehren. Ich kann auch mit einem der
Jungs auf Entdeckungstour gehen.«

Unter keinen Umständen. Dieses Abenteuer wollte sie
mit ihm gemeinsam erleben. Pfui, was dachte sie denn da?
Sie musste aufhören, in dieser Art an ihn zu denken – in
einer Weise, die ihren Magen Purzelbäume und ihr Herz
schneller schlagen ließ.

Dann schwenkte er seine Taschenlampe wieder in
einem langsamen Bogen umher. »Weißt du, dies wäre eine
ziemlich coole unterirdische Kneipe oder etwas in dieser
Art.«

Sie drehte sich im Kreis und stellte sich in Gedanken
vor, wie es aussehen könnte. »Du hast recht. Ein Ambiente
direkt aus Hobbiton, mit einer runden Tür.« Sie blieb

stehen und blickte ihn an. »Könnten wir das machen? Ich meine, bautechnisch und so?«

»Gewiss. Ich bin nicht sicher, wann dies hier gebaut worden ist, aber ich schätze, dass es diesen Raum hier mindestens schon seit Jahrzehnten gibt.« Er trat zu einer Wand. »Das könnte die Bar sein. Und es ließen sich etwas zehn Tische aufstellen. Es wäre kein riesiger Veranstaltungsort, doch genau das würde einen Teil des Charmes ausmachen. Und ich wette, dass wir ein paar Oberlichter einbauen können, damit es nicht ganz so finster hier ist. Außerdem müssten wir einen Notausgang ausheben. Ich würde sogar einen separaten Eingang direkt von dieser Stelle aus vorschlagen – deine Hobbiton-Tür.« Er warf ihr ein Grinsen zu, das eine Flamme des Verlangens in ihr aufflackern ließ. Wusste er eigentlich, wie attraktiv er aussah? Das war ungerecht. »Wir müssen eine Karte anfertigen und genau herausfinden, was sich über uns befindet.« In seiner Stimme schwang echte Begeisterung mit. Ihre Blicke trafen sich, ehe er den seinen abwandte. »Falls ihr uns mit dem Bau beauftragen wollt.«

»Natürlich würden wir das«, wäre ihr um ein Haar herausgerutscht, doch es stand ihr nicht zu, diese Entscheidung ganz allein zu treffen. Allerdings würde sie sich dafür einsetzen. »Arbeite am besten ein Angebot aus.«

»Das werde ich tun.« Die freudige Erregung war aus seinem Tonfall gewichen.

Sie schritt zu der Stelle, an der er die Stabilität des Weinregals prüfte. Wieder berührte sie ihn am Arm und genoss das köstliche Zucken, mit dem ihr Körper auf den Kontakt mit ihm reagierte. »Hey, das liegt nicht nur an mir, aber ich werde das Vorhaben als deine Idee und dein Projekt darstellten, was es, soweit es mich betrifft, auch ist.«

Er schaute auf sie herab und in der beinahe vollständigen Dunkelheit schienen seine graugrünen Augen zu leuchten. »Danke.«

Zwischen ihnen sprang eine elektrische Ladung hin und her. Auf dem Parkplatz vor der Sportbar hatte sie ihn küssen wollen, doch klugerweise hatten sie sich getrennt, ehe es so weit hatte kommen können. Dies war schon wieder so ein Moment wie damals. »Ich bin zum Weitergehen bereit, wenn du es bist. Durch den anderen Torbogen«, ergänzte sie eilig, damit er nicht auf den Gedanken kam, sie würde etwas anderes meinen. *Sara, reiß dich zusammen. Natürlich würde er nicht auf den Gedanken kommen, du hättest etwas anderes gemeint.*

»Alles klar.« Er wandte sich um und dirigierte sie in Richtung des Türbogens. Sobald sie hindurchgetreten waren, war die Veränderung offensichtlich. Dieser Tunnel besaß Wände und eine Art Beleuchtungssystem, was an der von der Decke hängenden Glühbirne erkennbar war. »Es sieht so aus, als hätte man sich beim Bauen hier viel mehr Zeit gelassen.«

»Ja, allerdings kann die Glühbirne unmöglich noch funktionieren, oder?«, wollte sie wissen.

Darauf leuchtete Dylan mit seiner Taschenlampe an den Wänden und der Decke entlang. »Ich weiß nicht, wie sich das Licht einschalten lässt.« Das Stromkabel lag frei – es führte von der Glühbirne den Tunnel entlang von ihnen weg. »Mal sehen, wohin dieser Gang führt, wobei ich allerdings weiter auf das Quartier der Mönche tippe.«

»Das wäre doch toll. Die Gäste könnten vom Hotel aus in die Kneipe gelangen.«

Er blickte über seine Schulter zurück. »Und du könntest die unterirdischen Gänge bei Bedarf für den Transport von Dingen aus der Restaurantküche benutzen.«

Obwohl der Gang finster war, konnte sie mit Hilfe ihres

geistigen Auges seine Gesichtszüge perfekt erkennen. In den letzten Tagen hatte sie viel zu oft an ihn gedacht – an sein Lächeln, seinen Charme, seinen Sinn für Humor … Die Fantastereien über ihn nahmen sie zu sehr gefangen, als dass sie den Stein oder was auch immer für ein Objekt es war, das aus dem Boden ragte, nicht bemerkte. Sie stolperte und ruderte mit den Armen. Ihr Körper wurde nach vorn geschleudert und in Erwartung des Aufpralls schloss sie die Augen.

Kapitel Zehn

DYLAN HÖRTE SIE aufschreien. Er konnte sich gerade noch rechtzeitig herumdrehen, um sie aufzufangen, aber die Wucht ihres Sturzes reichte aus, um ihn rückwärts auf die Erde zu schleudern. Die Taschenlampe rutschte ihm aus der Hand und rollte gegen die Wand, wobei das Licht in die Richtung fiel, in die sie gefallen waren. Sie war auf ihm gelandet.

Er fasste sie um die Taille. »Alles in Ordnung?«

»Körperlich, ja. Aber mein Stolz ist im Keller.«

Er liebte ihren Witz. Noch nie hatte er eine Frau kennengelernt, die so bereitwillig über sich selbst gelacht oder ihre Schwächen offenbart hatte. Die meisten Frauen aus seinem Bekanntenkreis versteckten ihr wahres Ich unter einer Maske aus Make-up und kokettem Gebaren. Er hatte sich allerdings immer absichtlich die Frauen ausgesucht, die keine Erwartungen an ihn stellten. Hielt ihn das von Sara ab? War es der Umstand, dass sie mehr von ihm erwartete, als er geben konnte?

Ja, so war es. Aber sie hielt sich auch von ihm zurück.

Beide mussten sie sich eingestehen, dass sie einander begehrten. Selbst in dieser Situation wuchs sein Schaft an, der gegen ihren Leib gepresst war. Aber wer konnte ihm das auch verdenken? Sie hatte ihre Hüften an seine geschmiegt, und nicht einmal sein Werkzeuggürtel bot einen angemessenen Puffer.

Auf beiden Seiten seiner Schultern lagen ihre Hände in der Erde abgestützt. Diese Position, wie sie auf ihm lag, brachte ihm auf erotische Weise ihre gemeinsame Nacht in Erinnerung. Es juckte ihm in den Fingern, seine Handschuhe auszuziehen und seine Hände unter ihr Hemd zu schieben, dann ihre Seiten hinauf, und ihre Haut zu streicheln. Ohne nachzudenken, gruben sich seine Finger leicht in ihre Hüften.

Sie drückte sich an ihn. *Himmel,* das fühlte sich wundervoll an. Lichter funkelten hinter seinen Augen, als sein Verlangen ihn packte.

Doch dann schob sie sich von ihm weg und richtete sich auf. Es war kein sexueller Antrieb gewesen, dessentwegen sie sich gegen ihn gestemmt hatte . Das hatte sie nur deshalb getan, um von ihm loszukommen. Er war so ein Idiot.

Dann half er ihr Halt zu finden, während er sich selbst wieder aufrappelte. »Bist du sicher, dass du unversehrt bist?« Er versuchte, seine Stimme so klingen zu lassen, als hätte ihn die ganze Episode nicht über alle Maßen erregt, und er konnte nur hoffen, dass ihm dies leidlich gelang.

Sie bückte sich und hob die Taschenlampe auf. »Ja. Mir fehlt nichts.« Klang ihre Stimme eine Oktave höher, oder spielten seine Ohren ihm einen Streich? »Hier.« Sie hielt ihm die Lampe hin.

Als sich ihre Finger bei der Übergabe streiften, konnte

er nur mit Mühe verhindern, sie an sich zu ziehen. Sie waren im Dunkeln allein und ein unglaubliches Maß an sexueller Anziehung brodelte zwischen ihnen. Nur ein Heiliger könnte hier noch nein sagen, und Dylan war kein Heiliger.

Er war auch kein Idiot, und sie ermutigte ihn in diesem Moment zu nichts. Und verdammt, *sie war seine Chefin.* Aus welchem Grund vergaß er das nur immer wieder? Weil sie Freunde geworden waren, verflixt noch mal. Und dazu sei noch gesagt, dass er sie besser leiden mochte, als er jemals eine Auftraggeberin oder Vorgesetzte gemocht hatte.

»Lass uns weitergehen. Ich will hier raus.« Wegen dieser Dinge, die sich ereignen könnten? »Die Beengtheit des Raumes macht mir zu schaffen.«

Ja, das war es. Verdammt, er war *wirklich* ein Idiot. »Gehen wir weiter.« Er widerstand dem Drang, ihre Hand zu ergreifen, ehe er sich umdrehte, um ihr den Weg zu zeigen. Er blies die Luft durch Nase und Mund aus und nötigte seinen Körper sich verdammt noch mal schnellstmöglich zu beruhigen. Somit würde es ihm möglicherweise gelingen, seine schmutzige Fantasie in Schach zu halten, wenn sie über ein Thema redeten, das ihn nicht dazu veranlasste, ihr die Kleider vom Leib reißen zu wollen.

»Warte mal kurz«, rief sie, und er konnte sehen, dass sie ein Stückchen zurück geblieben war.

Er drehte sich um und dann konnte er ihre Handflächen an der Wand erkennen. Es war, als würde sie vertikale Liegestützen absolvieren. »Was tust du da?«

Nachdem sie geendet hatte, rieb sie sich die Hände, um sich den Staub von ihren Handschuhen zu klopfen. »Die Wand ist ein Widerstand. Das hilft mir bei der Regulierung.« Sie sah ihn nicht an - ihr Blick war irgendwo auf einen Punkt links von ihm gerichtet.

Er hatte keine Ahnung, wovon sie sprach. Plötzlich traf ihn ein Gedanke wie ein Hammerschlag. »Du trägst keine langen Ärmel. Kein Herumfingern. Deine Wahrnehmungsstörung ... hat es damit zu tun?«

Zur Antwort nickte sie und lenkte den Blick ein wenig verlegen zur Seite.

Es war ihm nicht recht, dass sie sich so fühlte. »Erzähle mir davon.«

Überraschung flammte in ihrem Blick auf, doch noch immer konnte sie ihn nicht direkt anschauen. »Ich verarbeite Sinneseindrücke auf eine andere Weise. Manchmal fällt es mir schwer, mich zu beherrschen, und ich kann ein wenig aus dem Konzept geraten. Es ist ein bisschen so, als wollte man aus seiner Haut kriechen oder als ob man sich in einer bestimmten Situation einfach überfordert fühlt. Das kann einen auditiven Ursprung wie laute Geräusche oder eine ausgelassene Atmosphäre haben. Oder es kann etwas mit Räumlichkeiten – wie diesem Tunnel – zu tun haben, die mich ein bisschen irritieren. Es kann auch etwas mit Berührungen zu tun haben. Manchmal berühre ich Menschen, ohne darüber nachzudenken oder es auch nur zu bemerken – und diese Art von taktilem Input reguliert mich.«

Allmählich fing er an zu begreifen. »Wie die Ärmel. Aber was meinst du mit ›reguliert‹?«

Sie scharrte mit den Füßen. »Menschen mit einer normalen sensorischen Verarbeitung sind in der Lage, die meisten Situationen zu meistern, ohne groß darüber nachzudenken. Ihr Körper passt sich den Geschehnissen in ihrem Umfeld an. Das bringt diese Menschen nicht aus dem Gleichgewicht, um es mal so zu sagen. Ich bin einfach anders geeicht, und somit muss ich gelegentlich darüber nachdenken. Wie bei dem, was ich gerade an der Wand gemacht habe.«

Das erforderte ein unglaubliches Maß an Selbsterkenntnis. »Faszinierend.«

Endlich schaute sie auf und nun verengte sie ihre Augen ein wenig. »Nein, ich meine es ernst. Es ist interessant. Ist das eine weit verbreitete Sache?« Nur weil er noch nie davon gehört hatte, musste das nicht heißen, dass es nicht zum Mainstream gehörte.

»Wahrscheinlich in einem umfangreicheren Maße, als den Leuten bewusst ist. Ich meine, jeder hat von Zeit zu Zeit eine andere Wahrnehmung. Manche Menschen können bestimmte Stoffe oder Etiketten an ihrer Kleidung nicht ausstehen. Andere Menschen gehen auf den Zehenspitzen oder schwanken, wenn sie stillstehen. Wir alle haben kleine Marotten, derer wir uns nicht einmal bewusst sind, um die Einflüsse unserer Umgebung zu verarbeiten. Bei mir können diese Prozesse durcheinandergeraten oder dazu führen, dass ich langsamer werde. Wie ich schon sagte, kann ich das jetzt ziemlich gut steuern. Es ist schon lange her, dass ich mich mit jemandem darüber ausgetauscht habe.« Dann stand sie mit hängenden Schultern da und sah wieder verlegen aus.

Er erwog, sie zu berühren, aber nach ihrem lustvollen Sturz entschied er, dass das keine gute Idee war. »Ich bin froh, dass du es mit mir geteilt hast. Klingt, als hättest du eine Menge überwunden.«

Sie zuckte mit den Schultern. »Ich denke schon. Ich habe wirklich Glück, dass meine Eltern mir eine Menge Therapiesitzungen verschafft haben, als ich jung war. Ich weiß, wie sehr das geholfen hat.« Er blickte sie an, und sie fügte hinzu: »Beschäftigungstherapie, ein bisschen Sprachtherapie und manch andere Dinge.«

»Deine Familie unterstützt dich wirklich.« Seine Familie hätte das Gleiche getan - oder etwa nicht?

»Deshalb bin ich für dieses Projekt zurückgekommen und um für meine Mutter da zu sein. Ein Teil der Regulierung besteht darin, Menschen - oder eine Person - zu haben, die eine Art Halt bieten. Meine Mutter hat mich immer reguliert. Sie ist so etwas wie mein persönliches Metronom, verstehst du?« Sie beugte sich vor. »Ich bin zum Weitergehen bereit.«

Er drehte sich um und eilte weiter den Tunnel entlang. »Du bist von zu Hause weggezogen, also hast du es irgendwann geschafft, dich selbst zu regulieren, nicht wahr?«

»Ja, das ist einer der Gründe, aus dem ich Ribbon Ridge verlassen habe. Ich wollte mir selbst beweisen, dass ich unabhängig sein kann.«

Er blickte bewundernd zu ihr zurück. »Das hast du mit Bravour geschafft, würde ich sagen.«

»Danke. Und ich schätze, ich wollte es auch meiner Familie beweisen.«

Das verstand er. Sein gesamtes Leben hatte er damit verbracht, allen zu beweisen, dass er nicht auf seine Familie angewiesen war und dass er vollkommen autark sein konnte. Verflixt. Von diesem Standpunkt aus hatte er das noch nie gesehen. »Dir liegt wirklich etwas an deiner Familie.«

»Manchmal bringen wir uns gegenseitig um den Verstand, aber ja, so ist es. Meine Familie ist mir das Allerwichtigste. Deshalb ist dieses ganze Vorhaben – Alex' letzter Wunsch, dieses Projekt – so immens wichtig. Das gilt zumindest für mich.«

Der Untergrund wies eine leichte Schräge nach oben auf, und er drehte sich mit den Worten um: »Ich glaube, wir sind fast da.«

»Gott sei Dank.« Der Klang ihrer Stimme brachte eine Mischung aus Erleichterung und Freude zum Ausdruck. Sie blickte an ihm vorbei und zeigte dann voraus. »Ich sehe eine Tür!«

Er drehte sich um und lief eilig vorwärts, wobei er den Lichtschein der Taschenlampe gegen das Holz flackern ließ. Anders als die Sperrholzplatte, die sie vorhin aufgeschoben hatten, war dies eine richtige Tür. Und sie hatte einen Knauf. Er legte die Hand darum und drehte ihn, doch dann runzelte er die Stirn.

»Verschlossen?«, fragte sie. Er nickte und sie antwortete mit einem Bauarbeiter-Fluch.

»Keine Sorge. Ich habe Werkzeuge da.«

Sie trat neben ihn und nahm ihm die Lampe ab. »Ich halte mal die Lampe.« Sie ließ den Strahl an seinen Gürtel blitzen und landete auf dem Metermaß. »Willst du uns hindurch vermessen?«

»Sehr lustig.« Er zog einen kleinen Schraubendreher hervor, den er in den Türknauf einführte. Dann drehte er ihn gefühlvoll, bis er die Entriegelung fand. Als er daraufhin noch einmal an dem Knauf drehte, sprang die Tür auf. Er warf ihr einen seiner Ansicht nach arroganten Blick zu.

Als Entgegnung verdrehte sie die Augen. »Gut gemacht.«

Er stieß die Tür auf. Unmittelbar gegenüber befand sich eine Wand. Er drehte sich um und tastete nach einem Lichtschalter, um dann allerdings zurückzuprallen, als ihr Körper gegen ihn geschleudert wurde.

Sie stöhnte an seinen Nacken und ihr warmer Atem kitzelte sein Fleisch. »Ich kann nicht glauben, dass ich schon wieder gestolpert bin. Ich habe dir schon im Sidewinders gesagt, dass ich ungeschickt bin.«

Seine Wirbelsäule donnerte gegen die Mauer, als ihre Brüste an seinen Oberkörper drückten. Er umschlang sie mit den Armen, um sie zu beruhigen. »Ja, das hast du.« Er hatte gar nicht verführerisch oder flirtend klingen wollen, doch als ihre Augen auf seine trafen, wusste er, dass er genau diesen Eindruck vermittelte.

Er umfasste ihre Hüften, und diesmal ließ er seine Finger unter den Saum ihres Hemdes wandern.

Und ihre Handflächen lagen auf seinen Schultern.

Der Moment zog sich in die Länge und er schrie sich im Stillen an, sie von sich zu stoßen und die Sache zu beenden, ehe daraus etwas wurde, das zu verhüten sie einvernehmlich vereinbart hatten.

Doch dann bohrte sie ihre Finger in seinen Nacken und sie zog seinen Kopf zu sich herab. Er war absolut machtlos, sich dagegen zur Wehr zu setzen. Er drückte sie noch fester an sich und zog sie hoch. Sie legte den Kopf in den Nacken und ihr Bauhelm polterte zu Boden. Dann drückte er seinen Mund auf den ihren. Er wollte sanft sein – liebevoll und ehrfürchtig. Doch das konnte er nicht. Er wollte sie. Er brauchte sie.

Sie teilte die Lippen unter ihm und streichelte mit ihrer Zunge über seine Lippen. Das ging aber nur für einen Moment so, ehe er die seinen öffnete und ihrem Drängen entgegenkam. Blitzschnell und glühend heiß explodierte nun das Verlangen in ihm, das er schon im Tunnel verspürt hatte, Er grub die Finger in ihre Hüften, zog sie fest an sich, wobei er sich wünschte, er hätte seinen verdammten Werkzeuggürtel abgelegt. Und seine Handschuhe ausgezogen. Dann würde er ihr ihr Oberteil ausziehen. Anschließend ihren Büstenhalter. Hatte sie heute einen verführerischen aus Spitze an, oder hatte sie sich wegen der anstehenden Arbeit für ein praktischeres Modell entschieden? Er wollte sie in allen sehen. Nein, noch lieber wollte er sie ohne alles sehen.

Sie legte die Finger um seinen Hals und zupfte an seinen Haarspitzen. Dann ließ sie ihre Hüften gegen seine kreisen. Mit einem Mal rauschte sein Blut in seinen Schaft. Wenn er sie umdrehte, konnten sie einfach ...

Mit herkulischer Anstrengung riss er seinen Mund von ihr los. »Es tut mir leid.« Über das Dröhnen seines Blutes in seinen Ohren und das laute Pochen seines Herzens hörte er sich kaum selbst.

Sie trat von ihm zurück und ihr Atem ging schwer und schnell. »Ähm, wo sind wir?«

Mit einem tiefen Atemzug versuchte er, seinen Puls zu besänftigen. Er nahm ihr die Taschenlampe ab und richtete sie suchend an die Wand, wo er einen Schalter fand, der etwa einen Meter von der Tür angebracht war. Er betätigte ihn, doch das Licht flammte nicht auf.

Dann bückte sie sich und hob ihren Helm auf. Er drehte seinen Blick von der verlockenden Rundung ihres Hinterns weg und machte sich daran, den Lichtstrahl in den Korridor zu richten. Mit einem weiteren tiefen Atemzug ging er los und mit jedem Atemzug kühlte sein Körper weiter ab.

An einer Tür, die in ein kleines Büro mündete, endete der Korridor. »Wir sind in den Räumlichkeiten der Mönche. Letzte Woche war ich hier drin«, meinte er.

»Wirklich?«

Er nickte. »Ich habe nicht hinter jede Tür geschaut, sondern mir nur einen Überblick verschafft. Ich nahm an, dass es sich um einen Schrank handelt und nicht um einen geheimen Eingang.«

»Das ist ziemlich abgefahren, oder?«

Er richtete den Blick auf sie. Ihre Augen leuchteten, und ihr blondes Haar wirkte unter dem heißen Rosa ihres Bauhelms sehr hell. Sie war so wunderschön. Und so unerreichbar.

Dann blickte sie sich in dem Büro um. »Sollen wir uns weiter umsehen, oder haben wir das Rätsel gelöst?«

Sie waren bereits eine Weile fort und da Dylan der Chef war, sollte er eigentlich den Rückweg antreten. Noch wichtiger war allerdings, dass er Abstand zu ihr gewinnen musste. Es war schon schlimm genug, so eng zusammenzuarbeiten, aber sich heimlich in dunklen Geheimgängen herumzutreiben, glich einer Einladung zur Katastrophe. Er bereute ihre Exkursion. Und wenn er schon dabei war, Dinge zu bereuen, warum um alles in der Welt hatte er ihr diese speziellen rosa Accessoires gekauft? Er war im Baumarkt gewesen und hatte in der Auslage all diese rosa Utensilien gesehen, worauf er sofort an sie gedacht hatte. Das Angebot war zu perfekt gewesen, um es *nicht* zu kaufen, doch das hätte er trotzdem nicht tun sollen. Er brauchte eine professionelle Situation, und zwar *pronto*.

»Das Rätsel ist gelüftet. Lass uns umkehren.« Eigentlich sollten sie diese finsteren Gänge gänzlich meiden. »Komm, wir gehen hier entlang.« Er lenkte seine Schritte aus dem Büro in Richtung des Haupteingangs.

An der Eingangstür ergriff sie seine Hand. Sein Bedürfnis nach ihr durchströmte ihn. Er wich von ihr zurück, ehe er etwas Dummes tun konnte.

Sie zuckte zusammen. »Tut mir leid. Ich meine, ich hätte dich nicht küssen dürfen. Es war ganz allein meine Schuld.«

»Nein, es war nicht ganz deine Schuld, aber das darf nicht wieder passieren. Du bist meine Chefin …«

»Einverstanden.« Sie richtete den Blick auf einen Punkt hinter ihm und vermied einen direkten Kontakt. »Außerdem ist der Zeitpunkt für mich denkbar schlecht. Ich muss mich auf dieses Projekt konzentrieren und für meine Mutter da sein.«

Als würde das irgendeine Rolle spielen. Selbst wenn sie nicht seine Chefin wäre und ihre Familie nicht gerade mit einer Tragödie fertigwerden müsste, würde Dylan die Distanz wahren. Das bedeutete jedoch nicht, dass er sich nicht von sexueller Frustration angegriffen fühlte. Vielleicht sollte *er* diese Liegestütze an der Wand einmal ausprobieren. Realistisch betrachtet, hatte er eine kalte Dusche nötig oder eine intime Begegnung mit seiner rechten Hand. Noch besser wäre es, wenn er wieder in Schwung käme und ausgehen würde, und zwar – je eher, desto besser.

Er machte die Tür auf und trat in die Sonne hinaus, die viel zu hell war. Er zog seinen Helm tief in die Stirn, um seine Augen zu schützen.

Sie hielt sich die Hand an die Stirn. »Du lieber Himmel, eine Sonnenbrille wäre jetzt großartig.«

»Hier geht es entlang.« Er strebte auf den unbefestigten Weg zu, der sie zurück zur Baustelle führen würde.

Das Schweigen zwischen ihnen wuchs, bis es unangenehm wurde. Er weigerte sich, dagegen anzukämpfen. Sie waren sich einig, dass ihr Kuss ein Fehler gewesen war und es nicht wieder vorkommen durfte. Ende der Geschichte.

Als das Haus in Sicht kam, beschleunigte er seinen Schritt. Ein paar Dutzend Meter weiter ließ ihn die Berührung ihrer Hand erneut innehalten. Er drehte sich um. »Sara, du musst aufhören, mich anzufassen.«

Sie machte große Augen. Doch dann ließ sie ihre Hand sinken. »Es tut mir leid. Das war mir nicht bewusst.«

Dass ihn die kleinste Berührung von ihr in den Wahnsinn trieb? Dass ihr Duft, ihr Lachen und ihre irrsinnig weichen, üppigen Lippen ihn vor Verlangen um den Verstand brachten? Er hatte genug. »Du weißt es nicht? Wir haben gerade darüber gesprochen, uns nicht zu küssen. Das muss auch Berührungen einschließen.«

Sie wandte den Blick ab und ihre Wangen färbten sich rosa. »Wie ich schon sagte, berühre ich die Menschen gelegentlich, ohne nachzudenken.«

Verflixt, das geschah wegen ihrer sensorischen Störung, und nicht, weil sie sich auf ihn stürzen wollte. Er war so ein Vollidiot. »Sara, ich versuche hier nur, ein paar Grenzen zu setzen. Ich will nicht, dass die Sache zwischen uns merkwürdig wird - und das ist sie nicht.« Zum Teufel, das war sie nicht.

Ihr Blick wurde schmal und blieb an seinem hängen. »Sie *ist* merkwürdig. Schlimmer als merkwürdig. Ja, dieser Kuss war ein großer Fehler, und du kannst darauf wetten, dass er sich nicht wiederholen wird«, blaffte sie ihn an. »Ich dachte, dass wir vielleicht Freunde sein könnten, aber wahrscheinlich ist das zu viel verlangt. Gehen wir einfach professionell miteinander um.«

»Ja, tun wir das.« Er hütete sich davor, den Blick auf ihre Brust zu richten die sich bei ihrer Erregung ziemlich schnell hob und senkte. Die Bewegung ließ ihre Brüste nur noch verlockender wirken. Er musste sich ernstlich zusammenreißen. *Wie ein echter Profi, Westcott.* »Es wäre vielleicht das Beste, wenn du dich von der Baustelle fernhalten würdest.«

Sie verschränkte die Arme, was auch ihre Brüste hervorhob. *Verdammt noch mal.* »Das ist gewissermaßen unmöglich, weil ich das Projekt beaufsichtige.«

»Du musst nicht jeden Tag hier sein. Ich schicke dir tägliche Updates, wenn das hilft.« Er würde alles tun, um sie aus seinem Bereich herauszuhalten.

Sie zog an ihren Armen und reckte ihre Schultern. Hatte sie noch mehr sensorischen Stress? »Wir müssen eine Lösung finden, damit das funktioniert, denn sonst kann ich dich nicht für die anderen Phasen empfehlen.«

Er holte tief Luft. »Ist das eine Drohung?«

Sie schüttelte kräftig mit dem Kopf. »Nein, natürlich nicht. Ich versuche nur, realistisch zu sein.«

»Du könntest mich meinen Auftrag kosten – und was noch wichtiger ist, das würde meine Männer ihren Auftrag kosten – und das nur, weil wir einen One-Night-Stand hatten?«

Vorher war er frustriert gewesen und sogar verärgert. Jetzt war er wütend. »Das ist insbesondere deshalb ungerecht, weil du darauf bestanden hast, dass es sich dabei um eine einmalige Sache handelte.«

Sie riss die Augen auf, doch dann trat ein Ausdruck in ihre Augen, der sein Hemd in Brand zu setzen drohte. »Das Leben ist nicht gerecht. Ich bin dir nichts schuldig.«

»Da hast du verdammt recht.« Hayden tauchte hinter Dylan auf, was diesen aufschrecken ließ. Dylan drehte sich um, und das Herz pochte in seinem Brustkorb, während er sich fragte, wie viel Hayden von ihrem Gespräch mitbekommen hatte. Angesichts des finsteren Blicks, den er Dylan erübrigte, dachte dieser, dass es eindeutig zu viel gewesen sein musste.

* * *

»Wo zum Teufel habt ihr gesteckt?« Haydens aufgebrachte Frage war an Dylan gerichtet, aber sein Blick wanderte zu Sara.

Sie hatte nicht einmal gemerkt, wie ihr Bruder sich

ihnen genähert hatte, denn sie war viel zu sehr auf Dylan und ihren Streit konzentriert gewesen. Obwohl sie im Moment eine Stinkwut auf ihn hatte, konnte sie nicht aufhören, an das Gefühl seiner Finger zu denken, wie sie sich in ihre Hüften gruben, oder an die süße Qual, die immer noch von ihrem Innersten ausstrahlte. Doch sie musste einfach aufhören, sich diese Dinge in ihren Gedanken auszumalen. Dies war kein Streit zwischen Liebenden. Es ging um zwei Menschen, die versuchten einen Fehler hinter sich zu lassen. Irgendetwas in ihrem Inneren zerbrach. Sie konnte jene Nacht vielen Kategorien zuordnen, aber als Fehler konnte sie sie nicht sehen.

»Wir haben einen unterirdischen Gang zu den Unterkünften der Mönche entdeckt«, antwortete Dylan kühl. Er warf einen Blick auf seine Uhr. »Wir waren nur etwa fünfundvierzig Minuten weg.«

Hayden stemmte die Hände in die Hüften und schob die Finger dabei in die Taschen seiner Jeans. »Du solltest doch im Keller sein. Wir konnten dich nicht finden. Und du bist nicht an dein Telefon gegangen.«

Dylan zog das Handy aus der Tasche und runzelte die Stirn. »Das habe ich nicht gehört.«

»Dort unten gab es keine Verbindung.« Wohl war Sara auf Dylan wütend, doch das war eine Sache zwischen ihnen und hatte nichts mit seiner Arbeitsleistung zu tun. Niemals würde sie zulassen, dass ihr One-Night-Stand – und dessen Folgen – ihm bei der Verfolgung seiner beruflichen Ziele in die Quere geriet, ganz egal, was sie in der Hitze des Gefechts von sich gegeben hatte. »Hast du uns überhaupt im Keller gesucht? Wenn ja, hättest du die Tür sehen müssen, die in den Tunnel führt.«

Verwirrt blickte Hayden zwischen den beiden hin und her. »Natürlich bin ich hinuntergegangen. Welche Tür?«

Dylan blickte zu ihr hinüber. »Ich glaube, sie ist hinter uns wieder zugegangen. Diese Art von Scharnier bleibt nicht gerne offen.«

Und so, wie sie sich in die restliche Wand einfügte, war sie leicht zu übersehen gewesen. »Nun, jetzt sind wir ja hier, und alles ist wieder im Lot.« Sie bedachte Hayden mit einem autoritären Blick.

»Ihr hättet vorher jemanden informieren sollen«, meinte Hayden und ließ die Hände sinken. »Es ist nicht in Ordnung, wenn ein Handwerker für einen so langen Zeitraum von seiner Baustelle verschwindet. Und das obendrein mit seiner neuen Chefin.«

Dylans Augen waren eiskalt, als er Hayden musterte. »Es wird nicht wieder vorkommen.«

Gerade als Sara glaubte, die Wogen würden sich wieder glätten, drehte Hayden sich zu Dylan um und starrte ihn erneut an. »Was hast du dir dabei gedacht, Sara bei dem Abriss mitmachen zu lassen und sie überhaupt auf einen unterirdischen Erkundungsgang mitzunehmen?«

Haydens Tonfall brachte Sara auf die Palme. Ganz besonders störte sie sich daran, dass er über sie sprach, als ob sie gar nicht anwesend wäre und sie somit wie ein Kind behandelte. Sie packte ihn am Arm und zog ihn zu sich herum. »Ich *wollte* den Abriss mitmachen. Du warst dabei und hast es gehört, als ich das sagte.«

»Ich habe diese Äußerung nicht richtig ernst genommen.« Haydens grimmiger Blick wurde ein wenig sanfter, als er sich ihr zuwandte. »Es ist gefährlich.«

»Dylan hat mir einen Bauhelm mitgebracht.« Sie zeigte auf ihren Kopf. »Siehst du?«

»Das reicht nicht.« Hayden stemmte die Hände in die Hüften. Der tosende Wind zerzauste sein hellbraunes

Haar. »Du solltest dich nicht in einer Umgebung wie dieser aufhalten.«

»Was macht dich zum Richter darüber, was sie tun oder lassen sollte?« Dylan rückte dichter zu Sara heran. »Sie ist eine erwachsene Frau. Wenn sie Trennwände einreißen und Geheimgänge erforschen will, ist das ihr gutes Recht.«

Augenscheinlich war Dylan gar nicht so wütend auf sie. Vielleicht verhielt es sich aber auch so wie bei ihrer Familienregel: »Ich kann auf dich wütend sein, aber kein anderer hat das Recht dazu.« Was natürlich vollkommen albern war. Dylan gehörte nicht einmal entfernt zu ihrer Familie.

Sie war Dylan für seine Unterstützung dankbar, aber sie konnte für sich selbst einstehen. »Dylan hat recht. Halt dich zurück, Hayden.«

Hayden presste die Lippen zusammen, ohne jedoch etwas zu sagen.

Sara wandte sich an Dylan. »Von hier an übernehme ich die Sache selbst. Danke für das ... Abenteuer.«

Ihre Blicke trafen sich und sie hatte den Verdacht, dass ihre Unterhaltung, ihre Auseinandersetzung, ihr Vorspiel – was auch immer es war – keineswegs beendet war. Obwohl sie beide wahrscheinlich vorhatten, dem ein Ende zu machen.

Mit einem letzten Blick auf Hayden schlenderte Dylan ins Haus zurück.

Hayden verfolgte Dylans Weggang mit seinem Blick, aus dem allerdings die Hitze zum Teil gewichen war, wie auch ein Teil seiner Körperspannung.

Sara versetzte Hayden einen kleinen Stoß gegen den Arm. »Eines Tages werdet ihr, du, Tori und all die anderen hoffentlich aufhören, mich zu erdrücken. Ich bin eine erwachsene Frau. Wenn ich etwas ‚Gefährliches‘ unternehmen will – selbst wenn es das gar nicht war –, ist das meine Entscheidung. Und erzähle mir jetzt nicht, ich würde die Risiken nicht begreifen. Das tue ich ganz bestimmt. Ihr wollt *mich* alle einfach nicht verstehen. Ich bin kein kleines Mädchen mehr, das von euch beschützt werden muss.«

Hayden blickte sie eindringlich an. »Du bist meine Schwester. Ich werde immer das Bedürfnis haben, dich zu beschützen.«

Als sie auf die Tür zuging, hielt er neben ihr Schritt. »Das verstehe ich ja. Aber es ist ein großer Unterschied zwischen dem Verhalten eines großen Bruders und dem eines aufdringlichen Idioten.«

»Autsch. Glaubst du ernstlich, dass ich ein Idiot war?«

»Du hast mit Dylan geredet, als wäre er zehn Jahre alt, und hast mich dabei behandelt, als wäre ich reichlich hilflos oder töricht. Ja, das würde ich einen Idioten nennen.«

»Du lieber Himmel.« Er fasste sie am Ellbogen und brachte sie zum Stehen. »Machen wir das oft? Ich meine die anderen und ich?«

»Ja.«

Er stieß die Luft aus und warf ihr einen verlegenen Blick zu. »Wir wollten es immer nur leicht für dich machen und dafür sorgen, dass dich sicher und geborgen fühlst. Ich zumindest habe nie etwas anderes gewollt.«

Durch seine Aufrichtigkeit besänftigte sich ihre Verärgerung. »Das weiß ich ja und bin auch dankbar dafür. Aber ihr begreift nicht, dass manche Dinge für mich nie einfach sein werden. Zumindest nicht so einfach wie für dich oder Tori oder Liam. Und weißt du was? Das ist in Ordnung. *Mir* geht es gut damit.«

Er schlang die Arme um ihre Schultern und drückt sie heftig an sich. »Es tut mir leid. Ich werde mir alle Mühe geben, kein Idiot mehr zu sein. Und ich werde versuchen,

Sorge dafür zu tragen, dass auch kein anderer sich dir gegenüber wie ein Idiot verhält. Ich liebe dich, Sara.«

Sie erwiderte seine Umarmung. »Ich liebe dich auch. Du solltest dich bei Dylan entschuldigen.« Vielleicht sollte sie selbst das ebenfalls tun. Schon wieder. Er hatte recht damit, dass sie sich wahrscheinlich von der Baustelle fernhalten sollte – um ihrer beider willen.

»Ja, das sollte ich wohl besser.«

Das Klingeln von Haydens Telefon riss sie auseinander. Er zog das Handy aus seiner Tasche. »Mist. Mom bittet mich, so schnell wie möglich nach Hause zu kommen.«

Ein Gefühl der Beunruhigung durchfuhr Sara und sie spannte ihre Muskeln an. Sie fragte sich, ob ihre Mutter auch ihr eine SMS geschickt hatte. Sie zog ihr Handy aus der Gesäßtasche, als es gerade vibrierte. Es lautete: *Komm sofort nach Hause.*

Sie erwiderte Haydens Stirnrunzeln mit ihrem eigenen und beide eilten den Feldweg entlang. Ihr Kapuzenpullover lag noch im Keller, doch sie machte sich nicht die Mühe, ihn zu holen.

Als sie bei ihren Autos auf dem Parkplatz ankamen, nickte Hayden ihr zu. »Wir sehen uns dort.«

Nach einer hektischen fünfzehnminütigen Heimfahrt fuhr Sara kurz nach Hayden vor dem Haus vor. Rasch parkten sie ihre Fahrzeuge und sprangen heraus.

Sie war nur knapp vor ihm an der Tür und stürmte ins Haus. Den Korridor vom Hintereingang rannte sie buchstäblich entlang. »Mom? Ist alles…«

Dann hielt sie kurz inne und ihr Herz erstarrte für einen Moment bei Kyles Anblick, der neben Mom an der Kücheninsel saß. »Kyle?«

Hayden tauchte neben ihr auf. »Was zum Teufel? Mom, geht es dir gut?«

Mom lächelte. »Wie ihr sehen könnt, geht es mir super. Kyle ist zu Hause. Um zu bleiben.«

Sara starrte ihn ungläubig an. Nach all dieser Zeit war er ohne Vorankündigung einfach so heimgekehrt?

Hayden sprach die Frage laut aus, die ihr auf der Zunge lag. »Welche Art von Ärger hat dich zurückgebracht?«

Kapitel Elf

H AYDENS VERÄCHTLICHER TONFALL ließ
klirrende Eiszapfen im Raum entstehen und
Moms Lächeln gefrieren. Sara eilte voran, um
ihre Hand zu fassen. »Mom, wir sind nur überrascht, Kyle
zu sehen. In deiner Nachricht hättest du etwas darüber
erwähnen können.« Sie warf Hayden einen mahnenden
Blick zu, was ein bisschen unaufrichtig war. Kyles Rückkehr *war* schockierend.

Hayden umrundete die Kücheninsel und strebte auf die
kleinere Insel auf der anderen Küchenseite zu, auf der sich
der Zapfhahn befand. Er zapfte sich ein halbes Pint Bier
und trank einen großen Schluck. »Hör zu Mom. Es tut mir
leid, wenn dich das aufregt, aber Kyle kann nicht einfach
hier hereinmarschieren und vorgeben, sich bei seinem
Aufbruch in sonnige Gefilde nicht aus der Verantwortung
gestohlen zu haben, als es darum ging.«

»Diese Worte könntest du eigentlich auch direkt an
mich richten, wo ich doch hier sitze«, meinte Kyle. »Du tust
so, als hätte ich euch im Stich gelassen oder so. Ich wollte

die Aufgabe nicht, die Dad mir angeboten hatte, und warum bin ich dann der Böse?«

Hayden starrte ihn an. »Weil er jemanden für den Posten gebraucht hatte und du verfügbar gewesen wärst. Und bist du nicht der Ansicht, dass es reichlich nach Weglaufen stinkt, wenn man einen Zettel auf dem Küchentisch liegen lässt und in ein Flugzeug springt?«

Kyle spannte seinen Kiefer an und wandte den Blick ab. Ja, er war wirklich weggelaufen. Sara wünschte sich nur, den Grund dafür zu kennen.

Hayden lehnte sich mit der Hüfte an den Tresen. »Warum kehrst du dann jetzt zurück? Es ist ja nicht so, als würdest du dich einen feuchten Kehricht um dieses Projekt scheren. Du antwortest auf keine der E-Mails, die du von uns erhältst.«

Beinahe wollte Sara mit Hayden auf Kyle losschimpfen, doch sie konnte spüren, wie Mom sich immer mehr anspannte. Sara streichelte ihr die Hand und beobachtete sie aufmerksam.

»Er ist genau wie ich erwartet habe zurückgekehrt, um sich einzubringen«, entgegnete Mom und drehte sich zu Hayden um.

Kyle drehte seinen Stuhl zu ihm hin. »Alex hat sich gewünscht, dass ich das Restaurant führe. Ich habe meine Ansicht geändert. Ich möchte von Anfang an dabei sein.«

»Typisch. Wir haben alle abzuwarten, bis Kyle seine Entscheidung getroffen hat.« Mit einem lauten Klirren stellte Hayden sein Bier auf der Granitplatte des Tresens ab. »Wenn du die E-Mails lesen würdest, würdest du vielleicht wissen, dass wir mit dem Bau des Restaurants noch lange nicht begonnen haben.«

Kyle verschränkte die Arme und hielt den Kopf schief, während der Ausdruck seiner blaugrünen Augen kühl blieb. »Ich lese die E-Mails, und daher weiß ich, dass Tori einen Entwurf für das Restaurant vorbereitet. Ich würde gerne meinen Beitrag leisten.«

Hayden warf Sara einen ungläubigen Blick zu. Sie war ebenso überrascht wie er. Als sie nach ihrem Ärmel greifen wollte, fiel ihr ein, dass ihr Kapuzenpulli auf der Baustelle zurückgeblieben war. Zusammen mit Dylan. Nein, sie konnte jetzt unmöglich an ihn denken. »Du bist wirklich heimgekommen, um mitzumachen?«, fragte sie. »Was ist mit deinem kostbaren Arbeitsplatz?« Kyle hatte ihnen gesagt, er habe seine Berufung als Strandbarkeeper gefunden, was keiner von ihnen glaubte oder nachvollziehen konnte. Er war ein brillanter Koch, und tropische Drinks zu mixen war eine Verschwendung seines bemerkenswerten Talents.

»Ich habe gekündigt.« Seine Augen wurden schmal. »Warum ist mein Entschluss, nach Hause zu kommen, so schwer zu akzeptieren?«

»Weil du nie die geringste Neigung in diese Richtung gezeigt hast.« Haydens hellblaue Augen blitzten auf. »Komm schon, irgendetwas hat dich doch zu deiner Rückkehr veranlasst. Ist dir das Geld ausgegangen? Wurdest du vielleicht rausgeschmissen?«

Beides war passiert, als Kyle noch in Portland gelebt hatte. Umso rätselhafter war für alle seine negative Reaktion gewesen, als ihr Vater ihm seinerzeit einen guten Posten angeboten hatte. Warum hatte er das Angebot ausgeschlagen, um dann nach Florida abzuhauen, wo er noch einmal ganz von vorn anfangen musste?

»Ja, Hayden, ich habe meinen gesamten Treuhandfonds verprasst.« Der Sarkasmus in seinem Tonfall war rasiermesserscharf.

»Hört auf damit.« Mit der Präzision einer kalten Stahlklinge durchschnitt Moms Stimme die eiskalte Atmosphäre in der Küche. »Ich werde nicht hier sitzen und zuhören, wie ihr so miteinander redet. Kyle ist zu Hause, und er ist hier, um zu helfen.«

»Für wie lange?« Dad trat in die Küche und setzte sich zu Hayden an die kleine Kochinsel.

Hayden zapfte ein Glas Bier aus dem Fass und stellte es vor Dad auf den Tresen. Dann umrundete er das Ende der Theke.

»Auf unbestimmte Zeit«, gab Kyle zurück, wobei auch eine gewisse Vorsicht bei Dads Eintreten in seinen Blick trat. Kyle hatte jede Menge Familienmitglieder verärgert, aber niemanden so sehr wie ihren Vater. Und eventuell Derek. Die beiden waren die besten Freunde gewesen, bis Kyle nach Florida umgesiedelt war. Es war irgendetwas vorgefallen, das ihre Freundschaft vollkommen zerstört hatte – laut Dereks Aussage sei dies nur wegen Kyles Entschluss passiert, vor der Verantwortung davonzulaufen. Sara wusste jedoch, dass weit mehr dahinterstecken musste. Wusste Derek über Kyles Rückkehr Bescheid?

Ihr Vater schnaubte, ehe er einen Schluck von seinem Bier trank.

Mom erhob sich von ihrem Stuhl und richtete sich an Dad. »Auch wenn du es nicht bist, bin ich froh, dass er zu Hause ist.« Immer stritten sich die beiden über Kyle. Dad war unversöhnlich, weil ihr Sohn sie vor vier Jahren verlassen hatte, während Mom bemüht war, Verständnis für die Entscheidung ihres Sohnes aufzubringen.

Ohne jeden Enthusiasmus schüttelte Dad mit dem Kopf. »Ich habe dir gesagt, du sollst ihm kein Ticket kaufen.«

»Du sagst mir viele Dinge, die ich vorziehe zu ignorieren. Und das ist mein gutes Recht«, konterte Mom und zeigte damit ein Feuer, das sie seit Alex´ Tod unter einer dicken Lage Traurigkeit verborgen gehalten hatte. Die Spannung im Raum war so stark, dass Sara am liebsten aus ihrer Haut gekrochen wäre.

»Wie mit dem Psychiater«, murmelte Dad.

Mom sah ihn mit zusammengekniffenen Augen an. »Ja, wie mit dem Psychiater. Das solltest du auch einmal versuchen.«

Sara ließ den Blick zwischen ihren Eltern hin und her wandern. Was ging hier eigentlich vor? Ihr war bewusst, wie schwierig die Dinge im Haus waren – die seit Jahren bestehende Routine war mit Alex´ Selbstmord zusammen-gebrochen, doch steckte womöglich noch mehr dahinter?

Über sein Bier gebeugt, schüttelte Dad den Kopf. »Nein, vielen Dank.«

Mom lehnte sich noch weiter auf ihrem Stuhl nach vorne, ihr Körper stand vor lauter Erregung unter Span-nung. »Rob, unser Sohn hat sich umgebracht. Du kannst deinen Kopf nicht in den Sand stecken.«

Die Tränen stiegen Sara in die Augen und es schnürte ihr die Kehle zu. Von ihrem Bedürfnis zu rennen oder zu springen, vibrierten ihre Sinne wie Gitarrensaiten – und sie musste irgendetwas tun, um diese Anspannung zu lösen. »Dad, vielleicht kannst du mit Mom zum Psychologen gehen. Ich glaube, das würde helfen.«

»Ganz bestimmt würde es nicht weh tun«, meinte Kyle unwirsch, als ob auch er mit seinen Gefühlen zu kämpfen hätte.

Beinahe hatte Sara seine Anwesenheit vergessen. Mit den Fingern fuhr sie über die Kante der Theke und drückte sie dann gegen den glatten Rand.

Dad hatte den Blick gesenkt und seine Hand hatte sich um den Boden seines mit dem Archer-Logo versehenen

Bierglases geschlossen. »Seht doch, was die Therapie für Alex bewirkt hat.« Er hob den Kopf, und der Ausdruck seiner Augen ließ Sara bis ins Mark erschauern. »Nicht das Geringste. Am Ende hat er sich umgebracht, oder etwa nicht?«

Der Raum schien in Dunkelheit zu versinken. Alle standen vollkommen still – es war keine Bewegung und keine Atmung wahrzunehmen, sondern nichts als Schock und Leere. Alles fühlte sich wie an Alex´ Todestag an.

Mom führte die Hand zum Mund. Dann drehte sie sich um und verließ mit steifen Schritten die Küche.

»Ein genialer Schachzug, Dad.« Hayden fluchte heftig und verließ das Haus durch die Hintertür.

Sara wünschte, Hayden hätte sie nicht mit den beiden Männern allein gelassen, mit denen sie am wenigsten Zeit allein verbringen wollte. Sie ließ den Blick zwischen den beiden hin und her schweifen. »Ihr beide seid Trottel erster Klasse.«

Als sie sich umdrehte und aus der Küche marschierte, folgte ihr Kyles Stimme. »Hey, ich bin nicht derjenige, der Mom provoziert hat!«

Das war er vielleicht nicht, doch seine Heimkehr hatte den Zug vollkommen zum Entgleisen gebracht. Verdammt, wem wollte sie etwas vormachen? Der Zug lag unwiederbringlich in seinen Einzelteilen auf dem Grund einer Schlucht.

Sara lief durchs Haus zum Schlafzimmer von Mom und Dad. Die Tür war geschlossen, also klopfte sie leise an. »Mom? Ich bin´s. Darf ich reinkommen?«

Sie vernahm ein Schniefen und eine gedämpfte Antwort, die als »Ja« hätte ausgelegt werden können. Das wertete sie als ausreichende Bestätigung, ehe sie in das Zimmer schlüpfte und die Tür hinter sich zuzog.

Die von Mom und Dad genutzte Suite war riesig – sie bestand aus Schlafzimmer, Wohnzimmer, Badezimmer und zwei begehbaren Schränken. Sara drehte sich nach links und entdeckte Mom im Wohnzimmer, wo sie auf der Kante ihres Lieblingssessels saß, der bei den hohen Flügeltüren stand, die auf eine Veranda mit Blick auf den Rosengarten führten. Ein langes, bequemes Sofa stand vor dem Kamin. Sara hatte so viele Erinnerungen an dieses Möbelstück, wie sie sich dort zusammengekuschelt hatte, um Geschichten zu hören oder auch um zu schlafen, wenn sie mitten in der Nacht aufgewacht war. Vor allem erinnerte sie sich an glücklichere Zeiten, in denen Mom und Dad zusammen dort gesessen hatten – die Beine auf dem ledernen Schemel abgestützt, auf dem sie füßelten. Schnell verblasste die Vision wieder und entschwand wie eine ferne Erinnerung. Ihr Herz krampfte sich zusammen.

Mom tupfte sich die Augen trocken und putzte sich die Nase. »Bitte sei nicht zu hart zu Kyle. Ich weiß, dass du dich über seinen plötzlichen Weggang geärgert hast und er nur selten zu Besuch nach Hause gekommen ist.«

»Das hast du ebenfalls getan«, erinnerte Sara sie sanft und wünschte sich gleich darauf, sie hätte sich zurückgehalten. Recht zu haben war im Augenblick nicht wichtig. Mom zur Seite zu stehen, damit sie sich wieder besser fühlte, hatte absoluten Vorrang.

»Das war ich. Das bin ich. Noch immer kann ich nicht begreifen, warum er fortgegangen ist.« Sie blickte zu Sara auf. »Und ja, ich gebe meine Überraschung über seine Rückkehr zu, aber ich werde sie nicht in Frage stellen. Nicht, wenn meine Kinder das Einzige sind, was mich noch bei Verstand hält. Ich bin froh, dass er heimgekehrt ist.«

Und einfach so brach Sara das Herz erneut, und sie

fragte sich, ob sich die einzelnen Teile je wieder zusammen-
setzen lassen würden.

* * *

DYLANS FINGER SCHWEBTEN über die Tastatur des
Laptops, während er überlegte, wie er seine E-Mail an Sara
unterzeichnen sollte. Er hatte die Abbrucharbeiten im Haus
beschrieben, die sie heute zum Ende bringen würden, und
die Pläne für die Entfernung des Daches, um das neue
zweite Stockwerk aufzusetzen. Schließlich tippte er
einfach: »Dein Kapuzenpulli ist im Büro, wenn du ihn
abholen willst. Dylan.« Er drückte auf SENDEN, ehe er
noch etwas überanalysieren konnte.

Sein schlechtes Gewissen plagte ihn, weil ihr Gespräch
neulich so miserabel verlaufen war, aber es war wohl besser
so. Sie konnten einfach nicht so weitermachen, wenn
keinem von beiden der Sinn nach mehr stand. Eine aufrei-
zende Stimme in seinem Hinterkopf mischte sich ein und
fragte: »*Aber wenn ihr euch beide nach dem Körperlichen
sehnt, warum tut ihr es dann nicht einfach?* Und er antwortete sich selbst: *Weil sie deine Chefin ist, du Trottel.*

Gerade in dem Moment, in dem er von seinem Schreibtisch aufstand, hörte er, wie eine E-Mail einging. Daraufhin
setzte sich wieder hin und öffnete sie. Er schenkte der
aufkommenden Enttäuschung keine Beachtung, als er
erkannte, dass die Nachricht von Tori und nicht von Sara
war. Er hatte Tori wegen des unterirdischen Raums gemailt
und ihr die Idee mit der Kneipe unterbreitet. Schnell las er
sich ihre Antwort durch, die positiv ausfiel. Sie schrieb, dass
sie nächste Woche wieder in der Stadt sein würde und
fragte, ob sie sich zu einem Gespräch treffen könnten.
Dylan tippte seine Antwort in den Computer und fühlte

sich durch diese Wendung der Ereignisse ermutigt. Die Beauftragung der zusätzlichen Phasen schien greifbarer denn je.

Er klappte seinen Laptop zu und stand gerade auf, als die Tür zum Büro aufschwang. Sara trat ein, und Dylans Körper reagierte sofort. Sie sah frisch und wunderhübsch aus. Gekleidet war sie in Röhrenjeans und einem hellen elfenbeinfarbenen Pullover mit knöchelhohen Stiefeln, die ihre Beine unglaublich lang erscheinen ließen. Und sexy.

Sie warf ihm einen Blick zu, den sie aber schnell wieder abwandte. »Hey, ich bin vorbeigekommen, um meinen Kapuzenpullover abzuholen. Ich habe ihn neulich im Keller liegen lassen.«

»Dort ist er.« Er deutete auf den Garderobenständer links von der Tür. »Ich habe dir gerade eine E-Mail geschickt.«

Sie zog den Kapuzenpullover herunter und legte ihn über ihren Arm. »Ach ja? Wie läuft's denn so?«

»Wir werden heute mit dem Abriss fertig, aber wegen des aufkommenden Sturms müssen wir vielleicht etwas früher Schluss machen.«

»Ja, das ist schade.«

Die Unbeholfenheit ihrer gestelzten Unterhaltung machte ihn ganz kribbelig. Er fragte sich, ob sich ihre Wahrnehmungsstörung auch so anfühlte. »Ich werde mich nächste Woche mit Tori wegen des unterirdischen Raums treffen.«

Ihre Finger strichen über den Kapuzenpulli. »Du hast ihr von deiner Idee berichtet?«

»Ja.« Dylan runzelte die Stirn. Er wollte nicht, dass ihr Umgang von nun an so verlief. Waren sie beide nicht bis vor kurzem noch Freunde gewesen? »Hör zu, ich möchte mich für neulich entschuldigen. Ich hätte mich nicht wie ein Idiot aufführen sollen. Hoffentlich kann wieder so zwischen uns werden, wie es war – als Kollegen und ... Freunde.«

Schließlich schaute sie ihn direkt an, doch ihr Blick war zurückhaltend und geradezu skeptisch. »Vielleicht nicht ganz so, wie vorher.«

Es war die Anziehungskraft. Es gab keine Rückkehr dazu. Zumindest war er der Ansicht, dass sie darauf anspielte. »Ich werde meine Hände bei mir behalten.»

Sie nickte. »Das werde ich auch.« Es gelang ihr dennoch nicht, sich zu entspannen.

»Gibt es noch etwas anderes, das dich bedrückt?«, wollte er wissen. »Ich könnte dein Freund sein, wenn du einen brauchst.«

»Familienkram. Ich möchte im Grunde genommen nicht darüber reden.«

Wahrscheinlich war es auch gut so, dass sie nicht darüber reden wollte. Auf dem Gebiet von Familienangelegenheiten war er nicht gerade ein Experte.

Ihr Telefon klingelte – der Klingelton klang wie fallender Regen. Sie zog es aus ihrer Gesäßtasche und warf einen Blick auf das Display, bevor sie den Anruf entgegennahm und das Telefon an ihr Ohr hielt. »Hey, Craig.«

Wer war Craig? Dylan war sich nicht sicher, ob er warten oder ihr etwas Privatsphäre gönnen sollte, aber sie blockierte die Tür, also hatte er keine andere Wahl, als dort zu stehen. Was, wie er perverserweise feststellte, für ihn in Ordnung war, denn er wollte wissen, wer zum Teufel Craig war.

»Kann das warten? Ich bin gerade ein bisschen eingespannt.« Sie blickte zu Boden und fuhr mit ihren Stiefelspitzen über eine Linie im Linoleum. »Ach echt? Ähm, einverstanden. Ich bin in ein paar Minuten da.« Sie drückte auf das Display und schob das Telefon in ihre Tasche zurück.

Der Anruf hatte wichtig geklungen, nicht wie ein Flirt, was den Anflug von Eifersucht besänftigte, den er verspürt hatte. Kleine Sorgenfalten zogen sich über ihre Stirn.

»Alles in Ordnung?«, fragte er.

»Ich muss mich mit meinem Assistenten treffen.«

Assistent. Er ignorierte seine aufkommende Erleichterung. »Gibt es ein Problem?«

»Ich bin mir nicht sicher. Er kümmert sich für mich um alles, während ich in Ribbon Ridge bin. Ich dachte, er hätte alles unter Kontrolle, aber vielleicht hat er das nicht.« In ihren klaren blauen Augen lag eine Verletzbarkeit, und er hatte das Bedürfnis, sie in den Arm zu nehmen. »Danke, dass du mir meinen Kapuzenpulli hochgebracht hast. Wir sehen uns später.«

Dann machte sie kehrt und ging. Dylan hielt sich zurück, ehe er ihr folgen konnte, um zu lindern zu versuchen, was ihr Kummer machte. Das war wirklich nicht seine Aufgabe. Zu diesem Zeitpunkt waren sie lediglich zaghafte Freunde.

Was für familiäre Probleme hatte sie wohl? Es könnte mit dem Tod ihres Bruders zusammenhängen. Durch den Verlust von Kameraden im Krieg wusste Dylan, dass der Tod eines Menschen nicht spurlos an einem vorüberging, und er stellte sich vor, dass die Lage exponentiell schwieriger war, wenn die eigene Familie betroffen war. Er konnte sich gar nicht vorstellen, eins seiner Geschwister zu verlieren.

Dylan wischte sich mit der Hand übers Gesicht, um diese düsteren Gedanken zu vertreiben. Dabei kam ihm immer wieder Sara in den Sinn, was noch etwas war, an das er wirklich nicht mehr denken sollte. Er musste einen klaren Kopf bekommen – am besten ohne Sara Archer in dessen Mittelpunkt. Sich in einem One-Night-Stand zu verlieren, klang wie ein hervorragendes Heilmittel für das, was ihn belastete. Und dieses Mal würde er es verdammt noch mal auch zu Ende bringen.

Nachdem er sich einen Energydrink aus dem Kühlschrank genehmigt hatte, ging er auf die Tür zu und schwang sie wohl ein wenig energischer als notwendig auf. Oben auf der Treppe blieb er abrupt stehen und blinzelte konsterniert. Kyle Archer stand ein paar Meter entfernt. Dylan hatte ihn seit Jahren nicht mehr gesehen, doch in der Highschool hatten sie zusammen Football gespielt, und er hatte sich nicht übermäßig verändert.

Kyle lächelte und hob eine Hand. »Hey, Dylan. Schön, dich zu sehen.«

»Ja, gleichfalls.« Dylan verließ den Bauwagen. »Ich wusste nicht, dass du hier bist.« War Sara deshalb so aufgebracht? Kyle war bei der Vergabe des Renovierungsprojekts nicht dabei gewesen. Vielleicht hatte seine Heimkehr einen Tumult verursacht.

»Ich bin vor ein paar Tagen zurückgekommen«, meinte Kyle. »Ich wollte mir alles ansehen. Führst du mich herum?«

»Natürlich.« Dylan strebte vom Bürowagen in Richtung des Feldwegs.

Kyle fiel neben ihm in Gleichschritt. »Ich war ziemlich begeistert, als ich hörte, dass sie dich mit dem Auftrag betraut haben.«

»Nur für das Haus«, antwortete Dylan in einem sachlichen Ton. »Für die nächsten Phasen haben sie noch niemanden ausgesucht.«

»Wenn es nach mir ginge, würde ich dich gerne am Restaurant arbeiten lassen. Das wird meine Aufgabe sein.«

Auf gleiche Weise wie das Haus Sara zugeordnet wurde. »Das klingt toll.«

»Ja, ich habe dein Angebot gesehen. Ich denke, meine Geschwister hätten dich sofort beauftragen sollen.«

Dylan schüttelte den Kopf und blickte ihn fragend an. »Schade, dass du nicht hier warst, als sie sich entschieden haben.«

»Vermutlich haben sie aus ihrer Verärgerung über mich keinen Hehl gemacht.« Seine Stimme hatte sich verfinstert.

Dylan warf ihm einen fragenden Blick zu, nicht dass Kyle ihn durch Dylans Sonnenbrille hätte erkennen können. »Ähm, nein. Hätten sie das tun sollen?«

»Sie sind alle wütend auf mich, weil ich nicht hier gewesen bin.« Das erklärte wahrscheinlich auch Saras Stimmung. Jetzt ärgerte sich Dylan in ihrem Namen über Kyle. Kyle wurde langsamer. »Und weißt du, was das Beste daran ist? Jetzt *bin* ich hier, und sie sind immer noch verärgert.«

Ja, das erklärte es ganz gut. »Sei ein bisschen nachsichtig mit ihnen. Sie machen eine schwere Zeit durch.« Er sprach für Sara, doch im Grunde galt das für sie alle.

»Das tue ich auch. Es war auch mein Bruder, der da gestorben ist.« Er klang abwehrend und traurig.

»Ich glaube kaum, dass hier ein Wettbewerb besteht.«

Kyle blieb stehen. »Was zum Teufel soll das bedeuten?«

Dylan wünschte, er hätte seinen Mund gehalten. »Nichts. Ich bin kein Experte in solchen Dingen. Familie ist nicht gerade meine Stärke.«

»Ja, ich erinnere mich. Tut mir leid. Du hast recht, es ist eine schwere Zeit.« Kyle setzte sich wieder in Bewegung. »Wie geht es allen? Deinem Vater? Deinen Brüdern? Deinem Stiefmonster?«

Dylan schmunzelte. Schon seit Jahren hatte er Angie nicht mehr so genannt. »Es geht ihnen gut. Cameron arbeitet für ein Weingut. Im Verkauf. Luke ist Weinbergsverwalter in Napa, und Jamie arbeitet an seinem Master-Abschluss.«

»Ein Haufen von Verlierern, genau wie ich es vorhergesagt habe. Sieht aus, als hätte die Armee dich gut behandelt. Das mit dir und Jess hat mir leidgetan. Ich dachte wirklich, dass ihr es auf Dauer durchziehen würdet.«

»Viele Leute dachten das. Aber du kannst dich doch noch an ihre Mutter erinnern, nicht wahr?«

Kyle zuckte zusammen. »Wie könnte ich sie je vergessen? Sie war die schlimmste ‚Cheer-Mom' der Stadt. Ein verdammter Albtraum.« Er erschauderte. »Hast du dich deshalb von Jess getrennt? Wegen ihrer Mutter?«

»Zum Teil.« Jess stand ihrer Familie besonders nahe, was ihr die Trennung von ihnen besonders erschwert hatte. Für Dylan war dies einfach nur ein weiteres Beispiel dafür, dass er in einer Familie an letzter Stelle stand. Kyle hatte gute Arbeit geleistet, das Gespräch in eine andere Richtung zu lenken. Das ließ sich auch umkehren. »Warum hast du Ribbon Ridge verlassen?«

Kyle warf Dylan einen rätselhaften Blick zu. »Wenn ich dir den Grund verrate, würdest du mir nicht glauben. Das ist allerdings auch egal, denn ich bin ja jetzt wieder da.«

»Ich kann mir nicht vorstellen, dass deine Familie so denkt. Du hast es selbst gesagt. Wenn du erneut an ihrem Leben teilhaben willst, dann tu es mit ein wenig Finesse. Und mit einer Menge Erklärungen.« Verdammt, wo kam das denn alles her? Er hatte sich bereits selbst dafür gezüchtigt, dass er sich nicht um seine eigenen Angelegenheiten kümmerte. Und doch steckte er hier seine Nase hinein.

Sie hatten das Haus erreicht. Kyle drehte sich zu ihm. »Es hat den Anschein, als wüsstest du eine ganze Menge.

Ich habe Sara wegfahren sehen, als ich hierherfuhr. Hat sie etwas verlauten lassen?«

»Nein.« Doch jetzt wollte Dylan sie unbedingt fragen. »Vergiss, dass ich etwas gesagt habe. Das geht mich wirklich nicht das Geringste an.«

Kyle betrachtete ihn noch eine weitere Minute. Dann ließ er seine Schultern entspannt sinken. »Ich weiß es wirklich zu schätzen, dass du dich kümmerst.«

Sich um die Archers zu kümmern, war eine Sache, für die Dylan keine Zeit hatte. Er mochte die Familie, doch sein Hauptziel bestand in der Fortsetzung ihrer Geschäftsbeziehung. Zu diesem Zweck hielt er am besten seinen Mund. »Komm mit rein, ich zeige dir alles.«

Kapitel Zwölf

DIE RÜCKFAHRT vom Kloster – oder besser gesagt vom The Alex – den Hügel hinunter konnte aufgrund der Windungen und Kurven ohnehin schon Übelkeit auslösen. Wenn Craig obendrein noch verlangte, Sara sofort zu sehen, die durch das Familiendrama bereits innerlich aufgewühlt war, hatte sie das Gefühl, kurz davor zu stehen, sich zu übergeben, als sie in Ribbon Ridge einfuhr.

Sie parkte einen Block von Books and Brew entfernt, ehe sie in der einbrechenden Dunkelheit aus ihrem Audi ausstieg. Sie schloss das Auto ab und versicherte sich in Gedanken, dass Craigs Krise oder was auch immer es war, die Situation mit ihren Eltern oder Kyles Rückkehr nicht übertreffen konnte. Im Gegenteil, sie würde alles meistern, womit Craig sie belastete. Unter Umständen würde ihr eine große Ablenkung sogar guttun.

Books and Brew war die einzige Buchhandlung in Ribbon Ridge. Sie führte jedes Genre und jeden ersten Montagabend im Monat wurde ein Meet & Greet mit verschiedenen Autoren veranstaltet. Das Beste an Books and Brew war allerdings, dass sich ihr Getränkeangebot sowohl auf Bier als auch auf Kaffee bezog. Die Buchhandlung hatte einen Vertrag mit Archer über den Ausschank ihrer Biere abgeschlossen, worunter sich auch eine spezielle Sorte befand, die exklusiv dort erhältlich war: ein mit Erdbeeren versetztes Bier namens Artemis. Es war Saras Lieblingsbier, soweit es überhaupt eines gab und unwillkürlich fragte sie sich mit einem Blick auf ihr Telefon – ob elf Uhr vormittags zu früh zum Biertrinken war.

Sie entdeckte Craig, der an einem Tisch beim Fenster saß, doch er hatte den Blick starr auf sein iPad gerichtet und sah sie nicht näher kommen. Sie wurde von einem Anflug von Gewissensbissen überkommen. In den vergangenen Monaten war ihre Freundschaft bis zu einem Grad verdorrt, dass sie praktisch nicht mehr als solche zu bezeichnen war. Sie fragte sich, ob auch er diese Feststellung gemacht hatte, denn er hatte sich bisher nicht dazu geäußert. Das könnten sie eventuell heute nachholen.

Sie betrat den Laden, und beim Schließen der Tür läutete die Türglocke.

Craig blickte auf und schenkte ihr ein Lächeln. »Hey, Sara.«

»Hallo.« Sara hängte ihre Handtasche über die Stuhllehne und beugte sich ihm zu einer Umarmung entgegen. »Wie schön, dich zu sehen.«

War die Erwiderung seiner Umarmung ein wenig kühl ausgefallen? Sie beschloss, diesen Eindruck nicht zu tiefgründig zu analysieren und nahm Platz.

»Möchtest du einen Tee oder etwas anderes?« Craig wusste, dass sie keinen Kaffee trank.

»Freilich, ich werde gleich etwas am Tresen bestellen. Ich war über deinen Anruf überrascht und dass du den ganzen Weg hierhergekommen bist.«

Er schloss die Abdeckung seines iPads und legte es neben seiner Kaffeetasse auf den Tisch. »Ich hatte eine Besprechung mit einer Kundin. Darüber wollte ich mit dir sprechen.«

Seit ihrer Abwesenheit hatte ihr Unternehmen mehrere neue Kunden dazugewonnen, doch ihrem Kenntnisstand nach stammte keiner aus Ribbon Ridge. Ein gewisser Unterton in seinem Tonfall und die Dringlichkeit dieses Treffens versetzten sie innerlich in Alarmbereitschaft. »Ich bin nicht sicher, ob ich dir folgen kann.«

Craig lenkte den Blick auf die Straße hinaus. Genau in dem Moment hatte sich die Sonne kurz durch die Wolken gekämpft und ließ das warme Braun seiner Augen und die Strähnchen in seinem dunkelbraunen Haar aufblitzen. Als er sie anblickte, wirkten diese vertrauten Augen distanziert und undurchdringlich. Nun machte Sara sich noch mehr Sorgen.

»Ich wollte mich mit dir über das Geschäft unterhalten. So wie die Dinge liegen ...«

Einen Moment lang verspürte sie Erleichterung. »Ich weiß. Es ist nicht großartig und ich bin dir wirklich dankbar...«

Er unterbrach sie, aber sie hatte sie ihn ja auch unterbrochen. »Lass mich bitte ausreden.«

Sie nickte als Antwort, während ihre Nervosität gleichzeitig wieder zunahm. Heute hatte sie ihr liebstes Ablenkungsobjekt angezogen – es war ein Lederarmband, das sie während des Studiums auf Hawaii erworben hatte – und nun fuhr sie unter der Tischplatte verborgen mit den Fingern über die vertrauten Rillen.

Er stieß die Luft aus und faltete die Hände im Schoß. »Unser Arrangement funktioniert für mich so nicht. Ich mache die ganze Arbeit und werde trotzdem als dein Assistent entlohnt.«

Sie hatte bereits geplant, ihn mit einem Bonus zu belohnen. Und genau das hätte sie schon früher tun sollen. »Das wollte ich berichtigen.«

Er wölbte die Brauen. »Eine Gehaltserhöhung?«

Sara spannte die Muskeln in ihren Armen an. »Rückwirkend.«

»Das ist ein guter Anfang«, entgegnete er. »Aber ich will auch einen Geschäftsanteil.«

»Was?« Sara konnte ihre Reaktion nicht zurückhalten. Es war, als hätte sich der Boden unter ihr aufgetan. Tatsächlich griff sie mit beiden Händen nach der Tischkante und drückte fest zu.

»Ich weiß, es ist ein Schock für dich, aber mir liegt sehr viel daran.« Er schaute sie mit sorgenerfülltem Blick an, doch seine Stimme hatte etwas Stählernes. Diese Seite von Craig hatte sie noch nie gesehen. Er war nicht länger der leutselige quirlige Typ, den sie eingestellt und mit dem sie sich angefreundet hatte. Nun wirkte er stoisch, ernst und fast schroff.

»Craig, das ist *mein* Geschäft.« Sie konnte kaum fassen, was er da von ihr verlangte. Sara hatte das Unternehmen allein gegründet, um sich zu beweisen. Dieses Projekt hatte ihr ganzes Erwachsenenleben bestimmt. Das wollte sie mit niemandem teilen.

»Es *war* dein Geschäft. In den vergangenen zwei Jahren habe ich jede Menge Arbeit dafür geleistet.«

Sara rang um Worte. Es war, als wäre ihr Gehirn neuerlich nicht älter als zehn Jahre alt, und ihre Sinne waren einfach so übermannt, dass sie keine klaren Gedanken fassen konnte. Daraufhin schloss sie die Augenlider und konzentrierte sich einen Moment lang auf ihre Atmung. Als sie die Augen wieder aufschlug, sah sie Craig, wie sie ihn noch nie zuvor gesehen hatte: kalt und fordernd. Er hatte die Arme vor der Brust verschränkt und den Mund so zusammengepresst, dass seine Lippen nicht sichtbar waren.

Sie nahm ihre Hände vom Tisch, legte sie in den Schoß und drückte sie zusammen. »Ich kehre Vollzeit zurück. Mein Unternehmen kann ich nicht mit dir teilen, aber ich biete dir eine beträchtliche Gehaltserhöhung und einen Bonus an.« Allerdings war sie sich nicht so ganz sicher, ob sie nach dieser Episode tatsächlich noch mit ihm zusammenarbeiten wollte – konnte sie ihm noch vertrauen? Gar nicht zu reden von dem Projekt und der Unterstützung ihrer Familie. Konnte sie all das jetzt einfach so aufgeben?

Craig schüttelte den Kopf. »Das verlange ich nicht. Und das will ich nicht. Bei der Kundin von heute – habe ich in meinem Namen unterschrieben.«

Damit war die Vertrauensfrage beantwortet. »Wie? Um wen handelt es sich?« Wenn die Person aus Ribbon Ridge stammte, würde Sara aller Wahrscheinlichkeit nach von ihr wissen. Warum sollten sie bei Craig unterschreiben und nicht bei ihr?

»Jessica Westcott.«

Dylans Ex-Frau? Hatte sie sich absichtlich an Craig gewandt, weil … nein, niemand wusste von Saras Affäre mit Dylan. Mit Ausnahme von Craig. Am Tag danach hatte sie ihm die Einzelheiten anvertraut. »Du hast ihr doch nichts erzählt, oder?«

Craigs Augen weiteten sich. »Was?« Nun ging ihm ein Licht auf und er beugte sich vor. »Nein, natürlich nicht. Sie hat im Geschäft angerufen; ich habe sie zurückgerufen. Nie würde ich etwas über dein Privatleben ausplaudern.« Zum ersten Mal erkannte sie ihren alten Freund kurz wieder.

Sara ließ das Gefühl der Erleichterung durch ihre

Muskeln strömen und sank gegen die Rückenlehne ihres Stuhls zurück. »Sie ist also meine Kundin, nicht deine.«

»Nein, *ich* habe sie unter Vertrag genommen. Unter Craig Warner Events.«

Craig Warner *was?* »Das kannst du nicht machen.«

Wahrscheinlich sollte sein Blick Fürsorge ausdrücken, aber in Saras derzeitiger Gemütsverfassung wirkte er eher herablassend. »Sara, du bist vollkommen mit deiner Familie beschäftigt – und das zu Recht. Jetzt kannst du dich einhundertprozentig auf sie konzentrieren.«

Energisch fuhr sie mit Daumen und Zeigefinger über das geflochtene Leder ihres Armbands. »Während du mir mein Geschäft stiehlst? Keine Chance.«

»Ich werde es nicht stehlen. Ich kaufe es dir ab.«

Wie großzügig. »Es steht nicht zum Verkauf.«

»Die Kunden halten mir alle die Treue.« Er beugte sich vor und sprach in einem ekelhaft herablassenden Ton. »Du hast sie im Stich gelassen. Sie wollen mich. Sie sind bereit, mir zu folgen.«

Sara vermochte nicht zu fassen, dass sich dies tatsächlich ereignete. Als wären die Dinge nicht schon schrecklich genug. »Und ich habe mich schon gesorgt, dass unsere Freundschaft durch mein Hiersein leiden könnte. Ist es so? Bist du sauer auf mich?«

»So kleinlich bin ich nicht.« Er runzelte die Stirn. »Ich dachte, du würdest erleichtert sein, nachdem du den ersten Schock überwunden hast. Ich denke, das wirst du möglicherweise noch immer sein.« Seine Stimme bekam einen aufmunternden Klang. »Denk darüber nach, Sara, du kannst hier bei deiner Mutter sein, ohne dich um andere Dinge kümmern zu müssen.«

»Von meinem Lebensunterhalt einmal abgesehen. Du nimmst mir meine *Arbeit* weg, Craig.«

Er lehnte sich in seinem Stuhl zurück und schaute sie mit einem sarkastischen Ausdruck an. »Klar, als ob du das Geld brauchen würdest.«

Als er sie um einen Anteil an ihrem Geschäft gebeten hatte, war sie schockiert gewesen, aber als sie jetzt hörte, wie er sich so mühelos zu Boshaftigkeiten hinreißen ließ, wollte sie ihm am liebsten ins Gesicht schlagen. »So viel zum Thema Freundschaft.« Sie griff nach hinten und zog ihre Handtasche von der Stuhllehne. »Du kannst mein Geschäft nicht haben, Craig. Und ich werde mit einem Anwalt über die Kunden sprechen, die du mir abspenstig gemacht hast.«

»Nur weiter so. Selbstverständlich habe ich bereits mit Taylor gesprochen, und die Kunden, die bei mir unterschrieben haben, sind ohne Wenn und Aber meine Kunden. Ich würde lieber nicht mit dir um die anderen streiten.«

Beinahe hätte sie vergessen, dass sein Freund Anwalt war. Sie war Taylor nur wenige Male begegnet und von seinem kühlen, arroganten Ehrgeiz und seinem Bedürfnis nach Lob abgestoßen gewesen. »Hat Taylor dich zu diesem Schachzug angestiftet?« Diese Möglichkeit konnte sie sich durchaus vorstellen.

»Er war ... motivierend. Doch die Entscheidung ist einzig und allein meine.«

Sara war sich keineswegs sicher, ob sie das glaubte. Zugegebenermaßen war sie in letzter Zeit aufgrund ihrer Verpflichtung in Ribbon Ridge keine großartige Freundin gewesen, doch Craig war auch nicht besser gewesen. Was war seine Ausrede? Der alte Craig hätte sie besucht, ihr erheiternde SMS geschickt, sie und ihre Mutter zu Mani- und Pediküren mitgenommen.

»Du weißt wirklich, wie man jemanden tritt, wenn er

schon am Boden liegt, nicht wahr? Um mir meine Arbeit einfach so wegzuschnappen, hättest du dir keinen besseren Zeitpunkt aussuchen können.« Mit diesen Worten stand sie auf und schwang sich den Riemen ihre Handtasche über die Schulter. Ihre Wut pflügte durch sie hindurch wie ein Schneeball, der an Masse gewinnt, während er bergab rollt. »Sag mal, hattest du es von Anfang an auf mich abgesehen? Hey, da ist ein reiches Mädchen mit einem Treuhandfonds und einem jungen Unternehmen. Die Sache sieht wie eine Goldmine aus, insbesondere, wenn ich mich bei ihr einschmeicheln und mit ihr anfreunden kann.«

Sein Gesicht wurde ein wenig blass. »Sag das nicht.«

Kurz bevor sie auf dem Absatz kehrtmachte, hielt sie noch einmal inne. »Ich werde sagen, was immer mir einfällt. Beispielsweise: Du bist gefeuert.«

Mit zitternden Gliedern verließ sie die Buchhandlung. Sie hatte Ablenkung finden wollen. Und jetzt hatte sie es mit einem ausgewachsenen Tumult zu tun. Zu all den anderen Sorgen – dem Streit ihrer Eltern, Kyle, Dylan – kam nun noch eine weitere hinzu.

Als es zu regnen anfing setzte Sara sich in ihr Auto und starrte in die Ferne, ohne jedoch etwas zu erkennen, bis Craig aus dem Laden kam. Mit einem Ruck ließ sie den Motor an und fuhr vom Bordstein weg.

Bei ihrer Ankunft daheim war zum Glück niemand anwesend. Sie ging direkt in das kleine runde Büro und rief ihre wichtigsten Kunden an. Bei den ersten drei Anrufen schaltete sich direkt die Mailbox ein. Während sie auf dem vierten Klingeln lauschte, schritt sie in dem kleinen Raum umher, denn ihr Körper pulsierte vor lauter Bewegungsdrang.

»Hallo?«

»Amanda!« Ihre Erleichterung ließ Saras Puls lang-

samer werden und sie setzte sich auf den Stuhl am einge-
bauten Schreibtisch. Sie mäßigte ihren überreizten Tonfall.
»Hallo, hier ist Sara Archer. Ich rufe an, um mich nach
euren Hochzeitsplänen zu erkundigen. Wie läuft es mit
Craig?«

»Gut.« Amanda klang ein bisschen verunsichert, doch
sie besaß ohnehin eine sehr weiche, verletzlich klingende
Stimme, sodass sie wahrscheinlich immer so klang. »Er ist
großartig.«

Normalerweise wäre Sara begeistert gewesen. Was aber
nun Vergangenheit war, da er sich neuerdings in Stealy
McThiefson verwandelt hatte. »Das freut mich zu hören.
Ich weiß nicht genau, wie ich es sagen soll, Amanda, aber
Craig arbeitet nicht mehr für mich. Ich werde von nun an
übernehmen.« Plötzlich wurde Sara klar, dass sie keine
Ahnung hatte, für welchen Tag Amandas Hochzeit geplant
war, oder wo sie stattfinden sollte, und sie nichts weiter
wusste, als dass das Paar sich an Weihnachten verlobt hatte.

»Hmm.« Nun klang Amanda ernstlich verunsichert.
»Ich weiß nicht, ob das klappen wird.«

Sara konnte das Stirnrunzeln ihrer Gesprächspartnerin
praktisch durch das Telefon hören. »Es wird schon gut
gehen.«

»Craig weiß einfach alles, und ich mag ihn wirklich
gern.« Während sie Sara überhaupt nicht kannte.

Saras Nerven kitzelten vor Beunruhigung. »Sprich mit
deinen Eltern. Sie werden dir versichern, wie fähig ich bin.«
Fähig? Gerade hatte Amanda gesagt, dass sie Craig wirklich
mochte, was schwer zu vermeiden war, denn er hatte einen
herrlichen Humor und ein fantastisches Auge dafür, großartige Dinge wirklich spektakulär zu machen. »Und mit mir
kann man Spaß haben.« *Tatsächlich?* »Ich habe Craig alles
beigebracht, was er weiß.« *Das war schon besser.*

»Oh, ich bin sicher, dass du großartig bist.« Eine lange Pause entstand, in der Sara darüber nachdachte, sich auf den Boden zu werfen und hin und her zu wälzen. Das war eine Taktik zur Bewältigung von Sinneseindrücken, die sie schon seit Jahren nicht mehr hatte anwenden müssen. »Lass mich erst mit meinem Verlobten darüber sprechen.«

Sie überlegte, ob sie Amanda sagen sollte, dass sie einen Vertrag mit Sara und nicht mit Craig unterschrieben hatte, doch dann entschied sie aber, dass dieses Argument ihrer Sache nicht dienlich wäre. Darüber hinaus musste sie wirklich mit einem Anwalt über die Einzelheiten der derzeitigen Situation sprechen. »Danke vielmals. Ich verspreche, dass ich noch härter – und besser – arbeiten werde als Craig.«

»Darf ich fragen, was passiert ist? Ich meine, Craig hat mir erzählt, dass Sie einen Todesfall in der Familie zu beklagen haben – es war Ihr Bruder, und das tut mir sehr leid. Er sagte, Sie hätten beschlossen, ihm das Geschäft zu überlassen.«

Was hatte er gesagt? Sara biss sich buchstäblich auf die Innenseite ihrer Wange, um die Fassung zu wahren. Ihr erzwungenes Lächeln fühlte sich spröde an und es und war ohnehin unnötig, da Amanda sie nicht sehen konnte. Aber es half ihr, einen gleichmäßigen Tonfall zu bewahren. »Craig hat sich geirrt. Das habe ich nicht *beschlossen*.«

»Ich melde mich bald wieder bei Ihnen. Danke.«

»*Danke.*«

Sara beendete das Gespräch und war mit einem Satz vom Stuhl aufgesprungen. Sie stieß sich einige Male an der Wand ab, um dann wieder auf und ab zu marschieren. Anschließend suchte sie die Telefonnummer von Aubrey Tallinger heraus und rief sie an. Leider war Aubrey nicht zu Hause. Sara hinterließ eine übertrieben ausführliche

Nachricht und die Bitte, sie so bald wie möglich zurück-
zurufen.

Sie wiegte ihr Telefon in ihrem Schoß, und ihre Sorgen
nagten an ihrem Innern. Nach einer ganzen Weile drehte
sie den Stuhl um und erschrak beim Anblick von Kyle, der
am Türrahmen lehnte.

Er hatte die blonden Brauen tief über die Augen
gezogen und den Kopf zur Seite geneigt. »Alles in
Ordnung?«

»Ja, alles gut«, entgegnete sie knapp.

»Das hört sich nicht so an. Hast du nicht etwas darüber
verlauten lassen, dass dein Assistent dir das Geschäft
stiehlt?«

»Ich möchte nicht darüber reden. Insbesondere nicht
mit dir.« Sara wusste, dass sie eventuell zu Unrecht ihren
Ärger an ihm ausließ, aber sie war immer noch wütend auf
ihn und das würde auch so lange so bleiben, bis er etwas
sagte oder tat, um die Dinge richtigzustellen.

»Ich verstehe.« Ihr Bruder verschränkte die Arme und stieß
sich von der Wand ab. »Eigentlich verstehe ich das nicht. Du
hast mir immer alles erzählt. Ich würde gerne für dich da sein.«

Sara starrte ihn an, ehe sie einmal und dann noch
einmal blinzelte. Er war wirklich nicht ganz bei Trost. »*Jetzt*
willst du auf einmal für mich da sein? Nachdem du jahrelang *nicht* hier gewesen bist? Glaubst du, du kannst einfach
so hier erscheinen und so tun, als wäre alles genauso wie
damals, als du dich davongemacht hast?«

Kyle holte tief Luft und tat dann einen Schritt ins Büro.
»Nein, nicht *ganz so*. Du bist noch immer wütend auf mich,
das weiß ich wohl, aber ich wünschte, du wärst es nicht.
Dass ich gegangen bin, hatte nichts mit dir zu tun.«

So hatte es damals auch in seiner erbärmlich kurzen

Notiz gestanden. »Das hat mich allerdings nicht daran gehindert, davon betroffen zu sein oder hast du daran etwa gar nicht gedacht? Nein, ich glaube nicht, denn ich bin mir ziemlich sicher, dass deine Gedanken nicht über dich selbst hinausreichen.«

Sein Blick wurde finster. »Das ist ungerecht.«

Sie sprang von ihrem Schreibtischstuhl auf, der hinter ihr wegrollte. »Nein, es nicht gerecht. Aber dass du uns im Stich gelassen hast – mich –, das war auch nicht gerecht. Aber weißt du was? Vielleicht hattest du recht. Ich habe alles auf Eis gelegt, um für unsere Familie da zu sein und das ist etwas, das du nie tun würdest. Und jetzt laufe ich Gefahr, die Existenz zu verlieren, die ich mir aufgebaut habe. Wäre ich deinem Beispiel gefolgt und hätte allem den Rücken gekehrt, hätte ich vielleicht noch mein eigenes Leben.«

Überraschung blitze in seinem Gesicht auf und er streckte die Hand nach ihr aus. »Sara.«

Sie zuckte zurück. Ihre Finger tasteten nach dem Lederarmband und zeichneten den Verlauf des Flechtmusters nach. »Ja, je mehr ich darüber nachdenke, umso eher neige ich dazu zu glauben, ich hätte tun sollen, was du getan hast. Was hast du verloren, als du dich und deine Belange an vorderste Stelle gerückt hast? Nichts.«

»Das stimmt nicht«, gab er leise zurück. »Ich glaube, ich habe dich verloren.«

Seine Worte erschütterten sie. »Ja, das hast du.« Dann drängelte sie sich an ihm vorbei und sah Mom neben der Kücheninsel stehen. Ihr Gesicht war bleich und die Augen weit aufgerissen. Sara verspürte ein stechendes Bedauern, doch sie war zu aufgewühlt, um etwas dagegen zu unternehmen. Dann drehte sie sich weg und rannte aus dem

Haus, ohne Rücksicht darauf, dass der Himmel seinen
Kummer auf sie herabregnen ließ.

* * *

Nachdem Dylan sich seiner nassen Kleidung entledigt
und unter der heißen Dusche erfrischt hatte, tappte er
barfuß die Hartholztreppe seines halb renovierten Bauern-
hauses hinunter und begab sich in die Küche. Es war nicht
seine Art, einen Arbeitstag wegen des Wetters abzukürzen,
aber der sintflutartige Regenguss hatte das Abtragen der
Dachziegel unmöglich gemacht.

Andererseits ermöglichte ihm der frühe Feierabend,
aufzuräumen und früher mit seiner One-Night-Stand
Vergessensaktion zu beginnen. Er würde noch rasch ein
Bier trinken und dann aufbrechen.

Sobald er die Küche betrat, fielen ihm die Kartons mit
den Pendelleuchten ins Auge, die auf ihre Installation
warteten. Das Wetter war heute besonders erbärmlich.
Vielleicht sollte er einfach daheimbleiben und seine Zeit
der Fertigstellung der Küche widmen.

Vermied er etwa, auszugehen?

Er nahm ein Bier aus dem Kühlschrank und lenkte
seine Schritte in das Wohnzimmer, um die Sportnach-
richten anzuschauen. Als er den Verschluss der Flasche
öffnete, läutete es an der Tür.

Niemand, der nicht eingeladen war, kam hierher –
denn das Grundstück lag nicht gerade auf der Strecke der
Kekse verkaufenden Pfadfinderinnen. Nicht, dass Pfad-
finder um diese Jahreszeit Kekse verkaufen würden. So
etwas sollte er eigentlich gar nicht wissen, doch seine
Schwester hatte jahrelang Kekse verkauft.

Dylan stellte sein Bier auf dem Tisch vor dem Sofa ab

und schlenderte über den schmalen Flur an der Treppe vorbei, bis er bei der Glastür angekommen war. Was er auf der anderen Seite der Tür sah, verschlug ihm die Sprache.

Dort stand Sara und ihr blondes Haar war vom Regenwasser triefend nass, während ihr die Kleidung am Körper klebte.

»Lieber Himmel, Sara.« Schnell zog er sie ins Haus und schloss die Tür hinter ihr. Er nahm ihr die Handtasche ab und ließ sie zu Boden fallen. »Bleib hier stehen.«

Er eilte die Treppe hinauf und holte ein Handtuch aus dem Bad, doch als er in den oberen Flur zurückkehrte, stand sie schon dort.

Er eilte zu ihr hinüber und schlang ihr das Handtuch um die Schultern. Dann rieb er sie mit dem Handtuch ab und versuchte – leider erfolglos, wie er feststellen musste – ihre Kleidung zu trocknen. »Was ist passiert? Warum bist du so nass?«

Ihr Blick wirkte beklommen und fragil. »Ich . . . Ich konnte mich nicht entscheiden, ob ich reinkommen sollte.« Ohne jeden Zweifel hatte sie vorher nicht auf der Veranda gestanden.

»Warum bist du überhaupt hergekommen?« Was für eine dämliche Frage, wenn sie doch klatschnass und frierend vor ihm stand. »Ich will hören, was passiert ist, aber zuerst musst du duschen. Komm mit.« Auf keinen Fall wollte er sie in das mangelhafte, noch nicht fertig renovierte Badezimmer führen, das sich in der Mitte des Flurs befand. Ganz sanft legte er den Arm um sie und dirigierte sie in sein Schlafzimmer. Sie blickte sich um, als er sie zu seinem Badezimmer führte.

»Wow.« Ihr Blick wanderte von den Doppelwaschbecken aus poliertem Stein über die massive ovale Badewanne bis hin zur riesigen begehbaren Dusche mit

Flusssteinboden und einer Fülle von Knöpfen und
Armaturen.

»Schmeiß deine Sachen einfach ins Schlafzimmer, ich
werde sie für dich trocknen.« Er ging zu seinem Schrank
und nahm einen Bademantel heraus, den ihm seine Mutter
vorletztes Jahr zu Weihnachten geschenkt hatte, und den er
wohl nicht mehr als zweimal getragen hatte. Er war einfach
kein Bademanteltyp. »Den kannst du solange tragen.« Er
nahm den Staub wahr, der sich am Kragen angesammelt
hatte. *So ein Mist.* Er wischte das Malheur mit der Hand ab.
»Tut mir leid, ich mache ihn sauber, während du unter der
Dusche bist.«

»Nein.«

Er schaute sie ungläubig an. »Nein, was?«

»Ich brauche den Bademantel nicht.«

»Du kannst deine Kleidung nicht anlassen.«

»Nein, mir ist ... ich friere.« Sie zog sich den durch-
nässten Pullover über den Kopf. Darunter trug sie ein
Unterhemd, das mit verführerischer Präzision an ihrem
Körper klebte, die nichts der Fantasie überließ.

Dylan bekam einen trockenen Mund.

Dann streifte sie ihre Schuhe ab.

Okay, was ging hier vor sich? Er bemühte sich um ein
gewisses Maß an Konzentration, was aber verdammt schwer
war, wenn sie sich vor ihm auszog. Richtig, sie hatte seinen
Bademantel nicht gewollt. »Willst du etwas anderes zum
Anziehen?«

»Vielleicht ... vielleicht später?« Ihre Stimme bibberte
vor Kälte. Sie beugte sich hinunter und zog ihre Socken aus.
Dann lagen ihre Hände auf der Jeans, die sie sich über die
Beine zog.

Auch wenn er die zwischen ihnen fließende Energie

nur ungern störte, hielt er es nicht länger aus. »Wow, was ist denn hier los?«

»Ich brauche eine Dusche.« Sie blickte voller Erwartung zu ihm auf. Von der Zerbrechlichkeit, die sie ausgestrahlt hatte, war nichts mehr zu bemerken. »Ich denke, du solltest mit mir zusammen duschen.«

Und damit versteifte sich sein Schaft vollends und war nun ganz hart. Und nebenbei verlor er seine Sprache. Und ihm blieb nichts anderes übrig als ihr zuzusehen, wie sie ihre Jeans beiseite warf und aus ihrem Hemd schlüpfte. Mit rosa Spitzenunterwäsche und einem rosa-weißen BH bekleidet trat sie unter die Dusche. »Wie funktioniert dieses Ding?«

Er riss seinen Blick von der verlockenden Kurve ihres Hinterteils los und blinzelte heftig. »Was?«

»Die Dusche.«

Die Dusche. Richtig. Mechanisch lenkte er seine Schritte zur Dusche und beugte sich neben sie. Mit einer Handbewegung drehte er den Hauptwasserhahn auf.

»Was ist mit den anderen Duschköpfen?« Sie richtete den Blick auf den Duschkopf an der Decke und den anderen Duschkopf am anderen Ende.

Er schaltete auch diese ein und regulierte die Temperatur. Obwohl sein Schaft sich wie wild gebärdete und er ziemlich sicher war, dass er eine Woche lang unter blauen Hoden zu leiden haben würde, wenn er sich nicht wenigstens einen runterholte, zwang er sich zu sagen: »Ich warte unten auf dich.«

»Warum?« Sie drehte sich zu ihm um und verschränkte die Hände hinter dem Rücken. Ihr BH fiel auf den Boden. »Ich habe dich eingeladen, mit mir zu duschen; bist du etwa nicht interessiert?«

Himmel, er wollte dies mehr als irgendetwas anderes, das er sich je in seinem Leben gewünscht hatte, aber er wollte keinen Vorteil aus dieser Situation ziehen. Insbesondere dann nicht, wenn sie sich geeinigt hatten, die Finger voneinander zu lassen, und das Letzte, was er jetzt gebrauchen konnte, war etwas, das ihre Arbeitsbeziehung noch weiter erschwerte.

Als ihr Blick zu seinem Schritt wanderte und sie den Beweis seiner Erregung zur Kenntnis nahm, wurde seine Suche nach Worten dadurch noch zusätzlich erschwert. »Wir waren uns doch einig, dass wir dieser ... Anziehung zwischen uns keinen Raum geben, oder?«

Sie zog ihre Unterwäsche aus und schleuderte sie irgendwo hinter ihn. Ihr Blick streifte ihn mit reißerischer Absicht. »Richtig, doch im Augenblick scheint mir das nicht so wichtig zu sein. Ist es das für dich?«

Nein, ganz und gar nicht. Das würde er sehr wahrscheinlich noch bereuen, aber es war, wie sie sagte: im Moment schien das nicht besonders wichtig zu sein. Er zog sie an seine Brust und küsste sie leidenschaftlich, wobei er mit seiner Zunge in ihren Mund drängte. Sie krallte sich an seinen Rücken, und er dirigierte sie unter die dampfende Dusche.

»Deine Klamotten«, murmelte sie an seinen Mund.

»Ich pfeife auf meine Klamotten.«

Das nahm sie wörtlich und zerrte am Hals an seinem Shirt, ehe sie es der Länge nach an seiner Vorderseite in zwei Teile riss. Himmel, er würde kommen, ohne auch ansatzweise zu tun, was sie von ihm verlangte.

Sie hielt den Kopf schräg und küsste ihn wie wild, wobei sie sich mit ihrer Zunge Zugang zu seinem Mund verschaffte.

Er wand sich aus seinem zerrissenen Shirt und in aller Eile knöpfte er seine Jeans auf. Sie verflocht ihre Finger und mit vereinten Kräften schälten sie das Kleidungsstück von seinem Körper. Während er sich bemühte, seine Beine freizubekommen, schlüpfte sie mit ihren Fingern in seine Boxershorts und schob sie seine Oberschenkel hinunter. Dann ließ sie sich auf die gefliese Bank sinken und nahm seinen Schaft in ihren heißen Mund.

Mit einer Hand massierte sie seine Hüfte, während sie die andere um den Ansatz seines Schafts schlang. Gleichzeitig bearbeitete sie mit ihrem Mund die Eichel und sie saugte und leckte ihn in einem überwältigenden Nebel der Lust. Dann schloss sie die Lippen um ihn und nahm ihn tief in sich auf, bis er ganz hinten an ihre Kehle stieß. Ihre Zunge und Rachenmuskeln wurden wie von Zauberhand gelenkt und sie saugten ihn mit der süßesten Perfektion, die er je erlebt hatte. Unter Aufbietung äußerster Anstrengung gelang es ihm gerade noch, seinen Orgasmus zurückzuhalten.

Er nahm ihren Kopf und zog sie von seinem Schaft weg. »Du musst aufhören.« Er atmete so schwer, als wäre er die Treppe rauf und runter gerannt. »Ich muss ein Kondom holen.«

Er stürzte aus der Dusche und kramte in einer Schublade. Er streifte das Kondom so schnell über, wie seine zitternden Finger es erlaubten, und kehrte dann zu ihr zurück. Mit einem Knurren zog er sie von der Bank hoch und stellte sie unter den Duschkopf. Heißes Wasser strömte über ihren prächtigen Körper. Sie warf ihren Kopf ein wenig zurück. Das Wasser schwappte über ihr Gesicht und auf ihre Brüste. Gierig umfasste er sie, ehe er eine Brustwarze tief in den Mund nahm und die andere fest drückte. Sie keuchte und stöhnte, als sie ihn fester gegen ihre Brust presste und ihre Hände in seinem Haar verkrallte. Dann forderte sie ihn auf, an ihr zu saugen und sie zu liebkosen. Ihre stoßweisen Atemzüge und ihr wonniges Stöhnen regneten auf seinen Kopf nieder und fachten seine Leidenschaft stärker an als je zuvor in seinem Leben. Er konnte nicht genug von ihr bekommen. Und wenn er nicht umgehend Gegenmaßnahmen ergriff, wäre es zu spät.

Mist, seit dem College hatte er keinen Sex mehr unter der Dusche gehabt. Es war rutschig und unangenehm gewesen, und er hätte wegen eines verrückten Missgeschicks um ein Haar seinen Schwanz verloren.

Seine Dusche hatte allerdings eine Sitzbank. Er drehte sich um und ließ sich darauf nieder, wobei er sie mit sich zog. Sie begriff seinen Plan und setzte sich mit gespreizten Beinen auf seinen Schoß. Schnell und mühelos glitt er in sie und als er bis zu den Hoden in ihr versank, mussten sie beide aufkeuchen.

Sie hob sich sofort an und ließ sich dann wieder sinken und spießte sich auf. Wieder keuchte sie laut. Er zog ihren Kopf nach unten und küsste sie. Er wollte sie ganz verschlingen, damit sie für immer ein Teil von ihm war.

Sie klammerte sich an ihn, und ihre Finger gruben sich in seine Schultern, während sie sich an seinem Schaft auf und ab bewegte. Er richtete sich mit ihr auf und ging so weit auf ihre Bewegungen ein, wie die Bank es zuließ. In seiner Fantasie stellte er sich bereits vor, wie er später mit ihr in seinem Bett vögeln würde.

Er umfasste ihre Kehrseite und drückte ihre Pobacken dabei ein wenig auseinander, während sie auf ihm ritt. Mit neu erwachter Inbrunst drückte sie sich gegen ihn. Er schob eine Hand zwischen sie und spielte mit ihrer Knospe. Sie schrie auf, und ekstatisch warf sie den Kopf in den Nacken, während sie ihre Finger so fest in seine Schultern krallte, dass es eigentlich wehtun musste.

Doch er war bereits zu erregt. Genau wie das Wasser, das von allen Seiten auf sie einprasselte, wurde er von seinem Orgasmus überrollt. Er hielt sie an den Hüften fest und stieß immer wieder in sie hinein, bis er sich vollkommen verausgabt hatte.

»Danke dir.« Ihre Worte strichen wie eine Liebkosung über ihn hinweg und mit ihrer Süße erfüllte sie sein Herz und seinen Geist.

Dann stieg sie von ihm herunter. »Wo sind deine Handtücher?«

Kapitel Dreizehn

SARA VERSUCHTE lässig aufzutreten, aber heiliger Himmel, was war gerade in sie gefahren? Noch nie in ihrem Leben hatte sie sich so aufgeführt. Ihr war nicht einmal bewusst gewesen, dass sie zu einem solchen Benehmen imstande war. Von jedem kultivierten Teil ihres Gehirns erhielt sie die Botschaft, dass sie sich schämen sollte, doch sie war einfach nicht in der Lage, dieses Gefühl aufzubringen. Sie verspürte einzig und allein Befriedigung. Bis in die Tiefe ihrer Seele.

Dylan erhob sich von der Bank. Vor allem in seinem nassen Zustand war er atemberaubend schön. Mit seinen unglaublichen Bauchmuskeln und dem perfekten Hinterteil, das sie gerade in aller Ausführlichkeit bewunderte, sah er wie ein Model aus einer Zeitschriftenwerbung aus.

»Warum machst du dich nicht ein bisschen frisch, während ich die Handtücher hole?« Er schritt an ihr vorbei und verließ die Dusche.

Und er war so ein Gentleman. Insbesondere, nachdem sie gerade eben in sein Haus gestürmt war und ihn unter die Dusche gezerrt hatte. Nicht, dass er unwillig gewesen wäre.

Sie wusch sich das Haar und ihren Körper. Dylan hatte ein flauschiges, beiges Handtuch an einen Haken vor der Dusche gehängt. Es gab keine richtige Tür, sondern nur eine Öffnung. Sie fand heraus, wie sich das Wasser abstellen ließ, und wickelte sich dann in das kuschelige Handtuch. Jetzt fühlte sie sich warm und sicher. Und sogar glücklich.

Vor einer Stunde noch war sie davon meilenweit entfernt gewesen. Als sie hierhergekommen war, hatte sie keineswegs an eine Verführung gedacht. Sie war gekommen, weil sie wütend gewesen war und nicht gewusst hatte, wohin sie sonst hätte gehen sollen. Ihre Wohnung war zu weit entfernt und Dylans Haus lag viel näher. Außerdem war *er* dort.

Sie trat aus der Dusche und trocknete sich mit dem Handtuch ab. Dann erblickte sie seinen Bademantel, den er wie versprochen gesäubert hatte. Sobald ihr Fuß die Bademanette verließ, seufzte sie erfreut auf, als die Wärme des Fliesenbodens ihren Fuß liebkoste. Mit einem wohligen Seufzer kuschelte sie sich in seinen Bademantel und warf ihr Handtuch in einen Wäschekorb in der Ecke. Bei einem Blick auf seine Badezimmerablage entdeckte sie einen Kamm, mit dem sie ihr Haar entwirrte. Der Spiegel warf das Bild eines Gesichts zurück, das von der Hitze der Dusche und dem großartigen Sex gerötet war und ein kleines sinnliches Lächeln zeigte, das ganz bestimmt nicht ihr gehören konnte.

Wer war diese Frau?

Dylan, der nun eine Sporthose und ein T-Shirt trug, lugte durch die Tür. »Kann ich dir etwas zu trinken bringen?«

»Wein?«

Er lächelte. »Kein Problem. Fühl dich wie zu Hause.«

Er wandte sich von der Tür ab und sie folgte ihm ins Schlafzimmer. Als er die Treppe hinunterging, blieb sie zurück und blickte sich im Raum um. Das Haus war alt und stammte wahrscheinlich aus den zwanziger oder dreißiger Jahren, aber das Badezimmer mit seiner hochmodernen Dusche, den wunderschönen Stein- und Fliesenarbeiten und dem beheizten Fußboden schien direkt aus dem Heimwerkermarkt zu stammen.

Und sein Schlafzimmer war ebenso luxuriös. Es war mit einem Kingsize-Bett samt massivem Kopfteil ausgestattet, das nach wiederverwendetem Holz aussah. Die Bettwäsche – in Grau- und Blautönen – wirkte verschwenderisch und einladend, wenn auch ein wenig willkürlich gerichtet, was ihr ein Lächeln entlockte.

Auf der anderen Zimmerseite war genug Platz für eine kleine Sitzecke, doch es hatte ganz den Anschein, als hätte er sich nicht die Mühe gemacht, die Dekoration fertigzustellen. Es überraschte sie, dass er so viel selbst eingerichtet hatte. Die meisten Kerle würden vielleicht eine Seahawks-Decke über das Bett drapieren und es dabei bewenden lassen. Vielleicht war ihre Erfahrung mit Männern aber auch ein wenig begrenzt.

Sie erschauderte. Wahrscheinlich war Letzteres zutreffend.

Er kehrte mit einem Glas Rotwein wieder. »Ich hoffe, Pinot ist in Ordnung.«

»Perfekt, danke.« Sie nahm ihm das Glas ab, wobei sie darauf achtete, ihn nicht zu berühren, damit sie ihn nicht gleich wieder ansprang. Obwohl sie sich befriedigt fühlte, merkte sie, dass ihr Zustand noch nicht ganz *abgerundet war*. Sie trank einen kräftigen und stärkenden Schluck, ehe sie dann zu den großen Fenstern schlenderte, die auf der Vorderseite des Hauses über das Tal hinausgingen. »Deine Aussicht ist genauso schön wie die vom Hochzeitshaus.«

»Insbesondere, wenn es nicht gießt.« Er stellte sich neben sie, wobei er allerdings einen angemessenen Abstand zwischen ihnen wahrte. Sie wünschte, er würde näher rücken. »Ich würde gerne eine Terrasse von hier heraus bauen.«

»Das wäre unglaublich.« Sie drehte sich um und angesichts der Schönheit seines Profils klang ihr Seufzen fast wie das einer Idiotin. »Apropos unglaublich ...«

Er blickte sie an, doch der Ausdruck seiner Augen blieb unleserlich. »Müssen wir darüber reden? Können wir im Augenblick nicht einfach alles so lassen?«

Über seine Reaktion erleichtert stieß sie die Luft aus. Sie war vollkommen zu weit gegangen und wollte im Augenblick einfach nicht darüber nachdenken oder irgendwelche Konsequenzen erörtern. Sie verbrachte ohnehin zu viel Zeit ihres Lebens damit zu analysieren und sich zu sorgen. Eine Nacht voller Unbekümmertheit klang einfach himmlisch. »Ganz bestimmt.«

Sara nippte an ihrem Wein und während der nächsten Minuten blickten sie einfach auf den Sturm hinaus. Die nun herrschende Stille war nicht unangenehm oder peinlich. Es war angenehm, wohlig und *richtig*. »Ich würde lieber noch nicht nach Hause gehen, wenn das in Ordnung ist.«

»Das kannst du auch nicht. Es sei denn, du willst meinen Bademantel tragen. Deine Sachen werden erst in ein paar Stunden trocken sein. Ich musste sie waschen.«

Sie ergriff seinen Arm. »Hoffentlich kalt. Mein Pullover...«

Er gluckste. »Ich habe dir schon mal gesagt, dass ich gut

mit Wäsche umgehen kann. Ich mache meine eigene, seit ich neun war. Ja, ich habe ihn kalt gewaschen.«

»Du kannst ihn aber nicht im Trockner trocknen, also muss ich mir ein Sweatshirt oder so leihen.«

»Lass uns etwas essen und dann überlegen wir uns etwas.« Er schaute sie abschätzend an. »Ist das in Ordnung?«

»Perfekt. Was gibt es zum Abendessen?«

Er schenkte ihr ein halbes Lächeln. »Das weiß ich noch nicht. Werfen wir erst einmal einen Blick in die Speisekammer, einverstanden?« Er schwenkte seinen Arm, um sie aufzufordern, das Zimmer gemeinsam mit ihm zu verlassen.

Sie ging die Treppe hinunter und trat dann zur Seite, damit er ihr auf dem Weg in die Küche vorangehen konnte. Die Eingangshalle führte direkt an der Treppe vorbei in einen hinteren Bereich, den er vollständig renoviert hatte. Direkt vor ihr stand ein rustikaler Bauerntisch, der von einem Sammelsurium an unpassenden Holzstühlen umgeben war. Auf der rechten Seite befand sich ein Wohnzimmer mit einem ausladenden braunen Ledersofa, das zu einem großen Flachbildschirm hin ausgerichtet war. Auf der linken Seite befand sich eine größtenteils umgestaltende Küche, bei der ihr fast die Kinnlade herunterfiel. Heimwerkermarkt hoch zehn.

»Hast du das selbst gemacht?«, fragte sie, als sie die Küche betrat und mit der Handfläche über den gesprenkelten, butterbeigen Granit strich.

»Es ist noch nicht ganz fertig.«

»Soso.« Sie betrachtete die riesige rostfreie Spüle, den Subzero-Kühlschrank und das erstklassige Gas-Kochfeld unter einer Haube, die Kyle die Tränen in die Augen treiben würde.

Kyle.

Verflixt, sie wollte jetzt nicht an ihn denken oder daran, was sie zu ihm gesagt hatte. Oder an den Umstand, dass Mom etwas davon mitgehört hatte.

Dylan ging an ihr vorbei und öffnete die Tür zu einer großzügigen Speisekammer. »Ich habe nicht viele Vorräte, aber ich mache ziemlich gute Fleischbällchen. Isst du Nudeln?«

»Ich liebe Pasta. Ich nehme nicht an, dass du Engelshaar hast?«

Er streckte den Kopf heraus und grinste sie an. »Das ist eigentlich alles, was ich habe.«

Sie lächelte zurück und freute sich absurderweise, dass sie in Bezug auf Nudeln den gleichen Geschmack hatten.

»Setz dich an die Bar, während ich alles vorbereite.« Mit diesen Worten verschwand er wieder in der Speisekammer.

Sara drehte sich um und marschierte auf die riesige Kochinsel zu, die die eigentliche Küche vom Tisch trennte. Dort standen vier rückenfreie Holzhocker, die genauso rustikal wie der Tisch waren, unter dem Tresen versteckt.

»Würdest du bitte mein Bier holen? Es steht drüben auf dem Tisch vor dem Sofa.«

Sara begab sich in das Wohnzimmer und ging um das Sofa herum zu einem niedrigen Tisch. Auf der einen Seite stapelten sich die Ausgaben von *Sports Illustrated* und *Rolling Stone,* auf der anderen Seite lag ein Architekturbuch über den Pazifischen Nordwesten. Sie nahm seine Bierflasche und brachte sie zum Tresen.

Er hatte eine Reihe von Zutaten auf der Theke zusammengestellt und stöberte nun in dem riesigen Kühlschrank.

»Du hast diese Küche für einen Koch entworfen. Es fällt mir schwer zu glauben, dass aus dir kein Weltklasse-

Koch geworden ist. Hast du nicht gesagt, dass du nicht immer erfolgreich wärst?«

»Ich dachte, es könnte mich inspirieren, mehr zu kochen.«

»Und ist das geschehen?«

»Ja, aber ich bin noch damit beschäftigt, meine Fähigkeiten zu verfeinern.« Er wandte sich vom Kühlschrank ab und legte zwei in Papier eingewickelte Päckchen auf den Tresen. Er öffnete das erste Paket und enthüllte eine Art Hackfleisch. Sie vermutete ,italienischer Art'. »Du sagst mir, wie ich vorankomme mit meinen Kochkünsten, nachdem du es probiert hast.«

Sara nickte. »Wird gemacht. Was ist das andere Päckchen?«

Er öffnete die zweite Packung. »Das ist Rinderhackfleisch. Ich mische die beiden Sorten gern, damit es besser schmeckt.« Er zuckte mit den Schultern. »Ich habe wirklich keine Ahnung, wovon ich rede. Einmal, vor Jahren, hatte ich ein bisschen von beidem da und große Lust auf Fleischbällchen. Also habe ich alles zusammengemischt und seitdem mache ich das immer so.«

»Dann muss es wirklich schmackhaft sein.«

Dylan nahm einige Gewürze aus einem Schrank und streute sie scheinbar wahllos über das Fleisch. »Ich habe das Rezept ein wenig abgeändert, aber ich glaube, jetzt ist es perfekt.«

Sie beugte sich vor, um die Etiketten zu studieren, doch er hatte die Gewürze schon weggeräumt, ehe sie einen Blick darauf werfen konnte. »Was fügst du hinzu?«

»Geschäftsgeheimnis, Schätzchen«, entgegnete er ihr zwinkernd und sie schmolz innerlich dahin.

Sie flirtete wirklich gerne mit ihm. Nein, sie *liebte es,*

mit ihm zu flirten, besonders wenn er ihren Flirt erwiderte. »Kann ich dir bei irgendetwas helfen?«

Er füllte einen großen Topf mit Wasser, den er auf den Herd stellte, um es zum Kochen zu bringen. »Wenn du Salat willst, findest du im Kühlschrank eine Tütenmischung. Tut mir leid, meine kulinarischen Abenteuer erstrecken sich bislang noch nicht auf das Gebiet des Gemüses.«

Sie ging um die Insel herum zum Kühlschrank. »Gegen einen Tütensalat ist nichts einzuwenden. Schnell, einfach und normalerweise reichlich gut für dich.« Wow, das klang wie eine schlechte Anmache. Sie hielt inne und legte die Hand auf die Tür. »Das kam nicht richtig raus.«

Er lachte. »Ich mag es schnell und einfach. Und der Teil, dass er reichlich gut ist, sehe ich als einen Bonus an. Obwohl ich dich nicht als leicht bezeichnen würde, und ich würde dich ganz sicher nicht als ›reichlich‹ gut bezeichnen.«

Bei diesem Kompliment geriet ihr Blut in Wallung. Sie fand die Tüte und schloss die Kühlschranktür. »Schüssel?«

Während er mit den Händen Fleischbällchen formte, deutete er mit dem Fuß auf einen Schrank. »Hier unten.« Dann rutschte er hinüber, damit sie die von ihm angedeutete Tür öffnen konnte.

Sie ging in die Hocke und suchte nach einer passenden Salatschüssel. Auf dieser Höhe reichte ihr Kopf bis knapp unter seine Taille. Sie widerstand dem Drang, die Hand auszustrecken und ihn zu berühren, doch gab diesem Drang ein bisschen nach, indem sie sich langsam wieder aufrichtete und seinen Oberschenkel mit ihrer Brust streifte. »Das tut mir leid«, hauchte sie.

»Nein, das tut es nicht.« Seine Stimme hatte einen angespannten Klang. »Verführerin.«

O ja, das gefiel ihr. Sie stellte sich seitlich zur Insel, um weiteren Versuchungen aus dem Wege zu gehen und machte sich daran, den Salat vorzubereiten.

Er war mit den Fleischbällchen fertig und legte sie beiseite, während er das Engelshaar in das nun kochende Wasser gab. »Kyle ist heute Morgen vorbeigekommen, nachdem du weg warst.«

Ihre Hand erstarrte in der Luft, als sie den Fetakäse über dem Salat verteilen wollte. »Ist er das?«

Dylan streute ein wenig Salz in das Nudelwasser. »Ja, hast du ihn auf deinem Nachhauseweg nicht gesehen? Er sagte, er wäre auf der Straße an dir vorbeigefahren.«

Davon hatte sie nichts bemerkt. Sie war viel zu sehr auf ihr Treffen mit Craig fokussiert gewesen. »Ich habe ihn irgendwie verpasst. Was hat er gewollt?« Sie fügte den Käse hinzu und gab die restlichen Zutaten in die Schüssel, darunter ein paar knusprige Croutons, die keine richtigen Croutons waren, Cranberrys und Haselnüsse.

»Er hatte nur sehen wollen, wie wir vorankommen. Über das Restaurant ist er ganz schön begeistert.«

»Tatsächlich?« Seit Mittwoch war sie ihm aus dem Weg gegangen, was nicht weiter schwer gewesen war, da er in der Wohnung über der Garage wohnte und nicht in seinem alten Schlafzimmer. Was seltsam war. Sowohl Tori als auch sie wohnten in ihren alten Zimmern, warum nicht auch er? Vielleicht hatte Dad ihm gesagt, er solle die Wohnung nehmen. Dad war ganz schön wütend auf ihn und so konnte sie sich vorstellen, dass er Kyle darum gebeten hatte. Himmel, ihre Muskeln verkrampften sich schon beim alleinigen Gedanken daran.

»Was ist da los? Er sagte, ihr seid stinksauer auf ihn.«

Sie hätte diese Frage mit einem Achselzucken abgetan und das Thema gewechselt, wenn ein anderer sie gestellt hätte. Mit Dylan wollte sie allerdings darüber reden. Er war ein begnadeter Zuhörer – und es war unerheblich, ob sie über Alex oder ihre Wahrnehmungsstörung sprach. Sogar ihre Mutter hatte ihn als großartig empfunden. »Stinksauer ist nicht das richtige Wort. Verletzt oder enttäuscht trifft es eher.«

»Was ist passiert?«

Sie nahm die Schüssel und das Päckchen mit dem Dressing mit zum Tisch und wollte den Salat damit anmachen, sobald die Nudeln fertig waren. »Er ist irgendwie in Schwierigkeiten geraten – er hatte seine Stelle und seine Wohnung in Portland verloren. Danach war er für eine Weile nach Hause gekommen, aber als Dad ihm einen Posten anbot, bei dem er die Speisekarten zusammenstellen und den Essensbetrieb für die Brauereien beaufsichtigen sollte, flüchtete er nach Florida.«

Dylan zog die Stirn in Falten. »Das scheint seltsam. Er ist doch Chefkoch, oder?«

»Und ein wirklich guter. Noch seltsamer ist allerdings, dass er dort nicht gekocht hat. Er war Barkeeper. Und machte Bootsfahrten. Und hat seine Sonnenbräune perfektioniert.« Sie machte sich nicht die Mühe, ihren sarkastischen Tonfall im Zaum zu halten.

»Er ist also abgehauen ... Ich verstehe wohl nicht, warum das eine große Sache ist.«

Sie konnte ermessen, warum er so dachte, doch hinter diesen Ereignissen steckte noch so viel mehr. Warum musste eine Familie nur so kompliziert sein? »Dad war wirklich wütend auf ihn, weil er sein Stellenangebot ausgeschlagen hat. Es war kein reines Wohltätigkeitsangebot – Dad brauchte wirklich jemanden in dieser Funktion, und Kyle hat abgelehnt. Meiner Vermutung nach könnte mehr dahinterstecken, aber keiner der beiden hat je ein Wort darüber verloren. Für mich war dies etwas Persönliches. Als wir jünger waren, sah ich Kyle als so etwas wie meinen Fürsprecher an. Er hat auf mich aufgepasst. Während Mom mich von der sensorischen Seite her in die richtige Bahn lenkte, war Kyle für mich die Nummer zwei in dieser Hinsicht. Er gab mir Halt, und er sorgte dafür, dass ich mich wohlfühlte. Als er fortging, habe ich mich von ihm verraten gefühlt, weil er nicht einmal mit mir darüber gesprochen hat. Er hinterließ nichts weiter als eine dämliche Nachricht, die besagte, dass er bald nach Hause kommen würde. Was nicht passierte. In den vergangenen vier Jahren kam er vielleicht dreimal nach Hause.«

»Autsch. Jetzt möchte ich ihm am liebsten selbst einen Tritt in den Hintern geben.«

Sara hielt ein Lächeln zurück. »Ich weiß nicht, ob du bei diesem Vorhaben von irgendjemandem aufgehalten würdest. Wir würden dir wahrscheinlich sogar alle helfen.«

»Ihr Archers seid gefährlich. Neulich dachte ich, Hayden würde mich schlagen, und dann hast du ihn auf den Arm geschlagen. Vielleicht sollte ich mir angewöhnen, eine Schutzweste zu tragen.«

Sie schauderte. »Ich bin nicht wirklich gewalttätig. Manchmal reagiere ich körperlich – ohne nachzudenken.« Das gehörte zu den Dingen, die sie an ihrer Wahrnehmungsstörung am meisten hasste.

Er sah sie verständnisvoll an. »Lass mich raten, die Sache ist sensorisch.«

Wow, er hatte es wirklich begriffen. »Ja.« Sie war so verblüfft, dass ihr einfach keine anderen Worte einfallen wollten.

Dylan gab die Fleischbällchen in eine Pfanne und briet sie, wobei er das Thema auf die Frage lenkte, ob sie die Spiele der Blazers (sie liebte Basketball), die Timbers (sie mochte Football) und die Hops (Baseball war nicht ihre

Lieblingsdisziplin) verfolgte. Die Unterhaltung war unkompliziert und flüssig und sie tat ihr eindeutig gut.

Als sie fast fertig gegessen hatten, fragte Dylan: »Wie war dein Treffen mit deinem Assistenten?«

Dies war ein weiteres Thema, das sie aus dem Gleichgewicht gebrachte hatte. Sie trank ihr Glas Wein aus – es war ihr zweites – und schaute auf das Regenwasser, das außen an der Glasschiebetür herunterlief.

»Ich hätte nicht fragen sollen.« Er musste ihren Gesichtsausdruck interpretiert haben. »Vergiss, dass ich gefragt habe.«

Überraschenderweise machte ihr das gar nichts aus. Es lag vielleicht am Wein, oder vielleicht auch daran, dass sie sich bei ihm wohlfühlte und mit ihm reden konnte. »Ist schon gut. Er hat mich völlig überrumpelt – dieser Scheißkerl versuchte, mir mein Geschäft zu stehlen.«

Dylan musste husten und dann griff er nach seinem Bier, um sein Essen runterzuspülen. »Tut mir leid, aber der Ausdruck ›Scheißkerl‹ hat mich überrascht. Was meinst du damit, dass er versucht, dir dein Geschäft zu stehlen?«

»Während ich hier in Ribbon Ridge war – mich um Mom gekümmert und am The Alex´ Projekt gearbeitet habe – hat er sich um alles gekümmert.«

»Okay.« Er nickte und trank dann sein restliches Bier in einem Zug.

»Weil er so viel leistet und eine so enge Beziehung zu *meinen* Kunden aufgebaut hat«, sie machte sich nicht die Mühe, ihre Bitterkeit zu verbergen, »denkt er offenbar, ihm solle das ganze Geschäft auch gehören. Tatsächlich hat er auf Anraten seines Anwalts, der auch sein Freund ist, neue Kunden für *sein* neues Unternehmen – Craig Warner Events – unter Vertrag genommen.«

Dylans Augen wurden schmal, als er seine leere

Flasche auf den Tisch stellte. »Scheißkerl ist vielleicht nicht das richtige Wort.«

»Nein, ist es nicht. Er ist ein ausgemachtes Arschloch.«

»Das ist schon ein besseres Wort, aber ich könnte noch schmutziger werden.« Er schenkte ihr ein teuflisches Grinsen. »So sind wir Ex-Militärs eben.«

Wieder spürte sie ein Lächeln aufkommen. Wie schaffte er das? Als sie hier ankam, war sie vollkommen verkrampft gewesen und jetzt war sie so entspannt wie schon lange nicht mehr. Na ja, zumindest seit ihrem letzten One-Night-Stand nicht mehr.

»Du kannst ihn nennen, wie er es deiner Ansicht nach verdient hat.« Sie nahm den Stiel ihres Weinglases zwischen zwei Finger und drehte es auf dem Tisch. »Ich weiß nicht, was ich tun kann. Ich habe versucht, meine besten Kunden anzurufen, aber niemand ist ans Telefon gegangen. Ich denke, ich sollte meine Mailbox abhören. Wo ist meine Tasche?«

»Im Flur, aber vergiss es. Du machst dir heute Abend keine Gedanken mehr darüber.« Er stand auf und räumte ihr Geschirr ab. »Ich muss mich um die Wäsche kümmern.«

»Nein, sag mir, wo sie ist, und ich mache es selbst.«

Er sah sie mit hochgezogener Augenbraue an. »Ich sagte doch, dass ich in Bezug auf Wäsche ziemlich gut bin.«

Sie lachte. »Und ich glaube dir. Aber du hast mit dem Abwasch alle Hände voll zu tun.«

»Oh, ich verstehe. Du machst lieber Wäsche, als die Küche sauber.«

»Ganz genau.«

Er deutete auf eine Tür, die sich etwa in der Mitte an einer Wand des Wohnzimmers befand. »Dort ist ein Abstellraum.«

Sara stand auf, hielt aber inne und sah ihn an. »Warum

hast du schon mit neun Jahren angefangen, deine Wäsche zu waschen? Meine Brüder konnten sich in dem Alter kaum ihre eigene Wäsche raussuchen.«

»Notwendigkeit wegen der ganzen Hin- und Her-Geschichte. Ich schien nie in irgendjemandes Waschroutine zu passen.« Er zuckte mit den Schultern. »Damals erschien es mir effizienter, selbst zu lernen, mich darum zu kümmern. Es braucht nur ein paar zu kleine Hemden und rosa Socken, um herauszufinden, was man besser unterlassen sollte.«

Obwohl seine Worte voller Humor waren, empfand Sara eine Spur von Traurigkeit für den Jungen, der für sich selbst hatte sorgen müssen. Er beschäftigte sich mit dem Geschirr, und sie ließ den Moment verstreichen.

Die Abstellkammer war offensichtlich noch nicht renoviert worden, obwohl seine Waschmaschine und sein Trockner erstklassige Frontlader mit Dampfreinigung und Trocknung waren. Sie konnte sogar ihren Pullover in seinem Trockner trocknen. Cool.

Sie nahm ihre Kleidung aus der Waschmaschine und wurde rot, als sie ihre Unterwäsche fand. Es war eine Sache, einen Kerl in der Dusche anzuspringen, aber eine ganz andere, festzustellen, dass er ihre Unterwäsche gewaschen hatte. Von ihrem Büstenhalter war keine Spur zu sehen, aber er hatte ja auch mit seinen Waschkünsten geprahlt. Als sie sich daraufhin im Kreis drehte, entdeckte sie ihn tatsächlich. Er hing an einem Wandhaken in der Ecke. Er war noch ziemlich nass, aber sie wollte ihn nicht zusammen mit ihrer Jeans in die Trommel des Trockners geben, also ließ sie ihn, wo er war. Es wirkte so seltsam, und so *intim,* wie er hier in einer altmodischen, etwas spartanisch eingerichteten Abstellkammer hing.

Als sie in die Küche zurückkehrte, war er gerade dabei,

den Geschirrspüler einzuräumen. »Deine Waschküche braucht eine Generalüberholung«, bemerkte sie und betrachtete ihr leeres Weinglas, das er auf dem Tresen abgestellt hatte.

Er wölbte spielerisch die Brauen. »Hey, ich weiß nicht, ob du es bemerkt hast, aber ich habe ziemlich hart an dem Rest des Hauses gearbeitet.« Er schloss den Geschirrspüler und lehnte sich gegen den Tresen. »Soll ich dir noch Wein holen?«

Sie schaute auf ihr Glas. Sie hatte schon zwei Gläser getrunken, aber sie war immer noch nicht bereit, nach Hause zu gehen. Ihre Blicke trafen sich. »Ja, gerne.«

Sein Blick schien zu glühen, als ihm aufging, was das bedeutete – was ihm klar sein musste, als er ihr ein drittes Glas Wein anbot. Er griff nach der offenen Flasche, einem großartigen Pinot aus der Nähe, und füllte ihr Glas nach. »Ich glaube, ich schließe mich dir an.« Er nahm sein eigenes Glas und schenkte den Rest der Flasche ein. Er hielt sein Glas hoch. »Auf regnerische Nächte.«

Sara stieß sanft mit ihm an, und bei dem sinnlichen Blick in seinen Augen wurde ihr Blut kochend heiß.

Er kam um die Bar herum und nahm ihr das Glas aus den Fingern. Dann stellte er die beiden Gläser auf den Tresen hinter ihm. Er drehte sich wieder zu ihr zurück, griff nach ihrer Taille und zog sie vorwärts. Dann stellte er sie so hin, dass sie zwischen ihm und der Insel eingeklemmt war, die gegen ihren unteren Rücken drückte. Ohne ein Wort und mit einem unglaublich intensiven Blick hob er die Hände an die Vorderseite des Bademantels. Dann schob er sie zwischen den Stoff und zog ihn auseinander, um ihre Brüste zu umfassen.

Sara stellte die Füße auf das glatte, abgeschabte Hartholz, während die Empfindungen sie durchrüttelten. Mit seinen warmen Händen massierte er sie und seine Finger fanden ihre empfindlichen Brustwarzen, die er so lange neckte, bis sie sich zu steifen, schmerzenden Spitzen aufrichteten. Er schob den Bademantel noch weiter auseinander, um ihre Haut freizulegen. Mit gebeugtem Kopf nahm er eine Brust in den Mund und saugte lange und kräftig daran. Sie keuchte und ließ ihren Kopf in den Nacken fallen. Erst biss er sie sanft in ihre Brustwarze und dann leckte er sie und beruhigte sie wieder.

Dylan hob Sara hoch und setzte sie auf die Kante der Insel. Sie traf seinen Blick mit ihrem und spürte seinen lüsternen Blick wie eine brennende Liebkosung. Er spreizte ihr die Beine und der Morgenmantel ging dabei ganz auf. Er fing bei ihren Knien an, die er umklammerte, ehe er dann seine Hände an ihren Schenkeln hinaufgleiten ließ, wobei seine Daumen sie streichelten, während er sich immer weiter vorarbeitete.

Sie konnte nicht anders und musste ihn einfach schmecken. Dafür umklammerte sie seinen Nacken und zog ihn näher an sich heran, um ihn dann mit ihrem Mund zu überfallen. Ihre Zungen trafen sich in einem heißen Kampf aus Bedürfnis und Leidenschaft. Tief aus ihrem Inneren brach sich ihr Verlangen Bahn. Dann hatte er seine Daumen auf sie gelegt und teilte ihre intimste Körperstelle. Er riss seinen Mund von ihrem los und drückte sie sanft auf die Insel zurück, bis sie mit ihrem Rückgrat auf dem Granit lag. Er drückte seinen Mund fest auf ihr Geschlecht und fuhr mit seiner Zunge über ihre Knospe. Ihr Orgasmus war bereits eingeleitet und drohte, sie an einen dunklen und fernen Ort zu tragen. Und sie war bereit, sich tragen zu lassen – so verzweifelt sehnte sie sich nach Erlösung.

Er führte seine Finger in sie ein und füllte sie aus. Ihre Muskeln krampften sich zusammen, als die Verzückung über sie hereinbrach. Sie schrie auf und bog den Kopf auf den kühlen Granit zurück, während er sie mit seinem Mund und seinen Fingern vögelte.

Noch immer überflutete ihr Orgasmus all ihre Sinne, als er ihr in eine sitzende Position verhalf. »Ich möchte, dass du nach oben gehst«, raunte er.

Sie nickte. Zumindest dachte sie, dass sie das tat. Sie war sich ihrer Handlungen nicht so ganz sicher, oder ob sie überhaupt in der Lage war, sich zu rühren. Ihr ganzer Körper fühlte sich an, als bestünde er aus gekochten Nudeln.

Er beugte sich zu ihrem Ohr hinunter und flüsterte: »Muss ich dich tragen?« Er biss sanft in ihr Ohrläppchen und saugte daran. Mit seiner Hand knetete er ihre Hüfte durch den plüschigen Morgenmantel.

Sie rutschte von der Kante der Theke und landete sanft auf dem Boden. Dann warf sie ihm einen verführerischen Blick zu, winkte mit dem Finger und drehte sich zur Treppe. Sie streifte sich den Bademantel von den Schultern und gewährte ihm somit einen Blick auf ihren nackten Rücken.

Er stellte sich hinter sie und strich mit einer Hand über ihren Rücken. Am Fuß der Treppe versetzte er ihr einen spielerischen Klaps auf den Po. Sie drehte sich um und ließ den Bademantel zu ihren Füßen fallen.

Mit einem Knurren stürmte er vorwärts. Sara lachte, und das kehlige, sexy Geräusch klang, als gehörte es zu jemand anderem, ehe sie die Treppe hinaufrannte. Er folgte ihr, seine Füße verursachten ein tappendes Geräusch auf dem Holz. Sie erreichte die Schwelle seines Schlafzimmers, bevor er ihre Taille mit seinen Händen umklammerte und sich dicht an ihren Rücken drückte. Sein Schaft stupste ihr

Hinterteil an – er musste sich auf dem Weg nach oben seiner Kleidung entledigt haben.

Er schob sie nach vorne in den Raum, seine Hände glitten über ihren Brustkorb und umfassten die Unterseiten ihrer Brüste. Mit den Daumen und den Zeigefingern zupfte er an ihren Brustwarzen. Er zog und zwickte sie fest genug, um sie zum Stöhnen zu bringen, ohne sie allerdings zu verletzen. Er dirigierte sie auf das Bett zu und küsste ihren Hals. »Kann ich das von hinten machen? Dein Rücken ... er ist so sexy.«

Es war kaum zu glauben, aber Sara hatte noch nie Sex in dieser Stellung gehabt. Sie fühlte sich plötzlich schüchtern und wegen ihrer mangelnden Erfahrung auch ein bisschen verlegen.

»Und dein Po«, er ließ seine Hand sinken und fuhr mit einem Finger über eine Pobacke und legte seine Handfläche dann auf das weiche Fleisch, »ist auch sehr sexy.«

Er schob ihr Haar beiseite und küsste sich einen Weg von ihrem Nacken bis zum Ende ihrer Wirbelsäule, wobei er sie in Richtung Bett drückte, während er sich nach unten bewegte.

Sie fiel nach vorne und stützte sich dabei auf ihren Handflächen ab. »Du musst mir sagen, was ich tun soll.« Sie klang atemlos. Die Lust pochte in ihr, als ob sie nicht gerade unten einen Orgasmus gehabt hätte.

Er drückte auf ihren Hintern. »Knie dich hin.«

Sie rutschte auf dem Bett nach oben und zog die Knie an.

»Rutsch weiter. Bis du das Kopfteil greifen kannst.«

Sie tat, wie er ihr gesagt hatte, und schob sich auf dem Bett ganz nach oben, bis sie die Spitze des geschnitzten Holzes fassen konnte.

»Ja, genau so.« Seine Stimme war dunkel und samtig. Wie eine köstliche Liebkosung strich sie über Sara hinweg. »Spreize deine Beine.« Mit einer Hand strich er über die Rückseite ihres Oberschenkels erst nach unten und dann an der Innenseite hinauf, bis sein Finger ihre feuchte Scheide fand. Er ließ seinen Finger in ihre Scheide gleiten und in ihrer Ekstase schloss sie die Augen. »Mein Schaft wird genauso in dich eindringen«, flüsterte er leise an ihrem Ohr. Er knabberte an ihrem Hals und leckte dann mit seiner heißen Zunge über ihre Haut. Dabei führte er seinen Finger in sie ein und zog ihn wieder heraus.

»Genau so.«

Sie stöhnte auf und klammerte sich mit den Händen an das Kopfteil. Ihre Hüften bewegten sich im Rhythmus seiner Finger.

»Ja, Sara. Fick meinen Finger, so wie du meinen Schaft ficken wirst.«

Sie konnte kaum glauben, was er da alles zu ihr sagte und wie sehr es sie in den Wahnsinn trieb. Sie wollte mehr. »Stoße deinen Schwanz in mich.«

Er gluckste und biss ihr erneut in den Nacken. »Moment.« Wieder ließ er sie für einen Moment allein und sie sah, wie er seine Hand zur Nachttischschublade ausstreckte. Er holte ein Kondom heraus und sie konnte hören, wie er die Verpackung aufriss.

Er war schnell, denn sein Schaft stieß bereits an ihre Öffnung und dann drang er langsam in sie ein. Er machte es langsam – aufreizend langsam, aber sie schätzte seine Fürsorge. Er hielt ihre Hüften fest, bis er ganz tief in ihr war und sie spürte, wie seine Schenkel mit ihren Hinterbacken bündig waren. Er stieß gegen sie, und sein Unterleib bewegte sich, aber er stieß nicht zu.

»Willst du dich nicht bewegen?«, fragte sie und wollte unbedingt seine Reibung spüren.

Er umfasste eine ihrer Brüste, zog die Brustwarze nach unten und zwickte sie ein wenig. »Bedürftig, nicht wahr?«

»Jetzt bist du einfach nur gemein.«

»Wenn du auch nur eine Sekunde lang glaubst, dass das für mich nicht genauso quälend ist wie für dich, dann hast du nicht aufgepasst.«

»Wenn es eine Qual ist, warum tun wir es dann?« Sie drückte sich gegen ihn und ahmte seine reibenden Bewegungen nach.

»Gott, Sara, du bist so ... denn es ist eine wunderbare, exquisite Folter.« Er zog sich fast vollständig zurück und stieß erneut in sie.

Sie klammerte sich am Kopfteil fest und keuchte. »Noch einmal.«

Er kam ihr entgegen, zog sich zurück, bis nur noch die Spitze seines Schafts ihre Öffnung berührte und dann stieß er zu, bis sie aufschrie. »Noch einmal«, verlangte sie.

Immer und immer wieder reizte er sie mit rauer, bedächtiger Präzision, bis sie schließlich schrie: »Schneller. Bitte.«

»Du bringst mich um.« Mit seinen Zähnen zupfte er an ihrem Ohrläppchen und küsste dann ihren Kiefer und ihren Hals. Sein Mund war heiß und offen und seine Zunge unbändig und besitzergreifend. Die ganze Zeit über fickte er sie und sein Schaft bewegte sich in einem immer schnelleren Rhythmus in sie hinein und wieder heraus. Der Orgasmus, der sich nun in ihr aufbaute, ließ alle anderen Orgasmen des Abends im Vergleich verblassen. Sie fühlte sich, als bestünde sie aus einer Million Teilen, mit dem allergeringsten Zusammenhalt, die jeden Moment auseinanderfliegen würden.

Seine Hand glitt von ihrer Brust und wanderte tiefer, bis er ihre Knospe fand. Er drückte darauf und sie kam mit großer Heftigkeit, wobei ein Kaleidoskop aus Licht und Farben hinter ihren geschlossenen Augenlidern explodierte. Ihre Ekstase nahm sie in Besitz und sie gab sich ihr völlig hin. Er bewegte sich weiter, was ihren Orgasmus nur noch in die Länge zog. Einen Moment später schrie er auf und stieß ein letztes Mal in sie. Dabei griff er mit einer Hand nach ihrer Schulter, als sich seine Muskeln anspannten und sie spürte, wie er sich hinter ihr versteifte.

»Bin gleich wieder da«, murmelte er und entfernte sich.

Sara kroch auf das Bett und kuschelte sich unter die Bettdecke und die Laken. Sie waren so weich. So einladend. Sie schloss ihre Augen.

Sie hörte, wie er zum Bett zurückkam, weil eine Bodendiele in der Nähe knarrte. »Ich hoffe, es macht dir nichts aus, aber ich bleibe über Nacht.«

»Ich hätte dir nie das dritte Glas Wein gegeben, wenn ich das nicht erwartet hätte.«

Sie öffnete ein Auge und sah zu ihm auf. »Ich weiß.«

»Ich bin gleich wieder da, wenn ich alles abgestellt habe.« Er beugte sich herunter und küsste sie zärtlich auf die Lippen.

Sara seufzte, als er sie verließ, und vergrub sich tiefer in seinem Bett. Es war lange her, dass sie sich so zufrieden, so … glücklich gefühlt hatte.

Als er zurückkam, versuchte sie, nicht einzuschlafen. Er kletterte neben sie und sie schmiegte sich an seinen Oberkörper. Sein Arm legte sich um ihre Taille und er hielt sie fest.

»Du siehst aus, als seist du beinahe eingeschlafen«, meinte er. »Ich habe noch nie jemanden gesehen, der so schnell einnickt wie du.«

Sie lächelte, wobei sie die Augen allerdings geschlossen hielt. »Es ist komisch. Ich habe normalerweise schreckliche

Probleme beim Einschlafen. Fast immer nehme ich Mela-tonin – das ist ein weiterer Teil der Regulation der Sinne. Es ist schwer einzuschlafen und schwer aufzuwachen.« Sie gähnte. »Aber mit dir ist es kein Problem. Als ob du magisch wärst.«

Er küsste ihr Haar. »Schön, dass ich helfen kann.«

Sie begann einzuschlafen, aber nicht bevor sie ihn: »Danke«, sagen hörte. Sie wollte noch fragen, wofür, aber der Schlaf übermannte sie, ehe sie dazu kam.

Kapitel Vierzehn

DYLAN WAR UNTEN UND KOCHTE Kaffee, als Sara den Kopf durch die Tür steckte. Als sie ihn sah, ging sie zur Essecke und drehte sich in Richtung Küche. Ihr Lächeln war zaghaft und hatte einen Hauch von Sinnlichkeit. Wieder trug sie seinen Bademantel und sah verführerischer aus, als erlaubt war.

»Morgen«, sagte sie. »Du hast vermutlich keinen Tee?«

Mist, nein, den hatte er nicht. Sein Bedauern musste deutlich zu sehen gewesen sein, denn sie beeilte sich zu sagen: »Das ist in Ordnung.«

»Bist du keine Kaffeetrinkerin?« fragte er. Sie schüttelte den Kopf. »Wie wäre es mit Orangensaft? Und Frühstück?«

»Ja gerne, das wäre toll.« Sie setzte sich auf einen der Barhocker, während er ein Glas für sie einschenkte.

Verdammt, das letzte Mal, dass er mehr als einmal mit einer Frau Sex gehabt hatte – geschweige denn dreimal innerhalb von zwölf Stunden – war mit seiner Ex gewesen. Das passte ganz und gar nicht zu seinem Credo, an das er sich seit der Scheidung hielt: alle Frauen auf Distanz halten, weil es einfach und sauber ist. Warum hatte er dann Sara einfach nicht widerstehen können?

Sie blickte ihn über den Rand ihres Glases hinweg an, nachdem sie an ihrem Saft genippt hatte. »Bereust du die letzte Nacht?«

Warum nicht dem Bullen die Stirn bieten, der sie anstarrte? Dafür bewunderte – und schätzte er sie.

Wenn sie es darauf anlegte, direkt zu sein, war er ihr die gleiche Höflichkeit schuldig. »Nicht unbedingt. Und das von heute Morgen bereue ich auch nicht.« Ihr dritter Liebesakt war ein langsamer, verführerischer Weckruf gewesen, der sein Blut noch immer in Wallung brachte.

Sie stellte ihr Glas auf dem Tresen ab. »Gut. Also, die Sache ist die. Ich weiß, dass wir uns geeinigt hatten, das nicht zu tun ... Aber ich will ehrlich sein. Derzeit ist mein Leben reichlich beschissen, und mit dir zu schlafen – entschuldige bitte den Mangel einer besseren Beschreibung – macht mich glücklich. Ist es verkehrt, dass ich daran festhalten will?«

Er war sich nicht ganz sicher, worauf sie eigentlich hinauswollte, aber sein Selbstschutz war fest verankert. Eine Affäre über zwei Nächte war für sich genommen schon nicht seine Sache, aber drei Nächte mussten absolut verboten sein. Das galt insbesondere bei dieser gefährlich verführerischen Sara Archer. Er begriff allerdings, dass sie es wollte und es genoss. Und wenn er ehrlich war, konnte er auch nicht leugnen, dass er es auch wollte. »Nein, es ist nicht verkehrt«, entgegnete er langsam und mit Bedacht.

Sie entspannte sich und zog dabei ihre Mundwinkel nach oben. »Dann würde ich gerne vorschlagen, dass wir das noch einmal machen. Nur das – den körperlichen Teil. Nun, und die Freundschaft, denn du musst ja auch zugeben, dass wir zumindest Freunde sind.«

Ja, das gab er zu. Und das war an sich schon merkwürdig. Er hatte keine weiblichen Freunde. Er hatte allerdings
Freunde, die mit einigen *ihrer* weiblichen Freunde eine Art
»Freundschaft mit Vorzügen« hatten. Und vor kurzem erst
hatte sich einer von ihnen im Streit von seiner »Freundin«
getrennt. Wie erwartet, hatte einer der beiden – sie – tiefere
Gefühle entwickelt, und als diese nicht erwidert wurden,
war die ganze Sache zum Teufel gegangen. Das konnte
Dylan keinesfalls riskieren, nicht wenn sein Auftrag auf
dem Spiel stand.

»So sehr ich unsere Arrangements auch genieße,
möchte ich nicht, dass zukünftige Arrangements, um dein
Wort zu gebrauchen, meine Beschäftigung beeinträchtig-
ten.« Sie *hatte* angedeutet, dass eine Verflechtung ihre
Überlegungen für die zukünftigen Phasen beeinflussen
könnte.

Auf jeder ihrer Wangen erblühte ein roter Fleck.
»Das wird nicht geschehen. Ich hätte das neulich nicht
sagen sollen – dass du nicht mit den anderen Phasen
beauftragt wirst. Ich war wütend. Das verstehst du doch,
oder?«

Dylan verstand das. Auch er war aufgebracht gewesen.
Aber Vertrauen in einer Beziehung war für einen Mann,
der in der Regel auf sich gestellt war, kein leichtes Unter-
fangen. Andererseits konnte er seine verrückte, scheinbar
unstillbare Anziehung zu ihr nicht leugnen. Gestern Abend
war ihm jegliches rationales Denkvermögen vollkommen
abhandengekommen und er hatte das Gefühl genossen, sich
in ihr zu verlieren.

Sie unterbrach seine Gedanken. »Worüber denkst du
nach?«

Er schüttelte den Kopf. »Über dich. Dies hier. Ich bin
mir nicht sicher.«

Sie beugte sich vor und präsentierte ihr Dekolleté. »Kann ich irgendetwas tun, um dich zu überreden?«

Bei ihrem dreisten Anmachversuch konnte er sein Lächeln nicht unterdrücken. »Eine ganze Menge. Woher wissen wir, dass die Sache nicht böse ausgehen wird? Ich will dir kein Leid zufügen.«

Sie lehnte sich zurück und verschränkte die Arme. »Gehst du davon aus, ich würde mich in dich verlieben und du müsstest meine kleinen Gefühle abwehren? Komm wieder auf den Teppich. Ich bin diejenige, die den Vorschlag macht, genau wie damals im Januar. Wenn ich anhänglich und weinerlich werde, hast du die volle Erlaubnis, die ›Ich hab's dir ja gesagt‹-Karte auszuspielen. Abgemacht?«

Er hatte den Mund schon zu einer Antwort geöffnet, aber sie hob ihre Hand und unterbrach ihn. »Nein, bitte versuche nicht, mir zu sagen, was das Beste für mich ist, oder Entscheidungen für mich zu treffen. Von diesem Mist habe ich durch meine Familie bereits genug. Das hier darf ich tun. Und zwar für mich.«

»Eigentlich wollte ich dir gerade zustimmen. Es liegt mir fern, mich in dein Leben einzumischen«, murmelte er mit einem kleinen Lächeln, ehe er an seinem Kaffee nippte. Dann setzte er die Tasse ab. »Ich habe eine Bedingung. Die ganze Sache bleibt streng unter uns. Ich möchte nicht, dass jemand davon erfährt. Deine Familie nicht. Meine Mannschaft nicht. Niemand.«

»Darin bin ich voll und ganz deiner Meinung. Das Letzte, was ich gebrauchen kann, ist meine Familie, die mir mit ihrer Meinung und ihrem Rat zu meinem Liebesleben zur Seite steht. Ähm, Sexualleben«, ergänzte sie mit einem Grinsen.

»Ausgezeichnet. Ich kann mir nichts Schlimmeres

vorstellen, als dass alle Leute Bescheid wüssten, dass ich meine Chefin vögele.«

»Vögeln?« Ihre Augen blitzten vor Vergnügen. »Das haben wir also getan? Gevögelt?«

Er kam um die Bar herum, um dichter an sie heranzukommen. Sie drehte sich auf ihrem Hocker, zu ihm hin. »Wäre es dir lieber, wenn ich es ›ficken‹ nennen würde? Oder sollte ich es literarisch ausdrücken und ›das Tier mit zwei Rücken machen‹ sagen?«

Ein Lachen perlte aus ihrem Mund hervor und sie hob ihre Hand, um ihre prallen, zum Küssen einladenden Lippen zu bedecken. »Bitte nicht. Mir wäre es lieber, du würdest es ficken nennen. Eigentlich ist es mir egal, welchen Namen du dafür auswählst, solange wir es bald wieder tun.«

Er beugte sich herunter und berührte sie mit seinen Lippen nur ein Haar von ihren eigenen entfernt. »Darauf kannst du dich verlassen.«

Daraufhin presste sie ihren Mund auf seinen. Es hatte eigentlich ein keuscher Kuss ohne Einsatz der Zunge sein sollen, der ihn aber trotzdem erregte. »Ich dachte, du würdest Frühstück machen.«

Er hielt seine Lippen auf ihren. »Du hast mich mit dem Gerede vom Ficken abgelenkt.«

Eine Hand auf seinen Oberkörper gelegt, drückte sie gegen ihn, bis er sich aufrichtete. »Eigentlich sollte ich wohl heimgehen. Ich bin letzte Nacht verschwunden und die Dinge standen ... nicht gut.« Nun wurde ihre Miene wieder finster und zum ersten Mal seit der Dusche gestern Abend nahm er die Rückkehr ihrer Beklemmung wahr.

»Bleib so lange hier, wie du willst. Wirklich.« Er nahm seinen Kaffee in die Hand und trank einen Schluck. »Ich wollte gerade Speck und Eier machen.«

Sie blickte zu ihm auf. »Speck?«

Er umrundete die Insel und begab sich zum Kühlschrank. »Da fällt es schwer, nein zu sagen, nicht wahr?«

»Es ist unmöglich. Die Situation zu Hause wird immer noch bestehen. Es sei denn, Kyle hat getan, was wir alle erwarten, und ist gegangen.«

Er stellte die Eier und den Speck auf den Tresen und schloss den Kühlschrank. »War er die Ursache für das Problem von gestern Abend?«

»Ein bisschen. Erst war da dieser Zusammenstoß mit meinem Assistenten und dann war Kyle zu Hause und ich habe einfach ... Ich habe einfach die Fassung verloren. Am schlimmsten ist aber, dass Mom alles mitbekommen hat.« Sie erbleichte und blickte auf den Tresen hinunter. Mit den Fingerspitzen glitt sie an ihrem Glas Orangensaft auf und ab. »Ich habe Kyle gesagt, dass ich meinen Frust wohl abbauen sollte, indem ich genau das tue, was er getan hat – indem ich gehe. Ich habe ihm gesagt, ich hätte mein Leben auf Eis gelegt, mit katastrophalen Folgen, da mein Assistent die Zügel in die Hand genommen hat, und ich mich nun einfach an die erste Stelle setzen sollte, so wie er es getan hat.«

Dylan holte eine Rührschüssel hervor und machte sich daran, die Eier aufzuschlagen. »Autsch. Was hat er dazu gesagt?«

»Was sollte er groß sagen? Vor vier Jahren ist er einfach gegangen, ohne zurückzuschauen. Erst Alex' Selbstmord hat ihn zurückgebracht. Wer weiß schon, was der Auslöser für seine vermeintlich endgültige Rückkehr war?«

Dylan kam seine Unterhaltung mit Kyle wieder in den Sinn. Kyle war unverbindlich gewesen, doch er hatte spüren können, dass unter der Oberfläche noch etwas lauerte. Er wusste nicht, ob Kyle aus einem anderen Grund als dem Projekt heimgekehrt war oder ob es da noch einen ganz anderen Grund gab. »Du glaubst nicht, dass er hierbleiben wird?«

Sie zuckte mit den Achseln. »Er sagt, das würde er, aber wer weiß, was er wirklich vorhat? Er hat wirklich gute Arbeit geleistet, sich fernzuhalten.«

Dylan bekam langsam sogar das Gefühl, den Mann ein wenig in Schutz nehmen zu müssen. Vielleicht war er aus einem Grund gegangen und ferngeblieben, den er wahrscheinlich nicht verraten wollte. Dylan wusste nur zu gut, wie es sich anfühlte, ein Außenseiter zu sein und Dinge geheim zu halten, da es am Ende einfacher so war. »Glaubst du nicht, der Tod seines Bruders könnte ein ausreichender Grund sein, für immer heimzukehren?«

»Warum hat er es dann nicht getan?« Sara verschränkte die Arme. »Er kam zur Beerdigung nach Hause, und dann *kehrte er nach Florida zurück* und kam dann noch einmal zur Bekanntgabe des Trusts zurück. Dann ging er *wieder* für einige Monate nach Florida *zurück*. Warum ist er nicht einfach gleich nach Hause zurückgezogen?«

Dylan nahm die Milch aus dem Kühlschrank und gab einen Spritzer in die Eier. »Vielleicht gab es dort ein paar Dinge, die er erst klären musste. Es ist nicht leicht, einen Umzug quer durchs Land zu bewerkstelligen. Als ich beim Militär war, habe ich das auch gemacht, und so ein Vorhaben erfordert eine gewisse Planung.«

Sie sah ihn argwöhnisch an. »Nimmst du ihn etwa in Schutz?«

»Ich spiele nur des Teufels Advokat. Das ist eine schlechte Angewohnheit.« Es war die einzige Methode gewesen, die er wagte, um seine eigene Meinung zu vertreten, die häufig von der seines Stiefvaters abgewichen war – er tat einfach so, als würde er nur eine andere Sichtweise ins Spiel bringen. Was die Familie anging, hatte er gelernt, seine Meinung für sich zu behalten. »Du hast ein Recht darauf, verletzt und empört zu sein«, wollte er sagen, *und ich hatte ihm neulich gesagt, er solle mit dir ins Reine kommen.* Doch er hielt sich gerade noch zurück, ehe er sich völlig in ihr Familiendrama verwickelte. *Mach mal halblang, Mann.*

Sie lehnte sich auf ihrem Hocker zurück. »Danke. Ich muss zugeben, dass es anstrengend ist, auf ihn wütend zu sein. Allerdings bin ich immer noch nicht bereit, ihm sein Verhalten zu vergeben und es zu vergessen. Aber ich muss mit Mom sprechen.« Sie verzog das Gesicht. »Ich habe wirklich ein schlechtes Gewissen deshalb. Ich werde mich jetzt anziehen, während du kochst, wenn das in Ordnung ist.«

»Kein Problem. Ich habe deine Sachen aus dem Trockner genommen und in der Waschküche aufgehängt.«

Sie stand vom Hocker auf. »Danke.«

»Gern geschehen.« Er lächelte sie an, während er einen Schneebesen aus der Schublade zog. »Es ist alles in Ordnung. Das Frühstück wartet auf dich, wenn du fertig bist.«

Sie kam um die Insel herum. Er drehte sich zu ihr um. Sie ließ ihre Hand über seine Brust gleiten, schlang ihre Finger um seinen Hals und zog ihn für einen kurzen Kuss zu sich herunter. Mit einem Lächeln drehte sie sich um und schlenderte in Richtung Waschküche.

Dylan blickte ihr nach und hoffte, dass ihre heimliche Affäre nicht nach hinten losgehen würde. Es gab so vieles, was es vermasseln konnte, und nach Dylans Erfahrung würde irgendetwas davon passieren. Eines Tages.

Er hoffte nur, dass bis dahin noch viel Zeit ins Land gehen würde.

* * *

SARA WÜNSCHTE, SIE hätte den ganzen Tag, oder eigentlich das ganze Wochenende, bei Dylan verbringen können, aber sie musste sich vergewissern, dass mit ihrer Mutter alles in Ordnung war. Sie fühlte sich schrecklich, weil sie am Vorabend nach ihren harschen Worten einfach hinausgestürmt war. Noch schlimmer war allerdings ihr Versäumnis gestern Abend, dass sie sich nicht die Zeit genommen hatte, um sie anzurufen und sich zu entschuldigen.

Nach einem langen Kuss auf Dylans Veranda war sie in ihr Auto gestiegen und hatte einen Blick auf ihr Handy geworfen, auf dem mehrere SMS von verschiedenen Archers und eine Sprachnachricht von Aubrey Tallinger eingegangen waren. Sara setzte sich die Kopfhörer auf und hörte Aubreys Nachricht ab, die sie am Morgen hinterlassen hatte.

»Hey, Sara, hier ist Aubrey. Tut mir leid, dass ich Sie gestern Nachmittag nicht zurückrufen konnte. Ich war mit einem Kunden beschäftigt. Ich weiß, es ist Samstag, aber Sie können mich gerne auf meinem Handy anrufen, sobald Sie Zeit haben. Ihre Nachricht klang, als wäre die Sache sehr dringend. Hoffentlich ist alles in Ordnung! Bye.«

Sara lächelte. Sie mochte Aubrey sehr. Hoffentlich würde sie ihr mit »Stealy McThiefson« helfen können. Sara rief Aubrey auf ihrem Handy an und vereinbarte einen Termin zum Kaffeetrinken für diesen Nachmittag.

Als Sara ihr Auto in die Garage lenkte, waren ihre Nerven zum Zerreißen gespannt. Sie strich einige Male über ihr Armband, um sich zu beruhigen, und ging dann ins Haus, wobei sie sich auf einen Zusammenstoß gefasst machte, der die Wucht einer Bruchlandung haben könnte.

Niemand bedrängte sie an der Tür. Tatsächlich war es ungewöhnlich still. Traurig stellte sie fest, dass dies in ihrem Elternhaus jetzt oft der Fall war.

Anstatt in die Küche zu gehen, bog sie in den Hauptkorridor ab, der sich mit der ersten Etage kreuzte, und lenkte ihre Schritte zum gegenüberliegenden Flügel, in dem sich die Schlafräume ihrer Eltern befanden. Sie durchquerte das große Zimmer, ohne jemandem zu begegnen, und ging bis zum Ende der Galerie.

Es war nicht sehr früh, aber es war auch nicht das erste Mal, dass Mom in ihrem Zimmer geblieben war. Als Sara die Tür erreichte, holte sie tief Luft und klopfte etwas lauter – die Suite bestand aus mehreren Zimmern. »Mom?«

Stille. Sie klopfte erneut.

Schließlich: »Hereinspaziert.«

Sara öffnete die Tür und schloss sie hinter sich. Sie ging ins Wohnzimmer und sah Mom in ihrem üblichen Sessel. Sie war angezogen, ihr Haar und ihr Make-up waren fertig. Vielleicht hatte sie schon gefrühstückt und war gut in den Tag gekommen.

»Wie geht es dir?«, erkundigte sich Sara etwas unsicher, wie sie anfangen sollte.

Mom drehte scharf den Kopf und blickte sie an. »Bitte schleiche nicht mehr wie auf Eiern um mich herum. Das will ich von niemandem, schon gar nicht von dir.«

Nein, das würde sie nicht. Immer hatte Mom von Sara erwartet, dass sie sich anstrengte, und sich bemühte, dass sie für ihren Erfolg kämpfte, was insbesondere in jüngeren Jahren nicht immer einfach gewesen war. »Es tut mir leid, ich hätte nicht einfach so gehen sollen. Du weißt, dass ich auf Kyle wütend war, und nicht auf dich. Allerdings bereue ich nicht, dass ich nach Hause gezogen bin, um bei dir zu sein.«

»Ich weiß, das tust du nicht, mein Schatz, und ich weiß, dass du an deinem Bruder deinen Ärger auslässt.« Sie drehte sich um und blickte auf den Garten hinaus. »Im Moment ist er jedermanns Lieblings-Sandsack.«

Sara konnte nicht anders, als bei dieser Bezeichnung zusammenzufahren, denn ihre Mutter hatte recht. Alle waren wütend auf Kyle, aber er war hier und ließ den Angriff über sich ergehen. Sie rechnete damit, dass er dessen bald müde – oder genervt – werden und wieder verschwinden würde. »Er hat uns keinen Grund gegeben, ihn *nicht* so zu behandeln. Er hat uns im Stich gelassen, Mom.«

»Das hat er nicht.« Mom klang müde, aber ihre Antwort hatte Biss. »Ich verstehe, dass *du* dich verlassen gefühlt hast, und das tut ihm auch leid, da bin ich sicher. Er hätte nicht gehen sollen, ohne dir eine Erklärung zu geben. Trotzdem hat er das Recht, seine eigenen Entscheidungen zu treffen, und wir sind nicht verpflichtet, Gefallen daran zu finden.«

Sara hockte sich vorsichtig auf die Kante eines zweiten Sessels – Vaters Sessel –, der auf der anderen Seite stand. »Willst du damit sagen, du verstehst, warum er gegangen ist? Ich dachte die ganze Zeit, du wärst über seinen Weggang und über seine viel zu seltenen Besuche enttäuscht.«

»Nein, ich verstehe es nicht und ich hoffe, er wird mir eines Tages seine Gründe darlegen. Und ja, ich war von ihm enttäuscht, aber wenn ich etwas aus Alex' Tod gelernt habe, dann die Lehre, dass das Leben zu kurz ist, um solchen Dingen nachzuhängen.« Sie warf Sara einen vielsagenden Blick zu.

Sara schluckte. Ja, das Leben war zu kurz. Wenn etwas passierte und sie die Sache mit Kyle nicht klärte … Sie drehte den Kopf und schaute auf den Rasen hinaus. Ein

Falke flog tief über den Bäumen und dann in Richtung Horizont davon.

»Das Gleiche habe ich auch Kyle gesagt«, meinte ihre Mutter und brachte Sara dazu, sich ihr wieder zuzuwenden.

»Danke.«

Als Moms Blick über Saras Kleidung glitt, legte sich ihre Stirn in Falten. Pfui, sie trug die gleichen Kleider wie gestern. Schnell stand sie auf, bevor Mom noch etwas fragen konnte. »Ich bin letzte Nacht in meiner Wohnung geblieben«, bot sie lahm an. »Aber ich bin nach Hause geeilt, um mit dir zu reden. Ich glaube, ich gehe duschen. Hast du schon gefrühstückt?«

Mom nickte. »Kyle hat mir ein Omelett gemacht.«

Seit seiner Heimkehr hatte Kyle nicht mehr gekocht. Sara konnte sich nicht erinnern, wann er das letzte Mal etwas für sie zubereitet hatte. Vielleicht *bemühte* er sich wirklich. »Ich wette, es war köstlich.«

Mom lächelte. »Das war es. Was hast du heute vor?«

Sara dachte an ihre Verabredung am Nachmittag, wollte ihre Mutter aber nicht mit dem Debakel mit Craig belasten. »Ich treffe mich später mit Aubrey Tallinger zum Kaffee. Wir müssen ein paar Dinge im Zusammenhang mit dem Projekt besprechen – Flächennutzungspläne.« Sie verdrehte die Augen. »Sehr aufregend.«

Moms Augen funkelten, als sie zu Sara aufsah. »Deine Beteiligung an diesem Projekt macht mich so glücklich. Ist es zu viel verlangt, wenn ich hoffe, dass du dauerhaft in Ribbon Ridge bleibst? Der Veranstaltungsraum im The Alex könnte ein schöner Vollzeitjob für dich werden.«

Ja, das könnte er, und angesichts der Katastrophe, die ihre bisherige Einnahmequelle derzeit war, würde es vielleicht auch so kommen müssen. Sie hatte sich aber so angestrengt, um sich zu beweisen, um unabhängig zu sein, und um sich von den Erwartungen aller zu lösen. »Ich weiß es nicht. Wir werden sehen, was passiert.« Sie beugte sich herab und küsste sie auf die Wange. »Wir sehen uns später.«

Nachdem sie Yoga praktiziert, geduscht und sich in ihr Zimmer zurückgezogen hatte, um ihren Geschwistern auszuweichen, machte sich Sara auf den Weg, um sich mit Aubrey zu treffen. In Ribbon Ridge gab es mehrere Coffeeshops, und sie hatte sich absichtlich einen anderen als Books and Brew ausgewählt. Sie hoffte, dass Craig ihr das Lokal nicht für immer verdorben hatte.

Sie betrat Stella's Café, bestellte eine Kanne Tee und wählte einen gemütlichen Tisch der eher im hinteren Bereich lag. Sie wollte nicht vorne sitzen, wo zu viele Leute in Versuchung geraten könnten, bei ihnen stehen zu bleiben und zu plaudern. Ribbon Ridge war eine Kleinstadt, in der die Leute einander kannten oder zumindest fast alle einem vage bekannt vorkamen.

Ein paar Minuten später kam Aubrey herein. Suchend sah sie sich im Innenraum um und als sie Sara entdeckte, hob sie eine Hand. Sie schritt zum Tresen und gab eine Bestellung auf, ehe sie sich dann zu Sara an ihren Tisch setzte. »Hallo!«

»Hallo, danke, dass Sie sich mit mir an einem Samstag treffen«, eröffnet Sara das Gespräch.

Aubrey hängte ihre Handtasche und ihre Jacke an die Stuhllehne. Der gestrige Regenguss hatte sich heute in vereinzelte Schauer verwandelt. »Kein Problem. Sie klangen sehr aufgeregt.« Mit diesen Worten nahm sie Platz. »Wie kann ich Ihnen mit diesem Mistkerl helfen?« Sie ließ ein Lächeln aufblitzen, das ihr Gesicht erhellte. »Um das klarzustellen, das war Ihre Wortwahl.«

Sara lachte. »Ja, das war es. Ich konnte nicht anders. Ich habe ihn vor drei Jahren eingestellt, und er ist einer meiner engsten Freunde. Er *war* einer meiner engsten Freunde. Offenbar habe ich mich in ihm getäuscht.«

»Er hat das Geschäft geleitet, während Sie hier waren?«

»Ja, ich habe mich selbst beurlaubt, aber bei Bedarf habe ich mich mit ihm beraten.« Im Nachhinein betrachtet hätte sie ihm von Anfang an eine Gehaltserhöhung zugestehen sollen, aber sie war zu sehr mit anderen Dingen beschäftigt gewesen.

Die Bedienung brachte ein Tablett mit einer Teekanne, einer Tasse, verschiedenen Teesorten und einer Auswahl an Gewürzen. Sie wandte sich an Aubrey. »Was haben Sie bestellt?«

»Einen Mokka.«

Die Bedienung nickte und entfernte sich.

Aubrey stützte sich mit dem Ellbogen auf die Tischkante. »Bevor ich es vergesse: Ich glaube nicht, dass wir Probleme mit der Änderung des Flächennutzungsplans für das Grundstück haben werden. Es braucht nur Zeit. Schätzungsweise wird das Gelände als Gewerbegebiet ausgewiesen, ehe die Hochzeit im August stattfindet.«

Sara hatte nicht geflunkert, als sie Mom gesagt hatte, sie wollten über die Änderungen der Flächennutzungspläne sprechen. »Danke, ich werde diese Information an die anderen weitergeben.«

»Zurück zu Ihrem Problem. Hatten Sie eine mündliche Vereinbarung oder etwas Schriftliches?«

»Nichts Formelles.« Ach, Sara hatte gar nicht daran gedacht, etwas schriftlich festzuhalten. »Ich wusste nicht, wie lange ich hierbleiben würde, also blieben wir einfach in engem Kontakt.« Was nicht schwer war, bedachte man, dass sie befreundet gewesen waren. Sara wählte einen Zitronen-

Ingwer-Tee, riss die Verpackung auf und gab den Beutel in ihre Tasse. »Ist das ein Problem?«

»Nein, ich sammle nur die Fakten. Sie sagten, er hat bereits einen Anwalt konsultiert?«

Sara goss das dampfende Wasser in ihre Tasse. »Seinen Freund.«

»Wie ist sein Name?« Die Kellnerin brachte Aubrey ihren Mokka, der mit einem Sonnenmotiv im Schaum verziert war. Aubrey lächelte zu ihr auf. »Danke.«

»Taylor Sandridge.«

»Ich werde mich mit ihm in Verbindung setzen. Sie müssen nicht mehr mit dem Mistkerl reden.«

Sara war froh, dass sie nicht mit ihm kommunizieren musste, auch nicht schriftlich. »Danke, das ist eine große Erleichterung. Ich fühle mich so verraten.«

»Das kann ich mir vorstellen.« Aubrey nahm ihren Mokka in die Hand und blies darauf, ehe sie einen Schluck trank. Sie stellte die Tasse auf die Untertasse zurück. »Sie sagten, er stiehlt Ihnen die Kunden. In welcher Weise?«

»In mehrfacher Hinsicht. Er hat die Kunden, die ich unter Vertrag genommen habe, davon überzeugt, ihm in sein neues Unternehmen zu folgen. Außerdem hat er seit meinem Hiersein neue Kunden unter Vertrag genommen. Sind diejenigen, die er unter Vertrag genommen hat, bei ihm unter Vertrag und nicht bei mir?«

Aubrey runzelte die Stirn. »Ja, leider. Aber wissen Sie, wie er an diese Kunden gekommen ist?«

»Nicht direkt. Er hat gesagt, einer dieser Kunden hätte die Geschäftsnummer angerufen und er hätte auf diese Weise einen Vertrag mit ihm abgeschlossen.«

»Diese Person hatte also die Absicht, mit Sara Archer Celebrations zu sprechen – ich habe Sie nachgeschlagen – und letztendlich bei Ihrem Assistenten unterschrieben?«

Sara gab ein wenig Honig in ihren Tee. »Ich glaube schon, ja. Heißt das, er hat gegen das Gesetz verstoßen?«

»Nicht ganz.« Sie schürzte die Lippen zu einem Ausdruck der Abneigung. »Es ist auf jeden Fall unethisch, zumindest in meinen Augen.«

Es fühlte sich so gut an, eine Verbündete zu haben. Genauer gesagt, einen zweiten Verbündeten. Dylan hatte ganz wunderbar zu ihr gehalten. »Was ist mit den Leuten, die bei mir unter Vertrag sind? Er kann sie doch nicht einfach mitnehmen, oder?«

»Das kann er, aber dazu müssten diese Kunden ihre Verträge mit Ihnen brechen. Ich bezweifle, dass sie das tun werden. Allerdings müssen Sie sich fragen, ob es wert ist, sie zu einer Entscheidung zu zwingen. Ich meine, wenn diese Leute Craig wollen und unglücklich sind, weil sie zu Ihnen zurückkommen müssen, um ihren Vertrag nicht zu brechen, liegt Ihnen dann wirklich daran, diese Art von Missgunst zu erzeugen?«

»Nein.« Sara knurrte der Magen. Von keinem der Kunden, denen sie gestern eine Nachricht hinterlassen hatte, war ein Rückruf erfolgt. Bedeutete das etwa, dass sie es vorzogen, bei Craig zu bleiben? Wie würden diese Kunden sich fühlen, wenn sie sie zwingen würde, mit ihr zu arbeiten oder sie zu bezahlen, um ihren Vertrag nicht zu brechen? »Ich will aber auch nicht einfach aufgeben und mir von Craig wegnehmen lassen, was ich mir aufgebaut habe. Ich habe für dieses Geschäft wirklich hart gearbeitet. Ja, er hat mir geholfen und ohne ihn hätte ich wahrscheinlich nicht so schnell so viel Erfolg gehabt, aber es gehört *mir*. *Sara Archer* Celebrations.«

Aubreys Blick aus ihren grünen Augen drückte Freundlichkeit aus. »Ich weiß, und Sie müssen sich auf keinen Fall fügen. Sie müssen ihm auch nicht Ihr Geschäft überlassen.

Sie können weiterhin Sara Archer Celebrations sein. Er wird bloß nicht mehr für Sie arbeiten, und Sie haben vielleicht nicht mehr dieselben Kunden. Aber erlauben Sie mir bitte eine Frage: Geht es Ihnen um das Geschäft oder wollen Sie nur nicht, dass er es bekommt?«

»Ich will mein Geschäft.« Moms Vorschlag brannte sich in ihr Gehirn ein. Sie *könnte sich* hauptberuflich um die Veranstaltungen für The Alex kümmern. Auch das war eine Sache, die sie sich aufbauen konnte. »Ich habe ... Optionen, wenn er meinen Kundenstamm behält. Aber wie ich schon sagte, will ich nicht einfach aufgeben.«

Aubrey formte die Lippen zu einem unbarmherzigen Lächeln. »Wenn Stealy McThiefson – auch Ihr Ausdruck – Ihr Geschäft will, wird er dafür bezahlen müssen. Lassen Sie uns über Zahlen reden, ja?«

Noch immer war Sara sich nicht sicher, ob sie mit diesem Ergebnis zufrieden sein konnte, doch sie wusste auch nicht, ob es einen anderen Weg geben würde. Sie rührte in ihrem Tee. »Also los.«

Kapitel Fünfzehn

D YLAN SCHLENDERTE IN DAS Arch and Vine, das in der Innenstadt von Ribbon Ridge lag, um mit Cameron zu Abend zu essen. Es war Camerons Gegeneinladung für das Abendessen von letzter Woche – aber da Cameron kaum kochte, aßen sie auswärts.

Dylan war schon hundertmal hier gewesen, aber jetzt, wo er und Sara diese »Freundschaft mit Vorzügen« am Laufen hatte, erschien ihm das Lokal in einem neuen Licht. Mist, wenn die Sacha zwischen ihnen schiefging, müsste er demnächst die Straße runter in die Spelunke mit Karaoke und Tippspielen gehen? Das hoffte er wirklich nicht. Er mochte das Bier und das Essen im Arch and Vine, und vor allem gefiel ihm die Atmosphäre – es war dezent und einladend. Sogar die Einrichtung sagte ihm zu, insbesondere das Gemälde an einer Wand, das eine mittelalterliche Straßenszene darstellte.

Der Barkeeper, ein griesgrämiger Mann in den Sechzigern mit Brille und kantigem Kiefer, erwiderte seinen Blick. Dylan hatte schon mehr als einmal mit ihm geplaudert und erinnerte sich vage daran, dass er George hieß. Moment mal, könnte das der George sein, der Sara das Billardspielen beigebracht hatte?

»Guten Abend«, begrüßte der Barkeeper ihn. »Kommen Sie an die Bar oder wollen Sie einen Tisch?«

Dylan ließ den Blick suchend durch das Lokal schweifen, aber er sah Cameron nicht. Es war typisch für seinen Bruder, sich einige Minuten zu verspäten. »Einen Tisch, ich treffe mich mit meinen Bruder.«

George neigte seinen grauen Kopf. »Dann setzen Sie sich doch. Chloe kommt gleich, um Ihre Bestellung aufzunehmen.«

Noch mehr Leute der Archers. Er war völlig von ihnen umzingelt. Aber er war ja auch in ihrem Pub.

George schaute an Dylan vorbei auf die Tür hinter ihm. »Na, sieh mal einer an, was die Katze angeschleppt hat. Kyle Archer, du bist ein Anblick für diese wunden alten Augen.«

Kyle grinste ein breites, strahlendes Lächeln. Zusammen mit seiner anhaltenden Bräune und seinem strandblonden Haar sah er aus, als wäre er einer Surfbrett-Werbung entsprungen. »Hallo George.«

George trat hinter der Bar hervor und umarmte Kyle. »Es wird Zeit, dass du mal für etwas anderes als für eine Beerdigung heimkommst.«

»Autsch.« Kyle lächelte den Barkeeper an und klopfte ihm auf die Schulter. »Ich freue mich auch, dich zu sehen. Warum hast du mein Crossbow noch nicht gezapft? Wirst du auf deine alten Tage träge?«

»Das hättest du wohl gern.« George kehrte hinter die Bar zurück und zapfte Kyle das Bier. »Ich kann dich beim Armdrücken noch immer haushoch schlagen.«

»Ja, das kannst du. Ich werde jetzt einfach den Mund halten.« Kyle sah Dylan an. »Hey, Westcott. Was führt dich hierher? Heißes Date?« Er sah sich nach Dylans nicht vorhandener Begleiterin um.

Dylan dämpfte das Lächeln, das seine Lippen umspielte. »Ich treffe mich mit Cameron zum Abendessen. Warum isst du nicht mit uns?«

»Wenn es euch nichts ausmacht.« Kyle nahm sein Crossbow von der Bar. »George, schenk meinem Freund hier einen Drink ein.« Kyle sah Dylan an. »Was ist dein Gift?«

Wie Sara schon festgestellt hatte, besaß Dylan keinen Favoriten unter der Auswahl an Bieren, also wählte er das, was sich heute Abend gut anhörte. »Longbow.«

George zapfte das Bier und wollte es gerade über die Theke schieben, als die Tür aufging. Sowohl Dylan als auch Kyle drehten sich um, als Cameron mit Hayden Archer im Schlepptau eintrat. Verdammt, das Abendessen könnte wohl ungemütlich werden, was Dylan angesichts der Situation mit Kyle, von der Sara ihm berichtet hatte, kombinierte.

»Yo, Bro«, dröhnte Cameron, der ein lässig-schickes Outfit trug, das so ziemlich dem entsprach, was er zum Reinigen von Dads Dachrinnen getragen hatte.

»Kyle!« Cameron klopfte ihm auf die Schulter. »Lang ist's her. Du siehst gut aus. Unverschämt gut, um genau zu sein. Florida ist eindeutig der passende Ort für dich. Dylan, ich hoffe, es macht dir nichts aus, dass ich Hayden mitgebracht habe.«

Kyle blickte seinen Bruder an und die Luft schien vor Spannung zu knistern.

Hayden nickte Dylan zu und sagte: »Hey, Dylan.«

»Ihr Jungs nehmt einen Haufen Platz weg«, beschwerte George sich laut. »Setzt euch an einen Tisch.«

Cameron drehte sich um und führte die kleine Gruppe

zu einer freien Nische unter dem mittelalterlichen Wandgemälde. »Kyle, du auch?«, fragte er, als er in die Nische schlüpfte und erkannte, dass Kyle ihnen gefolgt war.

»Wenn es euch nichts ausmacht«, meinte Kyle erneut.

Dylan setzte sich seinem Bruder gegenüber. »Ich habe ihn eingeladen.«

»Cool«, meinte Cameron, als Hayden sich neben ihn setzte.

Chloe trat an den Tisch heran. »Hi Leute.«

Hayden lächelte sie an. »Oh, hey Chloe.«

Sie erwiderte das Lächeln. »Hi Hayden. Kyle, schön, dich zu sehen«, fügte sie hinzu, obwohl sie zögerlich klang und Dylan sich fragte, ob sie *wirklich* der Meinung war, es sei schön, ihn zu sehen. An diesem Morgen beim Frühstück hatte Sara die Kyle-Saga fortgesetzt und erklärt, dass Derek und er einmal beste Freunde gewesen waren und ihre Beziehung in die Brüche gegangen war, als er nach Florida ging.

»Schön, wiedererkannt zu werden. Danke, Chloe.« Wenn Kyle ihre nuancierte Sprechweise wahrgenommen hatte, zeigte er es nicht.

Sie ließ den Blick über den Tisch schweifen und nahm den Getränkestand in Augenschein: »Kann ich noch etwas Bier für euch besorgen? Einen Pitcher vielleicht?«

»Oder zwei«, schlug Cameron vor. Er warf einen Blick auf das, was Dylan und Kyle tranken, und sagte: »Einen mit Longbow und einen mit Crossbow, bitte.«

»Wird gemacht. Sagt Bescheid, wenn ihr etwas essen wollt.« Chloe lächelte und ging, um ihre Bestellung auszuführen.

»Nachos.« Kyle setzte einen verträumten Gesichtsausdruck auf. »Mit Tillamook-Käse und Sour Cream. Ich habe Oregon vermisst.«

»Du hättest nicht so lange wegbleiben müssen, wenn du es so sehr vermisst hast.« Haydens Kommentar hatte Biss, aber in seinem Blick lag gottlob auch ein Anflug von brüderlichem Spott.

Kyle antwortete nicht. Stattdessen trank er einen Schluck Bier.

»Gedenkst du, hierzubleiben?«, fragte Cameron an Kyle gerichtet.

Kyle zuckte mit den Schultern.

»Moment«, mischte Hayden sich ein und seine Augen wurden schmal. »Mom glaubt, du bleibst für immer hier, also solltest du das wohl auch.«

Kyle hob kapitulierend die Hände, als wäre er unbewaffnet in eine Schießerei verwickelt worden. »Ja, ich bin gekommen, um zu bleiben. Ich bin hier, um bei dem Hotelprojekt zu helfen. Ich bin hier, um meinen Archer-Status wiederzuerlangen.«

Cameron lachte. »Deinen ›Archer-Status‹. Als ob der jemals verschwinden würde. Reichtum, Ruhm und ein unverschämt gutes Aussehen. Dieser ganze Scheiß bleibt dir meiner Annahme nach sogar in Florida erhalten.«

»Ruhm?« Kyle verdrehte die Augen. »Als ob sich irgendjemand an diese Serie erinnert.«

»Schön wäre es«, kommentierte Hayden müde. »Vor ein paar Wochen kam eine Frau im Baumarkt in Newberg auf mich zu. Sie fragte mich, ob ich einer von ›diesen Sechslingen‹ sei. Als ich höflich verneinte, beharrte sie darauf, mich schon mal im Fernsehen gesehen zu haben. Schließlich musste ich zugeben, dass ich das ungeplante Kind, also Teil der Sendung war, aber nicht zu den *echten* Sechslingen gehörte. Anschließend war sie nicht annähernd so beeindruckt, wie zu Anfang.«

Cameron lachte. »Armer Hayden. Er hat sich nie

richtig eingefügt. Es ist wirklich hart, du zu sein. Nicht wahr?«

Chloe kam mit ihren Bier-Pitchern und zwei weiteren Pint-Gläsern zurück. Sie bestellten Nachos und Burger.

Hayden stieß Cameron mit dem Ellbogen an, nachdem Chloe gegangen war. »Manchmal ist es tatsächlich blöd, ich zu sein. Wir können ja nicht alle Handelsvertreter sein, die in jeder Stadt ein Mädchen haben.«

Cameron schnaubte. »Richtig, das bin ich. Ein amerikanischer Gigolo. Aber hey, ich bin *kein* Handelsvertreter. Ich verkaufe Wein – großartigen Wein – und wenn ich reise, veranstalte ich gehobene Abendessen, zu denen unsere Weine passen.«

»Klingt für mich nach Handelsvertreter und Gigolo in einem«, stellte Kyle fest.

Hayden zeigte auf seinen Bruder und nickte. »Bingo!«

»Hey, ich steh hinter dir.« Kyle schenkte Bier für alle ein.

»Mein Bruder ist also zweifellos eine billige männliche Hure«, sagte Dylan und warf seinem Bruder einen spöttisch missbilligenden Blick zu. »Was ist mit dir, Kyle? Dir liefen doch in Florida sicher auch die Prominenten haufenweise hinterher.«

Cameron nickte. »Oh, auf jeden Fall.« Er lehnte sich über den Tisch und nahm Kyle mit einem gespielt ernsten Blick ins Visier. »Wie viel Zeit verbringst du so im Schnitt auf einer Yacht?«

Kyle lächelte wie die Katze, die den Kanarienvogel gefressen hat. »Jede Menge.«

»Und da du eigentlich gar keine eigene Yacht hast, nehme ich an, dass sie vielleicht einer Freundin gehört? Darf man dich auch den Beach Bachelor nennen?«

Hayden brach in Gelächter aus und Dylan stimmte mit ein.

»Ich sehe dich schon wie in dieser Fernsehsendung am Strand mit deinem Tisch voller Rosen, während du überlegst, auf welchem Boot du den Tag verbringen willst. Die armen Frauen denken, du würdest eine Romanze mit ihnen anfangen, aber in Wirklichkeit bist du nur an ihren Pferdestärken interessiert.« Cameron bog sich vor Lachen.

Kyle schaute jeden Einzelnen am Tisch kopfschüttelnd an und lachte dann mit ihnen.

Schließlich sagte Hayden: »Wir haben also eine männliche Hure, und einen Beach Bachelor. Und was ist Dylan?«

»Der geschädigte Geschiedene«, antwortete Cameron. »Er ist eine Art Projekt, das von einer Frau repariert werden muss. Nach dem Scheitern seiner Ehe hat er Trost und Geborgenheit nötig. Allerdings scheint er die schnelle Tour zu bevorzugen, wenn ihr versteht, was ich meine.« Er wackelte mit den Augenbrauen, um seine anzügliche Bedeutung noch zu unterstreichen.

»Du erzählst uns hier nichts, was wir nicht schon wissen«, meinte Hayden. »Sein Ruf als Aufreißer ist allgemein bekannt.«

Autsch. Wusste Sara darüber Bescheid? Das musste sie wohl, wenn es allgemein bekannt war. Und sie beide hatten ohnehin diese Freundschaft mit Vorzügen ausgehandelt. Jegliche Bedenken, die er in Bezug auf dieses Arrangement hatte, verblassten völlig. Sie hatte sich mit offenen Augen darauf eingelassen. Er hätte sich kein besseres Arrangement wünschen können.

Cameron nickte. »Ich habe ihm alles beigebracht, was er weiß.«

Dylan verdrehte die Augen. »Träum weiter.«

»Also, Gigolo, Beach Bachelor und ein geschädigter Geschiedener«, fasste Cameron zusammen. »Bleibt noch Hayden. Ganz klar ist er das ein One-Hit-Wonder.«

Dylan blickte Hayden an, der den gesenkten Kopf sacht hin und her schwang. »Versteh' ich nicht.«

Cameron hob sein Bierglas. »Hayden hat seit Bex keine richtige Freundin mehr gehabt.«

Hayden warf Cameron einen düsteren Blick zu. »Halt die Klappe.«

»Ist das wahr?«, fragte Kyle. »Keine einzige?«

»Das fragt der Richtige«, meinte Hayden mit einem Augenzwinkern. »Ich gehe aus. Ich bin keine männliche Hure. Oder ein Aufreißer.« Er sah Cameron an und warf einen Blick auf Dylan, ehe er dann wieder zu Kyle sah. »Oder ein Barkeeper Lothario.«

Cameron setzte sein Bier ab. »Hey, es gibt keine Beweise, dass ich Prostitution betrieben hätte. Oder dass ich eine männliche Hure bin. Das ist nur deine reißerische Fantasie. Du hingegen hast eine ganze Spur von gebrochenen Herzen hinterlassen – oder zumindest von enttäuschten Frauen – und das im ganzen Willamette Valley.«

»Weil du immer noch in Bex verknallt bist?« Kyle beugte sich vor, wobei ihm der Mund vor Überraschung ein wenig offenstand.

Dylan hörte die Antwort auf diese Frage nicht, denn seine Aufmerksamkeit wurde von der aufgehenden Tür und Sara abgelenkt, die gerade hereinkam. Allein durch ihre Anwesenheit fing sein Körper an zu pulsieren und er musste seine gesamte Willenskraft aufbringen, um nicht aufzustehen und zu ihr zu gehen. Glücklicherweise versperrte Kyle ihm den Weg aus der Nische.

Als wäre auch sie mit einem Radar ausgestattet, das ihr

die Gegenwart des anderen signalisiere, trafen sich ihre Blicke. Eine schwache Röte stieg in ihre Wangen. Dann wanderte ihr Blick nach rechts und landete bei Kyle. Das Lächeln, das ihre Lippen umspielt hatte, verschwand.

Dylan spürte die Anspannung, die Kyle mit einem Mal ergriff. »Sara ist hier«, bemerkte Kyle zu niemand Speziellem.

Hayden drehte den Kopf und blickte über die Abtrennung der Nische hinweg. Er hob die Hand. »Sara!«

Sie kam auf den Tisch zu, wobei ihr Gang langsam und ihre Körperhaltung zurückhaltend wirkten. Mit den Fingern fuhr sie über den Riemen ihrer Handtasche, die sie sich über die Schulter gehängt hatte. »Ein Herrenabend?«

»Gewissermaßen schon«, meinte Hayden. »Ich bin in Camerons und Dylans brüderliches Abendessen geplatzt.«

»Mir ist wahrscheinlich dasselbe anzulasten.« Kyles Stimme klang ebenso zurückhaltend, wie Sara aussah. Ganz offensichtlich hatten die beiden seit gestern Abend noch keinen Frieden geschlossen. Dylan fragte sich, wie die Sache mit ihrer Mutter verlaufen war.

»Nun, ich will mich nicht aufdrängen. Ich bin nur gekommen, um für Mom und mich etwas zu essen zu holen. Keiner von uns beiden hatte heute Lust zu kochen.« Ihr Blick wanderte zu Kyle, ohne jedoch bei ihm zu verweilen.

»Grüße sie von mir«, meinte Hayden, der sein Glas wieder auffüllte.

»Wird gemacht.« Sie blickte in die Runde, die um den Tisch versammelt war. »Das sieht nach Ärger aus. Benehmt euch.« Ihre Augen schienen zu funkeln, als sie auf Dylan landeten.

Er spürte eine derart starke Welle der Begierde, dass er seine Hände auf den Schoß legte und die Fingerspitzen in seine Jeans krallte. Er saugte sie buchstäblich in sich auf –

von den blonden Haaren, die sie in einer vollkommen plan-
losen, aber verdammt verführerischen Frisur auf dem Kopf
zusammengefasst hatte, über das schlabberige Sweatshirt
über einer dunkelgrauen Leggings bis hin zu den rosa
Converse an ihren Füßen. Sie war für einen Film- und
Eiscremeabend angezogen, doch noch nie war er jemandem
mit so einer verführerischen Ausstrahlung begegnet. Was er
alles mit diesem Eis anstellen könnte ...

Hayden stieß mit seinem Glas auf sie an. »Man sieht
sich, Schwesterherz.«

Sie nickte, drehte sich um und schritt zur Bar, wo
George sie mit einem Lächeln begrüßte. Das Gespräch an
ihrem Tisch wurde wieder aufgenommen, und zum Glück
drehte es sich um die NBA-Meisterschaft und nicht um ihr
Sexleben. Dylan hörte allerdings nur mit halbem Ohr zu.
Er verfolgte jede von Saras Bewegungen, und als sie
schließlich ihre Bestellung entgegennahm und das Lokal
verließ, lehnte er sich mit dem Kopf an die Rückwand der
Nische und überlegte, wie er sie später wiedersehen
könnte.

Eine Minute später surrte sein Handy in seiner Tasche.
Er zog es heraus und las die SMS.

SARA: *Überlege dir einen Grund, dich für ein paar
Minuten zu entschuldigen und mich unten zu treffen. Geh
an den Toiletten vorbei und nimm die letzte Tür auf der
rechten Seite.*

Die bereits vorhin empfundene Lust kehrte nun mit
heißer Dringlichkeit zu ihm zurück.

»Entschuldigt mich für ein paar Minuten, Leute, ich
muss einen Mann aus meiner Mannschaft anrufen«,
brachte er mit Mühe hervor. Er sah Kyle erwartungsvoll
an.

Kyle schob sich aus der Nische. »Alles in Ordnung?«

»Ja, alles bestens. Ich wollte nur ein paar Einzelheiten klären.«

»An einem Samstagabend?«, fragte Cameron. Er warf Hayden einen spöttischen Blick zu. »Ich hoffe, du zahlst meinem Bruder genügend.«

Hayden schmunzelte. »Jede Menge. Und das ist er auch wert.«

Normalerweise hätte sich Dylan über ein solches Kompliment gefreut. Er war auf seine Arbeit sehr stolz und auch darauf, die beste Leistung zu erbringen. In diesem Moment konnte ihn das allerdings nicht von der Einladung auf seinem Telefon und der umwerfende Blondine, die unten auf ihn wartete, ablenken. Verdammt, er hatte nicht einmal gewusst, dass dieses Lokal ein Untergeschoss hatte.

Er drehte sich weg und ging nach hinten, ehe sein Ständer noch mitten in dem verdammten Lokal auffiel. Er kam an Chloe vorbei, als er den hinteren Gang betrat. Sie trug ein Tablett mit Speisen, doch dann schwenkte sie den Kopf auf unmissverständliche Weise. »Die Toilette ist gleich dort drüben.«

Er machte sich nicht die Mühe, sie bezüglich seines Ziels zu berichtigen. »Danke.«

»Eure Burger sind in einer Minute fertig.«

Er nickte und sah ihr nach, wie sie zum Gastraum hinüberging. Als die Luft rein war, ging er schnell an den Toiletten linkerhand und der Küche auf der rechten Seite vorbei bis zum Ende des Korridors, und versteckte sich hinter der Tür, die Sara ihm per SMS angekündigt hatte.

Er trat auf einen kleinen Absatz, der von einer schwachen Lichtquelle am Fuß der Treppe beleuchtet wurde. Dann ging er die Stufen hinunter, wobei er darauf achtete, seine Schritte leicht zu halten. Was, wenn noch jemand hier unten war?

Am Fuß der Treppe angekommen, konnte er erkennen, dass es sich bei dem Keller im Grunde um einen großer Lagerraum handelte, der mit Brauereizubehör bestückt war. Die Brauabteilung der Kneipe befand sich in einem Nebengebäude auf der Rückseite, doch alles dafür Notwendige wurde offensichtlich hier gelagert.

Als er eine Hand auf seinem Ellbogen fühlte, war er überrascht. Er drehte sich um und war sich sicher, dass sein Kiefer in der nächsten Sekunde auf dem Fußboden auftreffen würde. Sara stand vor ihm, und sie war nur mit einem rosa Spitzen-BH und einem Slip bekleidet.

»Jesus, Sara«, beinahe wäre ihm vor Verlangen die Stimme gebrochen, während sein Schaft gegen seine plötzlich viel zu enge Jeans drängelte.

Sie griff nach seinem Hosenbund und öffnete den Knopf mit einem gekonnten Ruck. Dann ließ sie ihre Hände in seine Jeans gleiten und zog seinen Schaft hervor. »Ich dachte, hier unten gäbe es ein Feldbett, aber es sind nur zusätzliche Stühle zu finden. Oh, und ein paar kleine Tische. Es ist extra Mobiliar aus dem Gastraum.«

»Ich brauche keine Möbel.« Er nahm ihren Kopf zwischen seine Hände und fuhr mit den Daumen an ihrem Kinn entlang. Ihre Augen waren so blau und ihre Lippen so verflixt rosa und köstlich. Er hatte anderthalb Bier getrunken, doch mit einem Mal fühlte er sich völlig betrunken. Er senkte seinen Mund auf ihren und drängte seine Zunge von einem irrsinnigen Verlangen getrieben in ihren Mund.

Sara grub die Finger in seine Hüften, als sie ihn eng an sich zog. Durch seine Jeans hindurch konnte er ihre Hitze spüren und dann tastete sie sich mit der Hand vor und streichelte durch seine Boxershorts die Spitze seines Schaftes. Er stöhnte in ihren Mund und legte den Kopf schräg, um den Kuss zu vertiefen.

Sie bewegte ihre Hand an seinem Schaft auf und ab und brachte seinen ohnehin schon fiebrigen Körper in völligen Aufruhr. Als Antwort lenkte er sie rückwärts, bis sie an die Wand stieß, welche die Treppe stützte. Wenn jemand herunterkam, würden sie aus dem Sichtfeld sein – wenigstens für den ersten Moment.

Als ihm die prekäre Situation klar wurde, in der sie sich befanden, hielt er einen Moment inne und wich von ihr zurück. Er kannte die Antwort bereits, fragte aber trotzdem: »Ist das klug?«

»Ist es klug, dieser Situation den Rücken zu kehren? Oder ist das überhaupt möglich?« Sie berührte seinen prallen Schaft, um der Frage Nachdruck zu verleihen.

»Nein, aber wir sollten uns beeilen.«

»Anders will ich es gar nicht haben. Zumindest jetzt.« Sie schob seinen Penis durch die Öffnung in seinem Boxer-shorts und bewegte ihre Hand auf und ab, um ihm auf die schönste Weise einen runterzuholen, die er je erlebt hatte.

Er hob die Hände an ihre Brüste. »Mein Gott, Sara.« Er wiederholte sich, was ihm aber egal war. Dann schloss er die Augen und schwelgte in ihrer Berührung und seinem unstillbaren Verlangen nach ihr.

»Ich brauche dich in mir«, forderte sie.

Er schob seine Hände bis zu ihrem Schamhügel hinunter und rieb durch ihr Höschen ihre Knospe. Sie stöhnte leise auf und er schlüpfte mit den Fingern unter die Spitze und Seide. Dann traf er auf ihre feuchte Hitze und sie ließ den Kopf gegen die Wand zurücksinken. »Ja. Mehr.«

Er schob ihr die Unterwäsche über die Schenkel hinab und sie zappelte, bis das Höschen ganz nach unten rutschte. »Öffne dich für mich«, raunte er an ihrem Ohr und leckte eine Spur über ihren Hals, wobei er ihre köstliche Haut mit Küssen übersäte. Sie spreizte ihre Schenkel, damit er leichter an ihre Scheide gelangen konnte. Er schob einen Finger in sie hinein und seine Hoden zogen sich zusammen, als er erkannte, wie bereit sie war. »Gott, du bist so feucht.«

»Nur für dich.«

Ihre Worte machten ihn vollends wild. Er legte die Hände auf ihre Hüften und hob sie hoch. »Schling deine Beine um mich.«

Sie umspannte seine Taille mit ihren straffen Beinen und sein Schaft stieß an ihre Öffnung. Er griff nach dem Ansatz, um ihn nach oben zu dirigieren, doch dann erstarrte er. »Mist.«

»Was ist los?« Ihre Stimme klang ebenso schockiert, wie er sich fühlte.

»Ich habe kein Kondom.«

»Ich habe kein Problem damit, keins zu benutzen, wenn du es nicht hast.«

Das hatte er nicht. Überraschenderweise. Seit Jess hatte er es nicht mehr ohne Gummi gemacht. »Ich auch nicht.«

»Dann fick mich.« Sie lächelte ihn süß an, was so gar nicht zu ihrer spektakulär derben Sprache passte. »Jetzt.«

»Was du für Dinge sagst«, murmelte er während er seine Boxershorts herunterzog und sie um die Hüften fasste, als er in sie eindrang. Das Gefühl, seinen bloßen Schaft in ihr zu spüren, zwang ihn fast in die Knie. Ekstase durchströmte ihn und er stieß sie mit der ganzen Heftigkeit seines Verlangens gegen die Wand.

Sie spreizte ihre Beine und zog ihn tiefer in sich. Es war gut, dass sie schnell sein mussten, denn er glaubte nicht, dass er imstande war, es langsam angehen zu lassen. Er stieß in sie, und sein Körper pulsierte vor frenetischer Lust.

Sie stöhnte und grub dabei die Hände in seine Schulterblätter, als sie ihn umklammerte, um sich zu stützen. »Fester. Genau. So.«

Verdammt ja, es fühlte sich gut an. Sein Orgasmus drohte ihn bereits zu zerreißen, aber er hielt ihn in Schach. Er stieß in sie, mit einer Hand hielt er ihre Taille und die andere Hand stützte er neben ihrem Kopf an der Wand ab.

Mit jedem Stoß stöhnte sie ein bisschen lauter und ihre Schenkel umklammerten ihn ein bisschen fester. Er küsste sie mit offenem Mund und verschlang ihre Schreie wie eine hungrige Bestie. Dann schob er eine Hand zwischen sie und streichelte ihren Knospe. Ihre Muskeln spannten sich an und er spürte, wie sie kam. Er ließ sie los und stieß mit wilden Stößen in sie. Er erstarrte, als sein Orgasmus wie eine Flutwelle über ihn hereinbrach. Weißglühendes Licht blendete ihn und sein rauer Atem rauschte in seinen Ohren. Ihre Finger gruben sich in sein Fleisch, und ihr Keuchen vermischte sich mit seinem.

Schließlich lockerte sie ihre Beine und er ließ sie auf den Boden hinab. Er zog sich zurück und merkte erst jetzt, dass dies vielleicht nicht der beste Zeitpunkt war, um ohne ein blödes Kondom zu sein. »Ähm, tut mir leid wegen der Sauerei.«

Sie schüttelte den Kopf. »Ich habe Taschentücher in meiner Handtasche.« Sie ging zu der Ecke, in der ihre Kleider auf einem Haufen lagen, und kramte ihre Handtasche heraus. Sie warf ihm ein paar Taschentücher zu, während sie sich säuberte. In der Zwischenzeit fand er ihre Unterwäsche und reichte sie ihr.

Während sie sich anzog und er seine Jeans zurechtschob, konnte er nicht aufhören, ihr Hinterteil, ihre langen, herrlichen Beine oder die sexy Kurve ihres Rückens anzustarren, als sie sich bückte, um ihre Schuhe anzuziehen.

»Ich sollte wieder nach oben gehen.«

Sie schenkte ihm ein Lächeln. »Aha.«

»Danke.«

Sie richtete sich auf. »*Danke*.«

Er warf ihr einen langen, ernsten Blick zu und formte die Lippen zu einem sehr zufriedenen Lächeln, als er sich umdrehte und die Treppe hinaufstieg. Er beugte sich über das Geländer, um einen letzten Blick zu werfen. »Du bist unglaublich heiß, weißt du das?«

»Ja, ich weiß.« Sie grinste.

Er lief die Treppe im Laufschritt hinauf und gesellte sich wieder zu den anderen. Falls sie sich wunderten, warum er so lange gebraucht hatte, fragten sie nicht. Und es war ihm egal, dass sein Burger nicht mehr heiß war. Er hatte gerade atemberaubenden Sex mit einer unglaublichen Frau gehabt. Er fühlte sich unbesiegbar. Spektakulär. Erfüllt.

Eine Woge der Kälte durchfuhr ihn. Was zum *Teufel* tat er da?

Kapitel Sechzehn

DER MAI IST EINE *herrliche Zeit in Ribbon Ridge,* dachte Sara, als sie auf dem Parkplatz vom The Alex parkte. Sie stieg aus ihrem Auto und trotz ihrer Sonnenbrille war das Tageslicht grell. Sie bemerkte Kyles Auto und hoffte, er wäre im Bürowagen und nicht auf der Baustelle. Sie fühlte sich glücklich und beschwingt, und obwohl sie ein einigermaßen zivilisiertes Verhältnis zueinander entwickelt hatten, schwirrten ihre ungelösten Probleme wie ein Bienenschwarm in der Luft zwischen ihnen.

Das vertraute Klopfen von Hämmern und das Summen von Sägen begrüßte sie, als sie den ausgetretenen Feldweg zum Haus hinunterging.

Die Arbeiten machten gute Fortschritte. Sie versuchte, nicht jeden Tag hier hinaus zu fahren, aber es fiel schwer, die Fortschritte nicht zu beobachten und noch wichtiger war ihr wahrscheinlich, Dylan bei der Arbeit zuzusehen. Es war so warm, dass er am Nachmittag normalerweise sein Hemd auszog und sich von der Sonne den Rücken bräunen ließ. Sara fand, dass sie den ganzen Tag lang dasitzen und ihm zuschauen konnte. Das würde allerdings zur Folge haben, dass sie ihren Status als Freunde mit Vorzügen dem ganzen Universum bekannt machen würden, was sie nur ungern tun würde. Sie beide brachten das Kunststück fertig, ihre Liebschaft völlig geheim zu halten – wie das Stelldichein im Keller des Arch and Vine oder das neulich im Tunnel unter der Baustelle – und bislang waren sie noch nicht erwischt worden. Sie sorgte sich jedoch deshalb und war sich bewusst, dass es nur eine Frage der Zeit war.

Das Haus kam in Sicht, und wieder waren die Fortschritte unübersehbar. Sie hatten das gesamte zweite Stockwerk mit einem Gerüst versehen, und morgen, so dachte sie, würden die Dachbalken aufgesetzt werden. Alle waren von Dylans Zeitplan für die Fertigstellung sehr beeindruckt. Er hatte eine Asbestsanierung durchgeführt, die jedoch weniger Zeit als von ihm veranschlagt in Anspruch genommen hatte, mit der Folge, dass sie dem offiziellen Zeitplan nun voraus waren. Dieser Umstand veranlasste alle zum Schwärmen, und nach so vielen Monaten in Tristesse und Aufruhr war das einfach ein wundervolles Gefühl.

Was allerdings nicht bedeutete, dass alles perfekt war. Die Spannungen zwischen Mom und Dad hielten an, und Kyle war weiterhin ein Archer non grata. Das Leben »zu Hause« verlief ebenso angespannt wie bisher. Das war natürlich ein weiterer Grund, so viel Zeit auf der Baustelle zu verbringen.

Während die zweite Etage des Hauses allmählich Formen annahm, sah die erste Etage aus, als hätte sie einen Krieg hinter sich – die Eingangstür und die Fenster waren herausgenommen worden. Die Außenverkleidung war zum Teil abgerissen worden, und der Garten um das Haus herum war völlig zertrampelt. Dylan trat an der Stelle der

Eingangstür durch die Öffnung ins Freie. Er trug ein dunkles, lavendelblaues T-Shirt und eine ausgeblichene Arbeitsjeans. Gerade setzte er seine Sonnenbrille auf und als er sie entdeckte, lächelte er. »Hey, was gibt's?«

Sie traten aufeinander zu, ohne sich allerdings zu berühren. »Ich habe in einer Stunde ein Treffen mit Aubrey.«

»Ja? Wie hast du dich entschieden – kämpfen oder verkaufen?«

In der vergangenen Nacht hatten sie Saras Möglichkeiten durchgesprochen. Entweder konnte sie ihre Kunden an ihre Verträge binden oder das Geschäft an Craig verkaufen. »Im Moment fühlt es sich so an, als ob mein Leben hier in Ribbon Ridge stattfindet. Ich werde verkaufen. Für einen saftigen Preis.«

Er grinste. »Das ist mein Mädchen.«

Sein Mädchen? Sie gab sich Mühe, nicht zu viel in seine Worte hineinzuinterpretieren. Die Dinge liefen wirklich wundervoll zwischen ihnen. Ihr Arrangement klappte hervorragend. Was auch einer der Gründe war, warum sie beschlossen hatte, dauerhaft nach Ribbon Ridge zurückzukehren. Das würde sie ihm allerdings nicht sagen. Noch nicht.

»Ich hoffe, du lässt ihn dafür bluten.«

Sie schürzte die Lippen. »Ganz bestimmt. Aubrey ermuntert mich, gnadenlos zu sein. Heute werden wir den Kaufvertrag aufsetzen. Außerdem bekommt er keinen Zipfel von meinen Beständen.« Sara Archer Celebrations besaß eine Menge Dekorationszubehör, und das würde sie ihm unter keinen Umständen überlassen. Er konnte sich selbst welches anschaffen.

»Gut. Zeige keine Gnade.« Er nahm seine Sonnenbrille ab und sein graugrüner Blick war intensiv, oder vielleicht lag es auch am tiefblauen Himmel hinter ihm. »Vor allem, wenn dein Widersacher gnadenlose Grausamkeit hat walten lassen.«

Sara lachte über seine übertriebene Charakterisierung. »Das ist ziemlich genau das, was Aubrey gesagt hat. Und ihr beide habt recht. Er hat sich unverhohlen an meine Kunden rangemacht und mich um künftige Einnahmen gebracht, was Aubrey genutzt hat, um Craig mit einer Klage zu drohen.«

Dylan nickte zustimmend, und ein Lächeln umspielte seine Lippen. »Schön.«

»Gnadenlos.« Sie schob ihre Sonnenbrille auf den Kopf und warf ihm einen finsteren Blick zu. »Törnt dich das an?«

»Alles, was du tust, törnt mich an.«

»Mmm.« Ihr Telefon surrte in ihrer Gesäßtasche, und sie warf einen Blick auf das Display.

HAYDEN: *Notfall-Familientreffen heute Abend um 18 Uhr.*

Saras Magen begehrte auf und sackte ihr in die Kniekehlen.

»Was ist denn los?« Sein sorgenvoller Tonfall verriet ihr, dass er ihren Gesichtsausdruck richtig gedeutet hatte.

»Notfallsitzung heute Abend.« Sie schob das Telefon zurück in ihre Hosentasche und versuchte sich vorzustellen, welches Unheil nun schon wieder über die Familie hereinbrechen könnte.

»Was glaubst du, worum es geht?«, fragte er.

»Ich weiß es nicht. Hayden hat die SMS geschickt. Da kommt alles Mögliche in Frage.« Als sie das letzte Mal eine 911-ähnliche SMS bekommen hatte, war Kyles Heimkehr der Grund dafür gewesen. Hatte die Nachricht etwas mit ihm zu tun? »Ich muss zu meinem Treffen mit Aubrey.«

Er strich mit seiner Hand über ihre. Es war eine subtile

Geste, die aber beruhigend wirkte. »Hey, verlier nicht die Nerven.«

»Werde ich nicht. Danke.« Um ihn zu beruhigen, setzte sie ein Lächeln auf, obwohl sie sich alles andere als ruhig fühlte.

Als sie um sechs Uhr den Gemeinschaftsraum betrat, waren ihre Füße bleischwer und ihre Sinne vollkommen überreizt. Sie hatte sich eine dicke Fleeceweste mit Gewichten in den Taschen übergezogen, um sich selbst zu regulieren, was allerdings nicht gerade zur Beruhigung ihrer Nerven beitrug.

Alle saßen bereits um den Tisch versammelt – Mom, Kyle, Hayden, Tori, Derek – außer Dad. Seine Abwesenheit und Moms müder Gesichtsausdruck lösten eine noch tiefere Beklemmung in Saras Magengegend aus. »Wo ist Dad?«, platzte sie heraus.

»Genau hier.« Eine Hand berührte sie an der Schulter und sie erschrak.

Dann drehte sie sich zu ihm um und schloss ihn in die Arme. Er legte den Arm um ihre Schultern und drückte sie kurz. »Mein kleines Kätzchen«, flüsterte er ihr ins Ohr und drückte ihr einen Kuss auf eine Wange.

Ihre Erinnerungen an ihre Kinderzeit und an ihn, wie er sie hielt und beruhigte, erfüllten sie mit Wärme. Ihre Sinne entspannten sich ein wenig und sie löste die Anspannung in ihrem Körper. Alles würde gut werden. So musste es einfach sein. Es hatte schon zu viel Traurigkeit gegeben. Zu viele Veränderungen.

Dad führte sie an den Tisch und hielt ihr den Stuhl neben Kyle hin. Wie üblich nahm er am Kopfende gegenüber von ihrer Mutter Platz.

»Wer hat dieses Treffen einberufen?«, fragte ihr Vater.

Hayden legte die Handflächen auf den Tisch. »Das war

ich.« Er saß neben Mom, und er streckte die Hand aus,
damit sie die ihre in seine legte. »Es gibt keine einfache Art,
das zu sagen, also sage ich es einfach. Man hat mir ein Praktikum auf einem Weingut in Frankreich angeboten, und ich
werde es annehmen.«

Sara wartete auf Moms Antwort und wurde misstrau-
isch, als sie keine erhielt.

»Jetzt?« Dads Stimme schallte wie ein Feuerwerks-
körper durch den Raum.

»In einer Woche«, gab Hayden zurück, der immer noch
Moms Hand hielt.

»Hättest du nicht früher etwas sagen können?«, fragte
Tori, deren Tonfall von Irritation geprägt war. »Bei einer
der – ich weiß nicht genau – hundert Gelegenheiten, die
wir in den letzten Wochen zusammengearbeitet haben?«

Hayden wirkte von Toris Reaktion nicht gerade betroffen. »Ich habe mich erst heute entschieden, das Angebot
anzunehmen.«

Derek saß auf Haydens anderer Seite. »Wie lange wirst
du fort sein?«

»Ein Jahr.«

»Was ist mit deinem Posten?« Wieder schnellte Dads
Stimme wie ein Gewehrschuss hervor, und dabei knisterte
sie vor Wut. »Du bist ein wichtiges Mitglied von Archer
Enterprises und ich bekomme nicht einmal eine ordentliche
Kündigung? Ich bin nicht nur dein Chef, ich bin dein
Vater, verdammt noch mal.«

Hayden stieß die Luft aus. »Es tut mir leid, Dad. Sie
hatten einen freien Termin und ich musste schnell antworten. Ich werde aus der Ferne tun, was in meiner Macht
steht. Versteh doch bitte. Ich kann das nicht ablehnen.«

Dad wirkte keineswegs überzeugt.

»Rob, es wird schon gut gehen. Wir schaffen das

schon«, meinte Derek. Er sah Hayden an. »Das ist eine große Chance für dich.«

Das war es. In den letzten Jahren hatte Hayden kleinere Mengen Wein hergestellt – es war seine heimliche Leidenschaft. Seine Arbeit bei Archer war genau das: seine Arbeit. Alle anderen hatten ihre Träume außerhalb von Ribbon Ridge verwirklicht. Warum sollte er das nicht auch tun?

»Du kannst nicht aus der Ferne COO sein.« Dads Ton war schroff. »Ich werde jemanden einstellen müssen.«

»Das werde ich übernehmen.«

Alle drehten sich um und starrten Kyle an. Derek sah besonders überrascht und vielleicht sogar ein wenig entsetzt aus. Sara konnte sich nicht vorstellen, dass er sich auf die Zusammenarbeit mit Kyle freute, jedenfalls so lange nicht, bis sie ihre Differenzen beigelegt hatten.

»Hey, schaut doch nicht alle so schockiert.« Kyle rutschte auf seinem Stuhl hin und her. »Vor seiner Abreise hat Hayden doch noch ein paar Tage Zeit, und er kann mir alles zeigen. Und ich bin sicher, dass er mich nicht hängen lassen wird, wenn ich Fragen habe.«

Hayden erwiderte Kyles Blick. »Du kannst dich jederzeit auf mich verlassen.« Er blickte zum Kopfende des Tisches zurück. »Dad?«

Dad schaute mit starrem Blick aus dem Fenster. Die Bäume waren wieder grün belaubt und bildeten am Rande des Gartens ein dichtes Blätterdach. Das Leben war einfach weitergegangen, wenn auch alle in diesem Haus noch immer mit dem schrecklichen Vakuum zu kämpfen hatten, das Alex' Tod hinterlassen hatte.

»Ich weiß nicht«, meinte Dad schließlich. Er hielt seinen Blick fest nach draußen gerichtet.

»Warum?« Der Groll in Kyles Stimme rieb über Saras

Nerven und ließ ihre Muskeln vor Anspannung zu festen
Strängen erstarren.

Dad sah Kyle endlich an. »Weil du unzuverlässig bist.«

»Das kannst du nicht wissen. Nur weil ich die Stelle,
die du mir angeboten hast, nicht angenommen habe, heißt
das nicht, dass ich unzuverlässig bin. Es ist ja nicht so, dass
ich eine Zusage gemacht und sie dann gebrochen habe.«

Dads Blick wurde schärfer. »Willst du wirklich hier
und jetzt auf die Einzelheiten eingehen?«

Kyle wandte den Blick ab. »Nein.«

»Dad ... Dad, du bist übermäßig hart.« Sara schloss den
Mund, denn sie wollte keinesfalls preisgeben, wie tief ihr
Kummer saß. Alle würden es bemerken und dann würde
sich die Aufmerksamkeit auf sie richten. Und das wollte sie
auf *keinen* Fall.

Ihre Mutter räusperte sich. »Da ist noch eine Sache. Ich
werde mit Hayden mitgehen.« Sie schenkte ihm ein warmes
Lächeln. »Ein Tapetenwechsel wird mir guttun, und mein
Französisch habe ich schon seit Jahren nicht mehr
angewendet.«

Hayden erwiderte das Lächeln seiner Mutter. »Es gibt
niemanden, den ich lieber bei mir hätte.«

Sara ging das Herz über. Nie hatte sie ihren Bruder
mehr geliebt als in diesem Moment. Aber wenn Mom fortging, was bedeutete das für Sara? Sie war heimgekehrt, um
bei Mom zu sein, und um ihr zu geben, was Sara immer von
ihr bekommen hatte – Liebe, Trost, Unterstützung. Auch
sie hatte ihr Leben aufgegeben und ihr Geschäft überschrie-
ben. Und wofür? Sie schloss die Augen und zerrte am
unteren Teil ihrer Weste, sodass das Gewicht der Weste auf
ihren Schultern lastete.

Einen langen Moment über herrschte Schweigen. Als

Sara die Augen öffnete, sahen alle Dad an. Endlich blickte er Mom an. »Du solltest gehen.«

Mom nickte. »Ich bin froh, dass du einverstanden bist.«

»Aber Mom ...« Sara hatte einen seltenen Moment, in dem ihr die Worte im Kopf durcheinander zu geraten schienen und auf dem Weg aus dem Mund über die Zunge stolperten. Als sie noch jünger gewesen war, hatte sie regelmäßig damit zu kämpfen gehabt , aber durch Therapie und Übung war das Problem so gut wie behoben. Sie zog stärker an der Weste und spannte ihre Muskeln an. Sie wollte ihre Familie nicht sehen lassen, wie sehr sie betroffen war. »Was ist mit Dereks Hochzeit?« Gott sei Dank kamen die Worte normal heraus.

Mom lächelte Derek an. »Das würde ich nie versäumen.« Obwohl Derek nicht ihr leiblicher Sohn war, gehörte er zur Familie und war der Erste, der heiratete.

Hayden nickte und sah Derek an. »Ich auch nicht – ich bin ja schließlich der Trauzeuge.«

Aus den Augenwinkeln sah Sara, wie Kyle neben ihr erstarrte.

Mom wandte ihren Blick wieder zu Sara. »Du und Chloe, ihr werdet das schon schaffen. Und ich bin nur einen Videoanruf entfernt.«

Das Ganze war einfach zu viel. Hayden ging. Mom ging mit ihm. Dad lehnte Kyles Angebot ab, Haydens Position bei Archer einzunehmen. Die Entscheidung vorhin, ihr Geschäft abzugeben.

Sara stieß sich vom Tisch ab. »Ich muss gehen.« Sie verließ die Küche durch den Flur und griff auf dem Weg zur Tür nach ihrer Handtasche.

»Sara!«, rief Kyle ihr nach.

Sie hörte seine Schritte auf dem Flur, doch sie blieb

nicht stehen. Er holte sie im Hof ein, als sie zu ihrem Auto in die Garage ging und den Code für die Tür eintippte.

»Sara, warte.« Er berührte sie am Rücken. »Wo gehst du hin?«

»Raus.« Die Tür öffnete sich und sie marschierte zu ihrem Auto, ohne ihn anzusehen. »Kyle, lass mich einfach gehen.«

* * *

DYLAN SCHAUTE AUF die Uhr – es war fast sieben. Er erwartete, dass Sara nach ihrer Familiensitzung vorbeikommen würde. Sein Telefon klingelte und er fühlte einen Stich der Enttäuschung, dass sie sich entschieden hatte, stattdessen anzurufen. Bis er sah, dass der Anrufer seine Mutter war.

Er überlegte schon, wie er sie abwimmeln könnte, als er sagte: »Hallo, Mom.«

»Du bist rangegangen.« Ihr Ton war trocken. »Ich bin es so gewohnt, dir eine Nachricht auf der Mailbox zu hinterlassen.«

»Ich war einfach sehr beschäftigt. Es waren lange Arbeitstage.« Das stimmte zwar, aber er hatte sich auch nicht die Mühe gemacht, ihre Nachrichten zu beantworten. Er war nicht in der Stimmung für einen weiteren Vortrag darüber, wie er eine Frau kennenlernen sollte, da er gerade eine Affäre mit der verführerischsten, süßesten Frau im Willamette Valley hatte.

»Ich rufe an, um dich an Bries Abschlussfeier am Samstag zu erinnern. Sie findet um ein Uhr in der Schule und im Freien statt. Ich hoffe sehr, dass es nicht regnet.«

Er verdrehte die Augen. »Die Vorhersage sieht gut aus.

Hör auf, nach Dingen Ausschau zu halten, über die du dir Sorgen machen kannst.«

»Die Party ist um sechs Uhr bei uns zu Hause. Du musst nichts mitbringen, außer vielleicht deine Freundin.«

»Ich bin mit niemandem zusammen, Mom.«

»Überraschung, Überraschung.«

Er lachte über ihren Sarkasmus. Was hätte er sonst tun sollen? Er hatte die Wahl zwischen Frustration oder Irritation oder seiner typischen Reaktion – nichts. Aber er beschloss, dass es vielleicht an der Zeit war, ein wenig Humor einzubringen. Wow, sieh mal einer an, wie positiv er plötzlich war. Dafür gab er Saras Einfluss die Schuld.

»Einige von Bries Freundinnen werden dort sein. Vielleicht lernst du ja jemanden kennen.«

O Gott. Das war genau, was er derzeit brauchte – eine Verkupplung durch seine Mutter. »Wenn ich es mir recht überlege, bringe ich vielleicht jemanden mit.« Er überlegte, Sara zu fragen, doch damit würden sie die ganze Geheimnistuerei zunichtemachen.

»Das wäre schön, mein Lieber. Hoffentlich meinst du das wirklich ernst.« Sie hatte ihn sofort durchschaut.

Dylan hörte ein Auto in seiner Auffahrt. »Tut mir leid, dass ich mich kurzfasse, aber ich muss los. Wir sehen uns dann am Samstag.« Er unterbrach die Verbindung, bevor sie widersprechen konnte.

Dylan ging an die Tür, wo er Sara fand. Ein Blick in ihr blasses Gesicht sagte ihm alles, was er wissen musste. Er streckte die Hände nach ihr aus und zog sie an seine Brust.

Sie schlang die Arme um seine Taille und er konnte spüren, wie die Luft an seine Brust geschmiegt aus den Lungen stieß.

»Komm herein.« Er führte sie über die Schwelle und

schloss die Tür. »Ich habe Wein da. Oder ich kann dir sogar einen leckeren Longdrink machen.«

»Danke.« Ihre Stimme klang ein wenig verschnupft, als hätte sie geweint. Himmel, war etwas Schlimmes geschehen?

Er behielt seine Hand auf ihrem Rücken und drückte sie, während sie in die Küche gingen. Dann setzte er sie auf einen der Barhocker.

»Ein leckerer Longdrink wäre toll.« Sie bemühte sich um ein Lächeln, das jedoch nicht einmal im entferntesten ihre Augen erreichte.

Dylan ging zu dem Barschrank hinüber, in dem er seinen Vorrat an Spirituosen aufbewahrte: eine Flasche Tequila, zwei Flaschen Scotch und noch verschlossene Flaschen mit Granatapfel-Wodka und Triple Sec, die er für einen Granatapfel-Lemon-Drop verwenden würde. Er stellte die Flaschen auf dem Tresen bereit und ging dann, um ein Martiniglas und die Zitronenpresse zu holen. Während er damit beschäftigt war, die beiden Zitronen auszupressen, schaute er zu ihr hinüber. »Willst du darüber reden?«

Sie blickte ihn erstaunt an. »Du bist ja ein richtiger Barkeeper. Wow.«

Er hielt inne, als ihre Worte ihn trafen. Er hatte sogar extra ein wenig früher zu arbeiten aufgehört – die Tage waren lang, und seine Mannschaft arbeitete normalerweise bis acht Uhr –, nur weil er bei einem Spirituosenhändler anhalten wollte, ehe er nach Hause fuhr, um noch rasch zu duschen, bevor er mit ihrer Ankunft rechnete. In Wahrheit wurde ihm gerade klar, dass Sara ein Risiko einging, indem sie um diese Zeit hierher kam, da er normalerweise noch auf der Baustelle war. Anscheinend hatten sie beide Erwartungen aneinander, die eventuell über eine Freundschaft mit Vorzügen hinausgingen.«

Dylan schob diesen Gedanken beiseite und konzentrierte sich auf die Zubereitung des Drinks. Trotzdem wurde er das seltsame Gefühl einfach nicht los, das ihn nun ergriffen hatte – es war, als wäre er nur ein Beobachter des Geschehens, anstatt es selbst zu erleben.

»Hayden wird ein einjähriges Praktikum auf einem Weingut in Frankreich absolvieren.« Das brachte sie so sachlich hervor, dass er aufblickte. »Er wollte schon immer Wein machen, solange ich denken kann.«

»Wirklich? Davon wusste ich gar nichts. Warum arbeitet er für Archer Enterprises, wenn er in einem der besten Weingebiete der Welt wohnt? Was ist so schlimm daran?«

»Er geht nicht allein. Mom begleitet ihn.«

Dylan nahm den Cocktailshaker aus dem Spirituosenschrank und füllte ihn mit Eis. Noch immer war er sich nicht sicher, warum das so furchtbar war, doch ihm war ihr labiler Zustand bewusst, und so bemühte er sich, die richtigen Worte zu finden. Oder zumindest etwas, das nicht ›Was ist schon dabei?‹ lautete, worauf er eine Antwort der negativsten Sorte erhalten könnte. »Du willst nicht, dass sie geht?«

»Nein. Ich meine ja.« Sie strich sich mit der Hand über die Stirn. »Ich möchte, dass sie glücklich ist. Aber dass sie für so lange Zeit fortgeht … Ich selbst bin von Ribbon Ridge weggezogen, aber ich war in der Nähe. Sie wird in einem Land sein, das eine halbe Weltreise entfernt ist. Und Dad schien das nicht einmal besonders zu interessieren. Scheinbar wird nichts mehr so sein wie vorher.«

»Dir ist doch klar, dass nichts mehr so sein *wird wie vorher.*«

»Ja. Das macht es aber wirklich nicht einfacher.«

Nein, bestimmt nicht. Aber das Leben steckte voller Enttäuschungen, nicht wahr? Er gab die Zutaten in den Shaker und schüttelte ihn kräftig durch.

»Ich mache mir Sorgen, dass meine Eltern Schwierigkeiten miteinander haben. Ich habe gelesen, dass der Tod eines Kindes häufig eine große Belastung für eine Ehe darstellt – und zahlreiche Paare lassen sich deshalb scheiden.«

»Ja, davon habe ich auch gehört«, entgegnete er und versuchte, die richtigen Worte zu finden, um sie zuversichtlicher zu stimmen. »Vielleicht brauchen die beiden aber genau das, um nach dem Schlag wieder zu heilen.«

»Vielleicht. Du kannst dich glücklich schätzen, dass du keine große Familie hast, mit der du dich herumschlagen musst.«

Glücklich. Hm. Das hatte er eigentlich gedacht, aber jetzt war er sich nicht mehr so sicher. Immer hatte er nur von außen nach innen geschaut, und nie war er Teil von irgendetwas gewesen. Ein eisiges Gefühl brannte in seinem Nacken. Er ging zum Kühlschrank und holte ein Bier heraus.

Sie nippte an ihrem Longdrink. »Das schmeckt wirklich gut.« Sie verzog den Mund zu einem Lächeln. »Danke. Wirklich. Es ist so lieb von dir, dass du dir die Mühe machst, so etwas für mich zu mixen.« Sara betrachtete die Flaschen auf dem Tresen, als hätte sie sie gerade erst entdeckt. »Warst du in einem Spirituosenladen? Du kannst keinen Granatapfel-Wodka vorrätig gehabt haben.«

»Schuldig im Sinne der Anklage.« Verflixt, das Ganze fühlte sich immer mehr wie eine echte Beziehung an. Sie war schon fast fünfzehn Minuten hier und bislang hatten sie noch nicht einmal miteinander geflirtet. Dylan setzte sein Bier an die Lippen und trank einen kräftigen Schluck. »Du bist auf jeden Fall einen Granatapfelwodka und handgepresste Zitronen wert.« Dabei unterlegte er seinen Tonfall mit einer großen Dosis Verspieltheit, um diese deprimierende Party ein wenig aufzuheitern. »Was kann ich sonst noch auspressen?« Er ließ seinen Blick zu ihren Brüsten schweifen.

Sie blinzelte ihn an, und schon fürchtete er, zu weit gegangen zu sein. Vielleicht musste sie sich weiter aussprechen. Sara trank einen großen Schluck, drehte sich dann auf dem Stuhl um und deutete mit dem Finger auf ihn.

Das subtile Zusammenkneifen ihrer Augen brachte sein Blut in Windeseile in Wallung. Er ging um die Insel herum und stellte sich zwischen ihre gespreizten Knie.

Sie öffnete den Reißverschluss ihrer Weste und führte seine Hände an ihre Brüste. Unter der Weste trug sie ein leichtes elfenbeinfarbenes T-Shirt mit einem V-Ausschnitt, der die Kurven ihrer Brüste betonte. Hast du diese auspressen wollen?«

Er drückte die Finger in ihr Fleisch und plötzlich verlangte es ihn verzweifelt danach, ihr das T-Shirt und den BH vom Leib zu reißen. »Ja. Die sind viel besser als Zitronen.«

Sie wölbte sich ihm entgegen und küsste ihn, wobei sie ihre Zunge in seinen Mund gleiten ließ und seine Sinne mit Zitrone, Granatapfel und Sara betörte. Er versuchte, sie in die Brustwarzen zu kneifen, was allerdings nahezu unmöglich war denn weil ihr Büstenhalter im Wege war, konnte er sie nicht so gut fassen. Er schob die Hände unter ihr T-Shirt und schlüpfte unter das frustrierende Unterhemd. Dort wurde er von ihrer warmen Haut begrüßt, was das Verlangen in seinen Lenden ansteigen ließ.

Sara ließ sich daraufhin von ihrem Hocker gleiten und

zog ihn zur Couch. Ihr Liebesakt war feurig und schnell, und mit rauen, schnellen Stößen drang er immer wieder in sie, bis er schließlich auf ihr zusammensackte und dabei versuchte, sich zur Seite zu drehen, aber sie hielt ihn fest. »Bleib hier. Du fühlst dich so gut an, wenn du mich drückst.« Ihr Atem wurde langsamer. »Ich weiß, das ist seltsam.«

»Es ist nicht seltsam.« Er wusste, warum ihr das so gefiel. Aus sensorischer Sicht war dies für sie ungemein erdend. Ihm war auch bewusst, dass sie Sex aus demselben Grund ab und an heftig und schnell mochte.

»Danke.« Sie küsste ihn auf die Schulter und mit ihren Fingerspitzen zeichnete sie Kreise auf seinem Rücken. »Ich weiß nicht, was ich jetzt ohne dich tun würde, insbesondere, da meine Mutter nicht mehr hier sein wird.«

Ein kurzer Anflug von Panik durchfuhr ihn. Ihr Kommentar grenzte gefährlich nahe an einer Überschreitung der Parameter für eine Freundschaft mit Vorzügen. Absichtlich hielt er von einer Beziehung Abstand, denn wenn diese Beziehung schiefginge, würde sich dies auf so viele Dinge auswirken.

Sie küsste ihn und ihre Lippen fühlten sich weich und warm an. Ihre Berührung besänftige die Sorge, die in ihm rumorte. »Ich habe dir neulich versprochen, dir etwas zu kochen – Hühner-Tortillasuppe. Hast du Hunger?«

Er rollte sich von ihr herunter und stand auf, wobei er froh war, an etwas anderes denken zu können. »Halb verhungert.« Er half ihr auf. »Geht es dir gut?«

Sie zuckte mit den Schultern. Sie fing an, ihre wahllos auf den Boden geschleuderten Kleider aufzusammeln und sich anzuziehen. »Im Augenblick. Ich liebe diese Gewissheit, dass während meines Hierseins all das verblassen kann und ich einfach ich selbst bin. Mit dir. Meine Familie hat sich hier zum Teufel noch mal herauszuhalten.«

Dylan zog seine Jeans an. Er war froh, für sie da sein zu können, aber er konnte das Unbehagen, das sich zwischen seinen Schulterblättern festgesetzt hatte, einfach nicht abschütteln. Im Augenblick *konnten* sie beide in dieser Blase existieren, aber für wie lange?

Kapitel Siebzehn

SARA SCHLOSS DIE Tür leise hinter sich und schlich am Freitagmorgen kurz nach sechs Uhr auf Zehenspitzen durch den Abstellraum in ihr Elternhaus, nachdem die Nacht bei Dylan verbracht hatte. Sie war sich ziemlich sicher, dass noch niemand auf war, aber es bestand immer die Möglichkeit, dass Tori früh aufgestanden war, um joggen zu gehen. Mom, die vor Alex' Tod immer mit der Sonne aufgestanden war, würde sicher noch im Bett liegen. Und Kyle wohnte in der Wohnung über der Garage, weshalb er wahrscheinlich auch nicht da sein würde. Er war ohnehin *kein* Morgenmensch.

Sie hatte Lust auf eine Flasche Wasser, doch sie traute sich nicht in die Küche, weil sie befürchtete, dass Tori dort gerade ihren Kaffee vor dem Lauf trinken *würde*. Stattdessen begab sich Sara auf leisen Sohlen zur Treppe in der Nähe des Eingangs.

Und stand unmittelbar vor ihrer Mutter.

»Da bist du ja, Schatz, ich habe mir Sorgen gemacht.« Sie umarmte Sara.

Saras Arme fühlten sich hölzern an, als sie sie zurück umarmte. »Ja, hier bin ich.«

»Wo bist du gestern Abend hingegangen? Wir waren alle so besorgt.«

Das wusste sie, denn alle hatten ihr eine SMS geschickt: Mom, Tori, Hayden, Derek, Chloe, sogar Kyle. Alle außer Dad. »Ich habe dir doch gesagt, dass es mir gut geht.«

Mom wich zurück, und ihre blauen Augen waren von Sorge umwölkt. »Bist du zu deiner Wohnung gefahren?« Ihr Blick fiel auf Saras Kleidung. »Du hast schon wieder die gleichen Sachen an. Hast du denn nichts in deiner Wohnung?«

»Das meiste ist hier, vor allem die saisonalen Sachen.« Verzweifelt versuchte Sara, das Thema auf etwas Sichereres zu lenken. »Du bist so früh auf, und schon angezogen.« Sie lächelte. »Es ist schön, dich so zu sehen.«

Das Lächeln, mit dem ihre Mutter antwortete, war warm und heiter. Aufrichtig. Es drohte, Sara die Tränen in die Augen zu treiben, die sie aber geschwind zurückblinzelte. »Ich fühle mich gut. So gut wie schon lange nicht mehr. Ich glaube, es ist die richtige Entscheidung, mit Hayden ins Ausland zu gehen.« Um ihre Augen und ihren Mund bildeten sich Falten. »Wäre es für dich in Ordnung, wenn ich fort wäre?«

»Natürlich.« antwortete Sara rasch und vielleicht war es ein wenig zu rasch. Aber sie würde nicht das Geringste tun, um Moms Kurs zu ändern, und zwar deshalb nicht, weil es den Anschein hatte, als würde sie endlich vorankommen und nicht mehr in ihrer Trauer zu stagnieren. »Ich bin so froh, dass du fortgehst. Und ich habe hier alle Hände voll zu tun.«

Mom rieb Sara über den Arm, was sie, solange Sara sich

erinnern konnte schon immer getan hatte, aber erst jetzt bemerkte sie die Unterlassung dieser Geste in den letzten Monaten seitens ihrer Mutter. »Tori sagte, du hättest dein Unternehmen gestern an Craig verkauft. Warum hast du mir nichts von deiner Entscheidung gesagt?«

Nach dem Treffen mit Aubrey hatte Sara eine SMS an Tori geschickt. »Ich hatte die Entscheidung erst gestern Morgen getroffen. Der Deal war ganz schnell zustande gekommen.« Und dann war es beim Familientreffen drunter und drüber gegangen

»Bist du glücklich? Ist das in deinem Sinne?«

Glücklich war übertrieben, doch sie fühlte sie unzweifelhaft wohl. »Mein Bankkonto wird begeistert sein.«

Mom lachte, und Saras Herz zersprang fast vor Freude über diesen Klang. »Das ist gut. Aber geht es dir wirklich gut? Mir ist bewusst, wie ein Übermaß an Aufregung den Organismus durcheinander bringen kann.« Sie setzte ihre Massage an Saras anderem Arm fort. »Vielleicht solltest du uns nach Frankreich begleiten.«

»Nein.« Wieder antwortete sie wahrscheinlich viel zu schnell. Sie schenkte ihrer Mutter ein Lächeln. »Ich bin zu sehr mit dem Großprojekt beschäftigt. Außerdem ist da noch Chloes und Dereks Hochzeit. Da kann ich unmöglich verschwinden.«

»Natürlich, und das freut mich sehr. Ich habe mich mit Tori und Kyle unterhalten, und sie haben versprochen, dafür zu sorgen, dass du nicht allein bist.«

Großartig, mehr als je zuvor würden ihre Geschwister versuchen, sie zu bemuttern. Sara wich zurück, und Mom nahm daraufhin ihre Hand von ihrem Arm. »Das war nicht nötig. Ich bin von zu Hause weggezogen und das ist mir ganz gut gelungen.«

Ein Anflug von Sorge trübte den Blick ihrer Mutter.

»Ich weiß, aber ich habe dich trotzdem noch regelmäßig gesehen, und nun bin ich so weit fort. Ich werde dich jeden Tag anrufen.«

Jeden Tag? »Ich komme schon zurecht.« Sara kam der Gedanke, dass Mom das vielleicht brauchte. Sie beugte sich zu ihrer Mutter vor und küsste sie auf die Wange. »Du kannst mich anrufen oder wir skypen, wann immer du willst. In ein paar Monaten bist du zur Hochzeit wieder zu Hause. Eigentlich ist es bis dahin sogar noch weniger Zeit.«

»Apropos Hochzeit: Ich habe nach einem Haus für Hayden und mich gesucht, und ich glaube, ich habe das perfekte Haus gefunden. Es hat einen fantastischen Garten, den man meiner Meinung nach für das Cottage am Alex als Vorlage nehmen könnte. Ich werde viele Bilder schicken.«

Sara liebte es, wenn ihre Mutter an etwas Freude hatte. Viel zu lange war es nun schon her, dass sie sich auf diese Art über die verschiedensten Dinge unterhalten hatten – voller Vorfreude und Hoffnung. »Das klingt großartig.«

»Nun, ich habe noch eine Menge zu tun – es ist so viel zu erledigen, bevor wir nächsten Samstag abreisen.«

So bald schon. Doch es schien tatsächlich das Beste zu sein. Und Sara freute sich für Hayden. Gestern Abend hatte sich seine Reaktion nur schwer einschätzen lassen, aber er musste völlig aus dem Häuschen sein, weil er nun endlich seinen Traum verwirklichen konnte.

»Wirst du später noch da sein?«, fragte Mom. »Ich möchte ein paar Dinge mit Tori, Kyle und dir besprechen. Ich weiß, dass Tori und du nicht ständig hier wohnen werdet, also habe ich Kyle gebeten, während meiner Abwesenheit einige Dinge im Auge zu behalten.«

Sara hegte an Kyles Vertrauenswürdigkeit gewisse Zweifel, was sie allerdings für sich behielt. Doch da ihr Entschluss wieder nach Hause zu kommen, ohnehin so gut wie feststand, konnte sie auch im Auge behalten, was ihrer Mutter am Herzen lag. »Jetzt, wo ich das Geschäft verkauft habe und im Alex arbeiten will, habe ich mir überlegt, wieder nach Ribbon Ridge zu ziehen.«

»Wirklich?« Ihre Augen leuchteten auf. »Vielleicht sollte ich doch nicht nach Frankreich fahren.«

»Nein, Mom, das solltest du.« Dylan hatte wahrscheinlich recht – es wäre auch für die Ehe ihrer Eltern gut.

»Danke, dass du mich verstehst und unterstützt. Ich weiß nicht, was ich ohne dich anfangen würde.« Mit einem abschließenden Klaps auf Saras Schulter drehte sich Mom um und kehrte zu ihrem Schlafzimmer zurück. Da Sara beim Hereinschleichen ertappt worden war, änderte sie ihren Kurs und ging zurück in die Küche.

Tori stand direkt in der Tür und hielt ihre Kaffeetasse in der Hand. Sie trug ein schickes Outfit zum Laufen in Schwarz und Aquamarinblau und musterte Sara von oben bis unten. »*Schon wieder* die gleichen Klamotten, hm? Was habe ich verpasst?«

»Nichts. Ich wollte mich nur nicht mit den Winterklamotten in meiner Wohnung herumärgern, das ist alles.«

Toris blaugrüner Blick war skeptisch. »Hast du eine Beziehung mit jemandem?«

Dieses Mal achtete Sara genau darauf, nicht übereilt zu antworten. »Nein, aber das wäre vielleicht nett.«

Tori lachte. »Dann kümmern wir uns doch einfach darum.«

»Bietest du mir an, mit mir auszugehen und mir einen Mann zu suchen?«

Toris Augen leuchteten auf, was keinesfalls der von Sara erwarteten Reaktion entsprach. Tori liebte es, auszugehen und sich unter die Leute zu mischen, und die Leute schätzten ihre spritzige und geistreiche Gesellschaft. Sie gehörte zu den Personen mit denen andere gern zusammen waren und in geselligen Runden blühte sie regelrecht auf. »Das war ein Scherz. Ich gehe jetzt joggen. Wir sehen uns später.« Sie stellte ihre fast leere Tasse auf dem Tresen ab, setzte ihre Ohrstöpsel ein und entschwand.

Sara ging zum Kühlschrank, um sich eine Flasche Wasser zu holen. Als sie ihn schloss, zuckte sie zusammen. Auf der anderen Seite der Tür stand Kyle. Er musste aus der Garagenwohnung gekommen sein, als Tori gegangen war, denn Sara hatte die Tür nur einmal zugehen hören.

Er rieb seine Handflächen an seiner ausgeblichenen Jeans. »Hey. Ich habe mir gestern Abend Sorgen um dich gemacht.«

Sara sträubte sich. »Es geht mir gut, wie du siehst.«

»Eigentlich sehe ich nur, wie du an dem Saum deiner Weste herumfummelst und die Anspannung in deinen Schultern. Ich kann dich besser einschätzen als jeder andere außer Mom.«

Verflucht sollte Kyle sein für seine Wahrnehmungsgabe und Scharfsinnigkeit und dafür, dass er sie immer noch so gut kannte. »Wenn du es darauf anlegst, dich bei mir einzukratzen, reicht das nicht.« Sie drehte sich um und wollte nach oben gehen.

»Sara, warte.« Der verzweifelte Ton in seiner Stimme ließ sie innehalten. Ganz langsam drehte sie sich um. Seine vertrauten blaugrünen Augen, die Toris so ähnelten, jedoch angesichts seines blonden Haars von helleren Wimpern umrahmt wurden, wirkten dunkel und es lag eine gewisse Emotion darin. »Bitte bleib und hör mir nur ein paar Minuten zu. Wäre das machbar?«

Jetzt wollte er reden? Nach all der Zeit? Um gegen die Angst anzugehen, die ihr die Wirbelsäule emporkroch, holte Sara tief Luft. »Warum sollte ich dir etwas gewähren?«

Kyle ging in den Gemeinschaftsraum weiter, der eigentlich nur eine Erweiterung der Küche war. Hohe Fenster gaben den Blick auf den Garten frei, und eine Sitzgruppe erstreckte sich an der langen Wand. Er blieb vor dem Fenster mit den leuchtend roten und gelben Polstern stehen. »Willst du dich zu mir setzen?«

Weil sie zur Familie gehörten und weil sie all der Konflikte hier überdrüssig war, ging sie zu ihrem Platz. Sie setzte ihre Schritte langsam und fast widerstrebend, doch dann kam sie an. Er setzte sich, und sie hockte ein Stück entfernt auf die Kante. Sara schraubte ihre Wasserflasche auf und trank einige große Schlucke. Der in ihr herrschende Aufruhr ließ sich durch die Kühle besänftigen. »Nun sag schon, was du sagen willst.«

Er verzog die Lippen zu einem selbstironischen Lächeln. »Du wirst es mir nicht leichtmachen, nicht wahr?«

»Warum sollte ich? Du bist nicht nur einfach aufgestanden und hast dich aus dem Staub gemacht, du hast dich im Grunde genommen abgeschnitten – von *mir*.« Sie wandte den Blick von ihm ab und spürte den Schmerz ihrer Verlassenheit noch einmal. Ihr Schmerz lauerte so dicht unter der Oberfläche, dass selbst der kleinste Kratzer jede Wunde wieder aufriss, an deren Heilung sie arbeitete.

»Ich weiß, und das tut mir leid. Ich war egoistisch.« Er griff nach ihrer Hand, die sie aber wegschlug. Noch war sie für diese Art von Nähe nicht bereit. Noch nicht. »Sara-Katze, ich musste gehen.«

Seit Jahren hatte er sie nicht mehr so genannt. Dad hatte sie immer »Kätzchen« genannt, solange sie denken konnte, und als sie zehn Jahre alt geworden war, hatte sie kundgetan, sie sei kein Kätzchen mehr. Das hatte Dad nicht davon abgehalten, sie so zu nennen, aber ihre Brüder sahen sich dazu veranlasst, sie zu necken, indem sie sie stattdessen Sara-Katze nannten. Nachdem der Spitzname seinen Biss verloren hatte, war es Kyle gewesen, der ihn als Kosename für sie benutzt hatte. Es war das Einzige, was er hätte sagen können, damit sie innehielt und zuhörte. *Wirklich* zuhörte.

Sie drehte sich auf der Sitzbank zu ihm um. »Warum?«

Kyle sah auf seine Hände hinab, die er mit der Handfläche nach unten auf seine Oberschenkel gebettet hatte. »Es ist nicht einfach, wie ich zu sein, während Liam und Hayden einfach sind, wie sie sind. Und Tori und auch Evan. Und insbesondere du.«

»Ich?« Sie stellte die Wasserflasche auf den Platz neben sich, stützte sich unter Anspannung ihrer Muskeln auf die Ellbogen. »Auf welche Weise sollte ich veranlasst haben, von hier fortzugehen?«

Er lächelte ihr zu. »Weil du in vielerlei Hinsicht viel unabhängiger und begabter bist als jeder von uns. Es ist dir – abseits von Ribbon Ridge – gelungen, ein erfolgreiches Unternehmen aufzubauen und das ganz ohne ein Netzwerk von Menschen oder jedwede Unterstützung.«

»Das ist nicht ganz richtig. Ich hatte Mom und Dad. Und Hayden, Derek und Alex waren großartig.«

»Ja sicher, aber du hast dich noch nie auf eine Gruppe von Freunden verlassen, oder auf Leute, die dir vorgemacht haben, deine Freunde zu sein.« Sein Tonfall klang für einen kurzen Moment trocken. »Du kommst aus eigenem Antrieb unter Aufbringung voller Leistung voran. Es ist erstaunlich, das zu erleben und mich lässt es im Vergleich ziemlich lahm aussehen.«

Sara starrte ihren Bruder an und sie konnte nicht so recht glauben, was ihr da zu Ohren kam. War er etwa auf ihren Erfolg eifersüchtig? Dass er sich im Vergleich zu seinen Geschwistern wie ein Versager fühlte, das wusste sie. Von ihnen allen hatte nur er keinen Bachelor-Abschluss gemacht und hatte sein Auskommen nicht in der Wirtschaft gefunden. Er war Koch gewesen und dann Barkeeper. »Weißt du, wir alle haben eine Besonderheit, uns von allen anderen unterscheidet. Und das ist etwas, das uns das Gefühl gibt, ein Außenseiter zu sein.«

Er seufzte und seine Augenlider hingen dabei ein wenig herab. »Und niemand wusste das besser als Alex, wenn mir auch nie klar geworden war, in welchem Ausmaß. Ich kann immer noch nicht glauben, dass er seinem Leben ein Ende gemacht hat. Ich kann wütend, traurig und frustriert werden, das stimmt schon, aber nie im Leben würde ich ans Aufgeben denken.« Es klang nicht verurteilend, sondern eher, als versuchte er zu verarbeiten, was keiner von ihnen richtig hatte begreifen können. »Wie war er, bevor er starb?«

Sara lockerte ihre Arme und Schulter und ließ die Hände sinken. »Wenn du auf der Suche nach irgendwelchen Hinweisen oder Anzeichen für das Ausmaß seiner psychischen Erkrankung bist, gab es keine. Fast jede Woche bin ich nach Hause gekommen und habe Mom und ihn zu seinem Terminen zur Lungenkontrolle begleitet. Er war ebenso pragmatisch, wie immer.« Krank zu sein, war einfach furchtbar für ihn. Während seines gesamten Lebens war es ihm nicht vergönnt, die gleichen Sportarten wie seine Geschwister auszuüben oder dieselben Aktivitäten wie Schwimmen oder Radfahren zu genießen. Sogar sein Zimmer lag im Erdgeschoss, weil er die Treppe nicht mühelos bewältigen konnte, während alle anderen Schlafzimmer im Obergeschoss waren. Zwischen ihm und all seinen anderen Geschwistern bestand einfach eine unüberwindliche Kluft.

Ihre Erinnerungen stürmten auf sie ein. Sie lenkte den Blick zu Kyle hinüber, der irgendwo in Richtung Kühlschrank schaute oder vielleicht auch darüber hinaus in die Richtung, in der Alex′ Schlafzimmer gelegen hatte. »Erinnerst du dich, wie wir einmal lange in Alex′ Zimmer aufgeblieben sind?«

Langsam zog Kyle die Mundwinkel nach oben. Er drehte sich um und sah seine Schwester an. »Natürlich. Wir haben uns dort *David Letterman* oder *Saturday Night Live* angesehen.«

»Glaubst du, Mom und Dad wussten, dass wir das getan haben?«

»Wie könnten sie nicht?« Kyle schmunzelte. »Sechs Kinder, die wie eine Horde die Treppe hinuntertrampeln – es muss doch schwer sein, das einfach zu verschlafen. Bestimmt fanden sie es großartig. Da bin ich mir sicher.«

Sara spürte in ihrer Erinnerung, wie sich ihre Geschwister aneinanderdrückten, als sie sich alle in Alex′ Doppelbett zusammengefunden hatten. Ein Lächeln brach sich Bahn und ein Gefühl der Wärme keimte in ihr auf. »Ich muss mich gar anstrengen, um mich an solche Dinge zu erinnern. Oder wie damals, als du mich zum Abschlussball mitgenommen hast.« Sie wartete auf seine Reaktion.

Sein Lächeln wurde breiter. »Das war so lustig. Alle sind hierher zurückgekommen, um eine spontane Poolparty zu feiern.«

»Und du warst Homecoming-King.« Vor ihrem geistigen Auge sah sie ihn genau vor sich: Er trug einen marineblauen Anzug, und mit seinem guten Aussehen schien er wie geschaffen, eine Krone auf seinem Kopf zu tragen. Er hatte mit einer Gruppe von Freunden zum Ball gehen wollen – den »angesagten« Leuten, zu denen auch eine der Abschlussball-Prinzessinnen gehörte, die in ihn verschossen war und neben ihm zur Königin gekrönt wurde. Als jedoch Saras Begleitung, ein Freund aus ihrem Geschichtskurs, an Grippe erkrankte, hatte Kyle seine Pläne geändert und war mit Sara gegangen. Normalerweise hatte sie die Kreise gemieden, in denen Kyle, Liam und Tori beliebt waren, denn für sie war es einfach zu schwierig gewesen, sich an sie anzupassen. Doch an jenem Abend hatte sie dazugehört und das Gefühl gehabt, eine von ihnen zu sein.

»Homecoming-King.« Sein Lachen klang ein wenig rau. »Das schien damals der Höhepunkt zu sein, aber eigentlich hatte es überhaupt nichts bedeutet. Ich hatte meinen Höhepunkt mit siebzehn.«

»Das stimmt nicht.«

Er sah sie mit hochgezogener Augenbraue an. »Nenne mir eine bemerkenswerte Sache, die ich seitdem vollbracht habe.«

»Du hast die Kochschule als Klassenbester abgeschlossen.«

Er stieß die Luft aus. »Gut. Das war aber auch alles.« Sein aufmerksamer Blick brannte zudem vor Neugierde. »Warum hast dich, als wir noch jünger waren, immer bemüht, im Hintergrund zu bleiben? Selbst auf dem College hast du dich auf deinen kleinen Kreis und deinen nichtsnutzigen Freund beschränkt.«

»Mike war einfach nur ein Mistkerl.« Von seinen regelmäßigen kleineren Vergehen und seinem weniger regelmäßigen Drogenkonsum hatte Sara nie etwas gewusst. Als sein Fehlverhalten schließlich ans Licht kam, hatte sie sich wie eine Vollidiotin gefühlt – es war Kyle zu verdanken, der Mike an einem Wochenende in Portland bei einem Saufgelage gesehen hatte. Er hatte Sara die harte Wahrheit präsentiert und sie im Arm gehalten, als sie daraufhin geweint hatte. Nie hatte sie jemandem erzählt, was wirklich passiert war, nur dass sie mit ihm Schluss gemacht hatte. »Wir hatten so vieles gemeinsam, Kyle. Es gab Dinge, die niemand sonst über mich wusste oder verstanden hätte. Als du gegangen bist, hat es einfach … wehgetan.«

Er unternahm einen erneuten Versuch, nach ihrer Hand zu greifen, und dieses Mal zuckte sie nicht zurück. Er blickte sie mit traurigen Augen an. »Darf ich?« Sie nickte, und er drückte ihr die Hand. Seine Berührung war mitfühlend und tröstlich. Es fühlte sich wie ein Zuhause an – ein Zuhause, dessen Existenz sie insbesondere in den letzten Monaten vergessen hatte. »Es tut mir wirklich leid, dass ich dich verletzt habe. Wie ich schon sagte, war ich ein Egoist, ohne zu merken, in welchem Ausmaß, bis Alex« – seine Stimme versagte – »gestorben ist.«

»Er hat uns alle dazu gebracht, unsere Denkweise neu zu bewerten und uns sogar zu verändern.«

Kyle blickte auf ihre ineinander verflochtenen Hände. »Wenn er nicht gestorben wäre, bezweifele ich, dass ich nach Hause gekommen wäre. Es ist mit zuwider, das zu gestehen, und wahrscheinlich werde ich das auch zu niemandem außer dir sagen.«

Sie schätzte seine Aufrichtigkeit und sein Vertrauen mehr, als er ahnen konnte. »Ich glaube, ich verstehe.«

»Danke.«

Dann drückte sie Kyles Hand. »Was geht zwischen dir und Dad vor? Wird er irgendwann einwilligen, dass du Haydens Platz bei Archer einnimmst?«

Mit seiner freien Hand fuhr Kyle sich durch die Haare und zerzauste sie, damit sie sich aufrichteten. »Das weiß ich nicht. Nach deinem Abgang gestern Abend meinte er, nachdenken zu müssen, und ging ebenfalls.«

»Ich weiß nicht, was damals vorgefallen ist, als du von zu Hause fortgegangen bist, aber offensichtlich hat es etwas mit Dad zu tun.« Sie brachte alles Mitgefühl in ihren Tonfall ein, das sie aufbringen konnte, doch sie blieb trotzdem standhaft. Das musste einmal gesagt werden. »Und mit Derek. Er war dein engster Freund, und nun redet ihr beiden kaum miteinander. Eigentlich sprichst du nur noch mit ihm, wenn dir keine andere Wahl bleibt.«

Kyle ließ ihre Hand los und erhob sich. Er drehte sich zum Fenster und blickte in den Garten hinaus, der in helles Frühlingsmorgenlicht getaucht war. »Die beiden sind genauso schlecht auf mich zu sprechen, wie du es warst. Mit der Zeit werden sie sich schon noch beruhigen.«

»Du musst mit ihnen so reden, wie du mit mir geredet hast.«

Kyle sah sie mit einem verkrampften Blick an. »Du stellst dir das so einfach vor. Hast du eine Vorstellung davon, wie es mir geht?«

Sara nickte. »Du hast einen schweren Stand. Das ist mir sehr wohl bewusst. Aber du hast dir diese Suppe selbst eingebrockt.« Sie stand auf und er sah sie an. »Ich werde für dich da sein.«

»Danke, Sara-Katze, das bedeutet mir sehr viel. Hoffentlich kann ich Dad überzeugen, dass ich hier bin, um meinen Beitrag zu leisten. Ich kann Haydens Aufgaben übernehmen *und die* nächste Phase von The Alex leiten.«

Ihr Herz jubilierte. Es stimmte sie froh, ihren Bruder endlich wiederzuhaben. »Ich weiß, dass du das Zeug dazu hast.«

Er reagierte mit skeptischer Miene. »Danke. Jetzt bleibt mir nur noch, die anderen ebenfalls davon zu überzeugen, dass ich gar nicht der Versager bin, für den sie mich halten. Oder anders ausgedrückt: Dass ich nicht mehr der Versager bin, der ich einmal war.«

»Der erste Schritt zur Besserung ist das Eingeständnis,

dass man ein Versager *war*.« Sie zwinkerte ihm zu. »Das wird hilfreich sein.«

Er lachte. »Das ist eine guter Ratschlag. Soll ich dir Frühstück machen?«

»Ja, bitte! Seit du nach Hause gekommen bist, warte ich schon darauf, dass du mir etwas kochst.« Sie versetzte ihm einen Klaps auf den Arm.

Er massierte seinen Bizeps. »Wie ich erkennen muss, schlägst du andere Leute immer noch. Lass das mit dem Yoga sein oder was auch immer du da praktizierst.«

Sie warf ihm seinen Sarkasmus direkt zurück. »Du hast noch immer Wahrnehmungsstörungen, Loser.«

Kyle ging in die Küche und fing an, die Zutaten für das Frühstück herbeizuholen. »Berichte mir, was bei dir so los ist. Ich will alles über diesen dämlichen Blödmann von Assistenten hören, der dir dein Geschäft wegnimmt.«

Die Verwendung des Wortes »Blödmann« brachte ihr Dylan in Erinnerung. Während sie Kyle von Craig erzählte, überlegte sie, ob sie ihn auch über Dylan aufklären sollte. Letztendlich entschloss sie sich jedoch, ihren geheimen Pakt nicht zu brechen.

Im Augenblick gab sie sich damit zufrieden, in der Wärme ihrer wiederauflebenden Nähe zu Kyle zu schwelgen.

Kapitel Achtzehn

DYLAN LOCKERTE seine Krawatte, als er das Haus in Newberg betrat, das seine Mutter und Bill bewohnten. Der Tag war warm. Er musste die Straße entlanglaufen, nachdem er eine Viertelmeile vom Haus entfernt hatte parken müssen, da unglaublich viele Autos hier waren, um den College-Abschluss seiner Schwester zu feiern. Früher am Nachmittag hatte die Zeremonie in Portland stattgefunden, wo seine Schwester an der Lewis and Clark School studierte. Das Fest, das heute Abend im Haus der Davies' gefeiert wurde, kam einem Hochzeitsempfang gleich. Auf jeden Fall war es weitaus extravaganter als das Barbecue, das seine Eltern einen Monat nach Dylans Abschluss an der University of Washington veranstaltet hatten und das gleichzeitig als seine Abschiedsparty vor seiner Abreise ins Bootcamp gedient hatte.

Eine Handvoll Gäste tummelte sich im Haus, hauptsächlich in der Küche, an der Dylan auf seinem Weg in den Garten vorbeikam. Der Garten war makellos gepflegt, was Bills Zwangsstörung zu verdanken war, unter der er litt, wenn es um Haus und Garten ging. Alles musste jederzeit aufgeräumt und perfekt sein. Seine hohen Ansprüche hatten das Leben dort unerträglich gemacht – und das war ein weiterer Grund gewesen, warum Dylan für seine Zeit auf der Highschool zu seinem Vater gezogen war.

Moms Blick fiel auf Dylan, als er auf die Veranda trat. Sie winkte, und Dylan erwiderte die Geste. Er steuerte auf die Bar zu, die unter der Pergola aufgebaut worden war. Es war sogar ein Barkeeper engagiert worden, der den Wein von Ribbon Ridge und ein Fass Archer-Bier ausschenkte. Dylan bat um ein Glas Bier, ehe er dann den Garten nach seiner Schwester absuchte.

Sie stand unter einer Reihe bunter Laternen, ein Glas Weißwein in der Hand, und lachte mit einigen Freundinnen. Er nahm sein Bier und machte sich auf den Weg zu ihr, um mit ihr zu sprechen. Schließlich war sie der einzige Grund, warum er zu diesem Fest gekommen war.

Als er sich näherte, drehte sie den Kopf. »Dylan!« Sie umarmte ihn herzlich und stellte ihn ihren Freundinnen vor. Dann entschuldigte sie sich für eine Minute bei der Gruppe und zog ihn zur Seite. »Danke, dass du gekommen bist. Ich weiß, dass solche Veranstaltungen nicht gerade zu deinen Lieblingsbeschäftigungen gehören.«

»Für dich würde ich über glühende Kohlen gehen, Cheese.« Er benutzte den Spitznamen, den er ihr vor langer Zeit verliehen hatte, nachdem sie darauf bestanden hatte, ihren Namen als eine verkürzte Version von Sabrina einfach wie Brie zu schreiben.

Sie lachte und schaute sich um. »Keine Freundin?« Auf sein Kopfschütteln hin schürzte sie ihre Lippen. »Du weißt, dass Mom darauf herumreiten wird. Ich bitte dich inständig, geh mit jemandem aus. Mit irgendjemandem. Nur ein einziges Mal. Denn ich kann mir ihr Gejammer darüber nicht mehr anhören, wie einsam du bist.« Sie verdrehte die Augen. »Du bist in Wirklichkeit nicht einsam, oder?«

»Nein.« Schon gar nicht, wenn Sara bei ihm war. Die Erinnerung an letzte Nacht schwirrte ihm immer noch im Kopf umher wie ein Lied, dessen vollständigen Wortlaut er nicht mehr ganz in Erinnerung hatte. Mit ihr zusammen zu sein, fühlte sich großartig an, aber er wurde das Gefühl nicht los, dass irgendetwas faul war. »Trotzdem danke für die Warnung.«

»Als ob du nicht wüsstest, dass sie sich auf dich stürzen wird. Sei auf der Hut, da kommt sie schon.« Brie schnitt eine Grimasse. »Ich bin so froh, dass ich morgen nach Hawaii fliege.«

»Frechdachs.« Er küsste sie auf die Wange. »Ich bin so stolz auf dich.«

»Danke.« Eine leichte Röte mischte sich mit ihrem sommersprossigen Teint. »Und jetzt lass mich verschwinden. Mir liegt wirklich nicht daran, an ihren Kuppelversuchen teilzunehmen.«

»Betrachte es als mein Abschlussgeschenk an dich.«

»Herzlichen Dank.« Sie winkte ihm zu und kehrte beschwingt zu ihren Freundinnen zurück.

Moms Gesicht war trügerisch gelassen, als sie bei Dylan ankam. »Es ist so schön, dich und Sabrina zusammen zu sehen. Manchmal denke ich, ich hätte zwei Einzelkinder großgezogen.«

Manchmal fühlte es sich so an. Verflixt, das fühlte sich oft so an. Er erwiderte nichts.

Seine Mutter drehte sich ihm zu und ihre dunkelblauen Augen wurden ein wenig schmaler. »Warum hast du keine Freundin mitgebracht? Ich sagte dir doch, du sollst jemanden mitbringen.«

»Oh, und auf deinen Befehl hin geht das auf magische

Weise?« Er zwang sich zu einem Lachen. »Tut mir leid, wenn ich dich da enttäuschen muss. Ich war wahnsinnig mit dem Renovierungsauftrag beschäftigt, an dem ich gerade arbeite.» *Und mit meiner heimlichen Affäre.* Lieber Himmel, er konnte sich wirklich nicht vorstellen, Sara dem Verhör und dem Urteil seiner Mutter auszusetzen, und in diesem Moment schon gar nicht.

»Immer gibt es irgendeine Ausflucht. Dylan, es ist nicht gut, wenn du dich so sehr auf deine Arbeit fixierst.« Sie verschränkte die Arme und warf ihm einen erwartungsvollen Blick zu. »Jessica soll wieder heiraten, habe ich gehört. Stimmt das?«

Großartig. Er konnte es kaum erwarten, sich anhören zu müssen, wie seine Mutter das drehen würde. »Ja. Ich habe Monica vor ein paar Wochen im Haus deines Vaters getroffen.«

Die Haut um ihren Mund zog sich zusammen, als würde sie etwas Verdorbenes riechen. »Angie ist noch immer mit ihr befreundet? Weiß sie denn nicht, dass es bei einer Scheidung schlechtes Benehmen ist, zur Gegenseite zu halten?«

Natürlich musste Mom diese Sache von dieser Seite aus betrachten. Ihre Trennung von seinem Vater war außerordentlich erbittert verlaufen, und obwohl die beiden mit der Zeit einen milderen Umgang miteinander pflegten, waren sie immer noch weit davon entfernt, Freunde zu sein. Auch Dylan fand Angies Freundschaft mit Monica Christensen störend, aber das wollte er seiner Mutter nicht auf die Nase binden. »Die Seiten sind in Wirklichkeit nicht so wichtig.«

»Vermutlich nicht. Es ist ja nicht so, als hätten Jessica und du irgendeinen Grund, miteinander zu kommunizieren. Es ist anders als bei deinem Vater und mir – wegen dir.« *Das stimmt,* dachte Dylan. Er war eine unangenehme

Erinnerung an eine Ehe, die seine Eltern lieber vergessen wollten. Der missfällige Ausdruck ihres Gesichts verstärkte sich. »Du musst dich wirklich mit deinem Privatleben auseinandersetzen. Das gilt jetzt mehr denn je.«

Dylan verzichtete darauf, mit den Zähnen zu knirschen. »Warum?«

Sie sah ihn ungläubig an, als ob es selbstverständlich wäre, dass er das selbst wusste. »Wenn Jessica ein neues Leben anfängt, solltest du das auch tun.«

»Das ist kein Wettbewerb.« Plötzlich fragte sich Dylan, ob seine Mutter und Bill in aller Eile geheiratet hatten, nachdem Dad sich mit Angie vermählt hatte. Dad hatte Angie kennengelernt, als sie als Aushilfe an der Mittelschule tätig war, und sehr schnell hatten die beiden sich umworben. Innerhalb eines Jahres nach ihrem Kennenlernen waren sie verheiratet gewesen. Weniger als ein Jahr später hatten Mom und Bill geheiratet. Dylan wurde klar, dass er weiterhin sehr wenig über die Ehe seiner Eltern wusste. Die beiden hatten sich scheiden lassen, als er erst ein Jahr alt gewesen war, und somit hatte er keine Erinnerung an sie als Paar oder wie sie zu dritt eine Familie gebildet hatten.

»Es ist natürlich kein Wettbewerb«, blaffte Mom mit einer gesunden Portion Verärgerung. »Aber eine gute Erinnerung daran, dass du nicht jünger wirst und es höchste Zeit ist, dass du dich festlegst. Diesmal wirklich.«

Er nahm ihre Hand, um einen Versuch zu unternehmen, den Schlag abzumildern, den sie durch die Worte erhalten würde, die er nun sagen wollte. »Ich bin nicht wie du oder Dad. Ich habe Jessica nicht geheiratet, weil ich sie geschwängert habe und mich dann von ihr getrennt, als mir aufging, dass es nicht klappen würde.«

Mom holte tief Luft und ihre Augen weiteten sich. »Das ist nicht...«

»Was ist dann passiert?«, setzte Dylan den Gedanken für sie fort. »Vielleicht ist es in deiner Erinnerung nicht so gewesen, aber Dad hat es so erzählt und ich bin geneigt, ihm zu glauben. Ich will hier nicht brutal sein. Ich möchte nur, dass du dich zurückhältst.«

Sie blinzelte ihn an, und zum ersten Mal seit ... er wusste nicht, wann, standen Tränen in ihren Augen. »Ich möchte nur, dass du glücklich bist. Du wirkst nicht glücklich.«

Nicht? Er war nicht *unglücklich*. Insbesondere in den letzten Wochen mit Sara nicht. »Du brauchst dich nicht um mich zu sorgen. Diese Dinge werden sich für mich von selbst ergeben«, *oder vielleicht auch nicht,* »wenn die Zeit kommt. Ich fühle mich nicht einsam oder unglücklich, und du solltest deshalb nicht annehmen, ich sei es.«

Sie schniefte und löste ihre Hand von seiner, um vorsichtig unter ihrem Auge entlang zu wischen. »Wenn du mehr Zeit mit Bill und mir verbringen würdest, müssten wir uns vielleicht keine Sorgen machen.« Als würde Bill sich um Dylans Gefühle scheren. Das hatte er noch nie getan. Die nettesten Worte, die er ihm gegenüber je geäußert hatte, waren nach Highschool-Footballspielen erfolgt – »schöner Pass« oder »toller Pump Fake«. Seine Mom schaute ihn flehend an. »Gehst du nächstes Wochenende mit uns essen?«

Dylan wollte Brie fragen, ob sie auch mit von der Partie wäre, aber sie würde auf Hawaii sein, verflixt noch mal. Ein Abendessen konnte er doch aushalten, oder? »Klar, aber wenn, dann am Samstag. Freitags arbeite ich länger.« Und die Sonntage fielen aus, weil Bill es hasste, seine Sonntag-abende zu belegen, wenn er sich auf die »lange Arbeitswoche« vorbereiten musste. Dylan strengte sich an, den alten Groll niederzukämpfen, den er gegen seinen starr denkenden Stiefvater und sein endloses Regelwerk hegte.

Moms Miene hellte sich auf. »Perfekt. Wie wäre es mit Hazel um sechs Uhr? Ich werde einen Tisch reservieren.«

Hazel verfügte über eine fantastische Speisekarte, eine großartige Weinkarte und hervorragende Biere vom Fass. Wenigstens sein Magen hätte seine Freude. Er trank einen Schluck Bier, das sich auch bei dieser Feier schnell zum besten Getränk entwickelte. »Wir sehen uns dann.« Er drehte sich von seiner Mutter weg, um mit einem der wenigen Gäste zu sprechen, die er kannte.

»Vergiss nicht, Bill zu grüßen, ehe du gehst.«

Ja, das würde er gleich erledigen. Dylan warf einen Blick auf seinen Stiefvater, der mit einigen Nachbarn bei seinem hochglanzpolierten Grill Hof hielt, der heute Abend nicht einmal in Betrieb war. Am Rande der Terrasse war ein Buffet aufgebaut worden.

Bill würdigte Dylan keines Blickes, was Dylan auch nicht von ihm erwartete. Sie beide hatten ein distanziertes Verhältnis zueinander, das ihnen jedoch gut zu bekommen schien. Verflixt, die Familie war wie ein verfluchtes Ungeheuer. Er fragte sich, wie solche Veranstaltungen bei den Archers mit all den Kindern vonstattengingen. Zugegebenermaßen war ihre Familie kein zerrüttetes Elternhaus wie das seine. Er stutzte. Doch, das waren sie, aber aus einem ganz anderen Grund. Und im Gegensatz zu Dylans Eltern, die eine Entscheidung getroffen hatten, ihre Familie zu trennen, hatten die Archers keine solche Entscheidung getroffen. Mit Ausnahme von Alex. Dylan hätte ihm für seinen unglaublichen Egoismus am liebsten eine Abreibung verpasst.

Er schüttelte den Kopf. Was zum Teufel dachte er da?

Diese Leute gehörten nicht zu seiner Familie. Welchen Anlass hatte er überhaupt, sich in dieses Drama einmischen zu wollen? Es genügte vollauf, sich mit Sara an der Peripherie aufzuhalten. Er musste an die vergangene Nacht denken – wie aufgewühlt sie gewesen war und wie sehr sie seine Unterstützung nötig gehabt hatte. Vielleicht hielt er sich nicht mehr wirklich am Rande des Geschehens auf. Wie lange würde es noch dauern, bis er mittendrin steckte?

Bei diesem Gedanken erschauderte er.

SARA HATTE das Wochenende mit Kyle verlebt, was eine große Wohltat für ihr Herz und ihre Seele gewesen war. Dadurch, dass Kyle wieder daheim war, war der Verlust von Mom viel leichter zu verkraften.

Am Montag hatte sie einen Haufen beruflicher Dinge erledigt, darunter auch Abschiedsbriefe an all ihre alten Kunden, in denen sie sie einlud, sich bei ihr zu melden, falls sie jemals Interesse daran hätten, eine Veranstaltung im Alex auszurichten. Sie dankte ihnen für ihre Geduld und teilte ihnen auch mit, dass sie es ihnen nicht nachtrug, weil sie sich für Craig entschieden hatten (wenn sie eventuell auch ein klein wenig verbittert darüber war). Einen guten Eindruck bei den Kunden zu hinterlassen, zeugte darüber hinaus von gutem Geschäftsgeist.

Nachdem sie Dylan inzwischen drei Tage lang nicht gesehen und sie nur einige SMS ausgetauscht hatten, konnte sie sich kaum beherrschen, als sie den unbefestigten Weg zum Haus entlang rumpelte. Sie hatte ihren rosafarbenen Bauhelm dabei und setzte ihn auf, bevor sie die Baustelle betrat.

Dylan stand im ehemaligen Wohnzimmer, das nach

seiner Vergrößerung ein phänomenaler Innenraum sein würde, der sich als Festsaal eignete und sich zu einer überdachten Terrasse mit Panoramablick auf das Tal öffnete. Dylan stand leicht gebeugt, als er und Manny die Zeichnungen besprachen, die vor ihnen auf einem behelfsmäßigen Sägetisch lagen. Ein grünes T-Shirt spannte sich an Dylans Schulterblättern, und sein Arbeitsgürtel war tief um seine Hüften geschlungen. Der Anblick war verführerisch und sexy.

Manny wandte sich vom Tisch ab und lächelte sie breit an. »Hallo Sara.«

»Hi, Manny, wie geht es?«

Er zeigte hinter sie. »Schau, die Küche.«

Sie war so sehr auf Dylan fixiert gewesen, als sie hereinkam, dass sie nicht bemerkt hatte, dass man die Großküche im hinteren Teil des Gebäudes, das früher ein Schlafzimmer und ein Büro beherbergt hatte, eingesetzt hatte. »Oh! Das sieht großartig aus. Ihr kommt wirklich gut voran.«

»Die langen Tage sind wirklich hilfreich. Wir sehen uns später, Boss.« Manny tippte an seine Hutkrempe, um sie zu grüßen, und zwinkerte Sara zu, ehe er die Treppe hinaufstieg, die sie zu Beginn als Aufgang in den zweiten Stocks eingebaut hatten.

Sara ging zu Dylan, der einen Schritt vom Tisch zurückgetreten war. »Wie geht es dir?«, fragte sie, da sie aus irgendeinem Grund nichts aus ihm herauslesen konnte. Ihr Nacken kribbelte. Normalerweise sah er sie so an, wie sie ihn ansah – wie ein dekadentes Thanksgiving-Festmahl.

»Schwer beschäftigt. Und du?«

Sie wurde das Gefühl nicht los, dass irgendetwas mit ihm nicht stimmte. Vielleicht war die Abschlussfeier seiner Schwester Schuld. Er hatte kaum etwas darüber gesagt, und das Ereignis am Freitagabend nur am Rande erwähnt. Überhaupt sprach er nie viel über seine Familie. »Das Gleiche. Wie war Bries Abschlussveranstaltung?«

»Ach, du weißt ja, wie so etwas läuft.«

Das wusste sie wirklich. Sie hatte an mehreren Abschlussfeiern ihrer Geschwister teilgenommen; und überraschenderweise hatte sich keine davon überschnitten. »Und das Fest?«

»Noch langweiliger.«

Sie kämpfte gegen ein Stirnrunzeln an, weil er nicht näher auf ihre Frage einging. Und gegen eine leichte Verärgerung, da er sie nicht gefragt hatte, ob sie mit ihm hingehen wollte. Was nicht ungerecht war, da sie sich auf ein striktes Arrangement geeinigt hatten. Aber wann wollten sie sich endlich eingestehen, dass sich die Regeln langsam und subtil geändert hatten? Oder hatten sie sich nur für sie geändert?

Sie machte sich wahrscheinlich zu viele Gedanken über seine heutige Stimmung. Vielleicht *war* er lediglich beschäftigt. Sie drängte sich ihm schließlich an seinem Arbeitsplatz auf. Aber andererseits war sie ja auch seine Chefin, nicht wahr? Sie fuhr innerlich zusammen. Nein, so wollte sie ganz bestimmt nicht über ihre Beziehung denken. Das war zu ... kalt. »Ich hatte ein tolles Wochenende mit Kyle.« Sie hatte Dylan eine SMS geschickt, dass sie sich versöhnt hatten.

Er lächelte, worauf sie sich ein wenig entspannte. »Wie gut, das zu hören. Er kommt fast so oft hierher wie du.«

»Ich warne dich, es wird noch schlimmer kommen. Er freut sich schon darauf, mit der Restaurantphase loszulegen. Vergangenes Wochenende haben wir viel Zeit damit verbracht, über die Pläne für das Arch and Fox zu reden.«

»Ordnungsgemäß zur Kenntnis genommen. Allerdings

werde ich ihm keine große Hilfe sein, wenn er über die nächste Phase reden will.«

Der Grund dafür lag in der Luft, denn die Geschwister hatten noch immer keine Entscheidung darüber getroffen, wen sie als Handwerker beauftragen wollten. »Tori hat noch nicht einmal den Entwurf fertig. Sie muss sich noch mit einem Ingenieur beraten.«

»Ich weiß, aber es wäre toll, wenn ihr den Handwerker in diese Vorgespräche mit einbeziehen würdet. Das würde die Arbeit sehr erleichtern.«

Damit hatte er recht. »Das werde ich ihnen ausrichten, danke. Glaubst du, dass es im nächsten Frühjahr zu früh ist, um mit der Buchung dieses Hauses zu beginnen?« Die Hochzeit von Derek und Chloe würde zwar im August hier stattfinden, aber es hatte keinen Sinn, weitere Veranstaltungen mitten in einer Baustelle abhalten zu wollen. Das war gut so, denn die Hochzeiten wurden ohnehin weit im Voraus gebucht.

Dylan zuckte mit den Schultern. »Das kann ich wirklich nicht sagen, da ich nicht viel über die nächsten Phasen weiß.«

Ihr gefiel die Kühle überhaupt nicht, die in seinem Tonfall mitschwang. Dann trat sie näher zu ihm und sprach ganz leise. »Du weißt, dass es nicht an mir liegt, oder? Wenn es so wäre, würde ich dir den Auftrag sofort erteilen.«

Er schenkte ihr ein Lächeln. »Bist du sicher, dass du das nicht nur sagst, um ... du weißt schon, in meine Hose zu kommen.«

Meinte er das als Scherz? Natürlich hatte er gescherzt. Jetzt dachte sie aber wirklich zu viel nach. Sie suchte nach dem flirtenden Tonfall, in dem sie sich normalerweise austauschten. »Natürlich, deshalb sage ich das ja. Ich habe dich seit Freitag nicht mehr gesehen. Ich werde sagen, was ich sagen muss.«

Nun lachte er und die vertraute Wärme, die sie gewöhnlich in seiner Gegenwart verspürte, stellte sich ein. »Ich muss wieder an die Arbeit, aber vielleicht sehen wir uns heute Abend.« Er warf ihr einen heißen Blick zu, der ihr eine Gänsehaut am Bauch und noch viel tiefer einbrachte.«

»Du weißt, wo du mich findest.«

Sein Blick war auf ein Objekt hinter ihr gerichtet. Als sie sich umdrehte, sah sie Kyle in der Tür stehen. Er betrachtete sie mit verwirrter Miene. Verflixt, hatte er sie belauscht? Nein, sie hatten ganz leise miteinander gesprochen, und der Baulärm, der von oben zu hören war, sollte sie eigentlich übertönt haben.

»Bis später, Sara«, verabschiedete sich Dylan mit klarer, förmlicher Stimme.

Sie blickte ihn an und erkannte, dass er Kyle und nicht sie ansah, und murmelte: »Bis dann.« Sara ging auf ihren Bruder zu, der aus dem Türrahmen trat.

»Hey, Sara-Katze.«

»Hallo, Kyle. Ich bin dann im Büro.«

»Wir sehen uns in ein paar Minuten. Ich will nur ein paar Dinge mit Dylan besprechen.«

Mit einem Nicken machte sie sich auf den Weg, wobei sie sich überlegte, ob sie sich in Bezug auf Dylan vollkommen verkalkuliert hatte. Möglicherweise war er mit dem Arrangement ihrer heimlichen Affäre absolut zufrieden und sie selbst tat, was nicht zu tun, sie versprochen hatte – sie wurde anhänglich. Plötzlich konnte sie erkennen, wie die Lage sehr, sehr chaotisch werden konnte. Und sie fragte sich – mit Bedauern –, ob sie sich an ihre ursprüngliche Abmachung hätten halten sollen.

Kapitel Neunzehn

DYLAN PARKTE ungefähr einen Block von dem historischen Haus entfernt, in dem das Hazel, eines der besten Restaurants Newbergs, untergebracht war. Das Wetter wurde immer milder und der Sommer nahte, weshalb ein reges Treiben im Freien mit Außenbestuhlung, festlichen Lichtern und Dutzenden von Gästen herrschte. Das Lokal sah originell und einladend aus, aber Dylan wusste, dass für sie drinnen ein Tisch reserviert sein würde. Bill hasste es, an einer Straße zu speisen, da er den Geruch von Abgasen nicht ertragen konnte, und das Restaurant lag an der Hauptverkehrsstraße der Stadt.

Dylan schritt an den Tischen und Stühlen auf dem Rasen vorbei und stieg die Treppe zur Veranda an der Vorderseite des Gebäudes hinauf. Er stieß die Tür auf und wurde sofort von einer Person begrüßt, die hinter der Theke im Gastraum stand, das direkt an das Foyer grenzte. »Amy ist gleich bei Ihnen.«

Er nickte und drehte sich auf dem Absatz nach rechts in Richtung des Essbereichs. In den Weinregalen an der Wand zu seiner Linken war das Beste zu sehen, was das

Willamette Valley zu bieten hatte. Eine junge Frau in einer schwarzen Bluse und einem khakifarbenen Rock kam aus dem Gastraum. »Guten Abend. Suchen Sie nach Ihren Leuten?«

»So ist es. Davies?«

Sie lächelte. »Einfach hier durch.«

Dylan kam an einer kleineren Sitzecke mit den Weinregalen vorbei und betrat den Hauptspeisesaal. Sein Lächeln erstarrte, als sein Blick auf die *Dreiergruppe* fiel, die bei der Wand saß. Mom, Bill und eine unbekannte junge Frau mit hellblondem Haar und einer dunkel umrandeten Brille auf ihrer kecken Nase. Alle sahen sie ihn gleichzeitig, aber es war seine Mutter, die das Wort ergriff.

»Hier drüben, Dylan.«

Die Kellnerin stellte sich neben seinen Stuhl und deutete auf die Speisekarte, die neben seinem Gedeck lag. »Bitte sehr.«

»Ähm, danke.« Er setzte sich, und sein ganzer Körper fühlte sich an, als bestünde er aus Holz. Einem sehr harten und spröden Holz.

»Hallo, Schatz«, begrüßte Mom ihn mit sonniger Stimme, die Dylan zum Zähneknirschen brachte. »Das ist Tracy Brinkley. Tracy ist eine neue Arzthelferin bei uns im Krankenhaus.«

Dylan war gezwungen, auf dem Stuhl neben Tracy Platz zu nehmen, also drehte er sich zu ihr hin, um ihr die Hand zu schütteln. Er mochte innerlich kochen, aber er konnte trotzdem höflich sein, verdammt noch mal. »Tracy.«

Sie lächelte und ihre Augen funkelten hinter ihrer Brille. Der Braunton ihrer Augenbrauen ließ vermuten, dass das Blond vielleicht nicht ihre natürliche Farbe war. »Schön, Sie kennenzulernen.«

Ein starker, süßlicher Geruch, wie bei Nordstrom

während des Ausverkaufs, zu dem seine Mutter immer ihn geschleppt hatte, als er jünger war, wehte ihm entgegen. Er zog Saras frischeren, subtileren Duft vor.

Dylan nahm seine Speisekarte in die Hand und versteckte sein Gesicht dahinter, ehe er Mom oder Bill anstarren konnte. Seine Mutter übernahm es, die Unterhaltung zu führen, bis der Kellner kam und die Bestellung aufnahm. Bill bestellte eine Flasche Pinot und Dylan ein Bier, nur um nicht aufzufallen. Man hatte ihm ein Blind Date untergeschoben, und wenn die einzige Unabhängigkeit, die er beanspruchen konnte, in der Wahl seines Getränk bestand, dann war es eben so. Wie konnte Mom ihm das nur antun?

Tracy richtete das Wort an ihn. »Ihre Mutter hat mir erzählt, dass Sie auf dem Bau arbeiten? Wie läuft's dort?«

»Es ist ein guter Job, danke.«

»Tracy war zwei Jahre lang im Friedenskorps«, bemerkte seine Mutter anerkennend. »Das ist fast so, als wäre man bei der Armee.«

Nur war das nicht im Entferntesten so. »Ich war Ingenieur und habe hauptsächlich in den Staaten gedient. Ich bin mir sicher, dass Tracys Einsätze viel aufregender und exotischer waren. Und sie hatten bestimmt nichts mit militärischen Operationen zu tun.«

Tracy lachte. »Ähm, nun ja. Ich weiß nicht, ob es aufregender war, aber auf jeden Fall exotischer. Wie war es bei der Armee?«

»Gut.«

Mom warf ihm einen missbilligenden Blick zu, den er mit einem »Wie konntest du nur?« konterte.

»Sie müssen Dylan verzeihen«, meinte Bill und lachte sein falsches Lachen, mit dem er gerne die unangenehme Stille überbrückte. »In einer Gruppe erweist er sich nicht als der beste Gesprächspartner. Wenn man mit ihm unter vier Augen zusammen ist, fühlt er sich wohler. Als Bill das sagte, sah er Dylan nicht an, was auch gut so war, denn so konnte er die Ungläubigkeit nicht sehen, die sich ganz sicher in Dylans Miene eingebrannt haben musste. Bill hatte keine Ahnung, was für ein Gesprächspartner Dylan war. Seit Dylan zwölf war, hatten sie beide kein sinnvolles Gespräch mehr geführt, denn damals hatte Bill ihm unmissverständlich gesagt, dass er ein Ärgernis für seine Familie sei und seine Anwesenheit nur wegen seiner Mutter von ihm geduldet würde.

Mom nickte Bill zustimmend zu und berührte ihn am Arm. »Es ist wahr. Dylan ist so viel besser, wenn er mit einer Person allein ist. Nach dem Essen lassen wir euch beide den Nachtisch allein essen.« Sie lächelte, lehnte sich in ihrem Stuhl zurück und schien mit ihrem Plan sehr zufrieden zu sein.

Der Kellner brachte die Getränke und Dylan nahm einen kräftigen Schluck von seinem IPA, während der Wein geöffnet, von Bill verkostet und in die drei Gläser gefüllt wurde.

»Ich habe Tracy von deiner Scheidung erzählt und davon, dass du schon seit Ewigkeiten keine Freundin mehr hattest«, meinte Mom und machte damit jede Hoffnung zunichte, dass sie bei ihrer Kuppelei auch nur ansatzweise subtil vorgegangen wäre. *Verdammt noch mal, konnte dieser Abend noch schlimmer werden?*

Die Antwort war ein klares Ja.

In diesem Moment betrat ein Trio aus Archers den Speisesaal: Tori, Kyle und Sara. Sie blieb abrupt stehen und starrte ihn an. Fast wäre er aufgestanden, aber Tracy nutzte den Moment, um ihn am Arm zu berühren und ihm eine weitere Frage zu stellen. Er wandte den Blick von Sara ab und sah Tracy an, ohne ein Wort dessen zu hören was sie sagte. Als er zurückblickte, warfen sowohl Tori als auch Kyle verstohlen einen Blick in seine Richtung während Sara auf ihre Speisekarte starrte und die Hände in ihrem Schoß vergraben hatte. Wie er sie kannte, rieb sie an ihrem Lederarmband, um ihre Sinne zu aktivieren.

Kyle sagte etwas zu ihr. Sie nickte, ohne jedoch etwas zu sagen.

Die Unterhaltung an Dylans Tisch verlief schleppend. Mom und Bill lachten über etwas. Plötzlich stand Sara auf und kippte ihr Wasser um. Kyle sprang auf und rieb mit der Hand über ihren Oberarm.

Saras Gesicht wirkte bleich, und als sich ihr Blick wieder mit Dylans traf, las er Angst und Verzweiflung darin.

Er stieß sich vom Tisch ab. »Entschuldigt mich bitte.« Er durchquerte den kleinen Speisesaal. »Sara, geht es dir gut?«

Sie blickte zu ihm auf, sagte aber nichts.

»Wir sind nur auf dem Rückweg vom Flughafen hier vorbeigekommen.« Tori sah ihn verdutzt an und fragte sich wahrscheinlich, warum er nach Sara sehen wollte. Verdammt, das hatte er überhaupt nicht durchdacht. »Wir haben Mom und Hayden dort abgesetzt.«

Verdammt. Dylan hatte vollkommen vergessen, dass die beiden heute abreisen würden. Nach dem mit Sara verbrachten Dienstagabend hatte er den Rest der Woche durchgearbeitet, und auch Sara war beschäftigt gewesen. Jetzt, wo er noch einmal darüber nachdachte, war sie wahrscheinlich ihrer Mutter vor deren Abreise zur Hand gegangen.

Ihre »Vorzüge« wurden allmählich zu einer Erwartung, und das war etwas, worauf sie sich nicht geeinigt hatten.

Mit einem Mal spürte er die Stille, die sich im Restaurant ausgebreitet hatte. Die Augen von mehr als einem Dutzend Gästen waren auf sie beide gerichtet. Und jetzt war ihre absolut geheime *Sache* eine wahnsinnig öffentliche geworden.

Sie sah zu ihm auf. »Was tust du hier?«

»Abendessen mit meiner Mutter und Bill.«

»Hast du nicht jemanden vergessen?« Ihr Blick wanderte kurz an ihm vorbei.

Er wollte dieses Gespräch nicht vor ihren Geschwistern führen. »Ich habe sie nicht mitgebracht, das war meine Mutter. Sara, ich wusste es nicht.«

»Ist da etwas zwischen euch?«, fragte Kyle und sah zwischen Dylan und seiner Schwester hin und her.

»Offensichtlich nicht«, antwortete Sara. Wie ein Messer bohrte sich der Schmerz in ihren Augen in Dylans Magengegend. Sie wandte sich an Kyle. »Ich möchte nach Hause.«

»Kein Problem.« Er warf Dylan einen angewiderten Blick zu, während er Sara die Schulter massierte.

Dylan trat einen Schritt zur Seite, um ihren Blick zu erhaschen. »Kann ich dich begleiten?«

Sie löste sich von Kyle und verließ das Restaurant.

Dylan holte sie auf der Veranda ein. »Sara, warte.«

Auf der obersten Stufe blieb sie stehen, doch ihr Blick ging wieder an ihm vorbei. Dylan hörte, wie die Tür geöffnet wurde, und warf einen Blick über seine Schulter. Seine Mutter.

»Wohin gehst du, Dylan?«

»Mom, ich muss weg.« Er machte sich nicht die Mühe, seinen Ärger zu verbergen, den er seit seiner Ankunft im Zaum gehalten hatte. »Du hättest kein Blind Date mitbringen sollen.«

Aus den Augenwinkeln sah er, wie Sara auf die Straße zuging. Tori und Kyle kamen auf die Veranda und drängten sich an seiner Mutter vorbei. Kyle warf ihm noch einen finsteren Blick zu, als er die Treppe hinunterging.

Mist, das war ein totales Desaster. Diese gottverdammte Familie. »Mom, ich gehe jetzt.« Er joggte die Treppe hinunter und folgte den Archers auf den Bürgersteig. Zum Glück entfernten sie sich von den Tischen, sodass sich hoffentlich weitere Szenen vermeiden ließen.

»Was soll ich Tracy sagen?«, rief Mom ihm hinterher.

Dylan bemühte sich gar nicht erst, sich zu seiner Mutter umzudrehen, sondern ging einfach weiter Sara nach, die eilig den Bürgersteig entlanglief.

»Sara!«, rief er und rannte zu ihr, um sie einzuholen und dabei an ihren Geschwistern vorbei. Er ergriff ihre Hand. »Lass dich von mir nach Hause bringen, einverstanden?«

Sie versuchte, ihre Hand zurückzuziehen, doch sein Griff blieb fest, aber sanft.

»Bitte!«

Nach einem langen Moment nickte sie.

Er wusste, dass Tori und Kyle noch hinter ihm standen, weshalb er sich umdrehte und einen Blick mit ihnen austauschte. Sie schienen skeptisch, ohne ihn jedoch aufzuhalten. Dylan legte Sara einen Arm um die Schultern und ging mit ihr um den Block zu seinem geparkten Wagen.

Er öffnete ihr die Tür, doch sie drehte sich zu ihm um und durchbohrte ihn mit einem glühend blauen Blick. »Ich möchte nur eines wissen: Bin ich dein einziges Geheimnis?«

* * *

Sara beobachtete das Wechselspiel der Gefühle auf seinem Gesicht – Überraschung, Verzweiflung, Resignation. Keines davon verriet ihr, was sie wissen wollte. Sie wusste, dass sie kein Recht hatte, eifersüchtig oder verärgert zu sein. Sie hatten sich auf eine »Freundschaft mit Vorzügen« geeinigt, und von Exklusivität war überhaupt nicht die Rede gewesen. Trotzdem verstand sie nicht, wie er diese Dinge tun konnte, die er mit ihr getan hatte, wie sie auf diese besondere Weise miteinander reden konnten, oder wie sie diese einzigartigen Dinge miteinander erleben konnte, wenn sie für ihn nicht mehr als eine Freundin war. Alles fühlte sich wie eine Lüge an und deshalb hatte sie diese Frage gestellt.

Er nahm ihre Hände in seine und erwiderte ihren Blick mit der ihm eigenen Intensität. »Du bist mein einziges Geheimnis. Das warst du zumindest. Ein Geheimnis, meine ich.«

Beinahe hätte sie bei seinen Worten gelächelt. Die sprichwörtliche Katze war definitiv aus dem Sack.

Sie stieg in seinen Wagen und wartete darauf, das Dylan auf der Fahrerseite einstieg. Er schob den Schlüssel ins Zündschloss, ohne jedoch den Motor anzulassen. Stattdessen drehte er sich mit dem Oberkörper zu ihr hin. »Kann ich im Augenblick irgendetwas für dich tun?«

Sie fühlte sich, als würde es überall jucken und zucken und sie war vollkommen überreizt, doch im Augenblick konnte sie nicht viel unternehmen. Sie konnte sich weder auf dem Boden wälzen oder Liegestütze an der Wand machen. Also blieb ihr nur das Zusammenpressen der Gelenke und das Anspannen der Muskeln um sich abzureagieren. »Du könntest meine Gelenke zusammendrücken.« Sie streckte ihre linke Hand aus. »Leg deine Hände auf mein Handgelenk und drück das Gelenk zusammen, als ob du meine Hand wegziehen wolltest und dann drückst du sie wieder zurück.«

Er wirkte erschrocken. »Ich soll dir die Hand wegziehen?«

»Nicht sprichwörtlich. Nur ganz sanft. Du wirst spüren, was ich meine, wenn du es ausprobierst.«

Er legte seine Hände auf ihre Hand, und wo seine Berührung normalerweise Bedürfnis und Verlangen auslöste, leitete sie heute Abend ein Gefühl der Behaglichkeit ein. Er zog an ihrer Hand und schob sie dann zurück. »Ich verstehe. Ist das so richtig?«

Sie nickte. »Zehnmal. Dann das andere Handgelenk. Dann kannst du meine Ellbogen machen.«

Er war mit ihrer linken Seite fertig und ging zu ihrer rechten über. »Es tut mir wirklich leid, was da vorhin vorgefallen ist. Meine Mutter war der Ansicht, es sei eine tolle Idee, ein Blind Date zu arrangieren, ohne mir vorher etwas davon zu erzählen.«

»Das hört sich gar nicht lustig an.«

»Das war es auch nicht.« Er schloss die Behandlung ihres Handgelenks ab und machte dann mit ihrem Ellbogen weiter.

Von seiner Arbeit hatte er raue, braun gebrannte Hände. Im Vergleich zu seinen sahen die ihren weich und blass aus. »Du sprichst nicht viel über sie. Ich meine deine Familie.«

Er antwortete nicht sofort. Als er sich wieder auf ihrem rechten Ellbogen zu bewegt, schaute er ihr direkt ins Gesicht. »Da gibt es nicht viel zu sagen.«

»Im Ernst? Du kannst zwei Paare deine Eltern nennen, du hast drei Brüder und eine Schwester, und da gibt es nicht viel zu erzählen? Warum hatte Sara das nicht schon eher mit ihm besprochen? Offensichtlich war etwas mit ihm und seiner Familie faul. »Deine Mutter hat dich einfach ohne dein Wissen verkuppeln wollen. Dazu musst du doch eine Menge zu sagen haben. Das hätte ich jedenfalls.«

Er beendete die Behandlung ihres Ellbogens und lehnte sich auf seinem Platz zurück. »Was hätte es für einen Sinn, darüber zu lamentieren? Sie wird nicht zuhören. Ich werde einfach nicht mehr mit ihnen ausgehen. Verflixt, von vorherein hatte ich es besser gewusst, als mich darauf einzulassen.« Die letzten Worte brachte er murmelnd hervor, aber sie konnte ihn verstehen.

Sara schnallte sich an. »Du wählst also den Weg des geringsten Widerstandes? Es ist besser, sie unbeachtet zu lassen oder gar ihre Existenz zu verleugnen, als sich der Situation zu stellen?«

Er startete den Motor des Pick-up s. »Ja.«

Manchmal konnte er so verteufelt mundfaul sein. »Es würde wirklich nicht helfen, mit ihr zu reden?«

Er bog in die Einbahnstraße und ordnete sich auf der rechten Spur ein, um abzubiegen und nach Ribbon Ridge zurückzufahren. »Das habe ich versucht, aber es ändert nie etwas.«

»Wirst du deiner Familie sagen, wer ich bin? Warum du ihren Tisch verlassen hast, um mich nach Hause zu bringen?« Sie hielt buchstäblich den Atem an.

Er sah sie kurz mit einem unergründlichen Blick an. »Natürlich werde ich etwas sagen. Da bin ich sicher.«

Der Kummer über die Abreise ihrer Mutter, der Schock, Dylan bei einem irrwitzigen *Rendezvous* zu sehen, wallten in ihr auf und drohten, eine Explosion auszulösen. »Setze mich bitte ins Bild darüber, was du zu sagen gedenkst, damit wir unsere Geschichten auseinanderhalten können, da ich – im Gegensatz zu dir – Tori und Kyle eine aufrichtige Erklärung für die Geschehnisse des heutigen

Abends geben werde. Aller Wahrscheinlichkeit nach haben meine Geschwister das allerdings schon selbst herausgefunden.« Ihre Stimme hatte einen höheren Tonfall bekommen, sodass sie zornig und schrill klang. Das war ihr allerdings einerlei.

»Das haben sie. Das weiß ich«, meinte er leise. »Sag ihnen, was du für richtig hältst. Ich gedenke, meiner Mutter zu sagen, dass du meine Chefin bist und eine schwere Zeit durchmachst. Ich habe dir heute Abend geholfen.«

Sie drehte sich auf ihrem Sitz um und starrte ihn an. »*Was?* Meine Geschwister dürfen denken, dass wir zusammen sind, aber deine Mutter muss denken, dass ich deine Chefin bin? Schämst du dich für mich?« Es lag Jahre zurück – seitdem sie Ribbon Ridge verlassen hatte –, dass sie sich Sorgen um die Meinung der Leute gemacht hatte, die sie für seltsam oder schrullig halten könnten. Und das war sie schließlich auch. An ihrem Wesen konnte sie nichts ändern und das wollte sie auch gar nicht. Ihr Umzug hatte sie gelehrt, ihre Andersartigkeit zu akzeptieren und sogar zu schätzen.

Er warf ihr einen langen Blick zu, als sie aus Newberg hinausfuhren. Seine Augenbrauen waren tief über die Augen gezogen, die sie gerade an den Ozean während eines Wintersturms erinnerten. »Nein, ich schäme mich nicht für dich. Wie kommst du denn darauf?«

»Oh, ich weiß nicht recht. Vielleicht, weil du nicht willst, dass deine Mutter weiß, dass wir Bettgenossen sind?« Sie hatte sich absichtlich für diese Wortwahl entschieden, weil er ein Mistkerl war. »Das sind wir doch, oder nicht?«

»Sara, das ist ungerecht. Wir haben uns darauf geeinigt, diese Beziehung wegen deiner Familie und wegen meiner Arbeitssituation geheim zu halten.«

»Das dachte ich auch, aber vielleicht ist es geheim, weil es dir nicht recht ist, dass andere davon erfahren.«

Leise fluchte er vor sich hin, doch es gelang ihr, seine Worte aufzuschnappen. »Meine Familie ist vollkommen vermurkst. Ich teile mein Leben absichtlich nicht mit ihnen, und das hat *nichts* mit dir zu tun.« Er sah zu ihr hinüber. »*Nichts*, okay?«

Sein scharfer Tonfall und die Intensität seines Blicks veranlassten sie, zu nicken. Sie schwieg ein paar Minuten lang und dachte über seine Worte nach. Schließlich fragte sie: »Warum ist diese Sache so vertrackt?«

Er atmete laut aus und seine Finger krallten sich um das Lenkrad. »So ist es einfach. Ich bin in zwei Familien aufgewachsen, von denen sich keine wie eine echte Familie angefühlt hat. Es ist eben nicht so wie bei dir und deiner Familie, denn ihr alle habt gemeinsame Erfahrungen. Zugegeben, ich stehe meinen Geschwistern nahe, doch das ist etwas anderes. Es gibt Dinge, die meine Brüder beim Aufwachsen zusammen erlebt haben, Erfahrungen, die meine Schwester genossen hat – und all dies waren Dinge, an denen ich nicht teilhatte, da ich hin und her geschoben wurde.«

Saras Herz zog sich vor Kummer über seine Lage zusammen. Seine Stimme war voller Verachtung, doch es lag auch eine gewisse Portion Schmerz darin. »Das klingt sehr schwierig.«

Sie zauderte, noch mehr zu sagen, um ihn nicht vom Reden abzuhalten.

»Deshalb vertraue ich ihnen nichts von meinem Leben an. Es geht nicht um dich. Mir ist klar, dass diese *Sache* zwischen uns jetzt mehr als eine Sache ist. Aber das bedeutet nicht, dass sie davon wissen müssen.«

Er erkannte also an, dass aus ihrer Beziehung mehr

geworden war, aber nicht genug, um seiner Familie von ihr zu erzählen. Das sollte sie beunruhigen – verflixt, es beunruhigte sie tatsächlich –, doch sie gab sich Mühe, zu verstehen, worauf er hinauswollte. Wenn er keinen großen Wert auf seine Familie legte, wäre es auch nicht so wichtig, ihr die Einzelheiten seines Privatlebens anzuvertrauen. Die Frage war aber, wie sie zu der mangelnden Wertschätzung stand, die er seiner Familie entgegenbrachte, während ihre eigene Familie für sie so wichtig war?

Sie musterte sein Profil, während er fuhr. Sein Anblick berührte ihr Herz und sie fragte sich, ob sie sich vielleicht in ihn verliebt hatte. Abrupt wandte sie sich ab. Das wäre im Augenblick nicht nützlich.

Im Führerhaus des Pick-ups war es unheimlich still, als sie in Ribbon Ridge ankamen. Als sie durch den Hauptteil der Stadt fuhren, richtete er sich auf seinem Platz auf. »Keiner von uns beiden hatte geplant, dass sich mehr daraus entwickeln würde. Das ist kein guter Zeitpunkt für dich, und auch für mich nicht. Dieser Auftrag ist für meine Mannschaft und mich wirklich wichtig. Mein Hauptaugenmerk muss darauf liegen, die Aufträge für die nächsten Phasen zu erhalten. Das wird für unsere Zukunft alles bedeuten.«

Wow, das klang wie eine Abschiedsrede. Sara griff nach dem Türgriff und grub die
Fingernägel in das Leder.

Wieder herrschte Schweigen, bis sie sich der langen Auffahrt zum Haus näherten.

»Du bist so still«, bemerkte er.

Sie zuckte mit den Schultern, während ihr Körper immer weiter außer Kontrolle geriet. Nachdem sie ins Haus gegangen wäre, wollte sie direkt zur Reifenschaukel, die unten in der Turnhalle hing. Das Schaukeln war eines der ältesten sensorischen Hilfsmittel in Saras Erfahrung, was vor allem mit dem Drehen zu tun hatte, anstatt sich nur hin und her schwingen zu lassen. Das würde sie wieder in Form bringen.

Er fuhr in die kreisförmige Einfahrt und hielt das Fahrzeug vor der Treppe an, die zum Haupteingang führte. Ihr fiel auf, dass er den Motor nicht abstellte, was in Ordnung war. Sie hatte nicht die Absicht, ihn ins Haus zu bitten.

Sie machte ihre Tür auf, und das Plätschern des Springbrunnens, der in der Mitte des kreisförmigen Platzes stand, begrüßte sie. Es war ein beruhigendes, vertrautes Geräusch, das ihre angeschlagenen Sinne beruhigte.

»Kann ich dich später anrufen?«, fragte er.

»Morgen.« Heute Abend wollte sie nicht mehr mit ihm reden – sie kannte ihre Grenzen, und die hatte sie gerade überschritten. Dann stieg sie aus.

»Sara?«

Sie drehte sich zu ihm um und wünschte, sie hätte es nicht getan. Vielleicht war sie bereits in ihn verliebt. »Was?«

»Was auch immer passiert, hoffe ich, dass du weißt, wie sehr du mir am Herzen liegst.«

Seine Worte hätten sie mit Wärme erfüllen müssen, nicht wahr? Sie hätte sich ermutigt oder zumindest beruhigt fühlen müssen. Doch es war nicht so. Und vielleicht war das nur die Anhäufung von all dem, was derzeit auf sie einprasselte. »Du hast recht, der Zeitpunkt ist beschissen ... Ich muss los.« Sie knallte die Tür zu und rannte zum Haus, ohne sich noch einmal umzusehen.

Drinnen durchquerte sie das Foyer und lief die kurze Treppe hinauf in die zentrale Eingangshalle, in der sie ihre Handtasche und Jacke ablegte und hinunter in die Turnhalle joggte. Sie saß schon seit einigem Minuten auf der

Schaukel und fühlte sich schon besser, als Tori und Kyle hereinkamen.

»Hallo«, begrüßte Tori sie und sah sich um. »Kein Dylan?«

»Er hat mich gerade abgesetzt.« Sara wirbelte auf der Schaukel herum.

Kyle ließ sich auf eine Hantelbank fallen. »Willst du darüber reden?«

»Dylan?« Sie hatte Dylan gesagt, was sie sagen wollte, aber jetzt dachte sie an seine Taktik. Doch nein, so war sie nicht. »Was willst du wissen? Ob ich mit ihm zusammen bin? Nicht formell, aber ja, wir haben *etwas miteinander*.«

Tori verschränkte die Arme, während ein Lächeln auf ihren Lippen aufblitzte. »Du hast mich angelogen, als ich dich gefragt hatte, ob du dich mit jemandem triffst.«

Sara scharrte mit den Füßen über den Boden, um den Schwung zu bremsen. »Wir hatten uns darauf geeinigt, die Sache geheim zu halten. Bei all dem, was hier vor sich ging und insbesondere wegen seines Auftrags schien es, als sei Geheimhaltung das Beste.«

»Bist du glücklich?«, fragte Kyle, der die Beine vor sich ausstreckte.

»Das war ich. Und bin es.« Sara griff nach dem schweren Seil, das die Schaukel hielt, und fuhr mit den Händen die Stränge auf und ab. »Ich mag Dylan sehr.« *Zu sehr.*

Toris Lächeln entglitt ihrer Kontrolle. »Das macht die Sache für das Projekt etwas schwieriger.«

Unabhängig davon, was passierte, wollte Sara nicht, dass Dylan darunter zu leiden hatte. »Das sollte es nicht. Er ist ein hervorragender Handwerker. Ich finde sogar, wir sollten ihn für die Phasen zwei und drei unter Vertrag nehmen.«

»Ich weiß nicht, ob das klug ist«, meinte Tori, »und jetzt erst recht nicht.«

Sara drehte sich wieder um. »Hoffentlich liegt das nicht an unserer Beziehung. Er ist der richtige Mann für diese Aufgabe. Er hat seine Befähigung bereits bewiesen und aus geschäftlicher Sicht ist es einfach sinnvoll, die Folgeaufträge an denjenigen zu vergeben, der vom ersten Tag an dabei ist. Außerdem hat er einen fantastischen Vorschlag für die Untergrundkneipe eingebracht.«

Kyle blickte zu Tori hinüber. »Das ist ein gutes Argument.« Er fixierte Sara mit einem ernsten Blick. »Aber wird es ein Problem werden, wenn es mit euch beiden nicht klappt? Was dann?«

Darauf konnte Sara ihm keine Antwort geben. Die Sache war bereits am Bröckeln, was sie sich aber wirklich nicht anmerken ließ. Nicht heute. Sie musste begrenzen, worauf sie sich einließ, denn andererseits würde sie einen kompletten Nervenzusammenbruch erleiden – oder jedenfalls einen noch stärkeren, als sie ihn schon im Restaurant gehabt hatte. »Bitte lass meine persönlichen Gefühle nicht in eine geschäftliche Entscheidung einfließen. Ich kümmere mich um alles, was Dylan anbelangt. Ich glaube immer noch, dass er der richtige Auftragnehmer ist.«

Tori ließ die Arme sinken und rückte dichter zu Sara heran. »Entschuldigung, aber ich muss dich das fragen. Bist du in dieser Sache objektiv? Wenn du Gefühle für den Kerl hast, wie kannst du dann wissen, ob er die beste Wahl ist?«

Sara benutzte ihre Füße, um die Schaukel zum Stillstand zu bringen. Als erste Reaktion wollte sie Tori beschimpfen, weil sie ungerecht war, aber Sara hatte gelernt, ihre Reaktionen zu bewerten, wenn sie aufgewühlt war. Sie holte tief Luft und versorgte ihr Gehirn mit Sauerstoff, in der Hoffnung, eine gemäßigte Antwort zustande zu bringen. »Ich verstehe, warum du mich das fragst, aber lass das bitte. Ich bin vollkommen objektiv. Und ich werde die Situation in den Griff bekommen, einverstanden? Sei nicht so überfürsorglich.« Sie warf ihren beiden Geschwistern einen strengen Blick zu.

Als diese daraufhin einen Blick austauschten, war das für Sara genug, um sich aus dieser Unterhaltung zurückzuziehen. Da sie allein sein wollte, stand sie von der Schaukel auf. »Danke für euer Vertrauen in meine Fähigkeiten. Ihr seid beide zum Kotzen.«

Damit verließ sie den Raum und ging die zwei Treppen nach oben. Im Erdgeschoss machte sie kurz Halt, um ihre Tasche und ihre Jacke zu holen. Ihr Schlafzimmer befand sich am Ende des Hauses, und es lag direkt über dem Bereich ihrer Eltern. Saras Schlafzimmer war eines der größten, denn hier waren auch die sensorischen Geräte in einer langen, schmalen Nebenkammer untergebracht, die sich unter der vorderen Traufe entlang zog. Sie ließ sich auf einen Stapel Kissen fallen und zog eine ihrer beschwerten Decken über sich.

Tief in ihrem Herzen wusste sie, dass Tori und Kyle sie nur vor Schaden bewahren wollten, aber sie hatte es auch satt, verhätschelt zu werden. Sogar Dylan war ihr heute Abend zu Hilfe geeilt, aber vielleicht nur deshalb, weil er den von ihr erlittenen Nervenzusammenbruch bemerkt hatte. Sie konnte nicht mit Sicherheit wissen, ob er sich noch durch etwas anderes dazu veranlasst gesehen hatte.

Normalerweise würde sie jetzt mit Mom reden, die allerdings auf dem Weg nach Frankreich war und somit im Augenblick nicht erreichbar. Vielleicht war das aber auch besser so. Möglicherweise war es für Sara nun an der Zeit, die Dinge selbst in die Hand zu nehmen und zu bewältigen. Sie hatte gedacht, durch den Umzug Unabhängigkeit und

Selbstvertrauen zu erlangen, aber vielleicht war dies seine eigentliche Bedeutung.

Das Gewicht der Decke drückte ihr auf die Brust und die Beine, was sie erdete. Sie hatte keine Ahnung, wie es mit Dylan weitergehen würde, doch sie war fest entschlossen, sich der Sache zu stellen.

Kapitel Zwanzig

Nachdem Dylan den Sonntag mit Ausweichmanövern vor den Anrufen und SMS seiner Mutter verbracht und er mehrere unbeantwortete Nachrichten an Sara geschickt hatte und schließlich über den Nachmittag auf die Baustelle gefahren war, fühlte er sich nun beflissen, zu seiner werktäglichen Routine zurückzukehren. Er schätzte die Unaufgeregtheit seiner Mannschaft und den stetigen Fortschritt bei der Erreichung ihrer Tagesziele.

An diesem Morgen war er mehr als zufrieden damit, eine große Speisekammer in der Küche des Landhauses einzuschalen. Doch Sara wollte ihm einfach nicht aus dem Kopf gehen. Er hasste es, wie die Dinge am Samstag gelaufen waren. Und weil sie auf seine SMS keine Antwort schickte, musste er schlussfolgern, dass er einfach alles vollkommen verpatzt hatte.

Als er gesagt hatte, dass das, was sie miteinander hatten über »Vorzüge« hinausging, hatte er es ernst gemeint. Er mochte sie. Und zwar sehr. Er mochte sie in einer Weise, wie er schon lange niemanden mehr gemocht hatte. Aber auch das, was er über den schlecht gewählten Zeitpunkt gesagt hatte, war seine aufrichtige Ansicht gewesen. Das traf auf sie beide zu. Derzeit waren ihrer beider Leben furchtbar verworren, und er machte es für sie nur noch schwerer. Wenn er ehrlich war, musste er sich eingestehen, dass er keineswegs sicher war, ob er diese zusätzliche Komplexität wirklich wollte. Ihre Familie machte ihm ganz ehrlich gesagt eine Heidenangst. Er war nicht so ein Familienmensch. In einem Punkt hatte seine Mutter wirklich recht – er war ein Einzelgänger, was ihm auch lieber so war. Er enttäuschte niemanden, und niemand enttäuschte ihn.

Sein Handy vibrierte in seiner Hosentasche. Er schob seinen Hammer in den Gürtel und zog das Handy hervor. Eine Welle der Enttäuschung brandete über ihn herein, als er erkannte, dass es Kyle und nicht Sara war.

KYLE: *Kannst du für eine kurze Besprechung mit Tori und mir ins Büro kommen?*

Was nun? Würden sie ihn wegen seines schwachsinnigen Verhaltens auf der Stelle entlassen? Nein, denn er bezweifelte, dass Sara ihnen davon erzählt hatte. Er konnte sich einfach nicht vorstellen, dass Sara ihn ans Messer lieferte. *»Bin gleich da«*, schrieb er zurück, und verließ die Baustelle. Seit ihr Geheimnis aufgedeckt worden war, saß ihm die Angst im Nacken. *Aus diesem Grund* wollte er keine Beziehung. Das machte alles viel zu kompliziert.

Ein paar Minuten später betrat er den Bauwagen. Tori saß hinter ihrem Schreibtisch, während Kyle an der Arbeitsplatte der winzigen Küchenzeile hinter ihr lehnte.

»Was ist los?«, fragte Dylan. Die beiden wirkten übermäßig aufmerksam, was seine Abwehrhaltung nur noch verstärkte. Würde er nun um seinen Auftrag zu kämpfen müssen?

»Wir wollten mit dir über das Projekt sprechen«, meinte Kyle.

Offensichtlich war das also der Fall. Sein Magen krampfte sich zusammen. Jetzt bewahrheiteten sich seine schlimmsten Befürchtungen: Seine Unfähigkeit, die Hände bei sich zu behalten, würde ihn nun etwas sehr Wertvolles kosten.

Tori hustete, während sie ihre Hände auf der Schreibtischplatte aneinanderlegte. »Es ist an der Zeit, dass wir jemanden für die nächsten Phasen unter Vertrag nehmen.«

Er ging davon aus, dass es sich dabei nicht um ihn handeln würde, aber da seine Auftraggeber mit diesem Thema anfingen, wäre es ihm vielleicht vergönnt, wenigstens das Haus fertigzustellen. Moment, sie würden ihn doch nicht von der Arbeit am Haus freistellen, oder doch? Verdrossen stellte Dylan fest, dass sich sein Herzschlag beschleunigte.

»Wir haben uns ausführlich unterhalten – auch mit Derek und Hayden«, meinte Kyle, der sich dabei von der Arbeitsplatte abstieß und die Hände sinken ließ, »und wir haben uns entschlossen, dich dafür unter Vertrag zu nehmen.«

Dylans Kinnlade klappte auf, aber ganz schnell machte er den Mund wieder zu. *Gut gemacht, Westcott.* »Wow, das ist toll. Danke.«

Toris Augen wurden ein wenig schmaler. »Du scheinst überrascht zu sein.«

Hatte es einen Sinn, dem Thema aus dem Weg zu gehen? »Nun, ja. Ich bin sicher, dass ihr euch den Grund dafür vorstellen könnt.«

Kyle trat einen Schritt vor, bis er neben dem Stuhl seiner Schwester stand. Sie sahen wie eine Mafiachefin und ihr Vollstrecker aus. »Sara. Wir sorgen uns um sie. Wir möchten dich eigentlich bitten, dich von ihr zurückzuziehen, solange du am Projekt arbeitest.«

»Meint ihr nicht, dass das ihre Entscheidung ist?« Hatte er nicht gerade noch gedacht, dass langfristige Beziehungen nicht sein Ding sind? Jetzt wurde er gebeten, die Sache abzubrechen. Aber nicht von der Person, auf die es ihm ankam. Die ganze Sache hatte einen schlechten Beigeschmack. »Was zwischen mir und Sara ist, ist genau das – es ist eine Sache zwischen mir und Sara.«

Tori stand auf. »Wir wissen, wie das auf dich wirken muss, und wir fühlen uns wie Idioten, dich darum zu bitten, aber du kennst Sara nicht so gut wie wir. Es war eine wirklich harte Zeit für unsere Familie, und jetzt, da Mom fort ist«, sie tauschte einen Blick mit Kyle aus, der sanft nickte, »ist die Situation einfach beschissen. Sara weiß nicht immer, wann sie sich zurückziehen muss. Das liegt in der Natur ihrer Wahrnehmungsverarbeitungsstörung.«

Dylans Zorn verflüchtigte sich ein wenig. Er verstand die Geschwister, die sich um ihre Schwester sorgten, und er schätzte sie sogar dafür. Aber trotzdem fühlte sich dieses ganze Gespräch seltsam an. Vielleicht war das damit zu erklären, dass es eine familienorientierte Unterhaltung war, die ihm abverlangte, sich teilweise bloßzustellen, oder Einblicke in andere Menschen gewährte, die er lieber ignorierte.

»Wir können weder dich noch Sara kontrollieren – und das wollen wir auch gar nicht«, meinte Kyle. »Aber wir würden unsere Pflichten als Geschwister sträflich vernachlässigen, wenn wir nicht auf sie aufpassen würden.«

Dylan fragte sich, was Sara davon halten würde. Sie hatte ihm erzählt, dass die Entwicklung ihres Selbstbewusstseins und der Beweis, dass sie ihr Leben allein und unabhängig meistern konnte, einer der Gründe war, warum

sie Ribbon Ridge verlassen hatte. Und sie hatte absolut
recht, als sie ihm eröffnet hatte, dass ihre Geschwister ihre
Nasen in ihre Angelegenheiten stecken würden.

Tori nickte. »Wir lieben sie mehr als alles andere und
wir werden alles tun, um sie zu beschützen.«

Das konnte Dylan verstehen. Er mochte der Außenseiter in seiner Familie sein, aber er liebte seine Brüder und
Schwestern und auch er würde einfach alles für sie tun.
»Ich verstehe, was ihr sagen wollt, aber ihr müsst Sara
vertrauen, dass sie die beste Entscheidung für sich selbst
trifft. Könnt ihr das tun?«

Die beiden sahen sich an. »Das können wir«, entgegnete Tori. »Aber wenn du diesen Auftrag annimmst und die
Dinge zwischen ihr und dir hässlich werden ... dann musst
du verstehen, dass wir alles Erforderliche tun werden, um
das Wohl unserer Familie zu erhalten.« Tori blinzelte, als
hätte sie gegen Tränen anzukämpfen »Das ist das
Wichtigste.«

Verflucht, es geriet so leicht in Vergessenheit, dass sie
ihren Bruder, einen wichtigen Teil ihrer Familie und ihres
Lebens, vor nicht einmal vier Monaten verloren hatten.
»Ich verstehe.«

»Das soll keine Drohung sein.« Kyles blaugrüne Augen
besaßen eine durchdringende Intensität. »Es ist nur eine
Tatsache. Also denke gut darüber nach, was hier für uns
alle wichtig ist.«

Mist. Wenn er eine Beziehung mit Sara ins Auge fasste
und diese scheiterte, wäre seine Arbeit im Eimer und das
war das Einzige, worauf er sich verlassen konnte, um Stabilität und Erfüllung zu erreichen. Außerdem wäre damit
auch ihr Leben auf den Kopf gestellt, was an sich schon
kompliziert genug war. Es gab also nur eine Alternative – er
musste die Sache jetzt abbrechen.

»Danke für die Chance. Ich werde über eure Worte nachdenken.« Er nickte den beiden zu und wandte sich dann zum Gehen.

»Im Verlauf der Woche werden wir die Einzelheiten besprechen.« Toris Stimme hatte jeden Anflug von Emotion verloren, den sie zuvor offenbart hatte. Zurück zur Sachlichkeit. »Ich muss bald einen Ingenieur auswählen und hätte gerne deine Meinung dazu.«

Dylan blickte über die Schulter zu ihr zurück und zwang sich zu einem Lächeln, das er nicht empfand. »Selbstverständlich.«

Er verließ den Bürowagen und machte sich auf den Rückweg zur Baustelle. Unter all den Dingen, die ihm im Kopf umherschwirrten, stach eine Sache besonders hervor: die Wildheit, mit der die Archers einander liebten und beschützten. Gab es das auch bei seinen Familien? Er hoffte es, doch dann erkannte er, dass er das wohl nie erfahren würde, da er sie auf Abstand hielt.

* * *

SARA WACHTE am Montagmorgen auf und fühlte einigermaßen erholt, nachdem sie den Sonntag mit Yoga, ihren Lieblingsfilmen und Fußnägel lackieren verbracht hatte. Kyle und Tori hatten – wohlweislich – einen großen Bogen um sie gemacht.

Dad schlenderte in die Küche und drückte ihr einen Kuss auf die Stirn, ehe er zum Kühlschrank ging. Er holte einen Smoothie heraus. »Ich habe gerade eine schöne Fahrradtour hinter mir. Ich hatte gehofft, dich heute Morgen anzutreffen«, meinte er und schraubte den Deckel von seinem Getränk ab. »Hast du dich schon entschieden, was du nun tun wirst, nachdem du dein Geschäft verkauft hast? Ich bin so stolz auf dich, wie du das gehandhabt hast.«

»Danke. Wenn das Projekt abgeschlossen ist, werde ich mich um den Hochzeitssaal im Alex und eventuell um die gesamte Unterhaltung kümmern. Und ich habe tatsächlich darüber nachgedacht, wieder nach Ribbon Ridge zu ziehen.«

»Wirklich?« Dads Lippen formten sich zu dem aufrichtigsten Lächeln, das sie seit Monaten von ihm gesehen hatte. »Es ist schön, das zu hören, Kätzchen.«

Sie drehte sich auf dem Barhocker um und tippte auf den Hocker neben sich. »Was gibt's sonst Neues?«

Er kam zu ihr und als er sich neben sie setzte, wirkten seine Augen so lebendig wie seit Alex' Tod nicht mehr. »Ich denke über ein neues Projekt nach – inspiriert von The Alex. Ich habe ein Grundstück im Inland von Oregon gefunden, das ich gerne auf Vordermann bringen würde. Es ist eigentlich eine alte Farm. Es wäre ein großartiger Mehrzweckraum – Bed & Breakfast, Restaurant mit Pub und Veranstaltungsort für Feste aller Art. Es ist ein großartiges Fleckchen Erde.

Sara legte die Hand um ihre Tasse. Steckte etwas dahinter, dass er an diesem Projekt nicht beteiligt war? Sie verspürte einen Anflug von Verärgerung, dass Alex ihn außen vor gelassen hatte. »Das ist eine Menge, was du da auf dich nimmst.«

»Ja, aber nach neun Brauereibetrieben kann ich das ganz gut handhaben«, meinte er mit einem Augenzwinkern.

Das stimmte. Er war ein begnadeter Entwickler von Immobilien. Die Archers hatten Ribbon Ridge erschlossen, ihre Interessen ausgeweitet und besaßen inzwischen eine große Anzahl von Gewerbeimmobilien, die eine Vielzahl von Unternehmen beherbergte. Aber im Grunde seines

Herzens war ihr Dad Bier-Brauer. Was er da erzählte, hörte sich eher nach einer Art Midlife-Crisis an, auf die er im Moment weitaus eher Anspruch hatte, als auf ein geschäftliches Vorhaben.

»Warum das plötzliche Interesse daran, Dad? Ist es wegen The Alex?«

Er setzte sein Getränk ab und richtete den Blick auf den Tresen. »Zum Teil ja, denke ich. Jetzt, wo deine Mutter weg ist, brauche ich einfach ... Ich brauche einfach eine Beschäftigung.«

Sara blutete das Herz wegen ihm. Obwohl Mom für alle ersichtlich am meisten über Alex' Tod erschüttert war, fragte Sara sich, ob ihr Dad nicht am härtesten getroffen war. Manchmal dachte sie, er hätte die Tragödie vielleicht gar nicht verkraftet. »Du kannst dich am Alex beteiligen, wenn du das willst.«

»Das entspricht nicht Alex' Wunsch«, gab Dad mit fester Stimme zurück. Er stützte sich mit den Händen auf den Tresen und blickte durch das Fenster auf den Pool und den Garten.

Sie berührte ihn am Handgelenk. »Dad, ich weiß, dass all das sehr schwer für dich war. Sag mir, was ich tun kann.«

Als er den Kopf drehte und sie ansah, waren seine Augen überraschend trocken. Überraschend? Sie hatte ihn seit dem Tag, an dem er Alex gefunden hatte, noch nicht weinen sehen. *Oh, nein.* Warum hatte sie nie daran gedacht? Es war ihr Vater gewesen, der ihn an jenem Morgen in seinem Bett gefunden hatte. Er war es gewesen, der ihn nicht hatte wecken können. Derjenige, der vergeblich versucht hatte, ihn wiederzubeleben. »Willst du jemals darüber reden?« Das sagte sie leise und zögernd. »Über jenen Tag?«

Wieder wandte er den Blick von ihr ab und schüttelte

den Kopf. »Nein. Das wird nicht helfen. Es ist besser, wenn ich nicht zu viel darüber nachdenke.« Er setzte ein schwaches Lächeln auf. »Du hast wahrscheinlich recht. Ich habe hier genug zu tun, insbesondere jetzt, da Hayden fort ist.«

»Du solltest Kyle einspringen lassen. Es gibt keinen Grund, der dagegen spräche.« Sie wappnete sich innerlich, während sie seine Antwort erwartete, denn sie wusste, dass Kyle noch immer ein wunder Punkt für ihn war.

Seine Miene trübte sich. »Es gibt Gründe, auf die ich allerdings nicht eingehen werde.«

»Ich habe meinen Frieden mit Kyle gemacht. Es ist an der Zeit, dass du das ebenfalls tust. Rede mit ihm. Ich weiß, dass er die Dinge wieder ins Lot bringen will.«

»Ich weiß deinen Versuch zu schätzen, eine Hilfe zu sein.« Seine Gesichtszüge wurden weicher. »Ich werde ihm eine Chance geben, okay?«

»Ich glaube nicht, dass du es bereuen wirst.« Sie umarmte ihn fest. »Ich hab dich lieb, Dad.«

»Ich dich auch.« Er zog sich zurück und schaute sie an. »Ich bin in meinem Büro, wenn du mich brauchst.«

Sara sah ihm nach, als er hinausging, und ihr Telefon vibrierte auf dem Tresen. Sie nahm es in die Hand und schaute auf das Display.

Tori: *Ich wollte dir sagen, dass Kyle und ich Dylan für die Phasen zwei und drei unter Vertrag genommen haben.*

Sara starrte auf das Telefon. Hatte er etwas gesagt? Etwas unternommen? Sie konnte nicht glauben, dass seine Geschwister ihm den Auftrag angeboten hatten, nachdem sie am Abend zuvor versucht hatten, sich einzumischen.

Sie wusste nicht genau, was gespielt wurde, aber sie vermutete, dass dabei überfürsorgliche Geschwister am Werk waren. Denen sie an die Gurgel gehen wollte.

* * *

Am frühen Montagabend verließ Dylan die Arbeit, nachdem er eine SMS von seinem Vater erhalten hatte, der ihn bat, einen Blick auf seinen Warmwasserbereiter zu werfen. Als der Handwerker in der Familie bekam Dylan ständig solche Anrufe. So sehr er seine Familie auch auf Abstand hielt, freute er sich dennoch, gebraucht zu werden. Insbesondere heute, wo er viel zu viel über die Familie und seinen Platz darin nachdachte.

Als er beim Haus seines Vaters angelangte, wäre er beinahe weitergefahren. Vor dem Eingang parkte ein Fahrzeug, das er wiedererkannte und dem er aus dem Weg gehen wollte: Es war der Wagen seiner Ex-Frau.

Er hielt am Ende der Einfahrt an und schaltete den Motor ab. Minutenlang saß er einfach da und schreckte dann auf, als Jessica aus dem Haus kam und die Einfahrt zu seinem Wagen entlangschritt.

Er stieg aus und ging auf sie zu. Sie trug ihre Trainingskleidung, doch sowohl ihre Frisur als auch ihr Make-up waren perfekt, was bedeutete, dass sie von der Arbeit kam. Sie trainierte stets am frühen Morgen, ehe sie ihre Arbeit als Personal Trainerin antrat.

»Hi, Dylan.« Jessica kaute auf ihrer Unterlippe, was bei ihr ein verräterisches Zeichen für Nervosität war.

»Wie geht es dir, Jess? Ich habe dich lange nicht mehr gesehen.«

»So gefällt es uns ja auch am besten, nicht wahr?« Sie ließ ein Lächeln aufblitzen. »Es gibt keinen Grund, uns zu verstellen, oder?«

Sie kannten sich zu lange und zu gut, um sich etwas vorzumachen. »Was machst du denn hier?«

»Ich habe ein Buch von meiner Mutter für Angie vorbeigebracht. Vom Buchklub.«

Angie war obendrein noch mit Monica im Buchklub? Dylan schüttelte den Kopf. »Wie ich gehört habe, sind Glückwünsche angebracht. Wer ist denn der Glückspilz?«

»Du kennst ihn nicht. Er ist Alkohol- und Drogenberater drüben in Newberg.«

Wahrscheinlich jemand aus der Reha-Klinik. »Werdet ihr dort wohnen?« Sollte ihre Antwort ja lauten, würde er sich eines gewissen Gefühls der Verärgerung nicht erwehren können. Als sie noch verheiratet gewesen waren, hatte sie sich endlos darüber beklagt, dass sie von Ribbon Ridge fortziehen musste, und wenn auch nur vorübergehend.

»Nein, wir haben hier ein Haus. In der Neubausiedlung auf der Ostseite.« Näher an Newberg also. »Was ist mit dir? Triffst du dich mit jemandem?«

»In gewisser Weise schon.« Das war die genaueste Antwort, die er geben konnte.

»Wie schön für ich. Ich hoffe, es wird etwas mehr daraus als eine gewisse Weise.« Sie trat näher, und er registrierte ihren Duft, bei dem es sich um ein tropisches, blumiges Parfüm handelte, an dessen Namen er sich nicht erinnern konnte. Dann schob sie ihr langes dunkles Haar über ihre Schulter. »Du hast verdient, glücklich zu sein, wenn du jetzt dazu imstande bist. Warst du jemals in Therapie?«

Im Verlauf ihres letzten Ehejahres hatte sie ihn gedrängt, sich einer Beratung zu unterziehen. Sie hatte den Standpunkt vertreten, die Armee hätte ihn kaputt gemacht, aber es war nicht die Armee, sondern ihre Differenzen: Es hatte an ihrem Bedürfnis nach familiärer Einbindung und

Anerkennung aber auch an seiner absolute Gleichgültigkeit gegenüber diesem gelegen.

»Nein, das habe ich nicht.«

Sie wandte ihren Blick nach links und ihre Nasenflügel blähten sich. »Du bist so aufschlussreich wie eh und je.«

Er lehnte sich gegen die Motorhaube seines Pick-up, ohne Rücksicht darauf zu nehmen, dass sie schmutzig war und Hitze abstrahlte. »Weißt du was? Als ich mich von dir scheiden ließ, dachte ich, mir damit weitere Vorwürfe wegen meiner mangelnden Kommunikationsfähigkeit zu ersparen.«

Sie starrte ihn an. »Das hast du. Jetzt weiß ich wieder, warum wir nicht einmal Freunde sein können. Nicht, dass ich bei dem erbärmlichen Vorbild, das deine Eltern abgegeben haben, mehr erwartet hätte. Man sieht sich, Dylan.« Damit schlenderte sie zu ihrem Auto.

Dylan stieß sich vom Pick-up ab und lenkte seine Schritte in Richtung des Hauses, wobei seine Wut unter der Oberfläche brodelte. Jessica war die letzte Person, die ihm heute hätte begegnen müssen, während er bemüht war, Ordnung in sein Leben zu bringen. Warum hatte Dad ihn eingeladen, wenn Jessica hier sein würde? Warum um alles in der Welt schloss seine Familie nicht die Reihen und beschützte die Ihren auf gleiche Weise, wie die Archers dies taten?

Er hob die Hand, um an die Tür zu klopfen, und dachte dann, dass es ja eigentlich egal war. Dad sagte immer, er solle einfach reinkommen, also tat er genau das.

Mit verkniffenem Gesicht kam Dad gerade aus der Küche. »Du bist doch nicht etwa Jessica begegnet, oder?«

»Eine kleine Vorwarnung wäre nett gewesen.«

»Tut mir leid, ich wusste nicht, dass sie vorbeikommen wollte. Sonst hätte ich dich nie gebeten, herzukommen.

Glaube mir, ich weiß, wie schmerzhaft es ist, seiner Ex über den Weg zu laufen.«

Jessicas Worte hatten sich bei Dylan eingebrannt. »Warum ist das so? Ihr beide, Mom und du, seid seit dreißig Jahren geschieden, und noch immer könnt ihr nicht zivilisiert miteinander umgehen. Ihr seid doch so großartige Vorbilder.«

Sein Vater richtete sich auf, und erst zog er seine ergrauten Augenbrauen hoch und ließ sie dann tief über seine Augen sinken. »Was ist denn mit dir los?«

Ein Schmerz brach sich Bahn, den er ein Leben lang vergraben hatte.. »Ich würde gerne wissen, warum ich für Mom und dich nicht wichtig genug war, um sich die Mühe zu machen, miteinander auszukommen?«

Dad hob eine Hand. »Dylan, du bist uns schon sehr wichtig.«

»Wirklich? Warum habt ihr beiden dann Versionen von unseren Familienfotos machen lassen, auf denen ich nicht zu sehen bin?«

Sein Vater wischte sich mit der Hand über den Mund. »Das war nur ein paar Mal. Angie –«

»Ich weiß. *Angie*. Immer war es Angie. Du hast sie mir vorgezogen, so wie Mom Bill den Vorzug vor mir gegeben hatte. Jedenfalls immer dann, wenn du nicht gerade deine anderen Kinder an die erste Stelle gesetzt hast.« Der Schmerz, den er jahrelang verdrängt hatte, rollte wie ein riesiger Schneeball über ihn hinweg, der einen steilen Abhang hinunterholperte. »Ich stand nie an erster Stelle. Ich habe keine Ahnung, wie es sich anfühlt, das Wichtigste im Leben eines anderen Menschen zu sein. Warum zum *Teufel* ist das so, Dad?«

»Dylan!«, keuchte Angie vom Fuß der Treppe zu Dylans Linken.

Er sah zu ihr hinüber, ohne sich dafür zu interessieren, dass er sie zu Tode erschreckte. Dann drehte er sich wieder nach rechts und sah seinen Vater an. »Ich komme morgen wieder, um nach dem Wassererhitzer zu sehen, wenn ihr beide bei der Arbeit seid.« Dylan hatte einen Schlüssel.

Dann drehte er sich um und ging hinaus. Er startete seinen Wagen und fuhr so schnell wie möglich davon. Er drehte sein Radio auf und fand einen Sender, der ein Lied spielte, das zu seiner Stimmung passte. »Shinedown.« *Perfekt.*

Als er aus dem Wohngebiet seines Vaters in Richtung Berge fuhr, wurde ihm klar, dass er ebenso gut nach Westen zu Sara abbiegen konnte. Noch immer hatte sie nicht auf seine gestrigen SMS geantwortet, und obwohl er heute keinen weiteren Versuch unternommen hatte, wollte er trotzdem mit ihr reden, wenn er sich auch nicht hundertprozentig sicher war, was er zu ihr sagen wollte.

Er bog in die Einfahrt der Archers und parkte vor dem Haupteingang des Hauses. Was, wenn Kyle oder Tori die Tür aufmachten? Zum Teufel mit dieser Sorge. Er marschierte die Treppe hinauf und klingelte an der Tür.

Es dauerte mehr als eine Minute, doch dann öffnete sich die Tür. Zum Glück war es Sara. Plötzlich war sein Gehirn wie leergefegt. All die Dinge, die er sagen wollte, all die Gründe, die er vorbringen wollte, warum es mit ihnen nichts wurde, waren nichtig. Er küsste sie mit einer Leidenschaft, von der er nicht gewusst hatte, dass er sie überhaupt besaß.«

Sie umklammerte seine Schultern und erwiderte seinen Kuss, wobei ihr Mund sich heiß einladend und absolut köstlich anfühlte. Himmel, wie sehr er sie vermisst hatte. Wie lange lag ihr letztes Zusammensein zurück? Nicht einmal eine Woche, und doch war er wie ausgehungert.

Sie zog sein Hemd nach oben und ließ ihre Fingerspitzen über seine Lenden und dann zu seinem Rücken gleiten, wo sie sich in sein Fleisch gruben. Er verflocht eine Hand in ihrem Haar und mit der anderen hielt er ihren Hintern umklammert, wobei er sie fest gegen seine Hüften zog. Sie rieb sich an ihm und schürte sein Verlangen noch mehr.

Dann ging sie rückwärts und blieb abrupt stehen, sodass er sie beinahe umwarf. Er zog sie wieder ins Gleichgewicht und hielt sie fest. Sie waren am Fuß einer kurzen Treppe angelangt, die in einen großen ovalen Raum führte.

Ihr Atem kam in schweren Stößen und erzeugte ein rhythmisches, animalisches Geräusch, das wie eine Art uralter Takt tief in seinem Mark nachhallte. Verflixt, aber er hatte gar nicht bemerkt, mit welcher Intensität er sich zu ihr hingezogen fühlte, und wie sehr er sie begehrte. Er überlegte, sie nach oben zu tragen, oder wo auch immer ihr Schlafzimmer war, und ihr heute Abend zu zeigen, wie sehr er sie vermisst hatte, doch dann sah er davon ab. Die Unbändigkeit seines Verlangens machte ihm in Wahrheit eine Heidenangst.

Er schüttelte den Kopf. Das musste etwas mit seinem Geisteszustand zu tun haben. In Dads Haus hatte er vollkommen die Fassung verloren. Er warf ihr einen entschuldigenden Blick zu. »Tut mir leid.«

Sie strich ihr Haar wieder glatt, das er bei ihrem Kuss in seiner Hand gehalten hatte. »Dass du mich geküsst hast?«

Er ließ von ihr ab und trat einen Schritt zurück. »Dass ich hier reingestürmt bin und mich auf dich gestürzt habe, ja.«

»Solltest du das nicht schon bemerkt haben, beruhte das auf Gegenseitigkeit.«

Er wollte lächeln, was er aber unterließ. Da waren zu

viele Dinge, die gesagt werden mussten. »Das habe ich bemerkt. Ich bin hergekommen, um mit dir zu reden, weil du nicht auf meine SMS geantwortet hast.«

»Ich weiß und *das tut mir leid*. Es war so komisch, mich daran zu gewöhnen, dass Mom nicht mehr da ist, und mein Dad macht eine schwere Zeit durch – all das belastet mich einfach sehr.«

In der Litanei über ihre Sorgen fiel ihm auf, dass sie ihn nicht erwähnte. Er war sich nicht sicher, ob das ein gutes oder schlechtes Zeichen war. Er entschied sich für gut. Er wollte ihr nicht noch mehr zur Last fallen. »Was stimmt denn mit deinem Vater nicht?«

»Ich bin mir nicht sicher, ob er Alex´ Tod wirklich verwunden hat. Dazu kommt noch, dass er sich bei dem Renovierungsprojekt übergangen fühlt. Alex hat ihn ausdrücklich gebeten, sich da rauszuhalten.«

Dylans Magen ballte sich zusammen. Es war eine Sache, sich so wie er selbst ausgeschlossen zu fühlen, aber bei dem letzten Wunsch seines verstorbenen Sohnes gezielt ausgeschlossen zu werden, war eine ganz andere. Er konnte sich nicht vorstellen, dass irgendetwas noch furchtbarer sein könnte. »Deinem Vater geht es miserabler, als du gemerkt hast, nicht wahr?«

»Ich denke schon. Mein Entschluss, wieder hierher zu ziehen stand beinahe schon fest, und diese Sache besiegelt ihn dann irgendwie. Ich bin zurückgekommen, um Mom zu helfen, und jetzt ist sie in Frankreich, doch es hat sich herausgestellt, dass Dad mich auch braucht.«

Sie wollte nach Ribbon Ridge heimkehren? Nun drängten sich die Dinge wieder in den Vordergrund, die er hatte sagen wollen. Er mochte sie. Und das wahrscheinlich sogar mehr, als er ermessen konnte, doch er war sich nicht sicher, ob er für eine Bindung bereit war. Sara hatte ein

Leben voller Glück verdient, und das konnte er ihr nicht
nur nicht garantieren, sondern er war sich auch keineswegs
sicher, ob er selbst zu einem solchen Leben taugte.

Er spürte den Druck ihrer Erwartung und vermochte
die Belastung kaum zu ertragen. »Sara, hoffentlich ziehst du
nicht meinetwegen nach Hause. Diese Sache zwischen
uns...«

»Wir sollten es beenden.« Ihre Augen waren so klar
und blau. Er wollte einfach in sie eintauchen und sich für
immer in ihnen treiben lassen. »Deswegen bist du doch
eigentlich hergekommen, oder?«

Er war sich nicht sicher gewesen. Das nahm ihren
Worten aber nicht den Stachel. »Als du nicht auf mich
reagiert hast ...«

»Du hast angenommen, ich wäre fertig mit dir. Das ist
in Ordnung; in Ermangelung von Kommunikation muss
man sich die Dinge irgendwie zusammenreimen, richtig?«
Sie fummelte an ihrem Armband herum. »Ja, es beruht auf
Gegenseitigkeit. Die Dinge sind im Moment einfach zu
kompliziert, und so prächtig ich mich auch fühle, wenn ich
mit dir zusammen bin, ist es dir gegenüber einfach ungerecht, dass die Dinge in meinem Leben so durcheinander
sind.«

Das war *ihm* gegenüber ungerecht? Sie war wirklich
unglaublich. Er ging zu ihr hinüber und strich ihr das Haar
aus dem Gesicht. Dann drückte er seine Lippen sanft auf
ihre Stirn, ihre Wange und schließlich auf ihren Mund,
wobei er die zarte Haut leicht streifte. »Ich bin immer für
dich da, als dein Freund.«

»Danke. Ich weiß das zu schätzen.« Sie ging zur Tür
und hielt sie ihm auf. »Wir sehen uns auf der Baustelle.«

»Ja, das werden wir.« An der Schwelle hielt er inne.
»Wird das komisch werden?«

Sie lächelte sanft. »Nur wenn wir das zulassen, und ich werde mich um das Gegenteil bemühen.«

»Ich auch. Bis dann.« Er trat auf die Vordertreppe hinaus und hörte, wie sich die Tür hinter ihm schloss.

Als er wieder in seinen Wagen stieg, wurde ihm klar, dass er gar nicht dazu gekommen war, das zu tun, weshalb er eigentlich hergekommen war – sich über seine Familie auszulassen. Ihm entging die Ironie nicht, dass er sich endlich jemandem gegenüber öffnen wollte, um dann kläglich zu scheitern. Wenn überhaupt, dann untermauerte dies ihre Trennung und schrieb noch unmissverständlicher fest, was er bereits wusste: dass er ein Einzelgänger war und immer sein würde.

Kapitel Einundzwanzig

Juni

TORI BLICKTE von der Kücheninsel auf, an der sie auf ihrem iPad las und ihren Morgenkaffee trank. Sie musterte Saras weißen Rock und die petrolfarbene Bluse mit den überschnittenen Ärmeln. »Du siehst hübsch aus. Wo gehst du heute hin?«

Sara strich mit der Hand über ihren Rock, ihre Armbänder klirrten an ihrem Handgelenk. »Ich treff' mich mit Aubrey, um den Verkauf von Sara Archer Celebrations abzusegnen.«

»Es scheint eine Weile gedauert zu haben, bis das alles geregelt ist.«

»Ja, es gibt eine Menge Einzelheiten zu klären. Anwälte sind nicht die schnellsten Dienstleister.«

Tori gluckste. »Da hast du recht. Du hast also ein gutes Gefühl bei der Sache?«

Sara nahm sich eine Flasche Wasser aus dem Kühlschrank. »Überraschenderweise, ja. Danke.« Ein gutes Gefühl war im Laufe der vergangenen Woche, seit Dylan und sie sich getrennt hatten, eine flüchtige Angelegenheit geworden.

Tori nippte an ihrem Kaffee. »Ich treffe mich später mit Dylan, um zusammen zu entscheiden, welchen Ingenieur wir unter Vertrag nehmen sollen. Ich weiß, du hast damit nichts zu tun, aber du kannst gern mitkommen, wenn du willst. Ich glaube, Kyle wird auch dabei sein.«

Seit ihrer Trennung war es Sara bemerkenswert gut gelungen, Dylan aus dem Weg zu gehen. Sie hatten ein einziges offizielles Treffen abgehalten, um die Wahl der Oberflächen und Farben für das Haus zu besprechen, doch Kyle hatte sich ihnen angeschlossen, sodass alles rein professionell geblieben waren, was auch zum Besten war. Noch immer verspürte sie ein Ziehen in ihrem Herzen – und auch in ihren tiefer gelegenen Regionen –, wenn sie ihn erblickte, doch sie bereute ihren Entschluss nicht. Wie sie beide übereinkommen waren, hätte der Zeitpunkt nicht furchtbarer sein können. Vielleicht könnten sie es in einem Jahr oder irgendwann noch einmal miteinander versuchen. Allerdings spendete ihr dieser Gedanke nur wenig Trost. Es war nicht ihre Sache, in einem Zustand der Erwartung oder Ungewissheit zu leben. Sie beide waren kein Paar, und damit sollte sie zurechtkommen. Sie *musste damit klarkommen.*

»Ich werde sehen, wie mein Tag verläuft«, entgegnete Sara. »Wir sehen uns später.« Dann schnappte sie sich ihre Handtasche und ging in Richtung Garage. Fünfzehn Minuten später fuhr sie auf den kleinen Parkplatz neben dem renovierten Haus, in dem die Anwaltskanzlei Tallinger and Associates untergebracht war.

Sara ging die kurze Treppe zur breiten Veranda hinauf

und betrat dann den kleinen Empfangsbereich. Die Empfangsdame begrüßte sie herzlich. »Ich sage Aubrey Bescheid, dass Sie hier sind.«

Sara warf einen Blick auf ihr Telefon, während sie wartete.

»Sara?«

Sara drehte sich um und sah Aubrey ein paar Meter entfernt stehen. »Hi, sind Sie bereit für mich?«

Aubrey lächelte. »Sicher, kommen Sie mit nach hinten.« Damit drehte Aubrey sich um und führte sie über den Korridor in ihr Büro. Die Anwältin, ein Bild lässiger Eleganz, trug eine dunkelgraue Nadelstreifenhose und Stöckelschuhe, bei deren Anblick Sara nicht glaubte, je imstande zu sein, darin laufen zu können, ohne auf dem Hinterteil zu landen.

Aubrey ging in ihr Büro und setzte sich an einen kleinen, runden Tisch. Mit einer Geste lud sie Sara ein, auf einen der beiden anderen Stühle Platz zu nehmen. »Hier ist der Vertrag.« Sie schob Sara einen kleinen Stapel Papiere zu. »Sie können ihn gerne noch einmal durchlesen, aber es steht so ziemlich dasselbe darin, wie beim letzten Mal, als Sie ihn durchgesehen haben.«

Sara blätterte in der Vereinbarung und war überrascht, wie erleichtert sie sich fühlte. Dieser Ausgang war wirklich ein wahrer Segen. Sie freute sich darauf, das The Alex aufzubauen und in Ribbon Ridge erfolgreich zu werden. Alex hatte gewollt, dass all seine Geschwister sich wieder mit der Familie und mit Ribbon Ridge verbanden, und das war ihr gelungen. Sie lächelte in sich hinein und bedankte sich bei ihrem Bruder für dieses Geschenk.

Schnell unterschrieb sie mit ihrem Namen und schob die Papiere dann zu Aubrey zurück.

»Wie fühlen Sie sich?«, fragte Aubrey.

Selbst wenn sie es versucht hätte, wäre es Sara nicht gelungen, an sich zu halten. »Ein bisschen traurig, aber vor allem erleichtert. Zugegeben, ich bin vielleicht auch ein bisschen überwältigt.« Sie fühlte sich, als würde sie ein ganz neues Kapitel in ihrem Leben aufschlagen und vermutlich tat sie auch genau das.

»Das ist eine große Veränderung. Ihrer Familie und Ihnen sind in letzter Zeit viele große Veränderungen widerfahren.«

Sara holte tief und ausdauernd Luft. »Das war einfach ... genau mein Ding. Es war etwas, das ich eigenhändig geschaffen habe und das mir gehörte. Das macht mich in meiner Familie einzigartig und besonders.« Sie warf einen kurzen Blick zu Aubrey, die sie aufmerksam beobachtete.

»Es gibt sicherlich viele Dinge, die Sie einzigartig und besonders machen.« Aubrey erhob sich vom Tisch und ging zu ihrem Schreibtisch. Sara beobachtete sie nicht dabei, was sie dort tat, aber sie hörte, wie eine Schublade aufgezogen und wieder zugeschoben wurde.

Dann wurde ein Umschlag über den Tisch auf sie zu geschoben. Ihr Name war auf die Vorderseite geschrieben Sie erkannte die Handschrift: Es war die von Alex. Die Luft wich ihr aus den Lungen und ihr Herz ballte sich zusammen. Für einen kurzen Moment fühlte es sich an, als wäre er noch hier.

Zaghaft streckte sie die Hand aus und berührte den Rand des Umschlags. »Ist das ... ist das mein Brief?«

»Ja«, antwortete Aubrey. »Ich soll Ihnen die Briefe immer dann geben, wenn Sie wirklich allein gelassen oder überfordert scheinen. Ich bin mir nicht sicher, wie Alex erwartet hat, dass ich diese Dinge weiß, da ich Sie alle nur einmal im Monat sehe, wenn wir uns wegen des Trusts treffen, aber schätzungsweise wusste er irgendwie, dass ich es herausfinden würde.«

Genauso war Alex gewesen. Er erkannte Dinge bei Menschen, die niemand sonst wahrnahm. Vielleicht war diese Gabe darauf zurückzuführen, dass er Zeit gehabt hatte, die Menschen eingehend zu studieren, da er sich so viel langsamer bewegte als beinahe alle anderen. Er hatte das Gefühl gehabt, er sei zurückgeblieben, doch vielleicht war das ja ein Geschenk gewesen.

Sara hob den Umschlag vom Tisch und steckte ihn in ihre Handtasche.

»Wenn Sie ihn jetzt lesen wollen, lasse ich Sie allein«, bot Aubrey an.

»Ich weiß das Angebot zu schätzen, aber ich werde ihn einfach mitnehmen.« Sara stand auf. »Nochmals vielen Dank für all Ihre Hilfe.«

Aubrey erhob sich ebenfalls auf und öffnete ihr die Tür. »Ich werde diesen Papierkram zu Craigs Anwalt bringen. Das Geld sollten Sie dann in ein paar Tagen haben. Ist die Überweisung noch in Ordnung für Sie?«

»Ja, vielen Dank.« Sara hörte kaum hin. Ihre gesamte Aufmerksamkeit galt dem Brief.

So schnell wie eben möglich fuhr sie nach Hause zurück und stellte den Wagen in der Garage ab. Sie hoffte, dass niemand in der Nähe war, damit sie den Brief in Ruhe lesen konnte. Vielleicht sollte sie ihn einfach hier im Auto lesen? Nein, sie wollte ihn in seinem Zimmer lesen.

Sie durchquerte den Vorraum, hielt dann inne und wandte sich nach links. Ihr Blick lag auf der Tür zu Alex' Zimmer. Sie war jetzt immer geschlossen. Sie konnte sich nicht erinnern, wann sie diesen Raum das letzte Mal betreten hatte.

Mit langsamen Bewegungen öffnete sie die Tür und

schloss sie hinter sich, nachdem sie eingetreten war. Alles sah noch genauso aus. Es roch auch so. Sie erwartete fast, Alex aus dem Badezimmer kommen zu sehen, das sich ebenfalls zum Flur hin öffnete, der von der Waschküche abzweigte.

Doch das passierte natürlich nicht. Und das würde es auch nie. Sie legte ihre Handtasche auf seinen Schreibtisch und zog den Umschlag hervor. Auf der Bettkante sitzend, schob sie ihren Finger unter das Siegel und zerbrach es. Sie zog den Brief aus dem Umschlag – es war ein einzelner Briefbogen – und faltete ihn auseinander. Seine Handschrift starrte ihr entgegen, die so vertraut war und doch so weit entfernt, denn sie war bereits zur einer Erinnerung verblasst.

Liebe Sara,

Zunächst möchte ich mich entschuldigen. Ich weiß, dass meine Tat egoistisch war, und sie dich in einer Weise beeinträchtigt hat, die ich mir kaum vorstellen kann. Hoffentlich ist deine Wahrnehmungsverarbeitungsstörung nicht zu sehr aus dem Ruder gelaufen und es ist dir gelungen, damit zurechtzukommen. Vermutlich ist die ganze Familie in Aufruhr, und das tut mir wirklich leid.

Ich frage mich, ob du nach Mom und Dad die Erste sein wirst, die ihren Brief bekommt. Ich denke, das wirst du sein. Dank deiner Stärke und deiner Gabe wirst du schneller und mit einem klareren Kopf als alle anderen überwinden können, was ich getan habe. Du kannst alles schaffen, was du dir vornimmst. Wer von uns hat sich sonst noch selbstständig gemacht und ein erfolgreiches Unternehmen gegründet? (Liam zählt nicht – er ist ein Freak, oder?) Vergiss nie, wer du bist und wer du sein kannst. Für dich gibt es keine Grenzen.

Ich weiß, du hältst dich für eigen und sorgst dich, dass die Leute dich anders behandeln. Das tun sie aber nicht. Nun, das stimmt wohl nicht ganz. Deiner Geschwister tun das manchmal, aber wie du sie nicht an dich heranlassen darfst, musst du dich auch an unsere gemeinsamen Erfahrungen erinnern. Deine Geschwister werden sich immer an das Mädchen erinnern, das nur zögerlich gesprochen hat und zusammenbrach, wenn es sich zu sehr gedrängt fühlte, und das sich doppelt anstrengen musste, um in der Schule etwas zu erreichen. Nimm es ihnen nicht übel, dass sie dich beschützen und umsorgen wollen. Das ist unser – Entschuldigung, ihr – Recht und Privileg. Ich erwarte selbstverständlich weiterhin, dass du ihnen von Zeit zu Zeit die Leviten liest, weil sie das brauchen. Ich hoffe, du und Kyle findet wieder zueinander. Eure Beziehung war so besonders. Sei nicht zu hart zu ihm. Sein Weggang war immerhin der Auslöser dafür, dass du heute bist, was du bist, und das, liebes Schwesterherz, ist eine schöne Sache.

Danke, dass du für Mom und Dad da bist, denn ich weiß, dass du dich um sie kümmerst. Vergiss nur nicht, dich selbst an die erste Stelle zu setzen. Ich sage nicht, dass du jemandem den

Rücken kehren sollst, aber letzten Endes ist es dein Leben und du musst es leben. Ich hoffe, das wirst du. Ich hoffe, es gelingt dir, die Liebe zu finden und eine Familie zu gründen – du wirst eine großartige Mutter sein. Mein größtes Bedauern ist, dass ich nicht mehr da sein werde, um es zu erleben.

Ich liebe dich.

Alex

Ihr Herz hämmerte im Rhythmus eines Stakkato, der ihr in den Ohren brauste. Sie drehte den Kopf und betrachtete Alex´ Bild auf dem Nachttisch. Es war aus der Fernsehserie, das Foto, das sie am letzten Drehtag gemacht hatten. Sie standen zusammen, die Arme umeinander gelegt, Alex in der Mitte.

Er hatte eine wirklich gute Zeit damals, sodass er keinen Sauerstofftank brauchte, und er sah lebendiger aus als sonst. Ihr Blick wanderte zu Liam, der am rechten Ende stand. Die beiden hatten sich noch nie so ähnlich gesehen wie auf diesem Bild. Sie wusste, warum Alex es neben seinem Bett aufbewahrt hatte, auch wenn es aus der Zeit stammte, als sie zwölf waren. Es erinnerte ihn daran, wer er sein konnte, an die Höhen, die er erreichen konnte, wenn er gesund war.

Offensichtlich hatte es nicht gereicht.

Sie las den Brief noch einmal und wartete, dass ihr die Tränen kamen, und als diese ausblieben, wurde sie wütend. Dann wurde ihr klar, dass sie wütend auf ihn war, weil er gegangen war.

Sie blickte auf das lächelnde Gesicht des damals Zwölfjährigen. »Ja, das war wirklich egoistisch von dir. Ich hätte dir geholfen. Ich wäre nach Hause gezogen und hätte alles getan, was nötig war, wenn du mich darum gebeten hättest.«

Aber vielleicht hatte er es nicht getan, weil er wusste, dass sie frei sein und fliegen musste. Und vielleicht machte ihn das ein bisschen weniger egoistisch.

Endlich spürte sie die Nässe auf ihren Wangen. Dann lächelte sie. »Danke, Alex. Ich liebe dich auch.«

Sie faltete den Brief wieder zusammen und steckte ihn in den Umschlag zurück. Sie drückte ihn an ihre Brust und legte sich auf sein Bett. Der Morgen verging, während sie an die Decke starrte – sie wusste wirklich nicht, wie lange sie vor sich hin geträumt hatte, aber es fühlte sich gut an. Fast so gut, wie es sich anfühlte, wenn sie mit Dylan zusammen war. Es ging nicht darum, welche körperlichen Gefühle in ihr mit ihm aufkamen – sondern es kam auf die Art an, wie er sie unterstützte, sie verstand, und sich um sie sorgte. Ja, der Zeitpunkt war miserabel und die Sache konnte schiefgehen, aber das Leben steckte voller Risiken. Was die Belohnung umso süßer machte.

Sie würde Dylan nicht kampflos aufgeben.

Nach einem schnellen Mittagessen fuhr sie zum Alex, um sich mit Dylan und den anderen zu treffen. Als sie auf den unbefestigten Parkplatz trat, wurde ihr bewusst, dass sie sich hätte umziehen sollen – flache Stadtschuhe waren nicht gerade das richtige Schuhwerk für die Baustelle.

Als sie den Bauwagen betrat und Dylans Reaktion auf ihr Outfit sah, war sie jedoch froh, dass sie es anbehalten hatte. Er saß auf dem Sofa, das mit dem Rücken zur Wand unter einem rechteckigen Fenster stand, und hatte den Arm über die Lehne gelegt. Er saß lässig-verführerisch da und ließ seinen Blick über sie schweifen, wobei er auf der Halskette verweilte, die sie auch getragen hatte, als sie sich vor Monaten im Sidewinders kennengelernt hatten, und zwar mit großer Anerkennung. So viel zur Trennung – es schien, als begehrte er sie ebenso sehr wie sie ihn. *Das war gut.*

»Sara, du hast dich entschlossen, dabei zu sein«, meinte Tori hinter ihrem Schreibtisch.

Kyle saß auf einem Stuhl, den er an die Seite des Schreibtischs gezogen hatte, sodass das Sofa der logischste Platz für sie war. Neben Dylan.

Sie stellte ihre Handtasche auf dem Boden ab und setzte sich. Dylan zog seinen Arm von der Lehne und richtete sich auf.

Sie warf einen kurzen Blick auf ihn, aber er war auf die Papiere in seinem Schoß konzentriert. »Ich dachte, ich höre einfach mal rein.«

Tori begann mit der Debatte über die drei Ingenieure, die sie einer Befragung unterzogen hatten. Dylan und sie waren sich einig, dass einer nicht in Frage kam, doch es entspann sich eine lebhafte Debatte darüber, welchen der anderen beiden sie unter Vertrag nehmen sollten. Dylan und Tori hatten jeweils einen Favoriten, und es lief darauf hinaus, dass die beiden sich an Sara und Kyle wandten, um sie nach ihrer Meinung zu fragen.

»Wie sollen wir da entscheiden?«, meinte Kyle und blätterte die Lebensläufe und Mappen der beiden Bewerber durch. Er reichte eine davon an Sara weiter. »Wie wäre es mit Stein, Papier, Schere?«

Sara lachte. Sie war zu gut gelaunt, um sich zurückzuhalten. »Oder ich könnte mir eine Zahl zwischen eins und zehn ausdenken.«

Kyle kicherte, aber sowohl Dylan als auch Tori schienen nicht amüsiert zu sein. »Nun«, hustete Kyle, »sollen Sara und ich ein Interview mit den beiden Übriggebliebenen ansetzen?«

Sara sah sich die Papiere in ihrer Hand an. »Warte. Ich

kenne diesen Typen – Cade D'Onofrio. Tut mir leid, ich wusste nicht, dass es derselbe Typ ist, bis ich das Bild sah. Ich habe vor ein paar Jahren eine Hochzeitsparty für seine Eltern organisiert. Er gefällt mir.«

Tori verdrehte die Augen. »Du stellst dich nur auf Dylans Seite, weil...« Sie hielt sich den Mund zu. »Vergiss es.«

Sara warf einen Blick auf Dylan, der allerdings zu Tori schaute. Starrte er sie mit einem Todesblick an? Sara warf ihrer Schwester einen bösen Blick zu. Tori zuckte leicht mit den Schultern und sah auf ihren Schreibtisch.

»Cade D'Onofrio, so soll es sein«, sagte Kyle. »Ehrlich gesagt, hätte ich aufgrund der Unterlagen für ihn gestimmt, wenn es dazu gekommen wäre. Seine Erfahrung passt besser zu dem, was wir tun. Außerdem ist er ein gut aussehender Typ, Tori, vielleicht versteht ihr euch ja.« Er zwinkerte ihr zu.

Tori schleuderte ihm mit ihrem Blick buchstäblich Dolche entgegen. »Spiele nicht den Ehestifter. Ich bevorzuge es, geschäftliche Angelegenheiten rein professionell zu behandeln.«

Autsch. Sara versuchte, den Anschein zu erwecken, als würde sie sich nicht getroffen fühlen.

Dylan erhob sich. »Wenn das alles ist ... Ich muss zur Baustelle zurück. Bis dann, Leute.« Er verließ den Bauwagen, noch ehe Sara ihn wissen lassen konnte, dass sie mit ihm reden wollte. Es war allerdings auch nicht so, als würde sie das nach Toris Bemerkungen noch wagen.

Sara drehte sich zu ihrer Schwester um. »Was zum Teufel war das?«

Tori sammelte die vor ihr liegenden Papiere ein und legte sie auf einen Aktenordner. »Entschuldigung, ich habe nicht nachgedacht. Das war mein Fehler.«

So einfach ließ Sara ihre Schwester allerdings nicht davonkommen. Alex´ Brief hatte sie mit einer Art von Mut beseelt, von dem sie nicht gewusst hatte, dass sie ihn brauchen würde. Sie sah nicht die geringste Veranlassung, sich von ihren Geschwistern etwas gefallen zu lassen. »Was meintest du mit dieser hinterhältigen professionellen Bemerkung?«

»Nichts, wirklich.« Sie sah Sara direkt an. »Ehrlich.«

Sara entspannte sich. In Toris Augen lag etwas Dunkles und Trauriges. War sie wegen Alex traurig? Sie alle hatten deswegen unter Depression zu leiden. Vielleicht würde sie ihre Schwester aufmuntern können. »Ich habe heute meinen Brief von Alex bekommen.«

Toris Augen weiteten sich kurz und sie nahm eine gerade Haltung auf ihren Stuhl an. »Wo ist er? Was steht drin?«

»Der Brief ist zuhause. Er hat mir einige Dinge geschrieben, die ich einmal hören musste.«

»Das ist großartig, Sara.« Echte Wärme ließ Kyles Augen aufleuchteten.

Tori verschränkte die Arme. »Warum hast du deinen bekommen?«

Sara fühlte sich ein bisschen unruhig. Offenbar schien Tori wütend zu sein. Sara erinnerte sich, wie verärgert sie gewesen war, als sie alle erfahren hatten, dass sie auf ihre Briefe warten mussten. »Weil ich es zu brauchen schien. Aubrey sagte, es sei Alex´ Wunsch gewesen, dass ich ihn erhalte, wenn ich mich überfordert fühle.«

»Ist das mit all unseren Briefen so? Ich meine damit, ob ich meinen erhalten werde, wenn Aubrey der Ansicht ist, ich sei überfordert?« Tori klang hoffnungsvoll.

»Das weiß ich nicht. Leider habe ich nicht daran gedacht, mich danach zu erkundigen. Es tut mir leid. Ich erzähle dir später gerne von meinem.« Sie schaute zu Kyle hinüber, der Tori beobachtete. »Er hat sich entschuldigt.«

Tori bückte sich, um ihre Laptoptasche aufzuheben und sie auf den Schreibtisch zu legen. Sie sammelte ihre Dokumente und Aufzeichnungen ein und steckte sie in die Tasche. »Gut.« Damit stand sie auf und schob ihren Stuhl zurück. Kyle und Sara erhoben sich ebenfalls.

»Tori, ich bin sicher, dass du deinen Brief genau dann bekommst, wenn du ihn am meisten brauchst«, sagte sie.

Tori formte den Mund zu einem skeptischen Grinsen. »Es ist schwer vorstellbar, dass ich diesen Punkt noch nicht erreicht habe. Es ist eine harte Zeit gewesen, nicht wahr?«

Sara drückte sie fest und innig an sich. »Wir nehmen einen Tag nach dem anderen in Angriff.«

Kyle schloss sich der Umarmung an und schlang seine Arme um seine beiden Schwestern. Die Umarmung erinnerte sie an glücklichere Tage und fühlte sich wie ein kleines Stückchen Normalität an.

Als sie sich trennten, ging Tori hinaus.

»Sie kommt schon klar. Du weißt, wie sie ist.«

Emotional, ja. »Das weiß ich, und ich hoffe es.«

»Nun gut, ich verschwinde jetzt. Ich habe tatsächlich eine Arbeit, zu der ich zurück muss.«

»Wie läuft's bei Archer? Mit Dad?«

Kyle streckt die Hand nach dem Türknauf aus. »Nicht schlecht. Wir halten uns größtenteils ans Geschäftliche.«

»Und Derek?« Wahrscheinlich war das sogar die wichtigere Frage. Die Kluft zwischen den beiden war möglicherweise breiter und tiefer als diejenige, die zwischen Sara und ihm bestanden hatte.

Kyle seufzte und richtete den Blick an die Decke. »Frag

nicht. Wir versuchen, nicht miteinander zu reden, aber es ist ziemlich schwer.«

»Ähm, ja. Du bist der leitende Geschäftsführer und er ist der Finanzchef. Wie funktioniert das mit der Nicht-Kommunikation genau?«

»Offiziell bin ich gar nicht der leitende Geschäftsführer«, korrigierte er. »Hayden ist beurlaubt. Ich bin nur ein kurzfristiger Handlanger, der in die Bresche springt. Ich bin mir nicht einmal sicher, ob ich Sozialleistungen erhalte.« Er zwinkerte ihr zu, weil er wie immer versuchte, prekäre Situationen auf die leichte Schulter zu nehmen.

»Ist das dein Ernst?«

Er wölbte eine blonde Braue. »Hast du mich je ernst erlebt?«

Sie schüttelte den Kopf und schenkte ihm ein Lächeln. »Nur wenn es um dein Leben geht.«

Er umarmte sie kurz. »Ich liebe dich. Wir sehen uns später.«

Als Sara allein war, straffte sie die Schultern. Es war an der Zeit, mit Dylan zu reden. Sie ging nach draußen und hielt inne, als sie an ihrem für eine Baustelle eher unpassenden Outfit hinunterblickte. Als sie ihren Entschluss gefasst hatte, war ihr danach gewesen, ihn sofort zu sprechen, doch jetzt wurde ihr klar, dass es vielleicht nicht die allerbeste Idee war, seinen Arbeitstag zu unterbrechen. Am besten würde sie ihn heute Abend zu Hause besuchen. Sie änderte ihre Richtung und kehrte zu ihrem Auto zurück, um heimzufahren und die unendlichen Nachmittags- und Abendstunden abzuwarten, bis sie ihn endlich wiedersehen konnte.

* * *

Es WAR bereits dunkel geworden, als Dylan seine Einfahrt hinauffuhr. Sein Tag war lang und anstrengend gewesen, aber Sara wiederzusehen hatte unzweifelhaft den Höhepunkt gebildet. In der letzten Woche hatte er sie mehr vermisst, als er angenommen hatte, und definitiv mehr, als er sich eigentlich eingestehen wollte. Er hatte mit dem Gedanken gespielt, sie anzurufen – denn sie hatten schließlich vereinbart, Freunde zu bleiben. Er hatte allerdings Zweifel daran, dass sie das konnten. Sie wären ständig in der Versuchung, mehr zu sein.

Er drückte auf das Lenkrad und fragte sich, ob sie beide einen Fehler gemacht hatten. Nein, denn bei Beziehung mit ihr zu versagen, und sie im Stich zu lassen – das wäre ein noch größerer Fehler.

Seine Gedankengänge kamen zu einem abrupten Stillstand, als er ihr Auto erkannte, das neben seinem Haus geparkt war. Er stellte seinen Wagen ab und stieg aus, wobei er sich wünschte, er sähe nicht aus wie ein Baustellenknecht und würde auch nicht so riechen. Als er seine Kühlbox die Treppe hinauf trug, sprang sie von der Veranda-Schaukel. »Hi. Ich hoffe, es macht dir nichts aus, dass ich auf dich gewartet habe.«

»Nein, aber lass mich das Licht anschalten.« Er schloss die Tür auf, stellte seine Kühlbox hinein und schaltete das Licht auf der Veranda ein.

»Danke, hier oben ist es ziemlich dunkel. Ich hatte aber diese Taschenlampe in meiner Handtasche.« Sie hielt eine kleine Handlampe hoch, die aussah, als wäre sie eine kleine Standlaterne. »Ein Bekannter von mir hat mir empfohlen, so eine Lampe zur Sicherheit bei mir zu tragen.«

Er dachte an den Tag mit ihr im Tunnel. Das schien ewig her zu sein und doch fühlte es sich wie gestern an. »Guter Plan.« Er sollte sie hereinbitten, doch er fürchtete sich vor dem, was dann passieren könnte. Sie konnten schließlich nicht andauernd zusammen im Bett landen. Das würde zu nichts führen.

Inzwischen trug sie ihr heißes Outfit nicht mehr, sondern eine Jeans und ein einfaches lila Shirt mit langen Ärmeln. Sie befingerte den Ärmelbund, was ihm verriet, dass sie vielleicht ein wenig nervös war. »Ich wollte mit dir reden.«

Er lehnte sich gegen den Türrahmen und verschränkte die Arme, damit seine Hände eine andere Beschäftigung hatten, als sie zu berühren. »Alles in Ordnung?«

»Ja, alles ist gut. Großartig, um ehrlich zu sein.« Sie lächelte ihn an. »Ich glaube, wir haben einen Fehler gemacht.«

Ach, Mist. Darüber wollte sie also sprechen.

Ihre Finger glitten nun schneller über den Stoff. »Ich denke, wir sollten einen Versuch wagen und sehen, ob es klappt. In der realen Welt.«

Mist, Mist, Mist. »Es hat sich nichts geändert, Sara. Wir haben immer noch The Alex, und wenn es nicht klappt ...«

»Ich weiß und ich habe darüber nachgedacht. Die Sache ist so oder so unbehaglich. Hat dir das der Tag mit Tori heute nicht gezeigt?«

Ja, das schon, aber es gab verschiedene Stufen von Unbehagen. Eine vollständige Trennung nach einer richtigen Beziehung wäre viel schwieriger als das, was sie gerade miteinander durchlebten.

Sie verschränkte die Arme und spannte dann die Schultern und die Bizeps an. »Jetzt, da ich beschlossen habe, dauerhaft nach Ribbon Ridge zurückzukehren, freue ich mich auf das nächste Kapitel meines Lebens. Ich fühle mich wegen The Alex euphorisch. Und ich freue mich darauf, wieder zu Hause bei meiner Familie zu sein. Auf eine Zukunft mit dir.«

Er freute sich für sie, doch was sie als Letztes gesagt hatte, verstimmte ihn sehr. »Sara, ich halte es immer noch für keine gute Idee – damit meine ich uns. Der Zeitpunkt ist immer noch ungünstig.«

Sie ging auf ihn zu. »Wann ist das Timing jemals gut? Wir passen ziemlich gut zusammen, findest du nicht?«

Besser als gut. »Körperlich ist das richtig. Aber darauf können wir keine Zukunft aufbauen.«

Sie legte die Stirn in Falten. »Nein, aber das ist auch nicht alles, was uns verbindet. Sie warf ihm einen Blick zu und wandte sich schnell wieder ab, um ihm zu zeigen, dass ihre Sinne wahrscheinlich nicht in Ordnung waren. »Somit haben wir Freundschaft und Vertrauen. Das Einzige, was uns fehlt, ist Engagement.» Sie machte einen weiteren Schritt nach vorne, ihr Blick traf seinen. »Ich bin bereit, eine Beziehung einzugehen, wenn du es auch bist.«

»Sara, es ist so viel mehr als das.« Er rieb sich mit der Hand über das Kinn, spürte, wie es zwei Tage lang wuchs, und verglich es auf bizarre Weise mit dem Kribbeln in diesem verdammten Gespräch. »Was du anbietest, ist ... es ist mehr, als ich verdiene.«

Sie runzelte die Stirn. »Was meinst du?«

»Du sagtest, es sei mir gegenüber nicht fair, dass wir etwas versuchen. Was ich nicht gesagt habe, aber hätte sagen sollen, ist, dass es auch dir gegenüber nicht fair ist. Es gibt einen Grund, warum ich mich an One-Night-Stands halte. Ich bin schrecklich in Beziehungen. Sieh dir meine Ehe an. Sieh dir meine Familie an. Ich bin ein totaler Versager. Ich würde dich auf Dauer nur verletzen, und das kann ich nicht ertragen.« Er sah den Schmerz in ihren Augen und verachtete sich dafür, dass er überhaupt etwas mit ihr angefangen hatte. Sie war eine spektakuläre Frau, die so viel zu bieten hatte - jemand anderem. »Es ist besser, die Sache jetzt zu beenden, solange wir noch Freunde sein können. Ich hoffe, wir können noch Freunde sein.« Er sagte es, um sich selbst und sie zu überzeugen, denn im Moment war er sich nicht sicher, wie er aufhören konnte, sie als seine Geliebte zu betrachten.

»Ich verstehe.« Sie klang, als ob sie keine Luft bekäme. Sie hatte den Kopf gesenkt und starrte auf die Bretter der Veranda.

Gott, er war so ein Arschloch. Aber wie viel schlimmer würde es in sechs Monaten sein? »Ich erspare dir eine Menge Herzschmerz.«

Als sie aufblickte, waren ihre Augen voller Feuer. »Ich glaube, dass du das denkst, und im Moment weiß ich nicht, wie ich dich vom Gegenteil überzeugen kann. Du sagst, du ersparst mir eine Menge Herzschmerz, aber mein Herz schmerzt. In diesem Augenblick. Es ist zu spät, mich davor zu bewahren, mich in dich zu verlieben, Dylan. Es ist vollbracht. Ich bin da. Ich bin *da*.«

Verflucht, sie hatte das L-Wort gesagt. Es war, als wäre ein Mack-Truck von allen Seiten in ihn hineingekracht. Emotionen kochten in ihm hoch, aber er unterdrückte sie. Dass er sie liebte, spielte keine Rolle. Er hatte Jessica auch geliebt, und das hatte keine Rolle gespielt. Er hatte versucht, seine Familie zu lieben, und es hatte nichts gebracht. Wenn man etwas immer wieder versuchte und es nicht funktionierte, musste man irgendwann akzeptieren, dass es kaputt war. *Er* war kaputt.

»Sara«, er wusste nicht, was er sagen sollte. »Ich bin ... nicht in dich verliebt.« Es zu sagen, schmerzte ihn so sehr, weil er ahnte, dass es nicht wahr war. Er schob den

Gedanken beiseite - er konnte sie nicht lieben. Liebe war ein Gefühl, das bei ihm einfach nicht funktionierte.

Sie hielt sich die Hand vor den Mund. Dann nickte sie, drehte sich um und ging die Verandastufen hinunter.

Sein eigenes Herz schmerzte, aber er glaubte wirklich und wahrhaftig, dass dies das Beste war. Für sie. Besser, sie jetzt zu enttäuschen als später.

Als sie in die Nacht hinausfuhr, lehnte sich Dylan mit dem Rücken gegen seine Haustür. Wenn er das Richtige tat, warum fühlte es sich dann so falsch an?

Kapitel Zweiundzwanzig

E INE STUNDE SPÄTER, nachdem er eine brühend
heiße Dusche genommen hatte, die nichts dazu
beitrug, sein Inneres zu erwärmen, und ein Bier
getrunken hatte, das noch weniger dazu beitrug, ließ sich
Dylan auf die Couch fallen. Er legte die Füße hoch und
starrte an die Decke, ohne zu bemerken, auf welcher
Sendung er gelandet war, als er den Fernseher eingeschaltet
hatte. Irgendeine Sitcom.

Das Geräusch der Türklingel rüttelte ihn auf. Er schaltete den Fernseher aus und lauschte, wobei er sich fragte, ob
er das Geräusch nicht als Teil einer Wunschvorstellung
gehört hatte.

Nein, er wollte nicht, dass Sara zurückkam. Er hatte das
Richtige getan.

Die Glocke läutete erneut. Er überlegte, ob er es ignorieren sollte, beschloss aber, dass er nicht so ein großer
Idiot war.

Mit einem langsamen, schweren Gang machte er sich
auf den Weg in die Eingangshalle. Dann stolperte er fast,

als er seine Eltern - seinen Vater *und* seine Mutter - durch das Fenster sah.

Er öffnete die Tür. »Äh, das ist seltsam.«

»Dir auch hallo.« Mom wartete nicht auf eine Einladung, sondern drängte sich an ihm vorbei. »Meine Güte, du hast immer noch nichts aus diesem Zimmer gemacht?« Sie blickte auf das vordere Wohnzimmer, das mit einer grässlichen Blumentapete und einer hässlichen Eichenstuhlschiene aus den späten Achtzigern bedeckt war. Mom war seit kurz nach seinem Einzug nicht mehr hier gewesen, wie lange war das jetzt her, drei Jahre?

Er sagte nichts, sondern führte sie nur in den hinteren Teil des Hauses. Er hörte, wie Dad die Tür hinter sich schloss.

»Ist das besser?«, fragte er, als er in die Küche ging. Moms offensichtlicher Schock bereitete ihm eine kleine Freude.

Sie drehte sich um und staunte. »Es ist wunderschön. Warum sieht nicht das ganze Haus so aus?«

»Kleine Dinge, die man Zeit und Geld nennt.«

Sie warf ihm einen Blick zu, bevor sie ihre visuelle Bestandsaufnahme fortsetzte. »Aber das machst du doch alles selbst.«

»Der Granit und die Geräte sind nicht umsonst, Mom.«

Sie schnupperte. »Das stimmt wohl.«

Er ging zum Kühlschrank und holte ein weiteres Bier heraus. »Kann ich euch etwas anbieten?«

»Ein Bier wäre toll.« Dad lächelte, aber seine Augen waren dunkel, als ob er besorgt wäre.

Dylan holte ein zweites Bier, öffnete es und reichte es seinem Vater. »Mom?«

»Nein, nichts für mich.« Sie ließ ihre Hand über die

Arbeitsplatte gleiten. »Ich kann gar nicht fassen, wie fabelhaft das aussieht. Wer hat das entworfen?«

»Das war ich.«

Ihr Kinn hing herunter. »Wirklich?«

Beinahe hätte Dylan über ihre Reaktion gelacht, aber er war emotional zu ausgelaugt. »Ja, wirklich. Und was führt euch hierher? Zusammen? Das ist seltsam.« Er wusste, dass er sich wiederholte, aber er konnte es nicht ändern. Er hatte sie seit seiner Hochzeit nicht mehr zusammen gesehen.

Seine Eltern sahen sich an. Dad nahm einen Schluck Bier. »Wir wollten mit dir reden. Vor allem, um uns zu entschuldigen. Sollen wir uns setzen?« Er drehte sich halb in Richtung des großen Raums.

»Klar.« Dylan ging ihnen voraus und nahm auf der Couch Platz. Dad setzte sich neben ihn und Mom nahm einen der beiden Stühle, die schräg vor den Fenstern standen. Wollten sie sich entschuldigen? Er sah seinen Vater an. »Ist das wegen dem, was letzte Woche passiert ist? Ich habe mich per SMS bei dir entschuldigt.«

»Ich weiß, aber das war nicht nötig. Ich bin«, er warf seiner Mutter einen strengen Blick zu, »*wir sind* diejenigen, die sich entschuldigen müssen. Und es hat verdammt lange gedauert.«

Heilige Scheiße, er war sich nicht sicher, ob er dafür bereit war. Nicht heute Abend. Sein Inneres war schon nach Sara in Stücke gehauen worden. »Warum jetzt?«

»Warum nicht jetzt?« Dad schüttelte reumütig den Kopf. »Es tut mir so leid, dass mir erst die Augen geöffnet wurden, als du die Fassung verloren hast. Ich dachte, wir hätten einen guten Job gemacht und du wärst glücklich. Du warst noch so jung, als wir uns trennten, ich hätte nie gedacht, dass unsere Scheidung Auswirkungen auf dich hat.«

»Nein - zumindest nicht so, wie es bei den meisten Kindern der Fall ist, schätze ich.« Dylan zuckte mit den Schultern. Er hatte ein seltsames Gefühl, als ob dieses Gespräch nicht wirklich stattfand.

Mom rutschte bis zur Kante ihres Stuhls nach vorne. »Ich weiß, dass es zwischen dir und Bill nicht immer einfach war.«

»Er mag mich nicht, Mom. Hat er noch nie.« Aber wie kann ein Erwachsener ein Kind nicht mögen? Vor allem, wenn er mit der Mutter des Kindes verheiratet war?

Sie schürzte ihre Lippen. »Das ist es nicht. Er wollte nur ... nicht versuchen, dein Vater zu sein, weil du schon einen hattest.«

»Ich hatte ihn gebeten, es nicht zu tun«, sagte Dad leise. »Ich hätte nicht gedacht, dass er es so wörtlich nehmen würde. Ich habe es vermasselt, mein Sohn. Ich hätte ihn ermutigen sollen, dich zu lieben und zu schätzen, wie ich es getan habe.« Seine Stimme begann zu brechen, und er atmete scharf ein. »So sehr, wie ich *es tue*.«

Dylans Atem rasselte in seiner Brust, als ob er gefangen wäre. Er wusste nicht, was er sagen sollte.

»Und ich habe Angie nicht gerade unterstützt«, sagte Mom. »Oder dich, Sam.« Sie sah Dylans Vater an. »Wir hätten mehr tun müssen, damit diese Multifamiliensache für Dylan funktioniert, und ich weiß, dass du es versucht hast.«

Dylan stand auf, die Energie, die ihn durchströmte, zwang ihn, sich zu bewegen. Er nahm sein Bier und trank einen großen Schluck. Dann ging er zurück in die Küche.

Dad drehte sich auf der Couch um und sah ihn an. »Dylan, du scheinst unsicher zu sein.«

»Das ist einfach ... Ich kann mir nicht vorstellen, dass ihr beide zusammen hier seid.«

Mom stand auf und folgte ihm. »Es ist längst überfällig. Als dein Vater anrief, um mir zu sagen, was du gesagt hast …«

Dylan stand in der Küche hinter der riesigen Insel, die er gebaut hatte, und nutzte sie als Schutz vor ihnen. »Er hat dich angerufen?«

Sie nickte. »Ich bin froh, dass er es getan hat. Nein, es tut mir leid, dass er es tun musste. Ich weiß, ich bin … kontrollierend. Ich wollte nur, dass du glücklich bist. Ich glaube, ich wusste, dass du es nicht bist. Dass es um mehr ging als um Jessica. Du hättest sie nie heiraten dürfen.« Sie stellte sich auf die andere Seite des Tresens und stützte ihre Handflächen auf dem Granit ab.

Das war zu viel. Seine Mutter hatte ihn damals praktisch dazu gedrängt, Jessica zu heiraten. »Warum warst du dann dafür?«

»Ich dachte, es wäre gut für dich. Ich dachte, du brauchst es.« Dylan konnte ihr nicht widersprechen, da er das Gleiche gedacht hatte.

Dad kam zu ihnen, stellte sein Bier ab und sah Dylan mit einer Intensität an, die ihm ehrlich gesagt ein wenig unangenehm war. »Das dachte ich auch. Ich dachte, eine eigene Familie würde dich dazu bringen, dich zu öffnen, endlich zu *fühlen*. Du bist ein ziemlich verschlossener Typ.«

»Und warum ist das wohl so?« Er klang wütend. Verdammt, er *fühlte sich* wütend. »Hört mal, ich weiß das alles wirklich zu schätzen, aber es kommt ein bisschen spät. Ich bin einunddreißig Jahre alt. Ich bin, wer ich bin. Ich zeige nicht gerne, wie ich mich fühle, und ich rede schon gar nicht gerne darüber.«

Dad hob die Hand. »Ich verstehe das, und niemand verlangt von dir, dass du dich änderst, schon gar nicht wir.

Wir wollen die Dinge nur anders angehen. Und wir hoffen, dass du dich mit der Zeit öffnest und dich unseren Familien anschließt - deinen Familien.«

Jetzt wollten sie einen Weg finden, damit er sich einbezogen fühlte? »Ich weiß nicht, ob das funktionieren wird. Wie ich schon sagte, ich bin, wer ich bin, und die Dinge sind so, wie sie sind.«

»Die Dinge sind nur so, wie wir sie sein lassen«, sagte sein Vater und klang dabei ein wenig streng. »Ich werde mein Bestes tun, damit du weißt, wie wichtig du für mich bist. Ich habe Angie bereits gesagt, dass Monica Christensen nicht mehr zu uns kommen darf. Sie war während der Scheidung furchtbar zu dir. Wenn sie sich entschuldigen will, werde ich es mir noch einmal überlegen, aber im Moment ist sie im Hause Westcott nicht willkommen.«

Dylan hätte beinahe ein Lächeln aufgesetzt. »Danke, aber das ist nicht nötig.«

Dad klatschte mit der Hand auf den Tresen. »Um Himmels willen, hör auf, dich selbst zu verachten, Dylan. Das *ist* notwendig. Das hast du schon immer getan, deine Bedürfnisse und Wünsche so klein gemacht, dass du sie übersehen hast, wahrscheinlich, weil du einfach nur dazugehören wolltest.« Dad wischte sich mit der Hand über das Gesicht. »Wenn ich zurückdenke ...« Seine Stimme brach erneut, und diesmal sah Dylan den Schimmer von Tränen in seinen Augen. »Wenn es das Mindeste ist, Monica aus meinem Haus zu verbannen, werde ich es von den Berggipfeln aus tun.«

Alles, was Dad sagte, klang in ihm nach, ließ etwas in ihm ausbrechen und die Flucht ergreifen. Er stützte sich mit den Händen auf dem Tresen ab und starrte auf das Muster im Granit. Als er aufblickte, wischte sich Dad über die Augen und Mom biss sich auf die Lippe.

Sie blinzelte schnell. »Sag uns, dass wir dich nicht ruiniert haben.«

Früher hatte er sich für gebrochen gehalten. Aber vielleicht war er reparabel. Sie dachten das jedenfalls. Und es schien, als wollten sie alles Nötige investieren, um ihn wieder in Ordnung zu bringen. »Das habt ihr nicht.« Er war überrascht, seine veränderte Stimme zu hören.

Mom kam zu ihm und umarmte ihn. Er legte seine Arme um sie und versuchte, sich an das letzte Mal zu erinnern, als sie das getan hatten, aber es gelang ihm nicht. Als sie sich zurückzog, war Dad an der Reihe. Er klopfte Dylan ein paar Mal auf den Rücken. »Es tut mir leid, mein Sohn. Ich hoffe, du kannst uns eines Tages verzeihen.«

Dylan trat einen Schritt zurück. »Das weiß ich bereits. Ich weiß, dass du es versucht hast. Und ich weiß, dass ich es dir nicht leicht gemacht habe. Ich werde versuchen, besser zu sein, wenn es darum geht … mich zu öffnen.« Bei dem Gedanken bekam er fast einen Ausschlag.

Dad nickte nur, dann griff er nach seinem Bier und trank einen großen Schluck. »Gutes Bier.»

Dylan schüttelte den Kopf. »Ich kann immer noch nicht glauben, dass ihr zusammen hergekommen seid.«

»Wir hassen uns nicht. Ich kann mich ehrlich gesagt nicht erinnern, ob ich das jemals getan habe.« Der Blick, den sie seinem Vater zuwarf, wurde ihm fast zum Verhängnis. Da war Freundlichkeit und sogar ein Hauch von … Liebe.

Dylan nahm einen Schluck Bier, um den unerwünschten Gefühlsausbruch zu unterdrücken, und hatte dann Mühe, den Kloß in seinem Hals zu überwinden.

»Und jetzt sag mir, was mit dem Mädchen aus dem Restaurant los ist«, sagte Mom. »Das war Sara Archer, nicht wahr?«

»Welches Mädchen?« Dad sah ihn verwundert an. »Hast du eine Freundin?«

»Nein.« Aber Gott, wenn er sich auf die Gefühle einließ, die von allen Seiten auf ihn einprasselten, könnte er. Er war die schlimmste Art von Arschloch gewesen. Er hatte nicht an sie gedacht, er hatte sich davor geschützt, sich zu öffnen und, na ja, *zu fühlen*. Aber diese ... Familienkonferenz mit seinen Eltern hatte eine Art Schleuse geöffnet, und plötzlich wusste er genau, was er für sie empfand. Er hatte sich nie so lebendig, so fähig, so glücklich gefühlt wie in ihrer Gegenwart. Sie gab ihm ein Gefühl für das, was er sich so sehr gewünscht hatte, aber nie zu finden schien - die Familie. Und er konnte es kaum erwarten, es ihr zu sagen. »Ich hasse es, euch rauszuschmeißen, aber ich muss wo hin.«

Mom schaute auf die Uhr, die neben der Tür zum Flur hing. »Jetzt? Es ist schon nach neun Uhr.«

Er lachte. »Ihr seid doch *gerade erst* gekommen, so spät ist es also noch nicht.«

»Wir haben gewartet, bis wir sicher waren, dass du von der Arbeit kommst und zu Abend gegessen hast.«

Abendessen? Das hatte er völlig vergessen. Nicht, dass er das wollte. Er war nur auf eines hungrig, und das war kein Essen. Er schnappte sich seine Schlüssel von dem Haken an der Wand. »Ich muss los. Bleibt, geht, macht, was auch immer ihr wollt.« Er ging in den Flur und drehte sich dann um, um sie anzusehen. »Danke.«

Vater stieß ihn mit seinem Bier an. »Viel Glück bei dem, was du tust. Und lass uns wissen, wie es läuft.« Die versteckte Botschaft war klar: Behalte diese Dinge nicht für dich.

Dylan lächelte. »Das werde ich. Ich verspreche es.«

* * *

Sara saß an dem kleinen Tisch in Dads Büro, der vor den Fenstern mit Blick auf die Einfahrt stand. Ihr iPad lag vor ihr, während sie versuchte, den neuesten romantischen Spannungsroman von Elisabeth Naughton zu lesen. Sie war aus der Gegend und eine von Saras Lieblingsautorinnen, aber es war schwer, sich zu konzentrieren, wenn der Mann, in den man verliebt war, mit einem Schluss gemacht hatte.

Sie lehnte sich vor und schloss die Augen. Vielleicht hätte sie mit Mom nach Frankreich fahren sollen.

Nein, tu, was das Beste für dich ist, Sara. Wie Alex sagte: Stell dich selbst an die erste Stelle.

Sie gab das Buch auf und verließ das Büro, wobei sie in der Haupthalle fast mit Kyle zusammenstieß.

Er fing ihre Ellbogen auf. »Hey, Sara-Katze. Ich weiß, es ist spät, aber ich bin am Verhungern. Ich wollte gerade etwas kochen. Hast du Lust?«

Ihr Magen knurrte daraufhin. Sie hatte völlig vergessen, zu Abend zu essen. »Klingt gut.«

Sie gingen gerade in die Küche, als Dad aus dem Vorratsraum kam.

Kyle öffnete den Kühlschrank. »Ich koche gerade Abendessen, Dad. Hast du Hunger?«

Dad blinzelte ihn an und sah Sara an, die ermutigend mit dem Kopf nickte - sie hatten einen Waffenstillstand geschlossen, um gemeinsam bei Archer zu arbeiten, aber Sara wusste, dass sie Dinge zu klären hatten, hoffentlich bald. »Sicher, danke. Ich denke, ich werde mir ein Bier holen. Es ist ein frisches Fass - habe ich erst heute Morgen angeschlossen.«

Sara folgte ihm. »Wirklich? Ich wusste gar nicht, dass

du etwas gebraut hast.« Wenn es schon trinkbar war, musste er es schon vor Wochen gemacht haben.

Er zuckte mit den Schultern. »Nur das eine. Auf Grapefruitbasis - vielleicht gefällt er dir.« Er holte zwei Pint-Gläser aus dem Schrank hinter der Insel, in dem das Fass und der Weinkühlschrank standen.

»Hey, bekomme ich nicht auch eine Kostprobe?«, fragte Kyle von der anderen Seite der Küche.

Dad holte ein drittes Glas und füllte es.

»Es ist so schön, dich wieder brauen zu sehen«, sagte Sara, die sich auf etwas anderes konzentrieren wollte als auf ihre Begegnung mit Dylan vorhin.

Kyle gesellte sich zu ihnen und alle drei hoben ihre Gläser. »Prost!«

Sara setzte sich auf einen der Hocker und nippte an dem Gebräu. Es war nicht schlecht. Nicht zu hopfig, was sie hasste, mit einem weichen, süßen Abgang. »Das ist ziemlich gut.«

Dad hatte ein halbes Lächeln aufgesetzt. »Endlich ein Bier, das mein Kätzchen trinkt. Ich taufe dich 'Kitten Ale'.«

»Warum trinkt ihr alle ohne mich?« Tori kam ebenfalls in die Küche und setzte sich auf Saras andere Seite. Sie klopfte mit der Hand auf den Tresen. »Zapf mir auch eins, Dad.«

Er drehte sich um und holte ein weiteres Glas, zog am Zapfhahn und schob das Bier zu Tori hinüber. »Das ist Kitten Ale. Grapefruit.«

Tori probierte das Gebräu und nickte. »Normalerweise mag ich kein fruchtiges Bier, aber das hier ist wirklich gut. Gut gemacht, Dad.«

»Was für ein glücklicher Zufall, dass ihr alle hier seid«, sagte Dad. Er hob wieder sein Glas. »Auf die Familie.«

Sie tranken alle einen Schluck.

Sara schaute ihre Geschwister an und hoffte, dass sie mit dem, was sie sagen wollte, einverstanden sein würden, aber sie war sich sicher, dass es so sein würde. »Ich habe heute meinen Brief von Alex bekommen, Dad. Er sagte, ich solle meine Träume verfolgen, egal was passiert. Ich weiß, dass er wollte, dass du dich aus dem Projekt heraushältst, aber ich habe beschlossen, dass meine Wünsche wichtiger sind als seine, denn ich bin immer noch hier. Ich denke, wir würden uns alle freuen, wenn du bei The Alex mithelfen würdest. Einen Beitrag leisten und einfach ein allgemeiner Gesprächspartner sein.«

Tori nickte. »Auf jeden Fall.«

Dads Blick war skeptisch, als er auf Kyle landete. »Bist du auch damit einverstanden?«

»Bin ich. Du hast viel zu dem Projekt beizutragen, und wir haben das Sagen. Wir haben heute beschlossen, Cade D'Onofrio als Ingenieur für die Renovierung der Kirche und der Mönchsquartiere einzustellen. Eine gute Wahl?«

Dad blinzelte ihn an. Er nahm einen Schluck Bier. »Er ist jung, aber ja, er ist gut. Wen habt ihr noch interviewt?«

Tori antwortete und sagte ihm, wen sie lieber eingestellt hätte.

Dad schüttelte den Kopf. »Nein, D'Onofrio ist die bessere Wahl.« Er lehnte sich gegen den Tresen hinter ihm. »Leute, ich möchte mich nicht in dieses Projekt einmischen.«

»Tust du nicht. Ich finde es großartig, dich dabei zu haben«, sagte Sara. »Und offensichtlich bin ich nicht allein.«

»Eigentlich weiß ich nicht, ob du viel Zeit mit dem Projekt verbringen solltest«, sagte Tori, hielt ihr Glas hoch und studierte die Flüssigkeit darin. »Ich habe dein Bier vermisst, Dad. Vielleicht solltest du dich lieber *darauf konzentrieren*.«

Dad lächelte, und es war der echteste Ausdruck von Freude, den Sara seit Monaten auf seinem Gesicht gesehen hatte. Wärme und Freude breiteten sich in ihr aus. *Das* war es, was ihnen gefehlt hatte. »Ich kann es versuchen«, sagte er.

Kyle stand auf und ging auf die Speisekammer zu, die in Richtung Abstellraum lag, und rief ihr hinterher. »Ich mache Abendessen, Tori, falls du Hunger hast.«

»Ich bin total ausgehungert.« Tori lächelte, und Sara fand, dass es das glücklichste Lächeln war, das sie seit langem gesehen hatte.

»Sieh mal, wen ich draußen lauern gesehen habe.« Kyle kam zurück in die Küche und trat zur Seite, um Dylan zu enthüllen.

Saras Brust zog sich zusammen. Seine Augen waren düster, seine Hände steckten unbeholfen in den Taschen seiner Jeans.

Sie hatte den Kopf gedreht, um ihn anzusehen, drehte sich aber jetzt auf ihrem Barhocker in seine Richtung.

»Willst du, dass wir euch in Ruhe lassen?« Tori lehnte sich dicht an Sara und flüsterte.

»Nein«, sagte Dylan, der sie trotz ihres gesenkten Tons eindeutig gehört hatte. »Ich habe vor kurzem gelernt, dass ich mich mehr öffnen muss, also werde ich das einfach vor euch allen tun.« Er warf einen Blick auf Kyle, dann auf Tori und Dad. »Und ich versuche, mich nicht zu sehr zu blamieren.«

Dylan ging langsam auf Sara zu und holte seine Hände aus den Taschen. Er umrundete den Rand des großen Tisches, der in der Mitte des Raums stand.

Als er zu Sara kam, sank er auf die Knie.

O Gott, was tat er da? Dad stand direkt hinter ihr! Ihre Beine wurden zu Wackelpudding und sie zog ihre Ärmel über ihre Hände.

Dylan lächelte und nahm ihre Finger in die seinen. »Sei nicht nervös. Ich bin gekommen, um mich dafür zu entschuldigen, dass ich ein lächerliches Arschloch war. Ich war nicht bereit, mich zu binden, aber jetzt bin ich es.«

Das verstand sie nicht. »Das war vor etwa zwei Stunden. Vielleicht auch weniger.«

»Das ist mir klar. Und ich glaube, ich wusste, dass ich es in dem Moment versaut habe, als du von der Veranda gingst. Ich war nur zu dumm, etwas zu sagen.«

»Klingt ganz danach«, sagte Tori. Sara warf ihr über Dylans Kopf hinweg einen scharfen Blick zu. Tori hob ihre Hand und murmelte: »Tut mir leid.«

»Deine Familie macht mir eine Heidenangst.« Sein Blick blieb auf dem ihren haften. »Weil meine es auch tut. Oder tat.« Er fuhr sich mit der Hand durch die Haare. »Ich habe dir gesagt, dass ich das nicht gut kann.«

»Ich glaube, du machst das gut«, sagte Dad sanft.

Dylan schaute zu ihm hinüber und strahlte, wobei sich seine Lippen nach oben bogen. »Danke.« Er richtete seinen Blick wieder auf Sara und hielt ihre Hände fester. »Als ich sagte, ich sei nicht in dich verliebt, habe ich gelogen. Nur wusste ich es nicht. Ich fühle Dinge, ich will Dinge tun ... und ich schiebe alles einfach weg. Ich bin einfach so oft getreten worden ...«

Sie hörte den Schmerz in seiner Stimme, etwas, von dem sie nie gedacht hätte, dass sie es von ihm hören würde, und ihr Herz brach. Sie streckte die Hand aus und strich ihm über das Gesicht, wobei sie das Gefühl seines leichten Bartes an ihren Fingerspitzen genoss. »Ich verstehe. Und ich wollte dich sowieso überzeugen.«

Er lachte. »Daran zweifle ich nicht. Du bist eine Natur-
gewalt, Sara Archer, und ich bin unsterblich in dich
verliebt. Ich weiß nicht, was die Zukunft bringt, und ich
kann nicht versprechen, dass ich nicht regelmäßig Mist
bauen werde, aber ich werde der beste Freund sein, den du
dir wünschen kannst. Du verdienst nichts anderes.«

Tränen brannten in ihren Augen, glückliche, freudige
Tränen, die sie seit Monaten nicht mehr gefühlt hatte. »Du
bist der Mann meiner Träume, also verdiene ich dich natürlich. Und du verdienst mich.«

»Oh. Mein. Gott. Das ist ja ekelerregend. Ich hatte
gehofft, ich könnte *etwas essen.*« Der Sarkasmus in Kyles
Stimme brachte Sara zum Lachen. »Bleibst du zum Essen,
Westcott?«

Er sah zu Sara auf. »Wenn es euch recht ist.«

Sie griff nach unten und schlang ihre Hände um seinen
Hals. »Bleib für immer.«

Epilog

4. *Juli*

»UND SO BIN ICH AUF meinen unverwechselbaren Cocktail gekommen, den Naked Ginger.« Kyle lehnte sich in seinem Stuhl zurück und nahm einen großen Schluck Bier, seine Augen waren voller Schalk.

Dylan lachte. »So ein Quatsch. Auf keinen Fall hat sie zugelassen, dass du das mit ihr in der Bar machst.«

Kyles Brauen hoben sich. »Ich sage, wie es ist, Bruder.«

Bruder. Sie waren es nicht. Zumindest noch nicht. Dylan blickte zu Sara hinüber, die sich mit seiner Schwester unterhielt, und dachte, dass es dazu kommen würde - wenn er Glück hatte und sie ja sagte.

Er schüttelte den Kopf, um die entfernten Gedanken an die Verlobung aus seinem Kopf zu vertreiben. Zuerst mussten sie die Hochzeit von Derek und Chloe überstehen, und dazu musste er das Haus rechtzeitig fertigstellen. Sie waren zunächst dem Zeitplan vorausgeeilt und dann in Verzug geraten, wie es auf dem Bau nun einmal so ist. Eigentlich hätte er heute arbeiten müssen, aber alle hatten ihn überredet, zum Grillfest im Haus seines Vaters zu kommen. Hier waren sie also, die Westcotts, die Archers und sogar die Davies, und genossen ein großes, fröhliches Familienfest.

Nun, vielleicht gefiel es nicht jedem. Sein Blick wanderte zu Bill, der am Rande saß und sehr unbehaglich aussah, während Cameron ihm ein Ohr abschwatzte. Dylan würde sich später bei seinem Bruder bedanken.

»Hey, kommt Rob nicht?«, fragte Dylan. Er hatte Saras Vater im letzten Monat besser kennengelernt und liebte es, mit ihm über Bier zu reden. Er freute sich sogar darauf, seine eigene Charge selbstgebrautes Bier zu probieren.

Kyles Augen trübten sich. »Das sollte er besser.«

Der alte Dylan hätte den Moment unbemerkt verstreichen lassen, aber die Archers hatten ihn zu einer Art Familienmensch gemacht. Das war beunruhigend. »Alles in Ordnung? Ich dachte, ihr zwei hättet euch geeinigt.« Kyle und sein Vater hatten sich laut Sara immer noch nicht versöhnt, aber ihre Beziehung war um einiges besser als die zu Kyles früherem besten Freund Derek. Tatsächlich waren Derek und Chloe heute verdächtigerweise nicht in der Stadt. Dylan bemerkte, dass sie sich selten trafen, nicht einmal in großen Gruppen. Wie peinlich würde die Hochzeit werden? Oder war Kyle überhaupt eingeladen?

»Es ist in Ordnung.« Er bewegte sich in seinem Stuhl. »Ich muss nur mit ihm über etwas Berufliches sprechen.«

»Hey, warum schaust du so ernst?«, fragte Sara Kyle, als sie kam und sich auf Dylans Bein setzte. »Wehe, du machst meinem Freund das Leben schwer.«

Dylan legte seine Hand um ihre Taille und zog sie

näher an sich heran, damit er ihren einzigartigen Sara-Duft besser riechen konnte - Orangen und Gewürze, alles sehr angenehm. »Es geht ihm gut.«

»Wir haben uns gefragt, wo Dad ist«, sagte Kyle.

»Oh.« Sara schaute Dylan an, dann ging ihr Blick über ihn hinaus. »Er ist gerade erst gekommen. Er ist drüben und redet mit Sam.«

Dylan drehte den Kopf und sah, dass sein Vater Rob in Richtung seines Grills lenkte, wahrscheinlich, um über all die Vorzüge zu sprechen. Würde Dylan in diesem Alter auch so werden? Er drückte sich an Saras Taille, dachte an die Zukunft mit ihr und hoffte es.

Kyle stand auf. »Zeit für ein weiteres Bier.« Er ließ sie allein, und Dylan nutzte die Gelegenheit, sein Gesicht an Saras Hals zu schmiegen.

»Du riechst so verdammt gut. Meinst du, es merkt jemand, wenn wir ein paar Minuten reingehen?«

Sie schlang ihre Hand um seinen Nacken, als er sich zurückzog und zu ihr aufblickte. »Ähm, wahrscheinlich. Macht es dir etwas aus?«

»Kein bisschen.«

Sie sprang von seinem Schoß. »Nach dir, Heißsporn.«

Sein Schaft begann anzuschwellen, und er stöhnte leise, bevor er sich zu ihr beugte und ihr sanft ins Ohrläppchen biss. »Lass uns gehen.«

Sie ging ihm voraus und nickte der Familie, Freunden und Nachbarn zu. Drinnen angekommen, übernahm er die Führung und zog sie in das Badezimmer im Erdgeschoss. Er drehte sich um, schloss die Tür hinter ihr und verriegelte sie. Er umklammerte ihre Hüften und drückte sie gegen das Holz. Ihre Hände wanderten seine Arme hinauf und sie grub ihre Finger in seinen Bizeps.

Er drückte seine Lippen auf ihren Hals, direkt unter

ihrem Ohr, und küsste sich hinunter zu ihrem Schlüssel-
bein, wobei er den Träger ihres Tops aus dem Weg schob.

»Amüsierst du dich?«, fragte sie atemlos.

»Jetzt ja.«

Sie lachte. »Lügner. Ich habe dich draußen gesehen. Du
amüsierst dich prächtig.« Sie klopfte ihm auf den Rücken.
»Sei nicht so ein Idiot. Es läuft doch gut, oder?«

Er zog seinen Kopf zurück und sah sie an. Er umklammerte fest ihre Taille. »Perfekt.« Er küsste sie, ließ seine
Zunge in ihren Mund gleiten und beanspruchte, was sie so
begierig anbot.

Er ließ seine Hände über ihren Brustkorb gleiten und
schob ihr Oberteil bis zum BH hoch. »Vorderverschluss.
Mein Glückstag.« Er öffnete den BH und betastete ihre
Brüste.

Sie stöhnte leise. »Was ist, wenn jemand das Bad
benutzen muss?«

»*Wir* benutzen das Badezimmer. Oben gibt es noch
eins. Und unten noch eins.« Er schob ihr das Oberteil über
die Brüste und leckte ihre Brustwarze.

Sie griff mit ihren Fingern in sein Haar und hielt ihn
fest. »Du bist so frech. Ich hätte mir nie träumen lassen, wie
sehr ich das lieben würde. Wie sehr ich dich lieben würde.«

Er gluckste an ihrer Brust und sah zu ihr auf, wobei er
die süßen Gefühle in ihren Augen genoss. »Ich habe nie
geglaubt, dass ich das oder dich jemals haben würde. Es war
immer nur ein Traum.«

Sie stieß ihn an und ging zum Waschtisch hinüber. Sie
schlüpfte aus ihrer Unterhose und hievte sich auf die
Kacheln. »Ich bin echt, Baby. Das ist echt.«

»Gott sei Dank. Nein, ich danke *dir*.«

Er bewegte sich zwischen ihre Beine und beugte sich

vor, um sie erneut zu küssen, aber sie hielt ihn auf. »Du hast mich gerade an etwas erinnert, das ich dich fragen wollte.«

Er knabberte an ihrem Hals, seine Lippen streichelten ihre Haut. »Was denn?«

»In der ersten Nacht kam ich zu dir nach Hause - im Regen. Kurz bevor ich einschlief, hast du dich bei mir bedankt. Warum?«

Er hob den Kopf und sah sie lange und intensiv an, fühlte große Demut und großes Glück zugleich. »Du hast gesagt, ich sei magisch. Niemand hatte mir je zuvor das Gefühl gegeben, so wichtig zu sein. Ich bin sicher, dass ich damals schon halb in dich verliebt war - nein, ich weiß, dass ich es war. Ich war nur zu dumm, um es zu erkennen.« Er berührte ihr Gesicht. »Ich liebe dich. So sehr.«

Sie lächelte, denn seine Liebe spiegelte sich in ihren Augen. »Zeig es mir.«

Danke, dass Sie **Dreams in Ribbon Ridge** gelesen haben! Ich hoffe, dass Sie Ihren Aufenthalt in Ribbon Ridge genossen haben und dass Sie für **New Beginnings in Ribbon Ridge**, das nächste Buch der Archer-Familiensaga, wiederkommen. Ribbon Ridge ist eine fiktive Stadt, die auf mehreren Städten und Orten im Willamette Valley zwischen Portland und der Küste von Oregon basiert. Es ist eine Pinot-Noir-Weinregion, sehr schön und malerisch - und nur eine kurze Autofahrt von meinem Wohnort entfernt. Mein Bruder wohnt mittendrin in einer winzigen Stadt, in der es weder ein Lebensmittelgeschäft noch eine Tankstelle gibt. Es gibt jedoch ein tolles Antiquitätengeschäft in einem historischen Schulhaus.

Bücher von Darcy Burke

Zeitgenössische Romane

Ribbon Ridge, Oregon

Christmas in Ribbon Ridge

Dreams in Ribon Ridge

New Beginnings in Ribbon Ridge

Hope in Ribbon Ridge

Passion in Ribbon Ridge

Forever in Ribbon Ridge

Second Chance in Ribbon Ridge

Trust in Ribbon Ridge

Safe in Ribbon Ridge

Secrets in Ribbon Ridge

Historische Romantik

Der Phönix Club

Ungehörig: Das Mündel des Earls

Leidenschaftlich: Eine zweite Chance für das Eheglück

Intolerabel: Die Schwester des besten Freundes

Unschicklich: Eine Vernunftehe

Unmöglich: Eine Schöne und ein Scheusal im Liebesglück

Unwiderstehlich: Eine Scheinehe mit dem Spion

Chroniken der Ehestiftung

Der verstockte Herzog

Ein Earl als Junggeselle

Der ausgerissene Viscount

Die unechte Witwe

Ruchlose Geheimnisse und Skandale

Ihr ruchloses Temperament

Sein ruchloses Herz

Die Verführung des Halunken

Verliebt in eine Diebin

Die Schöne und der Halunke

Einmal Halunke, immer Halunke

Die Liebe ist überall

(*eine Regency Weihnachtstrilogie*)

Der Earl mit dem flammendroten Haar

Das Geschenk des Marquess

Eine Freude für den Herzog

Der Club der verruchten Herzöge

Eine Nacht zum Verführen by Erica Ridley

Eine Nacht der Hingabe by Darcy Burke

Eine Nacht aus Leidenschaft by Erica Ridley

Eine Nacht des Skandals by Darcy Burke

Eine Nacht zum Erinnern by Erica Ridley

Eine Nacht der Versuchung by Darcy Burke

Danksagungen

Ein besonderes Dankeschön geht an Holly van Schaick, eine Feuerwehrfrau aus Washington, die so freundlich war, alle meine Fragen über das Löschen von Bränden zu beantworten. Holly hat tatsächlich zwei Kätzchen gerettet, die vorübergehend blind waren und deshalb versuchten, *in* ein brennendes Gebäude zu gelangen, um sich zu wärmen. Danke, dass du eine Heldin bist, Holly; wir sind dankbar für die Dienste, die du leistest und wissen sie sehr zu schätzen. (Und danke, Rachel Grant, dass du uns zusammengebracht hast UND dass du es gelesen hast. Du rockst, wie immer.)

Impressum

Deutsche Erstausgabe von:
Darcy E. Burke Publishing
Zealous Quill Press
13500 SW Pacific Hwy., Ste. 58-419
Tigard, OR, 97223
USA

Für die Originalausgabe:
Copyright © ONLY IN MY DREAMS, 2015 by Darcy
Burke, All rights reserved.

Für die deutschsprachige Ausgabe:
Copyright © 2023 by Petra Gorschboth
Redaktion: Nicole Wszalek
Umschlaggestaltung: © Dar Albert, Wicked Smart
Designs.

ISBN: 9781637261927

www.darcyburke.de

Über die Autorin

Darcy Burke ist die USA Today Bestsellerautorin für sexy, emotionale, historische und zeitgenössische Romantik. Darcy schrieb ihr erstes Buch im Alter von 11 Jahren – mit einem Happy End – über einen männlichen Schwan, der von der Magie abhängig war, und einen weiblichen Schwan, der ihn liebte, mit nicht sehr gelungenen Illustrationen. Schließen Sie sich ihr an newsletter!

Darcy, die in Oregon an der Westküste der Vereinigten Staaten geboren wurde, lebt am Rande des Wine Country mit ihrem auf der Gitarre spielenden Ehemann und ihren beiden ausgelassenen Kindern, die das Schreiben geerbt zu haben scheinen. Sie sind eine nach Katzen verrückte Familie mit zwei bengalischen Katzen, einer kleinen, familienfreundlichen Katze, die nach einer Frucht benannt ist, und einer älteren, geretteten Maine Coon, die der Meister der Kühle und der fünf-Uhr-morgens-Serenade ist. In ihrer ›Freizeit‹ ist Darcy eine regelmäßige ehrenamtliche Mitarbeiterin, die in einem 12-stufigen Programm eingeschrieben ist, in dem man lernt, ›Nein‹ zu sagen, aber sie muss immer wieder von vorne anfangen. Ihre Lieblingsplätze sind Disneyland und das Labor Day Wochenende in The Gorge. Besuchen Sie Darcy online unter https://www.darcyburke.de.

facebook.com/darcyburkefans

instagram.com/darcyburkeauthor

pinterest.com/darcyburkewrites

goodreads.com/darcyburke

www.ingramcontent.com/pod-product-compliance
Lightning Source LLC
Chambersburg PA
CBHW020008120726
47903CB00004B/1194